I0582319

DIE FRAU
IM SCHATTEN

WEITERE TITEL VON MARION KUMMEROW

IN DEUTSCHER SPRACHE

Nicht ohne meine Schwester

MARGARETES WEG

Ein Licht der Hoffnung

Am Ende dunkler Tage

Die Frau im Schatten

IN ENGLISCHER SPRACHE

The Orphan's Mother

Not Without My Sister

MARGARETE'S JOURNEY

A Light in the Window

From the Dark We Rise

The Girl in the Shadows

Daughter of the Dawn

MARION KUMMEROW

DIE FRAU IM SCHATTEN

bookouture

Die Originalausgabe erschien 2022 unter dem Titel
„The Girl in the Shadows“
bei Storyfire Ltd. trading as Bookouture.

Deutsche Erstausgabe herausgegeben von Bookouture, 2023
1. Auflage Februar 2023

Ein Imprint von Storyfire Ltd.
Carmelite House
50 Victoria Embankment
London EC4Y 0DZ

www.bookouture.com

ISBN: 978-1-80314-590-7
eBook ISBN: 978-1-80314-587-7

1

Margarete nahm ihre Kaffeetasse in die Hand und nippte daran, während sie auf den Garten vor der Terrasse blickte. Es war früher Morgen, ihre liebste Tageszeit, denn die Luft war noch frisch und roch nach Gras und feuchter Erde.

Später am Tag würde die Sonne erbarmungslos auf Gut Plaun niederbrennen, das ihr mitsamt Ackerland und Gestüt gehörte. Doch morgens bestand immer die Hoffnung, dass heute etwas Gutes passierte, dass ihre Schützlinge noch einen Tag länger lebten und sie selbst nicht erwischt wurde.

Vor anderthalb Jahren hatte sie die Identität einer Toten angenommen und aus dem jüdischen Dienstmädchen Margarete Rosenbaum war Annegret Huber geworden, die Tochter eines hochrangigen SS-Offiziers, der zusammen mit seiner Frau und besagter Tochter bei einem Bombenangriff ums Leben gekommen war.

Sie warf einen Blick auf den Stapel Post, der vor ihr auf

dem Tisch lag. Es war eine Aufgabe, die sie gleichzeitig genoss und fürchtete. Die meisten Briefe waren Rechnungen von Lieferanten, die Waren und Dienstleistungen nicht nur für das Gestüt und den Hof lieferten, sondern auch für die Rüstungsfabrik, die ihr ebenfalls gehörte und nur ein paar Kilometer vom Gut entfernt, tief im Wald versteckt, lag.

Sie nahm den kostbaren Brieföffner in die Hand, der Annegrets Vater, SS-Standartenführer Wolfgang Huber, gehört hatte. Ein verachtenswerter Mann, der sie als Hausklavin ausgebeutet hatte, bevor er durch eine Laune des Schicksals vor seinen Schöpfer trat, während das ehemalige Dienstmädchen nicht nur zu seiner »Tochter«, sondern auch zur Alleinerbin des riesigen Huber-Anwesens wurde. Mit einem präzisen Schnitt schlitzte sie den ersten Umschlag auf.

Eine Anfrage der Wehrmacht für mehr Pferde. Nach der Katastrophe von Stalingrad im letzten Winter brauchten sie alles, was vier Beine hatte für die Kriegsanstrengungen – egal ob ausreichend ausgebildet oder nicht. Sie legte den Brief auf den Stapel für Piet, den Gestütsleiter.

Einige Schreiben kamen von Lieferanten der Fabrik. Diese legte sie auf einen zweiten Stapel für den neuen Fabrikleiter Franz Volkmer, damit er sich darum kümmerte.

»Möchten Sie noch einen Kaffee, Fräulein Annegret?«, fragte Dora, ihr loyales Dienstmädchen. Dora war eine ukrainische Ostarbeiterin und würde bald Oliver, den Gutsverwalter, heiraten. Sie und Oliver waren die einzigen Menschen auf dem Gut, die Margaretes wahre Identität kannten, doch aus Sicherheitsgründen sprachen sie sie immer noch mit Fräulein Annegret an, selbst wenn sie allein waren. Sie wollten auf keinen Fall einen versehentlichen Lapsus riskieren, denn wenn jemand Margaretes Geheimnis herausfand, würden sie alle verschleppt werden, zuerst in die Folterkammern der Gestapo und dann in ein Lager im Osten.

»Ja bitte.« Margarete nickte abwesend. Nicht einmal die

2

Schönen und Reichen konnten heutzutage richtigen Kaffee kaufen. Eigentlich würde sie viel lieber Tee trinken, als diese unsägliche Plörre. Aber Tee dem Kaffee vorzuziehen, selbst dem Ersatzkaffee, war so undeutsch wie nur möglich und konnte sie womöglich dem Verdacht aussetzen, ein Freund der Engländer zu sein, die wegen ihrer Gewohnheit, ständig Tee zu trinken, verspottet wurden.

Dora schenkte ihr noch eine Tasse ein und verschwand dann so lautlos, wie sie gekommen war. Margarete blickte von der Korrespondenz auf, gerade als das Dienstmädchen im Haus verschwand. Sie und die Haushälterin Frau Mertens hielten das Gutshaus in einem tadellosen Zustand. Nur bei der Zubereitung der Mahlzeiten für die mehreren Dutzend Arbeiter des Gestüts und Hofs erhielten sie Hilfe von zwei oder drei Mädchen aus dem Dorf.

Mit der bevorstehenden Ernte in einigen Wochen brauchte Margarete dringend Erntehelfer, aber arbeitsfähige, kräftige Männer waren Mangelware, da die meisten an die Front verschifft wurden, sobald sie ihren achtzehnten Geburtstag feierten. Sie seufzte. Der Mangel an zivilen Arbeitskräften war ein großes Problem, nicht nur für ihr Gut.

Als sie am Ende der Korrespondenz angelangt war, hatte sie drei ordentliche Stapel vor sich liegen: einen für Piet, einen für Franz Volkmer und einen für Oliver, den Gutsverwalter. Wieder einmal war nichts für sie dabei. Sie spürte einen vertrauten Knoten im Magen, denn obwohl sie mit ihrer Lieblingstante vereinbart hatte sicherheitshalber keine Briefe auszutauschen, sehnte sie sich doch nach Neuigkeiten von ihr.

Heidi war eine Christin, die vor vielen Jahren Ernst, den jüngsten Bruder von Margaretes Vater, geheiratet hatte. Heidi hatte Margarete eine Zeitlang bei sich aufgenommen, nachdem sie die Identität der verstorbenen Annegret Huber angenommen hatte. Ohne Heidis Hilfe würde sie nicht mehr auf der Erde weilen.

Sie sehnte sich danach zu wissen, ob es ihrer Tante gut ging und sie in Sicherheit war. Nach dem furchtbaren Bombenangriff im März dieses Jahres, bei dem ein Teil Leipzigs in Flammen aufgegangen war, war nur allzu deutlich geworden, dass die britischen Bomber dieser Tage auch Mitteldeutschland erreichen konnten und dort genauso viel Schaden anrichteten, wie sie es seit Jahren über Westdeutschland taten.

In Gedanken schickte sie ein Gebet an ihre Tante und rief sich in Erinnerung, wie die beiden auf Heidis Sofa in Leipzig saßen und über dies und das plauderten. Sie dankte dem Himmel für den glücklichen Umstand, dass Onkel Ernst – von dem sie geglaubt hatten, er sei in einem Lager umgekommen – auf wundersame Weise in Margaretes kürzlich geerbter Rüstungsfabrik aufgetaucht war, wenn auch mehr tot als lebendig.

Sie nahm den letzten Umschlag in die Hand und runzelte die Stirn beim Anblick des bekannten und gefürchteten Reichsadlers. Er war von der SS-Kreisleitung in Parchim und sie fragte sich, was man wohl von ihr wollte.

Normalerweise machte sich die Behörde nicht die Mühe, Briefe zu schreiben, sondern forderte Oliver telefonisch auf, in die Stadt zu kommen, wenn sie etwas von Gut Plaun wollte. Zum Glück kam das nicht oft vor, doch wie jeder Betrieb in Deutschland waren auch das Gut und die Fabrik nicht vor unangekündigten Kontrollbesuchen gefeit.

Sie öffnete den Brief und überflog den Text, völlig unbeeindruckt von den Komplimenten und Lobeshymnen, mit denen der Absender sie überschüttete. Wenn er wüsste, wie sehr sie die Nazis, die SS und alles, wofür er stand, verabscheute, würde er sich die Tinte sparen. Aber wenn er wüsste, wer sie wirklich war, wäre sie nicht mehr hier, um seine Briefe zu lesen.

Ihre Augen sprangen nach unten, um den zweiten Absatz zu lesen. Kurz darauf lief ihr ein Schauer über den Rücken und sie unterdrückte einen entsetzten Aufschrei.

Der Reichsführer SS Heinrich Himmler hat angeordnet, dass sämtliche Konzentrationslager innerhalb Deutschlands von Juden gesäubert werden müssen. Die verbliebenen Juden sind in die Lager Auschwitz beziehungsweise Lublin-Majdanek zu deportieren. Dieser Befehl gilt für alle jüdischen Häftlinge, die im gesamten Reichsgebiet zum Arbeitseinsatz eingeteilt sind.

Ihre Hand mit dem Brief sank in ihren Schoß. Etwa die Hälfte der eintausend Zwangsarbeiter in ihrer Rüstungsfabrik waren Juden. Erwartete dieser niederträchtige Bürokrat tatsächlich, dass sie jeden einzelnen davon, einschließlich ihres Onkels Ernst, in den sicheren Tod schickte?

Entgegen der landläufigen Meinung, es handele sich um reine Internierungslager, wusste sie genau, was im Osten vor sich ging. Das waren keine Arbeitslager, sondern Vernichtungslager. Ihr ehemaliger Arbeitgeber Wolfgang Huber hatte oft genug mit den Gräueltaten geprahlt, die dort begangen wurden. Von ihm hatte sie aus erster Hand von den Plänen gehört, die gesamte jüdische Rasse durch Hunger, Erschöpfung, Krankheiten und, wenn alles andere fehlschlug, durch Vergasung direkt an der Zugrampe zu vernichten. Die menschlichen Überreste sollten in den riesigen Krematorien verbrannt werden, die nur zu dem Zweck errichtet worden waren, den nicht enden wollenden Strom von Leichen zu bewältigen.

Wir sind uns darüber im Klaren, dass dies nicht auf einmal geschehen kann, da die Rüstungsfabrik weiterhin die dringend benötigten Waffen für unsere großartige Wehrmacht produzieren soll. Deshalb werden die Deportationen gestaffelt erfolgen. Ende nächster Woche werden die ersten, nicht kriegswichtigen Juden abgeholt. Diese Maßnahme wird Ihnen die nötige Zeit geben, unerwünschte jüdische Subjekte durch Kriegsgefangene oder andere verfügbare Arbeitskräfte zu ersetzen.

> *Wir haben veranlasst, dass am kommenden Montag neue Häftlinge in Ihre Fabrik geschickt werden, um von den Subjekten, die sie ersetzen sollen, ausgebildet zu werden. Diese Regelung wird dafür Sorge tragen, weiterhin die bestmögliche Qualität für die Kriegsanstrengungen zu produzieren.*
>
> *Heil Hitler,*
>
> *Unterscharführer Lothar Katze*

Verzweifelt zerknüllte Margarete den Brief in ihren Händen. Sie kannte Lothar Katze gut. Er war ein unangenehmer, sadistischer Mann, der durch Brutalität wettmachte, was ihm an Intelligenz fehlte. Er war derjenige gewesen, der ihre Freundin Lena zu Tode gepeitscht hatte, und er war auch derjenige gewesen, der die Bestrafung von Margaretes ehemaligem, korrupten Gutsverwalter in die Hand genommen hatte. Eine Strafe, die Gustav Fischer nicht überlebt hatte. Nicht, dass sie Mitleid mit ihm hatte, denn nach den schändlichen Dingen, die er insbesondere den jungen, weiblichen Häftlingen angetan hatte, hatte er jede noch so grausame Behandlung verdient.

Leider war Katze keiner, den man um Gnade anbetteln konnte, denn er fand zu viel Gefallen daran, andere leiden zu sehen, und war außerdem der Überzeugung, dass die Juden nicht besser waren als eine Kakerlake, die er unter seinem Stiefel zerquetschen musste.

Sie suchte verzweifelt nach einer Möglichkeit, den Befehl zu ignorieren und »ihre« Juden zu retten, ohne dafür ihre Tarnung preiszugeben, kam aber zu keinem Ergebnis. Annegret Huber, die verwöhnte Erbin von Gut Plaun, war eine überzeugte Anhängerin der Nazis, die kein Problem damit gehabt hätte, fünfhundert Männer und Frauen in den Tod zu schicken. Und sie hätte es mit einem Lächeln im Gesicht getan.

In Margaretes Brust tobte nicht nur der Hass auf die Nazis, sondern auch auf sich selbst. Sie war in dieser misslichen Lage gefangen. Die Entscheidung, Annegrets Identität anzunehmen, hatte sie der Eingebung des Augenblicks folgend getroffen, um ihr eigenes Leben zu retten. Doch wie sich herausstellte, war dies nur der Anfang einer Scharade gewesen, deren Auswirkungen sie nicht vorausgesehen hatte.

Wilhelm Huber, einer von Annegrets Brüdern, der ihre List durchschaut und sie trotzdem beschützt hatte, hatte ihr die Augen für das große Ganze geöffnet. Was auch immer sie tat, es stand nicht nur ihr eigenes Leben auf dem Spiel. Sie war nicht einfach nur eine Jüdin, die sich mit Zähnen und Klauen an das Leben klammerte. Nein, als er sich geopfert hatte, um ihr Leben zu retten, hatte er ihr einen Auftrag mitgegeben: *Tu Gutes mit dem Geld, das du erben wirst. Verwandle Dunkelheit in Licht, Böses in Gutes und Hass in Liebe.*

Niemand konnte ihr vorwerfen, dass sie es nicht versucht hatte. Aber immer wieder machte ihr das Schicksal einen Strich durch die Rechnung und warf ihr bei ihren Bemühungen, ihre jüdischen Mitbürger zu retten, Knüppel zwischen die Beine.

Am liebsten hätte sie die Ungerechtigkeit in den Himmel geschrien, über die Schändlichkeit dieses Briefes, sowie über die Grausamkeit des Naziregimes geschimpft, aber selbst das durfte sie nicht tun, denn die Wände hatten hier Augen und Ohren.

Sie musste bis Ende nächster Woche eine Lösung finden. Das gab ihr ein bisschen Zeit. Aber ohne einen vernünftigen Plan war die Zeit umsonst.

2

»Die beiden machen sich gut«, sagte Oliver zu Piet, während sie am Koppelzaun lehnten und dem Ausbilder dabei zusahen, wie er zwei junge Pferde auf Herz und Nieren prüfte.

Als Fräulein Annegret Oliver vor mehr als einem halben Jahr zum Gutsverwalter befördert hatte, hatte er seine Arbeit mit den Pferden nur ungern aufgegeben. Deshalb ließ er keine Gelegenheit aus, die Ställe zu besuchen und beim Training zuzusehen oder mit einem der Pferde auszureiten.

Es war nicht so, dass er Piet misstraute, der bereits unter ihm als Stallknecht gearbeitet hatte, bevor er auf Olivers früheren Posten als Gestütsleiter befördert worden war. Piet war ein guter Mann. Der sechzigjährige Pferdeliebhaber konnte manchmal ruppig wirken, doch trotz seiner massigen Statur war er sanft zu den Tieren und hatte über Jahrzehnte hinweg einen reichen Erfahrungsschatz gesammelt.

»Das sind sie. Ich mache mir Sorgen, weil die Wehrmacht immer mehr haben will und wir ihnen dann jüngere Pferde schicken müssen. Die sind einfach noch nicht so weit«, sagte Piet.

Das war ein ständiges Ärgernis. Oliver lagen seine Schützlinge am Herzen und er wollte sie so gut wie möglich gewappnet wissen für die Strapazen auf dem Schlachtfeld. Der Wehrmacht hingegen schien es nur darum zu gehen, ihren Bestand aufzufüllen.

Oliver runzelte die Stirn. Er war selbst an der Front gewesen, in einer Kavallerieeinheit während der polnischen Invasion. Im Nachhinein betrachtet hatte er Glück gehabt, eine Kugel zu erwischen, die ihm den Unterschenkel zerschmettert hatte. Nachdem die Ärzte ihn zusammengeflickt hatten, humpelte er – und war aus der Wehrmacht entlassen worden.

»Wir brauchen mehr Heu, bevor der Sommer vorbei ist«, unterbrach Piet seine Gedanken.

»Ich weiß«, antwortete Oliver. »Mehrere Hektar sind fast erntereif. Wenn das Wetter mitspielt, können wir das Gras in ein paar Wochen mähen, und sobald es trocken ist, pressen wir es zu Ballen. Das sollte ausreichen, um die Pferde durch den Winter und ins nächste Frühjahr zu bringen.«

»Gut.«

Oliver nickte und schob die obere Stange des Gatters beiseite. »Ich muss mich um meine anderen Aufgaben kümmern. Sag mir Bescheid, wenn es Probleme gibt.«

»Wird gemacht, Chef.«

Oliver schmunzelte über den militärischen Gruß, den Piet ihm zuwarf, und schüttelte den Kopf. »Heb dir das für jemanden auf, den es interessiert.« Dann machte er sich auf einen Rundgang durch die Ställe, für die er streng genommen nicht mehr zuständig war. Doch er genoss den Umgang mit den Pferden viel zu sehr, um davon zu lassen.

Seine Lieblingsstute Sabrina wieherte, als er eintrat, und er ging auf sie zu, um ihr den Hals zu tätscheln. Sie hatte im Frühjahr ein gesundes Fohlen zur Welt gebracht. Es brach ihm das Herz zu wissen, dass das knuddelige Bündel viel zu früh zu einem Zugpferd ausgebildet und an die Front geschickt werden würde. Seine einzige Hoffnung war, dass der Krieg in zwei Jahren längst vorbei wäre.

Als Nächstes schaute er nach Schneeflocke, einer wunderschönen Schimmelstute, die er für Fräulein Annegret ausgesucht hatte, damals, als er noch glaubte, dass sie die echte Annegret Huber war. Ein kapriziöses, nervöses und temperamentvolles Tier wie Schneeflocke wäre das perfekte Pferd für eine erfahrene Reiterin wie Annegret.

Margarete hingegen hatte noch nie auf einem Pferd gesessen, bevor sie nach Gut Plaun gekommen war. Als sie ihn gebeten hatte, ihr Reitunterricht zu geben, hatte er einen braunen Wallach für sie ausgewählt. Er war das gutmütigste Pferd, das Oliver kannte. In seinen jungen Jahren war er der erste Begleiter für jedes der Huber-Kinder gewesen. Pegasus war nicht die offensichtliche Wahl für eine erfahrene Reiterin, doch sie hatten sich darauf geeinigt, zu behaupten, dass alle temperamentvollen Stuten für die Zucht gebraucht wurden und Fräulein Annegret ihre persönlichen Bedürfnisse dem Krieg unterordnete.

Pegasus wieherte, als Oliver sich näherte.

»Tut mir leid, Peg, heute nicht. Ich weiß, wie sehr du es hasst, in deiner Box zu stehen, aber ich verspreche dir, dass Annegret bald mit dir ausreitet.« Das Gestüt platzte wegen der großen Nachfrage der Wehrmacht nach Wagenpferden aus allen Nähten, und ein unproduktiver alter Wallach wie Pegasus kam oft zu kurz.

Pegasus strich mit der Schnauze über Olivers Schulter, der eine Möhre aus seiner Tasche zog. Bevor Annegret auf das Gut gekommen war, hatte er sich nie Gedanken darüber gemacht, den Pferden eine solche Leckerei zu geben, aber dieser Tage verspürte er immer ein schlechtes Gewissen dabei. Die Zwangsarbeiter in der Fabrik hatten nie genug zu essen. Wie sehr würde diese Karotte einem der zum Skelett abgemagerten Häftlinge schmecken.

Er verließ die Ställe und ging zum Gutshaus, wobei sein Hinken ausgeprägter war als sonst. Deshalb blickte er in den Himmel und betrachtete die dunklen Wolken, die von Norden heranzogen. Etwas Regen war willkommen, aber zu viel konnte der bevorstehenden Ernte schaden.

»Guten Morgen, Annegret«, rief er seiner Arbeitgeberin zu, die auf der Veranda saß.

»Guten Morgen, Oliver. Hast du einen Moment Zeit?«, antwortete sie mit einer ernsten Miene.

»Sicher. Stimmt etwas nicht?« Er ging die wenigen Stufen hinauf, wobei er das dumpfe Ziehen in seinem verletzten Bein deutlich spürte.

Sie sagte kein Wort, sondern reichte ihm nur ein verkrumpeltes Stück Papier. Er hob eine Augenbraue, verwundert darüber, was die sonst so ruhige Frau dazu gebracht hatte, ihre Wut an einem Stück Papier auszulassen. Dann strich er es glatt, um den Inhalt zu lesen.

Nach dem zweiten Absatz verstand er ihre Reaktion, und hätte es ihr am liebsten gleichgetan. »Das ist schlecht. Ist das heute gekommen?«

Sie nickte und sah ihn erwartungsvoll an, als sie mit einer schwachen, zitternden Stimme fragte: »Was sollen wir jetzt tun? Ich kann unmöglich zulassen, dass alle Juden, die für uns arbeiten, deportiert werden.«

Seine Gedanken überschlugen sich und er antwortete das Erste, was ihm einfiel. »Wir ignorieren den Brief und tun so, als wäre er nie angekommen.«

»Das ist absurd. Ich bin sicher, der Postbote führt eine Liste über alle seine Zustellungen, vor allem, wenn sie den Reichsadler tragen. Selbst wenn sie uns glauben, kommen sie vermutlich einfach her und selektieren die Unglücksraben selbst.«

»Hmm. Was sollen wir dann tun?« Oliver nahm ihr gegenüber Platz.

Nur wenige Augenblicke später eilte Dora auf die Terrasse

und fragte: »Möchtest du einen Kaffee? Und vielleicht ein Brötchen? Die sind frisch aus dem Ofen.«

»Ja, bitte«, antwortete er nachdenklich. Nachdem Dora die Bestätigung erhalten hatte, dass sie deutscher Abstammung war und eingedeutscht werden durfte, hatte er ihr einen Heiratsantrag gemacht. Trotzdem tauschten sie in der Öffentlichkeit nie Zärtlichkeiten aus, denn er wusste, wieviel Wert die Haushälterin Frau Mertens auf Sitte und Moral legte.

Annegret ergriff das Wort, sobald Dora in die Küche geeilt war: »Ich habe nicht die leiseste Ahnung, was ich tun soll. Ich sitze schon den ganzen Morgen hier und versuche, eine Lösung zu finden.«

»Es gibt eigentlich nur einen Ausweg«, schlug Oliver vor. »Wir müssen alle jüdischen Arbeiter für kriegswichtig erklären und für sie Ausnahmeregelungen besorgen.«

»Für alle? Wäre das nicht verdächtig?«

»Das mag sein. Aber die Produktion läuft und wir liegen immer leicht über dem Soll. Wenn wir das Kreisamt davon überzeugen, dass unsere Produktion ohne die kriegswichtigen Arbeiter beträchtlich sinken würde, wird die SS sicher mitspielen.«

»Bei dir klingt das so einfach.« Annegret nippte an ihrem Kaffee und betrachtete ihn aufmerksam, als wüsste sie, dass er ihr etwas verheimlichte.

»Nun, ganz so einfach ist es nicht.« Er überlegte, wie er ihr den Pferdefuß an der Sache am besten beibringen konnte. Sie war ein ehrlicher Mensch und hasste Korruption von ganzem Herzen, besonders nach der Erfahrung mit Gustav Fischer, dem ehemaligen Gutsverwalter.

»Das dachte ich mir schon. Was ist, wenn sie die Ausnahmegenehmigungen nicht ausstellen wollen?« Ihre schönen braunen Augen verweilten auf ihm und wieder einmal bewunderte er die innere Stärke, die diese Frau besaß. Sie war eine Jüdin, die ihr ganzes Leben lang verfolgt und schikaniert worden war, und doch saß sie hier und spielte die verwöhnte Tochter eines reichen und sehr antisemitischen Nazi-Offiziers mit Bravour. Er konnte nicht begreifen, wie sie das schaffte; an ihrer Stelle hätte er sich schon tausendmal verraten.

»Wir müssen vielleicht ein paar Hände schmieren.«

Ihre Augen weiteten sich. »Bestechung?«

»Manchmal muss man unmoralische Dinge für eine übergeordnete gute Sache tun.«

»Als ob ich das nicht wüsste ...« Sie ließ die Schultern hängen, aber es dauerte nur wenige Augenblicke, bis sie ihren Rücken wieder aufrichtete. »Wen müssen wir bestechen?«

»Unterscharführer Katze. Seit sein Chef nach Berlin versetzt wurde, ist er kommissarischer Kreisleiter in Parchim.«

»Katze ...« Sie zog nachdenklich die Nase kraus. »Ein Mann, der so grausam und sadistisch ist wie er, hat sicher keine Integrität und ist für Bestechung empfänglich.« Sie schnitt eine Grimasse. »Diese Nazis haben nicht einen ehrlichen Knochen in ihrem Leib! Das ganze Gerede von der arischen Herrenrasse, der Tapferkeit und dem Dienst am Vaterland ist doch nur leeres Gerede. Sie treten ihre eigenen Werte mit Füßen, sobald sie ihre Taschen füllen können. Ich bin fest davon überzeugt, dass neunundneunzig Prozent von ihnen den Unsinn, den sie über uns Juden verbreiten, gar nicht glauben. Sie benutzen uns als bequemen Sündenbock für alle Missstände in Deutschland und profitieren von unserem Leid!«

»Annegret!« Er hatte sie noch nie so aufgebracht erlebt, und sie auch noch nie so sprechen hören. Normalerweise war sie stets gelassen und strahlte eine gewisse Überheblichkeit aus. Es war das erste Mal, dass sie völlig aus ihrer Rolle der arischen Gutsherrin fiel, und er fragte sich, ob noch etwas anderes sie bedrückte. Etwas, das ihr näher am Herzen lag als die Abschiebung fremder Menschen.

»Bitte entschuldige meinen Ausbruch.« Sie nahm eine

Serviette vom Tisch und tupfte sich die Stirn ab. »Ich fürchte, diese drückende Schwüle macht mir zu schaffen.«

»Wir sind alle angespannt. Wenn du möchtest, fahre ich gleich morgen früh nach Parchim und spreche mit Katze.«

»Das wäre hervorragend, danke.« Sie lehnte sich in ihrem Stuhl zurück und wirkte hochmütig wie immer.

Obwohl sie in den letzten Monaten enge Freunde geworden waren, vermieden sie beide sorgfältig, mehr als Arbeitgeber und Arbeitnehmer zu sein. Sollte jemals jemand ihre wahre Identität herausfinden, war es für Olivers und Doras Sicherheit unerlässlich, glaubhaft behaupten zu können, sie hätten von nichts gewusst.

3

Margarete betrat die Küche, um mit der Haushälterin die Bestellung von Lebensmitteln zu besprechen. Nachdem sie herausgefunden hatte, dass ihr ehemaliger Gutsverwalter sie bestohlen hatte, kümmerte sie sich inzwischen persönlich um die Abläufe auf dem Gut und in der Fabrik.

»Frau Mertens«, grüßte Margarete, als sie den gemütlichen Raum betrat. Wie so oft wünschte sie sich, sie könnte ihre Mahlzeiten gemeinsam mit den Hausangestellten am Küchentisch einnehmen, statt allein im Esszimmer zu sitzen. Aber das wäre für eine Gutsherrin völlig unziemlich.

»Fräulein Annegret, Sie hätten mich rufen sollen, wenn Sie etwas brauchen«, schimpfte Frau Mertens mit ihr. Sie verstand nicht, dass Margarete es hasste, das Haustelefon zu benutzen, um Befehle zu erteilen und dann wie eine Königin in ihrem Zimmer zu warten, bis Dora oder Frau Mertens das lieferten, was ihr Herz begehrte. Denn auch nach fast einem Jahr auf Gut Plaun hatte sie sich noch nicht an die Lebensweise der herrschenden Klasse gewöhnt.

»Ich war gerade dabei, Vorräte zu bestellen, und wollte nachsehen, was Sie noch brauchen«, antwortete Margarete.

Frau Mertens warf ihr einen missbilligenden Blick zu, während sie den Kessel auf den Herd stellte, um Wasser zu erhitzen. »Ihre Mutter wäre schockiert. Das ist keine Aufgabe für eine junge Dame.«

Die verstorbene Frau Huber war der Meinung gewesen, dass für jemanden wie sie überhaupt keine Arbeit angemessen war, und hatte ihre Zeit hauptsächlich mit ihren Freundinnen aus der guten Gesellschaft plaudernd bei Kaffee und Kuchen verbracht. Am ehesten einer Arbeit ähnelte ihre Organisation von gesellschaftlichen Veranstaltungen, mit denen sie entweder andere Nazibonzen beeindrucken wollte oder Geld für das Winterhilfswerk sammelte, das sich angeblich gemäß Hitlers Direktive »Niemand soll hungern, niemand soll frieren« um arme Mitbürger kümmerte – die Juden natürlich ausgenommen. In Wirklichkeit aber versorgte es vor allem die Soldaten der Wehrmacht.

»Wir müssen alle Opfer bringen für den Krieg«, winkte Margarete ab, nicht gewillt, das Thema zu diskutieren, ob es sich für eine höhere Tochter ziemte zu arbeiten. »Allerdings kann ich nicht versprechen, dass ich alles besorgen kann, aber ich kann es zumindest versuchen.«

»Wenn wir wenigstens das kaufen könnten, was die Rationskarten erlauben, wäre das eine große Hilfe. Wenn wir die Gärten nicht hätten, wüsste ich nicht, wie ich all die Knechte ernähren sollte.«

»Was brauchen Sie am dringendsten?«

»Speiseöl, denn Butter kann man nun mal nicht für alles hernehmen.« Gut Plaun besaß zwar keine Kühe, aber sie tauschten das Heu von ihren Wiesen mit den Bauern der Umgebung gegen Milch, Käse und Butter.

Margarete seufzte. »Das ist fast unmöglich zu bekommen. Aber ich werde es versuchen.«

»Und ein neues Sieb, das alte hat faustgroße Löcher.«

Auch das war nicht zu beschaffen, denn sämtliches Metall

wurde für die Rüstungsproduktion verwendet. In Hitlers Kriegswirtschaft war kein Platz für den alltäglichen Bedarf der Hausfrauen an Küchenutensilien.

»Ich werde sehen, was ich tun kann. Lassen Sie uns die Bestände im Keller durchgehen, ob wir sonst noch etwas brauchen.«

»Das ist eine gute Idee. Der Winter ist zwar noch weit weg, aber es ist nie zu früh, um sich einzudecken. Ich mache nur schnell den Kaffee fertig.« Frau Mertens nahm den Kessel vom Herd und goss das kochende Wasser durch einen mit Ersatz-kaffee gefüllten Filter in eine große Thermoskanne, bevor sie rief: »Dora! Bringst du den Kaffee raus zu den Feldarbeitern?«

Sekunden später stürmte das Dienstmädchen in die Küche, wobei ihre hüftlangen schwarzen Zöpfe auf und ab wippten. Sie blieb kurz stehen, als sie Margarete in der Küche stehen sah. »Fräulein Annegret, Sie brauchen mich?«

»Nein, Frau Mertens und ich werden die Vorräte im Keller inspizieren.«

Dora nahm die große Thermoskanne und einen Korb mit frisch gebackenen Brötchen, um sie aufs Feld zu tragen. Die meisten Landarbeiter waren Frauen aus der nahegelegenen Stadt oder Kriegsgefangene aus »rassisch wertvollen« Nationen wie Frankreich, den Niederlanden oder Belgien. Ohne sie wäre das Gut nicht in der Lage, all die Produkte zu ernten, die es anbaute.

Es war eine Schande, dass das Gut keine jüdischen Arbeiter auf den Feldern einsetzen durfte, weil die angeblich eine Bedrohung für die arischen Landarbeiterinnen darstellten. Sonst hätte sie so viele mehr beschäftigen und ihnen viel bessere Lebensbedingungen als in der Fabrik bieten können.

Trotz ihrer Bemühungen, die menschenunwürdigen Bedin-gungen zu verbessern, war die Arbeit in der Fabrik Knochenar-beit; zudem bekamen die Häftlinge nie genug Essen oder Ruhepausen. Dennoch beschwerte sich niemand, denn die

Alternative war so viel schlimmer: Versetzung in eine andere Fabrik mit einem weniger wohlwollenden Besitzer oder Abtransport in den Osten.

Frau Mertens führte akribische Listen über alle im Keller gelagerten Vorräte, und so dauerte es nicht lange, bis sie sich einen Überblick darüber verschafft hatten, was benötigt wurde, um sämtliche Menschen auf Gut Plaun, einschließlich der Zwangsarbeiter, über die Wintermonate zu versorgen.

»Ich werde mit Oliver sprechen, wie wir am besten besorgen können, was wir brauchen«, sagte Margarete.

»Noch eine Sache, Fräulein Annegret.« Im Gegensatz zu ihrer üblichen Schroffheit schien die Haushälterin das Thema nur widerwillig anzusprechen.

»Ja?«

»Es ist nur ... In der Stadtfrauenschaft wurde über Sie gesprochen.«

Margarete hatte Mühe, ruhig zu bleiben. Hatten diese Damen denn nichts Besseres zu tun, als sich über sie das Maul zu zerreißen? »Was denn?«

»Nun, sie finden, dass es schon viel zu lange her ist, seit Gut Plaun einen Empfang oder eine Feier veranstaltet hat. Man fragt sich, ob Sie etwas zu verbergen hätten.«

Margarete stockte der Atem, auch wenn sie versuchte, sich nichts anmerken zu lassen.

»Ich sage es Ihnen nur ungern, und ohne Frau Bracke wüsste ich auch nichts davon.«

»Was behauptet die denn schon wieder?« Margarete stöhnte innerlich auf. Die Besitzerin des Kurzwarenladens war ein fieses Klatschmaul.

»Nun, es gibt Gerüchte, dass Gustav Fischer das Anwesen an den Rand des Bankrotts geführt hat und Sie sich jetzt nicht einmal mehr ein neues Kleid leisten können, geschweige denn ein Fest ausrichten. Einige haben sogar behauptet, Sie hätten mit ihm unter einer Decke gesteckt.«

»Wie können diese Hyänen es wagen!«, explodierte Margarete.

Frau Mertens lächelte bitter. »Sie wissen, wie schnell sich Gerüchte verbreiten. Fakt ist, es wird über sie geredet, und das ist nicht gut. Manche zweifeln sogar an Ihrer Loyalität zum Reich, weil Sie weder an Parteiversammlungen noch an Treffen der Frauenschaft teilnehmen.«

Margarete drehte sich der Magen um. Bisher hatte sie diese Treffen gemieden wie die Pest, denn es gab kaum etwas Schlimmeres als einen Raum voller Nazifrauen, die darüber schwadronierten, wie überaus gutaussehend und charmant Hitler war. Es machte sie wütend, dass die Stadtbevölkerung anscheinend davon ausging, sie hätte die Pflicht, wichtige Parteimitglieder zu sich nach Hause einzuladen, nur weil sie diese gesellschaftlichen Anlässe so sehr liebten.

»Schlagen Sie vor, dass wir einen Empfang geben?«, fragte sie.

»Wenn Sie meine Meinung hören wollen ...«

Margarete nickte eifrig.

»Ich denke, es ist längst überfällig, dass wir etwas organisieren. Ihre Frau Mutter hat jedes Mal, wenn sie nach Gut Plaun kam, eine Feier ausgerichtet.

»Das waren andere Zeiten, vor dem Krieg ...«, protestierte Margarete schwach.

»Der Krieg hat die Dinge sicherlich schwieriger gemacht, aber es ist immer noch wichtig zu zeigen, dass Gut Plaun das Reich unterstützt.«

Das war genau die Antwort, die Margarete befürchtet hatte. Allein der Gedanke, eine Horde hochrangiger Nazis mit ihren tratschenden Ehefrauen einzuladen, verursachte ihr eine Gänsehaut. »Ich werde darüber nachdenken.«

»Wenn das alles ist, Fräulein Annegret, werde ich wieder in der Küche gebraucht.«

»Ja, bitte gehen Sie. Wir sind hier unten fertig.«

Margarete stieg hinter der Haushälterin die Treppe hinauf und wollte sich gerade auf den Weg zu Olivers Büro im Erdgeschoss machen, als eine Gruppe von Häftlingen aus der Fabrik mit einem Handkarren eintraf.

Es waren die Küchenhilfen, die jede Woche zum Gutshaus kamen, um die für die Fabrik bestimmten Lebensmittel mitzunehmen. Es war eine der leichtesten Dienste in der Fabrik, und unter Gustavs Herrschaft waren die skrupellosesten Häftlinge damit betraut worden, als Belohnung dafür, dass sie mithalfen, die anderen Gefangenen unter der Knute zu halten.

Sobald sie Oliver als Gutsverwalter eingesetzt hatte, hatte sie auch die Vergabe der Posten geändert. Aufrührer, sadistische Kapos und Berufskriminelle wurden aus der Lagerhierarchie entfernt und stattdessen wurden integre Personen zu Barackenältesten ernannt.

Für den Küchendienst hatte sie die ältesten und schwächsten Häftlinge ausgewählt, darunter auch ihren Onkel Ernst, Tante Heidis Mann. Es war eine große Überraschung gewesen, ihn in ihrer Fabrik vorzufinden. Nach seiner Verhaftung vor über einem Jahr hatte sie wenig Hoffnung gehabt, dass er noch am Leben war. Deshalb war sie überglücklich gewesen, ihn wiederzusehen; gleichzeitig war sie über seinen ausgezehrten Zustand entsetzt gewesen.

Er war ein weiterer Grund, ihr Bestmögliches zu geben, um die jüdischen Häftlinge zu schützen. Obwohl sie versuchte, unparteiisch zu sein, wusste sie genau, dass sie ihn anderen vorzog, die den vergleichsweise leichten Küchendienst vielleicht noch nötiger hatten.

Aber sie war es Tante Heidi schuldig, ihren Ehemann zu retten. Schließlich hatte sie Margarete – ungeachtet des Risikos für sich selbst — mit offenen Armen empfangen, als diese zu ihr geflüchtet war, nachdem sie Annegrets Identität angenommen hatte.

Sie blieb im Flur stehen, bis die vier Männer auf dem Weg

zum Vorratskeller vorbeikamen, und als sie sicher war, dass sie niemand beobachtete, zwinkerte sie Onkel Ernst zu und lächelte kurz, was er mit einem Nicken quittierte.

So sehr sie sich auch danach sehnte, mit ihm zu sprechen, konnte sie das auf keinen Fall riskieren. Sie starrte auf seinen Rücken, als er die Treppe hinunterschlurfte, in jenem typischen kraftsparenden Gang, den die Häftlinge sich nach wenigen Tagen in einem Lager aneigneten.

Obwohl sie alles tat, um die Leiden der Zwangsarbeiter zu lindern, konnte sie sich nicht offen gegen das Regime stellen und musste sich sorgfältig an alle bestehenden Regeln halten und durfte keineswegs den Eindruck erwecken, Mitleid mit diesen sogenannten Staatsfeinden zu haben.

Jedem Gefangenen eine Matratze und eine Decke zu geben, mochte nach wenig klingen, aber es konnte in einer kalten Winternacht den Unterschied zwischen Leben und Tod bedeuten.

Während sie auf den Rücken ihres Onkels in der gestreiften Häftlingskleidung starrte, wurde ihr plötzlich klar, dass er niemals als kriegswichtig angesehen würde. Selbst wenn Oliver dieses Mal für alle Juden Ausnahmegenehmigungen bekam, war es nur eine Frage der Zeit, bis jemand von der SS zu einer Kontrolle vorbeikam. Dann würde man feststellen, dass keiner der Menschen, die in Randbereichen wie der Küche oder den Werkstätten arbeiteten, kriegswichtig war.

Ihr Herz krampfte sich heftig zusammen, während ihre grauen Zellen auf Hochtouren liefen in dem Versuch eine Lösung zu finden. Ihr einziger Einfall war, Onkel Ernst wieder in die Produktion zu versetzen – eine mühselige, zermürbende und gefährliche Arbeit, für die er zu alt und gebrechlich war, und die er nicht lange durchhalten würde.

Sie und Oliver hatten oft darüber gesprochen, wie man die Zustände verbessern konnte ohne unerwünschte Aufmerksamkeit, Kritik oder Fragen seitens der SS zu provozieren. Bis jetzt schien ihr Plan aufzugehen, trotzdem blieben die Bedingungen der Häftlinge beklagenswert, egal wie man es drehte und wendete.

Unter Olivers Leitung und Margaretes Einfluss war die Sterblichkeitsrate stark gefallen, obwohl für ihren Geschmack weiterhin zu viele der ausgemergelten Menschen starben. Selbst junge und kräftige Zwangsarbeiter wurden manchmal Opfer von schrecklichen Unfällen beim Kochen, wie man die Herstellung des explosiven Nitropenta nannte. Nein, sie konnte Onkel Ernst keinesfalls in die Produktion zurückversetzen.

Es musste eine andere Lösung geben. Nur welche?

4

Leipzig

»Schauen Sie nicht so mürrisch. Es ist nur für kurze Zeit.«

SS-Unterscharführer Thomas Kallfass wollte gegen seine Versetzung protestieren, wusste aber, dass es keinen Sinn hatte. Trotzdem versuchte er es. »Aber warum ausgerechnet Parchim? Das ist ein winziges Städtchen auf der Mecklenburgischen Seenplatte, und dort gibt es nichts, was kriegswichtig wäre.«

Sein Vorgesetzter schüttelte den Kopf. »Da liegen Sie falsch. Parchim selbst mag unbedeutend sein, aber die vielen Gestüte und Bauernhöfe in der Umgebung versorgen die Wehrmacht mit Pferden und die Bevölkerung mit Lebensmitteln.«

Die Erwähnung von Pferden gab Thomas einen Hoffnungsschimmer. Er war ein großer Pferdeliebhaber und hatte sich in seiner Jugend ein Taschengeld als Stallbursche verdient, bevor er erst der Partei und später der SS beigetreten war. Er war der Partei unendlich dankbar, denn sie bot einem Jungen aus der Arbeiterklasse wie ihm eine Karriere, von der er nie zu träumen gewagt hatte. Hitler hatte in der Tat die Regeln der Oberschicht niedergerissen und Chancengleichheit für alle geschaffen.

»So wie ich das sehe, ist das die perfekte Gelegenheit, sich für wichtigere Aufgaben zu empfehlen«, fügte sein Vorgesetzter hinzu.

»Ich weiß, und ich bin mehr als bereit, meinem Führer zu dienen, was immer er von mir verlangt ... Allerdings hatte ich gehofft, mein nächster Posten wäre in einer größeren Stadt. Irgendwo, wo ich wirklich etwas bewirken kann.« Thomas bemühte sich, nicht allzu finster dreinzuschauen. Trotz Hitlers Bemühungen waren die alten Zöpfe noch nicht völlig abgeschnitten, und die besten Posten waren Männern mit Beziehungen vorbehalten. Jemand wie er, der sich allein durch eigene Leistung hochgearbeitet hatte, musste doppelt so gut sein, wie jemand mit reichen oder berühmten Eltern.

»Nun, dann ist es beschlossene Sache«, sagte sein Vorgesetzter jovial und klopfte ihm auf die Schulter.

»Wann geht es los?«

»Da Berlin es für wichtig hält, fangen Sie bereits kommenden Montag an. An Ihrer Stelle würde ich allerdings noch vor dem Wochenende hinfahren, um mich mit der Gegend vertraut zu machen.«

Da es bereits Donnerstag war, blieb Thomas nicht viel Zeit, um seine Sachen zu packen und sich von seiner Mutter zu verabschieden, bei der er wohnte. »Ich nehme an, es ist alles organisiert?«

Endlich lächelte sein Chef. »Die Partei kümmert sich um diejenigen, die ihr dienen. Eine Dienstwohnung steht bereit, und Ihr künftiger Untergebener, Unterscharführer Lothar Katze, wird Sie am Bahnhof abholen und Ihnen dabei behilflich sein, sich in der neuen Position zurechtzufinden. Aber vergessen Sie nie: Sie sind der Chef.«

»Ich werde mein Bestes tun, Ihrem hervorragenden Beispiel zu folgen.« Thomas war noch nie irgendwo der Chef gewesen. Plötzlich wirkte der Posten gar nicht mehr so düster.

»Eine Sache noch.«

»Ja?«, sagte Thomas zögernd und wartete ab, ob sein eigener Chef eine weitere unangenehme Überraschung in petto hatte.

»Katze hat den gleichen Dienstgrad wie Sie.«

»Ach?« Dieses Detail hatte Thomas wohl überhört. Aus Erfahrung wusste er, dass dies sein Leben so viel komplizierter machen würde. Die SS war eine Organisation, die streng auf Hierarchie basierte: Von den Untergebenen wurde absoluter Gehorsam gegenüber den Höhergestellten erwartet, doch unter den Gleichrangigen herrschte ein harter Wettbewerb.

»Das können wir nicht zulassen, oder?« Sein Vorgesetzter grinste selbstzufrieden.

»Sie haben recht, das würde die Situation verkomplizieren.« Thomas wagte kaum, auf eine Beförderung zu hoffen, da diese frühestens in ein paar Monaten fällig war.

»Hier sind Ihre neuen Papiere. Herzlichen Glückwunsch, Herr Oberscharführer.« Sein Chef überreichte ihm eine Urkunde, in der sein neuer Rang vermerkt war.

»Vielen Dank«, stammelte Thomas, überwältigt von der plötzlichen Wendung der Ereignisse.

»Danken Sie mir, indem Sie mein Vertrauen nicht verspielen.«

»Das werde ich nicht, Herr Hauptscharführer. Sie werden keinen Grund zur Klage haben und ich werde Berlin wissen lassen, dass ich Ihrem Vorbild gefolgt bin, um eine wertvolle Bereicherung für die Partei zu werden.«

»Heil Hitler!«, entließ ihn sein Vorgesetzter.

»Heil Hitler!«, erwiderte Thomas, wobei er akkurat die Absätze zusammenschlug. Dann verließ er das Büro und suhlte sich in Selbstmitleid über seine Versetzung in die Walachei.

Das einzig Gute daran – abgesehen von seiner Beförderung – war, dass er endlich bei seiner Mutter auszog, die manchmal etwas zu fürsorglich sein konnte.

Sie war in der Küche, als er nach Hause kam. »Du bist früh dran, Thomas, das Abendessen ist noch nicht fertig.«

Er wusste, sie würde traurig und besorgt sein, dennoch zog er es vor, nicht auf eine bessere Gelegenheit zu warten, um ihr die Neuigkeit zu überbringen, denn die würde vielleicht nie kommen. »Ich bin versetzt worden.«

Sie ließ den Holzlöffel in den Topf fallen, was dunkle Spritzer auf den Kacheln hinter dem Herd hinterließ, und drehte sich erstaunlich schnell um. »Versetzt? Wohin?«

»In eine Stadt namens Parchim, auf der Mecklenburgischen Seenplatte.«

Ihre Augen wurden groß wie Untertassen. »So weit weg? Wann?«

»Mit sofortiger Wirkung.«

»Aber wo wirst du wohnen?«

»Ich habe eine Dienstwohnung zugewiesen bekommen, und offenbar wartet mein neuer Untergebener schon auf mich.«

Seine Mutter strahlte vor Stolz. »Oh, mein kleiner Thomas! Wenn dein Vater noch am Leben wäre, er wäre so stolz auf dich. Der Sohn eines einfachen Bergarbeiters macht Karriere bei der SS. Die Leute können sagen, was sie wollen, ohne Hitler wäre das nicht möglich und wir würden immer noch unter der Knute des Adels leben.«

»Ja, Mutti.« Thomas war dankbar für die Möglichkeiten, die ihm die Partei bot, obwohl er am eigenen Leib erfahren hatte, dass es für Leute mit dem richtigen Hintergrund und guten Verbindungen immer noch Vorteile gab. »Ich bin außerdem zum Oberscharführer befördert worden.«

»Das ist so wunderbar!« Sie ging auf ihn zu, stellte sich auf die Zehenspitzen, und drückte ihm einen Kuss auf die Wange. »Du kannst dir nicht vorstellen, wie glücklich mich das macht.«

Ein lautes Ploppen veranlasste sie, ihn loszulassen, den Holzlöffel zu ergreifen und den blubbernden Eintopf umzurühren.

»Es riecht köstlich, was ist das?«, fragte er.

»Gulasch mit Kartoffeln«, antwortete sie, während sie den Topf vom Herd nahm. Als sie den Eintopf in zwei Teller schöpfte, hielt sie plötzlich mitten in der Bewegung inne und fragte: »Wer kocht denn da draußen für dich? Wer wäscht deine Wäsche? Macht dein Bett?«

»Mutti, ich bin fünfundzwanzig und alt genug, für mich selbst zu sorgen. Ich bin sicher, dass es für die Mitglieder der SS eine Kantine gibt, und wenn nicht, kann ich in einem Restaurant essen gehen.«

»Natürlich.« Sie trug die Teller zum Tisch hinüber. »Ich vergesse immer, dass du schon erwachsen bist. Mein süßer, kleiner Junge.«

»Das bin ich, Mutti. Es gibt wirklich keinen Grund, dir Sorgen um mich zu machen. Ich bin sicher, mir wird es gut gehen.« Er setzte sich an den Tisch.

»Natürlich.« Sie zerzauste sein Haar, eine Angewohnheit, die er zutiefst verabscheute, weil er seine natürlichen Wellen sorgfältig mit Pomade glättete. »Wenigstens gibt es auf der Mecklenburgischen Seenplatte keine Bombardements, so dass ich mir wenigstens um deine Sicherheit keine Sorgen machen muss.«

»Mutter, so etwas darfst du nicht mal denken. Es ist undeutsch, sich um die eigene Sicherheit zu sorgen, wenn wir doch mit ganzem Herzen für den Krieg sind.«

»Pah«, winkte seine Mutter ab. »Es ist mein gutes Recht, meinen Sohn in Sicherheit wissen zu wollen. Das heißt nicht, dass ich Hitler nicht unterstütze. Er hat so viele großartige Dinge für unser Land getan. Du erinnerst dich nicht, weil du zu jung bist, aber die Depression nach dem letzten Krieg war grauenvoll. Die Menschen starben wie die Fliegen, weil sie nichts zu essen kaufen konnten.«

»Ich sollte packen«, sagte er, nachdem er seine Mahlzeit beendet hatte.

»Du fährst doch nicht sofort, oder? Sie lassen dich doch sicher noch die Nacht bleiben und du musst erst morgen früh auf deinen neuen Posten?« Sie sprang auf, als sei sie von einer Tarantel gestochen worden. »Ich muss deine Kleidung waschen und deine Uniform bügeln, damit morgen alles für dich bereit ist. Geh und ruh dich aus.«

Thomas rollte mit den Augen, sagte aber pflichtbewusst: »Das werde ich, Mutti.« So sehr ihre Liebe ihn manchmal zu erdrücken drohte, war es doch sehr praktisch, jemanden zu haben, der sich um all die niederen Arbeiten kümmerte, damit er sich auf seine Karriere konzentrieren konnte. Der Führer hatte es selbst gesagt: »Die Frauen sind für die kleine Welt zu Hause zuständig, damit die Männer hinausgehen und in der großen Welt der Politik und Wissenschaft Großartiges leisten können.«

Er zog sich in sein Zimmer zurück und holte eine Landkarte aus der Schublade seines Schreibtisches. Parchim war eine Kleinstadt, etwa vier Autostunden nördlich von Leipzig. Berlin lag etwa auf halber Strecke zwischen seiner Heimat und dieser gottverlassenen Gegend. Es war nicht nahe genug an der Ostsee, um für die Kriegsmarine von strategischer Bedeutung zu sein, und zu weit entfernt von Berlin im Süden oder Hamburg im Westen, um nennenswerte Industrie zu besitzen. Soweit er wusste, wohnten dort nur Bauern, Pferde und Kühe.

Es lag nicht einmal am Ufer eines der Seen, von denen die Müritz der größte war. Er zog mit dem Finger eine Linie von Parchim zum nächstgelegenen See und endete bei einer Stadt namens Plau am See.

Der Name rüttelte sein Gedächtnis wach. Letztes Jahr war er auf einer Dienstreise in dieser Gegend gewesen. Aufgrund eines Hinweises hatten sie Nachforschungen über eine Untergrundorganisation angestellt, die angeblich Juden an die Küste und von dort aus über die Ostsee nach Schweden schmuggelte. Leider war es ihnen nicht gelungen, die Schuldigen ausfindig zu machen, und sie waren mit leeren Händen nach Leipzig zurückgekehrt.

Vielleicht war dies der Grund, warum Berlin dem Posten in Parchim anscheinend so große Bedeutung beimaß. Wenn es ihm gelänge, besagte illegale Organisation auszuheben, würde er mit Lob überschüttet werden, sowie eine weitere Beförderung und höchstwahrscheinlich eine Versetzung in eine größere Stadt erhalten. Vielleicht sogar Berlin, oder zumindest nach Stralsund, Rostock oder Lübeck.

Er trällerte eine Melodie, denn sein Tag war gerade um einiges besser geworden. Des Weiteren stellte er noch einen Vorteil fest. Etwas, von dem er nicht einmal zu träumen gewagt hatte. In der Nähe von Plau am See befand sich eine Rüstungsfabrik, deren Besitzerin keine Geringere war als die liebreizende Annegret Huber, Erbin von Gut Plaun und allem, was dazu gehörte.

Während des kurzen Aufenthalts im letzten Jahr hatten seine Kollegen und er das Vergnügen gehabt, Gast auf dem Gut sein zu dürfen, und er konnte sich gut vorstellen, diese charmante Frau zu heiraten. Es wäre für beide Seiten eine außerordentlich profitable Verbindung. Einer Frau musste es schwerfallen, ein so großes Anwesen ohne Ehemann zu führen, und sie würde einen gut aussehenden, aufrichtigen, starken und intelligenten SS-Offizier wie ihn mit offenen Armen empfangen. Im Gegenzug würde ihr Ansehen in der obersten Nazielite sowie ihr Reichtum seiner Karriere nutzen. Mit ihr an seiner Seite hätte er endlich den gesellschaftlichen Rückhalt, der ihn an die Spitze katapultierte.

Als Tochter des verstorbenen SS-Standartenführers Wolfgang Huber würde sie zweifellos die Prüfungen, die künftige Ehefrauen von SS-Männern durchlaufen mussten, mit Bravour bestehen. Ja, er würde ihr einen Besuch abstatten, sobald er sich eingelebt hatte. In Anbetracht seiner Erfolgsbilanz bei Frauen war es ein Leichtes, sie dazu zu bringen, sich in ihn zu verlieben.

5

Plau am See

Margarete saß mit Dora im vorderen Salon und begutachtete die Kleider, welche die verstorbene Frau Huber hinterlassen hatte.

»Was ist mit diesem hier?«, fragte Margarete und hielt ein cremefarbenes, langes Abendkleid mit kleinen applizierten Rosen hoch.

»Oh, Fräulein Annegret, das ist viel zu schick«, sagte Dora mit einem wehmütigen Blick auf das elegante Kleid.

»Unsinn. Da Oliver jetzt der Gutsverwalter ist, wird man erwarten, dass er stilvoll heiratet. Wir können dieses Kleid ganz einfach von der Schneiderin für dich ändern lassen. Du wirst darin eine wunderschöne Braut abgeben.« Margarete hegte gegenüber dem schüchternen Mädchen mütterliche Gefühle, obwohl sie nur vier Jahre jünger war als Margarete.

Trotz ihrer Schüchternheit besaß Dora eine innere Stärke und hatte ihre Loyalität sowie Hingabe für ihre Herrin in heiklen Situationen schon oft bewiesen. Sie hatte unter anderem dabei geholfen, Lena zu verstecken, eine geflohene jüdische Zwangsarbeiterin, die später von den Nazis getötet wurde. Lena zu verstecken, hatte Margarete den nötigen Anstoß gegeben, ihrer wahren Berufung nachzugehen: das geerbte Huber-Vermögen zu nutzen, um denen zu helfen, die sich selbst nicht helfen konnten.

Seit sie herausgefunden hatte, dass ihr eine Rüstungsfabrik gehörte, in der KZ-Häftlinge Zwangsarbeit leisten mussten, hatte sie alles in ihrer Macht Stehende getan, um das Leben der Gefangenen erträglicher zu machen. Sie hatte die Essensrationen verdoppelt, Arbeitsschichten von höchstens zwölf Stunden eingeführt, jederzeit Zugang zu sauberem Wasser organisiert, sowie an jeden Häftling eine Decke und eine Strohmatratze verteilt, um sie in den Winternächten vor der strengen Kälte zu schützen.

»Das kann ich unmöglich annehmen, Fräulein Annegret«, unterbrach Dora ihre Erinnerungen.

»Ich bestehe darauf.« Als sie merkte, dass Dora immer noch zögerte, fügte sie hinzu: »Es würde mich schlecht aussehen lassen, wenn mein Gutsverwalter sich nicht einmal ein ordentliches Kleid für seine Braut leisten kann. Das willst du doch nicht, oder?«

Dora riss die Augen weit auf und kehrte zu ihrer lästigen Angewohnheit zurück, einen Knicks zu machen, wenn sie sich unwohl fühlte. »Nein, Fräulein Annegret. Natürlich nicht. Ich würde niemals ...« Sie errötete. »Ich nehme das Kleid gerne. Vielen, vielen Dank dafür.«

»Gut. Ich werde Frau Mertens bitten, die Näherin kommen zu lassen, damit sie sich an die Arbeit machen kann.«

Wieder ein Knicks. »Wie kann ich Ihnen jemals für all das danken, was Sie für mich getan haben?«

»Danke mir, indem du anderen hilfst.« Selbst mit Dora, eine der drei Personen auf Gut Plaun, die ihre wahre Identität kannte, sprach sie nie offen und vermied es sorgfältig, die Nazis zu kritisieren.

»Das werde ich.« Das Dienstmädchen nickte mit ernster Miene, wobei ihr hüftlanges geflochtenes Haar auf und ab hüpfte. »Dank Ihrer Hilfe bei der Einbürgerung bin ich jetzt in einer viel besseren Position als meine Landsleute, und ich möchte Ihrem Beispiel folgen.«

Diesmal war es Margarete, die errötete. Sie, die ehemalige jüdische Dienstmagd, die in ihrem Leben nur Schikanen erlebt hatte, diente einem anderen Mädchen als Vorbild. Das war vermutlich das Lob, das sie am meisten schätzte, auf jeden Fall mehr als die oberflächlichen Komplimente der Nazis auf Brautschau, die unbedingt mit ihr ausgehen wollten.

»Da bist du ja, Dora. Es wartet Arbeit auf dich.« Frau Mertens trat mit einem missbilligenden Blick in den Salon.

»Entschuldigen Sie, Frau Mertens, ich kümmere mich sofort darum.« Dora sprang eilig auf.

»Es war meine Schuld, ich habe Dora von ihrer Arbeit abgehalten«, sagte Margarete und hielt der Haushälterin das Kleid vor die Nase. »Wird Dora darin nicht eine wunderschöne Braut abgeben?«

Frau Mertens' Miene wurde weicher. »Ihre verstorbene Frau Mutter trug dieses Kleid zur Einweihungsfeier des SS-Hauptquartiers in Parchim.«

Mit einem Mal schien der Stoff Margaretes Haut zu versengen und sie wollte das Ding zu Boden werfen. Doch das Kleid konnte ja nichts dafür, dass es zu einer Feier der Nazis angezogen worden war, also hielt sie still und setzte eine nostalgische Miene auf. »Meine Mutter hatte einen außergewöhnlich guten Geschmack. Ich vermisse sie sehr.«

Frau Mertens hob eine Augenbraue, was Margarete das Gefühl gab, sie hätte etwas Falsches gesagt. Der Umgang mit der Haushälterin, die Annegret seit ihrer Geburt und deren

Eltern noch länger gekannt hatte, machte sie immer noch nervös, denn es gab so viele Fallstricke. Immerhin kam ihr zugute, dass Annegret mindestens ein Jahrzehnt vor ihrem Tod nicht mehr auf dem Landgut gewesen war, weshalb Frau Mertens nie an Margaretes Identität gezweifelt hatte, auch wenn sie oft die Augenbrauen hochzog und im Privaten bemerkte, wie sehr sich das verwöhnte Mädchen von einst verändert hatte.

Dankenswerterweise schien jeder fraglos zu akzeptieren, dass die dramatischen Erfahrungen, die sie mit dem Verlust ihrer Eltern und ihrer beiden Brüder durch zwei Bombenangriffe gemacht hatte, ausreichend Grund für einen Menschen waren, sich drastisch zu verändern.

»Könnten Sie bitte nach der Schneiderin schicken, damit sie das Kleid für Dora ändert?«, fragte Margarete.

»Gewiss, Fräulein Annegret.« Frau Mertens hielt ein paar Sekunden inne, bevor sie fortfuhr. »Haben Sie vor, an der Trauung teilzunehmen?«

»Ich? Ich denke schon.« Um ehrlich zu sein, hatte Margarete noch nicht darüber nachgedacht. Oliver stammte aus einer bescheidenen Familie und Dora war eine ehemalige ukrainische Fremdarbeiterin. Deshalb hatte sie ihren loyalen Mitwissern wenigstens mit einem angemessenen Kleid aushelfen wollen.

Plötzlich hatte sie eine fantastische Idee, wie sie zwei Fliegen mit einer Klappe schlagen konnte: einerseits die Erwartungen für einen gesellschaftlichen Anlass erfüllen und andererseits die Aufmerksamkeit von sich selbst ablenken. »Ich hatte mir überlegt, wir könnten einen Empfang im Gutshaus geben und alle wichtigen Leute aus der Region einladen.«

»Warum sollten Sie das tun?« Wieder hob sich Frau Mertens' Augenbraue.

»Haben Sie mir nicht neulich erst gesagt, dass sich die

Leute beschweren, weil wir seit meiner Ankunft noch keine einzige Feier organisiert haben, mal abgesehen von dem Abendessen für unsere Gäste von der Gestapo im letzten Herbst? Die Hochzeit ist doch sicherlich ein Grund zum Feiern, oder nicht?«

Die Haushälterin legte den Kopf schief und sagte dann langsam: »Das ist eine ganz hervorragende Idee. Die Hochzeit kann am Vormittag im kleinen Rahmen stattfinden und am Abend geben Sie einen offiziellen Empfang.«

Dora erbleichte leicht, was zeigte, wie sehr sie die Vorstellung verabscheute, dass es auf ihrer eigenen Hochzeitsfeier nur so von Nazifunktionären wimmeln würde. Doch Margarete presste die Lippen zusammen; so sehr sie die Gefühle ihres Dienstmädchens auch verstand, konnte sie keine Rücksicht darauf nehmen. Es war zu wichtig, den Schein zu wahren.

Margarete wusste es, Oliver wusste es, und Dora musste es auch wissen. Sie alle drei steckten viel zu tief in staatsfeindlichen Aktivitäten, um zu riskieren, dass der leiseste Hauch eines Verdachts auf sie fiel

Mit einem Seitenblick auf Frau Mertens, die Doras Unbehagen ebenfalls bemerkt hatte, sagte Margarete: »Ich weiß, du hast etwas Privateres geplant, vielleicht nur Olivers Familie und ein paar enge Freunde.«

Dora verstand sofort, was ihre Herrin damit andeuten wollte, und schüttelte den Kopf, so dass ihre Zöpfe herumwirbelten. »Bitte, Fräulein Annegret, halten Sie mich nicht für undankbar, ich bin nur überwältigt von Ihrer Großzügigkeit. Das hätte ich alles nicht erwartet.« Sie deutete auf das elegante Kleid, das vor ihr lag.

»Mach dir keine Sorgen. Ein Fest war überfällig, und die Hochzeit ist der perfekte Anlass dafür.« Margarete hielt inne, weil sie befürchtete, zu kalt rüberzukommen, doch Dora nickte verständnisvoll.

Frau Mertens strahlte zustimmend. »Ihre verstorbene Frau Mutter hatte es geliebt, Feiern zu veranstalten, und« – sie senkte die Stimme – »es ist wirklich an der Zeit, dass Sie in ihre Fußstapfen treten und sich ihrer Aufgabe widmen.«

»Welche Aufgabe?«

»Die Kriegsanstrengungen zu unterstützen.«

Margarete kniff die Augen zusammen. Unterstützte sie nicht jeden Tag diesen verdammten Krieg, indem ihre Fabrik Sprengstoff produzierte?

»Jeder hatte Verständnis dafür, dass Sie um Ihre Familie trauern, aber es gibt Gerüchte ... nun Sie müssen allen zeigen, dass Sie bereit sind, Opfer zu bringen und unseren Führer in jedem seiner Vorhaben voll und ganz unterstützen.«

Mit einer nachdenklichen Miene antwortete Margarete: »Sie haben vollkommen recht, Frau Mertens. Ich war egoistisch in meinem Kummer. Mein Vater hätte gewollt, dass ich stolz auf seinen Heldentod bin und ihn räche, indem ich meine Anstrengungen verdopple, unserem Vaterland Gerechtigkeit zu verschaffen. Wir dürfen unsere Feinde nicht gewinnen lassen, indem wir ihnen erlauben unsere Motivation zu rauben.«

Frau Mertens nickte zufrieden, und wieder einmal fragte sich Margarete, wo ihre Haushälterin politisch einzuordnen war. Die strenge, aber gerechte Frau war nie grausam oder verächtlich, nicht einmal zu den Fremdarbeitern auf dem Gut. Sie zeigte zwar Mitgefühl für die Lage der Zwangsarbeiter, erwähnte jedoch stets, dass es sich um Untermenschen oder Kriminelle handelte, die ihre Behandlung verdient hatten. Sie lobpries den Führer wann immer jemand zuhörte, ging aber nie so weit, an einer Kundgebung oder einer Parteiveranstaltung teilzunehmen, weil sie angeblich zu viel zu tun hatte.

Margarete warf ihr noch einen prüfenden Blick zu und kam zu dem Schluss, dass Frau Mertens eine Mitläuferin war, die sich bedeckt hielt und das tat, was die herrschende Klasse ihr auftrug.

Und, ehrlich gesagt, was konnte man von einer Frau erwarten, die ihr ganzes Leben lang als Dienstmädchen und Haushälterin gedient hatte? Sie war es gewohnt, Befehle zu befolgen, ohne deren Sinn und Moral in Frage zu stellen.

Hatte Margarete nicht selbst ähnlich gehandelt, bevor sie sich in Annegret verwandelt hatte? Als schikaniertes, jüdisches Mädchen aufgewachsen, hatte sie nie die Möglichkeit des Widerstands in Betracht gezogen. Sie hatte die ungerechten Gesetze als selbstverständlich hingenommen, und obwohl sie über ihre Situation nicht glücklich gewesen war, hatte sie diese als gottgegeben hingenommen.

Erst nachdem sie nach dem folgenschweren Bombenangriff, bei dem sowohl Annegret als auch ihre Eltern ums Leben gekommen waren, deren Identität angenommen hatte, hatte sie begonnen, die Dinge anders zu sehen. Aber es hatte noch mehrere Anstöße bedurft, bis sie schließlich anfing aktiv gegen das Regime zu arbeiten.

Zunächst war da ihre komplizierte Beziehung zu Wilhelm Huber, Annegrets Bruder, der sie beschützt hatte, obwohl er die Juden im Allgemeinen verachtete. Er und sie waren in so vielen Dingen unterschiedlicher Meinung gewesen, und sie wurde von Schuldgefühlen geplagt, weil sie zärtliche Gefühle für den netten Mann gehabt hatte, der gleichzeitig ein Nazi war.

Letzten Endes hatte er sein Leben geopfert, um ihres zu retten. Aber nicht einmal das Versprechen, das sie ihm kurz vor seinem Tod gegeben hatte, mit dem Huberschen Vermögen Gutes zu tun, hatte sie zum Handeln veranlasst. Erst als sie Lena fand, ergriff Margarete endlich die Initiative.

»Habt Ihr euch schon für ein Datum entschieden?«, fragte Frau Mertens.

Dora errötete leicht. »Darüber haben wir gerade gesprochen, als Sie reingekommen sind. Fräulein Annegret hat Ende des Monats vorgeschlagen.«

»Darf ich etwas vorschlagen?« Frau Mertens schien auf einmal gar nicht mehr erfreut zu sein.

»Natürlich, Frau Mertens«, antwortete Margarete.

»Besser Sie warten bis Dezember. Dann haben wir die Erntehelfer nicht mehr im Haus und können uns besser um die Gäste kümmern.« Die ältere Frau hob die Hände, als schämte sie sich. »Früher war das nie ein Problem, aber mit der Rationierung der Lebensmittel ...«

Margarete runzelte kurz die Stirn, bevor sie antwortete: »Ich denke, das ist eine ausgezeichnete Idee. Außerdem gibt es den wichtigen Gästen genug Zeit, ihren Terminkalender freizuhalten.« Eigentlich hatte sie genau das Gegenteil erhofft: dass die Veranstaltung für viele der Parteifunktionäre aufgrund ihrer anderen Verpflichtungen zu kurzfristig angekündigt sein würde, um teilzunehmen.

Dora schien denselben Gedanken gehabt zu haben, denn sie machte ein enttäuschtes Gesicht. Oder lag es etwa nur daran, dass sie so schnell wie möglich heiraten wollte?

»Es ist der perfekte Zeitpunkt. Eine weiße Hochzeit mit Schnee wäre so romantisch«, schwärmte Margarete.

»Haben Sie schon eine Gästeliste im Kopf?«, fragte Frau Mertens.

»Teilweise«, log Margarete. Natürlich musste sie den Stadtadel einladen, dazu die wichtigen Funktionäre und Industriellen der Region. Ein Angstschauer lief ihr über den Rücken. Man würde hoffentlich nicht erwarten, dass sie Leute aus Annegrets früherem Leben in Berlin einlud, oder? Leute, die sie als Schwindlerin entlarven konnten? »Ich möchte es auf Gäste aus der näheren Umgebung beschränken.«

Wieder schossen Frau Mertens' Augenbrauen in die Höhe. »Ihre Frau Mutter hat immer Gäste aus Berlin eingeladen.«

»Das würde ich liebend gerne auch tun, aber aufgrund der aktuellen Reisebeschränkungen und der Rationierung sollten wir die Feier in einem kleinen Rahmen halten. Ich möchte auf keinen Fall den Eindruck erwecken, dass Gut Plaun wertvolle Kriegsressourcen vergeudet.«

Frau Mertens sagte zögerlich: »Vor dem Krieg war alles so viel einfacher.«

Sowohl Dora als auch Margarete spitzten die Ohren, denn das war der kritischste Satz, der je aus dem Mund der Haushälterin gekommen war.

6

Oliver sprang aus dem Sattel und ließ seine Stute aus dem Brunnen trinken, bevor er sie an einem Zaun festband.

»Für dich«, sagte er, gab Sabrina einen Apfel und tätschelte ihr den Hals. Er hätte das Auto nehmen können, aber Benzin war streng rationiert und zudem genoss er das Reiten, weil es ihm Zeit mit seinen geliebten Pferden verschaffte. Zeit, die er viel zu wenig hatte, nachdem er die Verantwortung für Gut Plaun übernommen hatte.

Nicht, dass er es bereute, auf Annegrets Angebot eingegangen zu sein, denn erstens war es mit einem sehr großzügigen Gehalt verbunden, und zweitens konnte er anderen Menschen helfen. Seit seinem Einsatz an der Ostfront war er zunehmend unzufrieden mit Hitlers Politik. Über die Gräueltaten, die er sowohl miterlebt hatte, als auch gezwungen wurde zu verüben, sprach er niemals und weigerte sich schlichtweg, überhaupt daran zu denken. Dennoch wuchs das mulmige Gefühl in seinem Magen angesichts der Richtung, in die sich Deutschland bewegte, stetig.

Annegrets Mission, die Notlage der Zwangsarbeiter zu lindern, war gerade zur rechten Zeit gekommen, um sein zunehmend schlechtes Gewissen zu beruhigen. Selbst ein Landei wie er, der keine Ahnung von den großen Fragen der Welt hatte, wusste, dass es falsch war, Menschen schlechter als Tiere zu behandeln. Ob Juden, Zigeuner oder russische Kriegsgefangene, sie alle waren Menschen wie er und Dora.

Der Gedanke an Dora wärmte sein Herz, doch gleichzeitig zog es sich vor Sorge zusammen. Bisher waren die Ukrainer als Verbündete betrachtet worden, aber das schien sich zu ändern, und wenn man den Gerüchten Glauben schenken durfte, würde ihre Nationalität bald zu den »barbarischen Untermenschen« gehören.

Ein Grund mehr, sie so schnell wie möglich zu heiraten. Ausgestattet mit ihren Eindeutschungspapieren sowie seinem Nachnamen würde es niemand wagen, ihr etwas anzutun, selbst wenn der Rest ihres Volkes plötzlich zum Feind erklärt wurde.

Er nahm eine Aktenmappe aus seiner Satteltasche, straffte die Schultern und betrat das Gebäude der SS-Kreisleitung. Als er das wuchtige Gebäude betrat, das die finstere Organisation beherbergte, jagte ihm ein Schauer über den Rücken.

Niemand war vor der SS sicher. Sie konnten im Grunde tun und lassen, was sie wollten. Wenn sie jemals herausfanden, wer Annegret wirklich war ... er machte sich keine Illusionen darüber, dass sie ihn ungestraft davonkommen ließen. Schon gar nicht, weil er sie bereits als Kind gekannt hatte. Niemand würde glauben, dass er die Täuschung nicht bemerkt hatte. Verdammt, er glaubte es ja selbst kaum. Im Nachhinein betrachtet, sprangen einem die Anzeichen geradezu ins Auge, und er fragte sich, wie sie ihn so lange an der Nase herumführen konnte.

»Was ist Ihr Anliegen?«, fragte die junge Frau hinter der Rezeption, als er durch die schwere Tür in die riesige Eingangshalle trat.

»Ich möchte zu Unterscharführer Katze.«

»Ihr Name?«

»Oliver Gundelmann von Gut Plaun.«

»Worum geht es?«

Er hatte nicht die Absicht, ihr auf die Nase zu binden, dass er ihren Chef bestechen wollte, also antwortete er ausweichend: »Eine geschäftliche Angelegenheit, die Nitropentafabrik betreffend.«

Sie schürzte die Lippen, offenbar nicht zufrieden mit der Menge an Informationen, die er preisgegeben hatte. Dennoch nahm sie den Hörer des schwarzen Telefons auf ihrem Schreibtisch ab und wählte eine Nummer. »Herr Unterscharführer, ein Herr Gundelmann möchte Sie sprechen ... wegen der Nitropentafabrik ... Danke.« Sie wandte sich wieder an Oliver: »Er wartet in seinem Büro auf Sie. Zweiter Stock, erste Tür links. Klopfen Sie nicht. Warten Sie, bis er Sie hereinholt.«

Innerlich stöhnte Oliver auf, als er sich pflichtbewusst bei der Empfangsdame bedankte und die Treppe in den zweiten Stock hinaufstieg, wo er vor der Tür mit der Aufschrift *Leitung* stehen blieb. Offenbar war Katze zum Kreisleiter befördert worden. Oliver überlegte, ob dies den zukünftigen Umgang mit ihm einfacher oder schwieriger machen würde.

Katze war eine sadistische Bestie, nicht sehr intelligent, dafür durch und durch verderbt. Ihn konnte man bestechen, ohne Konsequenzen befürchten zu müssen, was in seiner neuen Position vermutlich sehr viel kostspieliger wurde.

Als Oliver das letzte Mal hier gewesen war, hatte er Annegret begleitet. Sie hatten Katze, damals noch der stellvertretende Leiter, über Gustavs Verrat informiert, und Gustav war nur wenige Tage später bestialisch hingerichtet worden. Auch wenn nie bestätigt wurde, dass dies Katzes Werk war, schien es Oliver doch ein zu großer Zufall zu sein.

Es gab weder eine Bank noch einen Stuhl, auf den er sich hätte setzen können, also wartete er im Stehen. Etwa eine Viertelstunde später hörte er Schritte hinter der Tür und kurz darauf lugte ein pausbäckiges Gesicht mit kleinen Augen hervor. »Heil Hitler!«

»Heil Hitler!« Wegen seines kaputten Beins konnte Oliver nicht die Absätze zusammenschlagen, wie Katze es getan hatte, aber immerhin streckte er seine rechte Hand genau im vorgeschriebenen Winkel nach vorne.

»Herr Gundelmann, was führt Sie zu mir?«

»Bitte entschuldigen Sie, dass ich Ihre kostbare Zeit in Anspruch nehme. Wir haben ein kleines Problem in der Fabrik.«

»Sie sind doch nicht mit Ihrer Produktionsquote im Rückstand, oder?« Katze gab ihm ein Zeichen, sich auf einen schlichten Holzstuhl vor dem monumentalen Schreibtisch zu setzen, bevor er darum herumging und sich in einen riesigen Bürosessel setzte, von wo aus er wie ein König auf Oliver herunterblickte.

Die Darstellung verfehlte ihre Wirkung nicht. Eingeschüchtert musste Oliver zweimal schlucken, bevor er seine Schultern straffte und mit ruhiger Stimme antwortete: »Nein, nein. Es könnte jedoch so weit kommen, wenn wir diese Befehle befolgen.« Er nahm den Deportationsbefehl aus seiner Aktentasche und reichte ihn Katze.

»Juden? Und?«

»Ich muss leider sagen, dass diese Leute nicht irgendwelche Juden sind, sondern kriegswichtige Arbeiter, ohne die wir die Produktion nicht aufrechterhalten können.«

»Das sind keine Menschen, sondern Ungeziefer! Wie kann so eine Pest unentbehrlich sein?« Katze lehnte sich zurück und zündete sich eine Zigarette an.

»Herr Unterscharführer, normalerweise würden wir solche Subjekte niemals beschäftigen, doch es fehlen uns die Facharbeiter. Die meisten Männer sind zur Wehrmacht eingezogen worden, um Führer und Vaterland zu dienen, und die Fremdarbeiter sind, unter uns gesagt, unzulänglich. Wenigstens sprechen diese Juden unsere Sprache und die meisten haben eine gesunde Arbeitsmoral, die ihnen durch das jahrelange Leben unter Deutschen eingeimpft wurde.«

Katze nahm ein paar Züge von seiner Zigarette, bevor er Oliver eine anbot. »Möchten Sie eine?«

»Ja, gerne.«

Der andere Mann warf ihm das Päckchen zu und deutete auf ein Feuerzeug auf dem Schreibtisch. Oliver beugte sich vor, zündete sich eine Zigarette an und inhalierte den Rauch. Der würzige Geschmack füllte seine Lungen und beruhigte seine Nerven. Lothar Katze mochte ein sadistisches Schwein sein, aber er war auch ein Opportunist, der wusste was gut für ihn war. Eine der größten Rüstungsfabriken in seinem Distrikt dazu zu bringen, ihre Quote zu verfehlen, war es sicher nicht.

»Was schlagen Sie also vor?«, fragte Katze.

»Eine Ausnahmegenehmigung.«

»Für alle auf der Liste?« Katze verschluckte sich fast an seinem nächsten Atemzug.

»Wir sehen natürlich die Notwendigkeit, Deutschland von den Juden zu befreien, aber unter den derzeitigen Beschränkungen befürchten wir, dass unsere Bemühungen zur Unterstützung der Kriegsanstrengungen Vorrang haben müssen.«

Katze drehte die Zigarette in seiner Hand, als ob er seine Optionen abwägen würde. »Ich habe meine eigene Quote zu erfüllen, wenn Sie verstehen.«

Oliver verstand nur zu gut. »Vielleicht finden Sie die fehlenden Subjekte ja an anderer Stelle?« Die Worte schmeckten bitter in seinem Mund. Er hatte Gewissensbisse dabei, so etwas vorzuschlagen, aber er hatte gelernt, dass er nicht jeden retten konnte, also konzentrierte er sich auf die Menschen, deren Schicksal er beeinflussen konnte.

»Das bedeutet eine Menge zusätzliche Arbeit«, überlegte Katze. »Ausnahmegenehmigungen ausstellen, Ersatz finden ...«

»Natürlich ist das viel verlangt, vor allem wenn man

bedenkt, dass Sie ohnehin schon mit Arbeit überhäuft sind.«
Oliver beugte sich vor und senkte seine Stimme. »Es wäre
nicht zu Ihrem Nachteil. Ich bin befugt, eine angemessene
Entschädigung für die zusätzliche Arbeit anzubieten.« Oliver
hoffte, dass er nicht zu dreist gewesen war, denn selbst bei
einer korrupten Person wie Katze konnte man nie sicher
sein, dass ein Bestechungsversuch den Empfänger nicht
beleidigte.

Er hätte sich keine Sorgen machen müssen, denn Katze
leckte sich über die Lippen. »Das weiß ich sehr zu schätzen.«

Oliver griff in seine Tasche, um den Umschlag herauszuho-
len, den Annegret ihm am Morgen gegeben hatte. Er schob ihn
über den Tisch und sah zu, wie Katze ihn öffnete und die
Scheine durchblätterte. In seiner anderen Tasche befand sich
ein identischer Umschlag, falls es nötig sein sollte, doch er
hoffte, dass er nicht danach greifen musste.

Katze gab ein zufriedenes Grunzen von sich und steckte
den Umschlag in seine Schreibtischschublade, bevor er sagte:
»Gut, dann schauen wir uns mal Ihre kriegswichtigen Arbeiter
an.«

Oliver reichte ihm eine maschinengeschriebene Liste mit
den Namen sämtlicher Juden in der Fabrik in doppelter
Ausführung. Katze hob eine Augenbraue, als er die dicht
beschriebenen Seiten durchblätterte.

Oliver wartete mit angehaltenem Atem auf die unvermeid-
lichen Fragen, denn die Liste erwähnte absichtlich nicht die
Aufgaben der angeblich kriegswichtigen Arbeiter, da sie neben
dem Produktionspersonal auch ungelernte Handlanger,
Küchenpersonal und Sanitäter enthielt.

»Das sind ziemlich viele.«

»Ja, und wir fordern jede Woche weitere Häftlinge an.«
Das lag vor allem daran, dass viel zu viele Zwangsarbeiter trotz
der eingeführten Verbesserungen wegen ihres schlechten Allgemeinzustands starben.

Katze nickte. »Ich kann Ihnen eine Freistellung für das derzeitige Personal gewähren, aber nicht für das zukünftige.«

»Das wird nicht nötig sein, denn wir werden Ihren Rat beherzigen und von nun an nur noch nicht-jüdische Arbeitskräfte anfordern. Wir auf Gut Plaun sind Patrioten, die Hitlers Politik voll und ganz unterstützen.«

»Ja. Ja.« Katze stempelte auf jedes einzelne Blatt der Liste erst *Freistellung* und dann *Kriegswichtige Arbeiter*, bevor er zur ersten Seite zurückkehrte, um sie mit dem offiziellen Reichsadlerstempel mit der Aufschrift *SS-Kreisleitung Parchim* zu versehen. Schließlich unterschrieb er jedes Blatt mit seinem Namen und seinem Rang.

Als er sein Werk begutachtete, grunzte er zufrieden und setzte einen weiteren Stempel mit dem aktuellen Datum darauf. Dann legte er eine Ausführung zu den anderen Papieren auf seinen Schreibtisch, und schob die andere zu Oliver hinüber. »Ich fürchte, dies ist eine einmalige Ausnahme für die Mitarbeiter, die derzeit bei Ihnen beschäftigt sind.«

»Ich danke Ihnen. Sie haben dem Reich und den Kriegsanstrengungen einen großen Dienst erwiesen.« Oliver hatte es plötzlich eilig, das Büro zu verlassen, da er befürchtete, Katze könnte seine Meinung ändern und die wertvollen Ausnahmegenehmigungen in Stücke reißen. »Heil Hitler.«

»Heil Hitler.«

Nachdem sein Anliegen bei der SS erledigt war, wollte Oliver so schnell wie möglich aus dem Hauptquartier verschwinden. Er sauste die Treppe hinunter und stieß fast mit einem Mann in schwarzer Uniform zusammen, der mit der gleichen Geschwindigkeit nach oben eilte. Im letzten Moment verhinderte er einen Zusammenstoß und sagte: »Entschuldigen Sie, mein Herr. Ich habe Sie nicht gesehen.« Erst dann hob er den Blick, um in das Gesicht des Beamten zu sehen. Beide erkannten sich gleichzeitig.

»Wenn das nicht Oliver Gundelmann von Gut Plaun ist!«, sagte der Mann, der etwa in Olivers Alter war, hocherfreut.

»Thomas, was führt dich hierher?« Oliver hatte Thomas' Bekanntschaft im letzten Jahr gemacht, als er mit einigen seiner Kollegen für ein paar Tage auf dem Gut zu Gast gewesen war. Unterscharführer Thomas Kallfass war ein begeisterter Pferdeliebhaber und hatte ihm nach reichlich Alkohol das Du angeboten.

Sein Blick fiel auf Thomas' Kragen, der mit zwei neuen, silbern glänzenden Kragenspiegeln geschmückt war, und er überlegte, ob er den Mann besser mit seinem neuen Rang ansprechen sollte. Doch bevor er sich korrigieren konnte, sagte Thomas: »Ich hatte nicht erwartet, an meinem ersten Tag im Amt ein bekanntes Gesicht zu sehen.«

»Sie wurden nach Parchim versetzt?«, erkundigte sich Oliver, während beide zur Seite traten, um die Treppe nicht zu versperren.

»Ja. Nach der Versetzung meines Vorgängers bin ich hier der neue Chef. Oder werde es ab morgen sein«, antwortete Thomas.

»Herzlichen Glückwunsch. Auch zu Ihrer Beförderung, Herr Oberscharführer.«

»Thomas, bitte.«

Oliver nickte.

»Ehrlich gesagt hätte ich eine größere Stadt vorgezogen, aber die Beförderung ist sehr willkommen, und ich bin stolz, meinem Land dort zu dienen, wo ich am meisten gebraucht werde.«

»Ich bin sicher, dass du hier hervorragende Arbeit leisten wirst«, sagte Oliver, obwohl er sich fragte, ob diese neue Entwicklung tatsächlich eine Verbesserung darstellte. Katze war brutal und inkompetent, aber zumindest war er offen für Bestechungsgelder und nicht klug genug, um zu merken, wenn er ausgetrickst wurde. Thomas hingegen war intelligent, ehrgeizig und korrekt. Er würde die Regeln nicht für ein paar Reichsmark außer Kraft setzen. Andererseits war er ein anständiger Kerl und kein grausamer Sadist.

»Vielleicht könnte ich, sobald es die Zeit erlaubt, Gut Plaun einen Besuch abstatten?«, schlug Thomas vor.

»Du bist immer willkommen«, antwortete Oliver. Thomas hatte seine Aussage als Frage formuliert, doch wenn der neue Kreisleiter etwas vorschlug, war es in Wirklichkeit ein Befehl.

»Wie wäre es mit dem kommenden Wochenende?«, fuhr Thomas fort. »Wir könnten einen Ausritt machen. Wenn ich mich recht erinnere, habt ihr einige edle Pferde.«

»Das tun wir. Ich bin sicher, dass sich ein passendes Reittier finden lässt. Gib mir Bescheid, wann genau du zu Besuch kommen möchtest, und ich werde alles vorbereiten lassen.«

Thomas sah aus, als ob er noch etwas fragen wollte, schüttelte dann aber fast unmerklich den Kopf. »Hervorragend. Nun sollte ich dich nicht länger aufhalten. Heil Hitler!«

Oliver erwiderte den Gruß und drehte sich um, um den Ausgang anzusteuern. Auf dem zweistündigen Ritt durch Felder und Wälder zurück zum Gut pfiff er eine heitere Melodie. Hier und jetzt war er völlig mit sich und der Welt im Reinen. Auf dem Rücken eines Pferdes konnte er sich entspannen und all die schlimmen Dinge vergessen, die um ihn herum passierten.

7

Dora wartete ungeduldig auf Olivers Rückkehr aus Parchim. Sie machte sich immer Sorgen um ihn, wenn er unterwegs war. Es war ein beunruhigendes Gefühl, denn bevor sie Lena versteckt hatte und Fräulein Annegrets wahre Identität erfuhr, hatte sie das nie getan.

In ihrer Vorstellung war er sicher gewesen. Ein angesehener Stallmeister auf einem deutschen Gestüt. Zu Hause in der Ukraine hatte ihre Familie wenig Interesse an Politik gezeigt, abgesehen davon, dass jeder in ihrem Dorf die sowjetischen Besatzer hasste. Sie war das fünfte von zwölf Kindern. Ihre vier älteren Geschwister waren schon lange verheiratet und hatten das Elternhaus verlassen. Aber auch mit acht Kindern kämpften ihre Eltern, arme Bauern mit deutschen Wurzeln, ständig darum, so viele hungrige Münder zu stopfen.

Als die Wehrmacht gekommen war, um die Ukraine zu befreien, waren ihre Eltern überglücklich gewesen – und hatten Dora weggeschickt, um in Deutschland zu arbeiten. Dora interessierte sich immer noch nicht für Politik, aber was sie über den Mundfunk hörte, deutete darauf hin, dass sich das

Leben in der Ukraine enorm verschlechtert hatte, nachdem die Befreier ihr wahres Gesicht gezeigt hatten. Offenbar hieß heute niemand mehr die Nazis willkommen.

Einige der anderen ukrainischen Ostarbeiterinnen in Plau am See befürchteten, dass sie bald so enden würden wie die Russen oder die Polen. Ausgebeutet, gedemütigt, ausgehungert. Tot.

Deshalb war sie so glücklich gewesen, als zunächst ihre Eindeutschungspapiere und später die Heiratserlaubnis eingetroffen waren. Olivers Frau zu werden, war nicht nur ihr innigster Wunsch, sondern auch eine Möglichkeit, sie vor Verfolgung zu schützen.

Obwohl in letzter Zeit Zweifel in ihr aufstiegen, ob sie sich nicht mit der falschen Seite verbündete. Nicht, weil Oliver nicht der Mann war, mit dem sie den Rest ihres Lebens verbringen wollte, sondern weil die Gerüchte darauf hindeuteten, dass Deutschland diesen Krieg verlieren musste.

Wenn die Sowjets kämen, wären sie nicht zimperlich mit ihr. Eine Ukrainerin, die Deutsche geworden war und einen Deutschen geheiratet hatte. Was würden sie wohl mit so einer machen? Dasselbe, was Gustav mit Lena gemacht hatte, die er erst stundenlang brutal vergewaltigt und dann zu Tode gepeitscht hatte?

Sie zitterte heftig und wischte ihre furchteinflößenden Gedanken beiseite. Die Dinge waren, wie sie waren. Es gab nichts, was sie dagegen tun konnte. Sie hatte ihr Bett gemacht, im wahrsten Sinne des Wortes, und würde bis zu ihrem Lebensende darin schlafen müssen.

Endlich öffnete sich die Tür des Gärtnerhäuschens, in dem sie mit Oliver wohnte, und sie fiel Oliver um den Hals, noch bevor er die Schwelle überschritten hatte. Nach ihrer offiziellen Verlobung war sie trotz Frau Mertens' Missbilligung mit Oliver zusammengezogen. Die Haushälterin hatte zähneknirschend

Fräulein Annegrets Vorschlag zugestimmt, dass Dora vorerst ihr Zimmer im Herrenhaus behielt und das verliebte Paar sehr diskret sein würde.

»Du hast mich aber heftig vermisst«, sagte Oliver lachend und drückte ihr einen Kuss auf die Lippen. Er roch nach Pferden, Schweiß und Tabak. Dora rauchte nicht, denn das ziemte sich nicht für Frauen, trotzdem mochte sie den Tabakgeruch auf seiner Haut.

»Ich habe mir Sorgen um dich gemacht. Es ist schon spät.«

Er schob sie auf Armeslänge weg, trat ins Haus und kickte die Tür mit dem Fuß zu. »Ich war nur in Parchim.«

»Aber ...« Sie wusste, dass ihre Angst unbegründet war, oder vielleicht auch nicht. »Ich habe immer Angst, wenn du das Gut verlässt.«

»Ich weiß, mein Schatz. Mach dir nicht so viele Sorgen. Mir passiert schon nichts.«

Sie glaubte ihm zwar nicht, ließ sich aber von seinen Worten in jenes wohlige Gefühl der Sicherheit wiegen, nach dem sie sich so sehr sehnte. »Ich habe das Abendessen für dich aufgehoben.«

»Vielen Dank. Es war ein anstrengender Tag.«

Er hätte die paar hundert Meter zum Herrenhaus laufen und sein Abendessen in der Küche einnehmen können, aber Dora wusste, dass er es vorzog, mit ihr in dem kleinen Häuschen zu sitzen und ein Bier zu seiner Mahlzeit zu trinken.

Vor lauter Neugierde konnte sie es kaum erwarten, ihn auszufragen. Doch zuerst kniete sie sich neben ihn, zog ihm die schweren Reitstiefel von den Füßen und stellte sie auf die Matte neben der Tür. Sie würde sie später polieren, denn sie wollte, dass er immer tadellos aussah. Dann servierte sie ihm das Essen und setzte sich ihm gegenüber an den Tisch.

»Willst du nichts essen?«, fragte er zwischen zwei gierigen Bissen des deftigen Kanincheneintopfs.

»Ich habe schon mit den anderen gegessen.« Als sie sah, wie er sich langsam entspannte, fragte sie schließlich: »Hast du die Ausnahmegenehmigungen bekommen?«

Er schluckte einen großen Bissen herunter, bevor er antwortete. »Ja, habe ich. Es war zwar teuer, aber Katze hat sie alle abgestempelt. Vorläufig sind die Häftlinge sicher.«

»Alle? Da wird sich Fräulein Annegret freuen.« Dora hatte noch nie einen Fuß in die Fabrik gesetzt und außer mit Lena noch mit keiner Gefangenen gesprochen. Doch sie empfand Mitleid mit ihnen. Selbst mit all den zusätzlichen Lebensmitteln, die Fräulein Annegret organisierte, waren diejenigen, die vom Gut die Vorräte abholten, dürr wie Bohnenstangen.

»Ich muss gleich rübergehen, um es ihr zu sagen.«

»Hast du das nicht schon getan?«

»Zuerst wollte ich dich sehen.«

Dora errötete vor Freude. Oliver war kein romantischer Mann, der sie mit Gedichten oder Liebesbriefen bedachte, aber dass er sie sehen wollte, bevor er Annegret Bericht erstattete, war der einzige Beweis, den sie brauchte, um zu wissen, dass er sie aus tiefstem Herzen liebte. Was auch immer nach dem Krieg geschehen würde, an seiner Seite zu sein, war es auf jeden Fall wert.

Er aß schweigend und sagte plötzlich: »Erinnerst du dich an Thomas Kallfass? Von der SS in Leipzig?«

Dora kniff die Augen zusammen und dachte angestrengt nach, aber konnte sich nicht an den Namen erinnern, also schüttelte sie den Kopf.

»Er war letztes Jahr mit den Kollegen von Reichskriminaldirektor Richter auf dem Gutshof.«

Noch immer konnte sie kein Gesicht mit dem Namen in Verbindung bringen, trotzdem nickte sie. »Ich glaube, ich weiß wen du meinst. Was ist mit ihm?«

»Er ist der neue Kreisleiter.«

»Ist das gut oder schlecht?«

»Ehrlich gesagt, weiß ich es nicht. Er scheint ein anständiger Kerl zu sein, aber auch ehrgeizig und sehr loyal gegenüber dem Führer.« Eine senkrechte Falte erschien auf seiner Stirn. Mit einem Blick auf seinen Teller wollte sie ihn fragen, ob er noch eine Portion mochte, hielt es aber für besser, ihn nicht zu unterbrechen. Sekunden später fuhr Oliver fort: »Er hat mich sofort wiedererkannt und ... er hat sich für das Wochenende zum Reiten eingeladen.«

»Er hat sich selbst eingeladen? Auf das Anwesen von Fräulein Annegret? Wie unhöflich!«

Oliver sah auf und lachte. »Kann ich noch etwas Eintopf haben, bitte? Ja, es ist unhöflich, aber er ist der Kreisleiter und hat es als Vorschlag formuliert. Ich musste annehmen.«

Sie huschte davon, um seinen Teller in der kleinen Küche aufzufüllen. Sie kochte dort nie, denn es fehlten selbst die grundlegenden Zutaten, aber auf dem Herd konnte sie die Mahlzeiten aufwärmen, die sie vom Gutshaus mitbrachte oder morgens Kaffee kochen.

»Hier, bitte.« Während Oliver sich über das Essen hermachte, sagte sie: »Du musst Fräulein Annegret von seinem bevorstehenden Besuch erzählen.«

»Ja. Ich hoffe, sie wird nicht allzu verärgert darüber sein.«

»Es ist nicht deine Schuld. Dieser Mann hat dir im Grunde genommen befohlen, ihn einzuladen.«

»Auf jeden Fall ist es clever sich mit den Behörden gut zu stellen.« Er aß seinen Teller leer, aber als sie ihn wegnehmen wollte, hielt er ihr Handgelenk fest. »Warte. Ich muss gleich zum Gutshaus rübergehen und Annegret von meinem Besuch in Parchim erzählen, aber erst muss ich meine zukünftige Frau ausgiebig küssen.«

Nachdem er sie ausgiebig und stürmisch geküsst hatte, bis ihr die Luft ausging, schlang er seine Arme um sie und fragte: »Wie war dein Tag?«

Es war der Moment, vor dem sie sich gefürchtet hatte, denn

sie wusste, dass er sich – genau wie sie selbst – eine kleine Hochzeitsfeier nur mit seiner Familie und ein paar engen Freunden gewünscht hatte. »Fräulein Annegret lässt eins von Frau Hubers Abendkleidern zu einem Hochzeitskleid für mich umarbeiten.«

Er seufzte, offensichtlich in der Erwartung, dass noch mehr kommen würde.

»Sie und Frau Mertens haben geplant abends einen Empfang zu geben.« Sie sah ihn mit flehenden Augen an.

»Was verschweigst du mir?« Seine Hand streichelte über ihr Haar.

»Es wird ein sehr großes Ereignis.«

»Das habe ich schon befürchtet.«

»Fräulein Annegret meinte, die Leute würden unangenehme Fragen stellen, wenn wir nicht mit Stil feiern. Das könnte zu Gerüchten über meine Herkunft führen.«

»Aber du hast doch deine Eindeutschung ...« Sie wussten beide, dass trotz der Papiere ein Makel an ihrer Person haftete, denn Papiere konnte man fälschen und Ausnahmegenehmigungen kaufen. In diesem Fall war Angriff – sie der Welt zu präsentieren – vermutlich die beste Verteidigung für mögliche Probleme in der Zukunft. Oliver seufzte und kam offensichtlich zu demselben Schluss. »Es ist vielleicht das Beste so.«

Sie kuschelte sich an seine breite Brust. »Sie sagte auch, dass es längst überfällig ist, ein gesellschaftliches Ereignis zu veranstalten, und schlägt zwei Fliegen mit einer Klappe. Es verleiht uns Glaubwürdigkeit und nimmt den Druck von ihr. Deshalb wird sie die gesamte Führungsspitze des Kreises einladen.«

Er stöhnte auf. »Thomas wird sich so freuen. Er liebt diese Art von Festlichkeiten. Du hättest ihn heute in seiner Uniform sehen sollen, mit blitzenden Stiefeln und einem stolzen Grinsen auf dem Gesicht.«

»Wir müssen nicht bis zum Ende bleiben. Ist es nicht

üblich, dass sich die Frischvermählten früh zurückziehen?« Sie sagte es in einem verführerischen Ton, und ganz wie sie es beabsichtigt hatte, drückte er ihr einen weiteren leidenschaftlichen Kuss auf den Mund und murmelte: »Ich glaube, es gibt Schlimmeres, als dich zu heiraten.«

8

Margarete hatte den ganzen Tag gespannt auf Olivers Rückkehr gewartet. Als er bis zum Abendessen nicht gekommen war, begann sie, sich Sorgen zu machen.

Unschlüssig, ob sie sich in ihre Räume zurückziehen oder unten verweilen sollte, nahm sie ein Buch aus der Bibliothek zur Hand. Es war *Die Jungfrau von Orleans* von Friedrich Schiller. Sie kannte die Geschichte in groben Zügen, hatte sie aber bisher nicht gelesen. Damals, als Juden noch in öffentliche Büchereien gehen durften, war sie zu jung gewesen, und dann ... Ihre Finger strichen sanft über den alten Leineneinband.

Es war ein wunderschönes Exemplar: Ein brauner Einband, der schwarze Titel von einem schwarzen Kreis umrandet, verziert mit Arabesken, geschwungenen Linien und einem Pegasus, darunter die römischen Buchstaben MDCXL. Sie schlug das Buch ehrfürchtig auf und stellte fest, dass es 1909, vor mehr als dreißig Jahren, als Schulausgabe gedruckt worden war.

Sie dachte an die Zeit zurück, als sie in der Universitätsbibliothek in Leipzig gearbeitet hatte, kurz nachdem sie in Annegrets Identität geschlüpft war, und wie sehr sich ihr Leben seitdem verändert hatte. Völlig in ihre Erinnerungen vertieft, hörte sie nicht, wie die Tür geöffnet wurde und sprang auf, als jemand sagte: »Da bist du ja. Guten Abend, Annegret.«

Sie drehte sich um. »Oliver, du hast mich erschreckt.«

»Tut mir leid.«

Sie versuchte, seinen Gesichtsausdruck zu deuten, wollte sich für die Nachricht wappnen, die er brachte, doch seine Miene verriet nichts. Als sie frisch nach Gut Plaun gekommen war, hatte sie ihn verabscheut, hatte sogar Angst vor diesem grüblerischen, wortkargen und ernsten Mann gehabt, der nur in der Gegenwart seiner geliebten Pferde – und Dora – warm zu werden schien.

Doch schon bald hatte sie seine Zurückhaltung und Unnahbarkeit zu schätzen gelernt: Es waren ideale Charaktereigenschaften für einen Mitwisser bei ihren staatsfeindlichen Machenschaften, weil der Feind immer mithörte. Trotzdem wünschte sie sich gelegentlich, er wäre etwas gesprächiger.

Oliver schloss die Tür zur Bibliothek, bevor er auf sie zuging und sagte: »Der Besuch bei Katze war erfolgreich. Er hat mir großzügig Freistellungen für alle kriegswichtigen Arbeiter gewährt.«

Ihre Hand flog an die Brust und sie spürte wie sich allmählich die Anspannung, die sie seit dem Eintreffen des Deportationsbefehls verspürt hatte, auflöste. »Das ist eine wunderbare Nachricht. War es schwierig?«

»Nicht wirklich.« Endlich verzog sich ein Mundwinkel zu einem halben Grinsen. »Der Umschlag hat geholfen.« Er zog den zweiten Umschlag aus seiner Tasche und reichte ihn ihr.

»Gut gemacht.« Sie wünschte, sie hätte darauf verzichten können, denn das Geld benötigte sie dringend für den Kauf zusätzlicher Lebensmittel für die Häftlinge.

»Er hat klar gemacht, dass dies ein einmaliges Entgegenkommen war. Es wird keine Ausnahmen für zukünftige Zwangsarbeiter geben. Er riet mir sogar, nur noch Nicht-Juden anzufordern und die Juden ausschließlich für Aufgaben herzunehmen, die für alle anderen zu gefährlich sind.«

Ihre Augen blickten Oliver finster an, obwohl er nur der Bote war. »Das werde ich ganz sicher nicht tun.«

»Annegret.« Er trat näher. »Du musst vernünftig sein, wir haben nur begrenzte Möglichkeiten etwas zu tun. Vielleicht ist es an der Zeit zu akzeptieren, dass wir den Juden nicht helfen können und uns stattdessen auf die Kriegsgefangenen konzentrieren sollten?«

So sehr sie seine Argumentation auch verstand, ihr Herz sperrte sich dagegen. »Niemals. Ich werde einen Weg finden.«

»Im Moment sind die Personen, die wir beschäftigen, sicher, aber« – ihr Kopf ruckte hoch als sie seinen besorgten Unterton hörte – »wir könnten ein anderes Problem bekommen.«

»Was für ein Problem?«

»Erinnerst du dich an Thomas Kallfass? Einer der SS-Leute, die letztes Jahr zu Besuch waren?«

Sie nickte. Natürlich erinnerte sie sich an ihn. Er war derjenige gewesen, der sie fast entlarvt hätte, als er sie nach dem verfluchten Reitturnier fragte, das Annegret gewonnen hatte und von dessen Existenz Margarete nichts wusste.

»Er ist der neue Kreisleiter.«

»Er scheint ein anständiger Mann zu sein, falls man sowas von einem Nazi sagen kann.«

»Das ist er wohl auch. Außerdem liebt er Pferde.« Oliver rieb sich das Kinn. »Er hat mich dazu genötigt, ihn am Wochenende einzuladen.«

»Er hat was?« Margarete wusste, dass sie hochrangige Nazis bewirten musste, um ihre Tarnung aufrechtzuerhalten, aber sie tat es so selten wie möglich.

»Er hat einen Besuch vorgeschlagen, doch es war eher ein Befehl als eine Frage. Deshalb habe ich ihm gesagt, dass er immer willkommen ist und dass ich ein Reitpferd für ihn bereithalten werde.«

Sie konnte sehen, dass Oliver genauso unglücklich über diese Wendung war wie sie, doch es gab nichts, was sie dagegen tun konnten. »Es könnte sich als vorteilhaft erweisen, falls wir weitere Ausnahmegenehmigungen brauchen.«

»Möglich. Allerdings glaube ich nicht, dass er bestechlich ist.«

»Auf jeden Fall müssen wir dafür sorgen, dass er sich gebauchpinselt fühlt. Ich werde Frau Mertens Bescheid geben und ein Mittagessen zu seiner Begrüßung organisieren. Was meinst du?«

Er nickte. »Solange er sich nicht zu wohl fühlt und beschließt, uns jedes Wochenende zu besuchen.«

»Ich nehme stark an, dass er noch andere Verpflichtungen hat. Mach dir darüber keine Sorgen.«

Nachdem Oliver sich verabschiedet hatte, beschloss sie, nach einem kurzen Blick auf die Uhr, dass es noch früh genug am Abend war, um Frau Mertens zu informieren. Sie nahm die Glocke auf dem Couchtisch zur Hand und läutete. Normalerweise käme Dora, aber seit sie trotz Frau Mertens' ausdrücklicher Missbilligung mit Oliver in das Gärtnerhäuschen gezogen war, hatten sie ein zweites Dienstmädchen eingestellt.

Gloria war ein mageres Mädel aus Ostpolen, das wenig Deutsch sprach, sehr zum Leidwesen von Frau Mertens. Margarete hatte auf ihr bestanden, weil sie es in der Fabrik nicht mehr lange durchgehalten hätte.

Dort ersetzte ein dankbarer Jude, der sonst deportiert worden wäre, das Mädchen. Es war ein Pakt mit dem Teufel und Margarete zweifelte jeden Tag daran, ob sie das Richtige tat. Die Arbeit in der Fabrik war, trotz aller Verbesserungen, kein Zuckerschlecken, und fast täglich starb einer der Häftlinge an den Strapazen.

»Fräulein Annegret, was Sie wollen?«, fragte Gloria mit einem Knicks.

»Hol bitte Frau Mertens.«

»Frau Mertens. Ja. Sofort.« Erleichterung und Sorge zugleich standen dem Mädchen in ihr kindliches Gesicht geschrieben.

Minuten später traf Frau Mertens ein. »Sie haben nach mir verlangt, Fräulein Annegret? Gloria konnte mir nicht sagen, wofür.«

Margarete lächelte. »Das liegt daran, dass ich es ihr nicht erklärt habe.«

»Bei allem Respekt, wir brauchen jemanden, der anständig Deutsch spricht.«

»Das wäre mir auch lieber, aber Sie wissen ja, wie unmöglich es heutzutage ist, gutes Personal zu bekommen. Gloria wird es schon noch lernen.« Aufgrund der Ähnlichkeit ihrer Muttersprachen verständigten sich Dora und Gloria erstaunlich gut, sodass Dora oft übersetzte. »Der neu ernannte Kreisleiter Oberscharführer Kallfass wird uns am Wochenende besuchen.«

»Dieses Wochenende? Was haben Sie sich vorgestellt? Einen Empfang? Wie viele Gäste?« Frau Mertens war sofort in ihrem Element.

»Nichts dergleichen. Es scheint, dass er mit Oliver ausreiten will, aber ich dachte, ein formelles Mittagessen wäre angemessen, um ihn auf Gut Plaun willkommen zu heißen und zu zeigen, dass wir voll und ganz hinter dem Führer stehen.«

»Oh ja, der arme Mann, er muss geradezu in Arbeit ersticken. Ich werde alles vorbereiten lassen. Werden Sie beide die einzigen Gäste sein?«

Margarete dachte einen Moment nach. »Nein, ich werde sowohl Oliver als auch unseren Herrn Volkmer dazu einladen.« Es sollte keinesfalls nach einer romantischen Verabredung aussehen.

Frau Mertens runzelte nachdenklich die Stirn. »Also vier

Personen. Wie wäre es mit pochiertem Fisch mit Petersilienkartoffeln?«

»Das ist eine hervorragende Idee. Nils soll mit dem Fischer reden.« Nils war das Faktotum auf dem Gut. Er erledigte die meisten Besorgungen in der Stadt, zusätzlich zu sämtlichen anfallenden Reparaturen auf dem Gut. »Oh, und noch eine Sache. Ich weiß nicht, ob der Oberscharführer über Nacht bleiben will, aber arrangieren Sie, dass eines der Gästezimmer vorbereitet wird, nur für den Fall.«

»Natürlich, Fräulein Annegret. Ich kümmere mich um alles.«

»Das wäre dann alles.«

Am nächsten Morgen suchte Margarete Nils auf, der im Esszimmer auf einer Leiter stand und etwas reparierte.

»Guten Morgen, Nils.«

»Guten Morgen, Fräulein Annegret.«

Er unterbrach seine Arbeit nicht, also fügte sie hinzu: »Kann ich dich kurz sprechen?«

»Sicher, lassen Sie mich nur diese Schraube anziehen, sonst fällt alles runter.«

Frau Huber wäre wahrscheinlich schockiert über seinen Ungehorsam gewesen, doch Margarete war praktischer veranlagt und wartete geduldig, bis er fertig war und von der Leiter herunterkletterte.

»Was kann ich für Sie tun?«, fragte Nils, während er sich die Hand an der Arbeitshose abwischte.

»Wir haben am kommenden Wochenende einen wichtigen Gast und Frau Mertens möchte gerne Fisch zubereiten. Können Sie heute noch in die Stadt fahren und mit dem Fischer sprechen?«

Er verzog das Gesicht. »Tut mir leid, das schaffe ich nicht. Das Reichswehrersatzamt hat mich für heute Nachmittag einbestellt. Ich kann nicht glauben, dass die einen so alten Mann wie mich mustern wollen.«

Margarete unterdrückte ein erschrockenes Einatmen. Soweit sie wusste, ging Nils stramm auf die sechzig zu. War die Wehrmacht so verzweifelt, dass sie in Erwägung zog, Männer wie ihn an die Front zu schicken? Nein, das musste ein Fehler sein. Irgendein Bürokrat hatte einen Zahlendreher im Geburtsjahr gemacht. »Nun dann ... was sollen wir tun?«

»Warum gehen Sie nicht selbst, Fräulein Annegret? Ich kann Sie auf dem Weg in der Stadt absetzen.«

»Einverstanden.« Sie würde Oliver sagen, dass ihre heutige Reitstunde ausfallen musste, denn Oberscharführer Kallfass bei Laune zu halten, war ihre derzeit wichtigste Aufgabe.

Ein beunruhigender Gedanke kam ihr in den Sinn. Wenn dieser Mann so ein Pferdeliebhaber war und öfter zu Besuch kam, um ihre Pferde zu reiten, bat er sie womöglich darum, ihn bei einer dieser Gelegenheiten zu begleiten. Eigentlich ein Grund, die heimlichen Reitstunden mit Oliver zu verdoppeln, anstatt sie abzusagen.

Nachdem Nils sie in Plau am See abgesetzt hatte, ging sie die Kopfsteinpflasterstraße hinunter zur berühmten Hubbrücke über die Elde, überquerte sie aber nicht. Wie immer war sie fasziniert von diesem technischen Meisterwerk, das während des Ersten Weltkriegs gebaut worden war. Die Brücke öffnete sich in regelmäßigen Abständen, wenn ein Schiff in den Plauer See, ein wichtiges Fischereigebiet, einfahren musste.

Als sie am Ufer entlang zum Kai der Fischer ging, betrachtete sie die malerischen, hölzernen Bootshäuser auf der anderen Seite und fragte sich, wie sie wohl von innen aussahen und warum die Leute ihre Boote in Häusern unterbrachten, anstatt sie auf dem Wasser zu lassen, wie es anderswo üblich war.

Am Ende der Straße befand sich das Leuchtfeuer, das die Einfahrt vom See in die Elde signalisierte. Dort legten die Fischer jeden Morgen an, um ihren Fang auszuladen.

Nils hatte ihr den Namen des Fischers gegeben, mit dem er normalerweise Geschäfte machte. Sie entdeckte das kleine grüne Boot ohne Schwierigkeiten, doch der Mann darauf entsprach nicht der Beschreibung einer grauhaarigen, älteren Person. Im Gegenteil, er war recht jung, etwa dreißig Jahre alt, mit einem breitschultrigen Oberkörper, kräftigen Beinen und flachsfarbenem Haar, das einen starken Kontrast zu seiner gebräunten Haut bildete.

Nachdem sie das ganze Dutzend Boote noch einmal abgegangen war, war sie sicher, dass es das richtige sein musste, auch wenn der Mann nicht der Beschreibung entsprach.

»Entschuldigung«, rief sie ihm zu. »Sind Sie Herr Stober?«

Er drehte sich um und musterte sie mit Interesse in seinen Augen. »Ja. Was wollen Sie von mir?«

»Ich bin von Gut Plaun. Ich meine, Nils hat mich hergeschickt, um Fisch zu bestellen, aber er sagte, Sie seien viel älter ...« Sie überlegte, ob sie ihm ihren Namen nennen sollte, entschied sich aber dagegen.

Der Mann brach in Gelächter aus, wobei die süßesten Grübchen auf seinen Wangen erschienen. »Ich bin für meinen Großvater eingesprungen.«

»Oh, ich verstehe. Ist ihm etwas zugestoßen?«

Seine Miene verfinsterte sich misstrauisch. Heutzutage beantwortete man Fremden keine Fragen nach dem Verbleib von Familienangehörigen. Zu viele wurden verhaftet oder verschwanden bei Nacht und Nebel, um nie wieder aufzutauchen. Jeder verschloss die Augen, darauf bedacht, die Verschwundenen nicht zufällig zu erwähnen, vor lauter Angst, eine Verbindung zu einem Reichsverräter könnte auch sie in Verdacht bringen.

»Nur das Alter.« Der Fischer musterte sie und machte ihr bewusst, dass sie ein sauberes, teures Kleid mit passenden Schuhen und Hut trug, während er in eine schmutzige, alte Latzhose gekleidet war, die nach Fisch stank. Trotz seiner schäbigen Kleidung strahlte er eine bodenständige Schroffheit aus, die, gelinde gesagt, erfrischend war.

»Richten Sie Ihrem Großvater meine besten Wünsche zur Genesung aus.« Wieder hatte sie sich von ihrer eigenen Erziehung leiten lassen und etwas gesagt, was Menschen von Annegrets gesellschaftlichem Rang normalerweise nicht taten, also fügte sie schnell hinzu: »Ich brauche Fisch für ein besonderes Mittagessen am Samstag.«

»Sie bewirten die Nazielite?«, fragte er. Im letzten Jahr hatte sie ein feines Gehör für die Zwischentöne in den Stimmen der Menschen entwickelt und gewann den Eindruck, dass er sie dafür verurteilte.

Irgendwie hatte sie das Bedürfnis, sich zu verteidigen, obwohl es ihr egal sein sollte, was irgendein Fremder von ihr dachte. Sie wählte ihre Worte mit Bedacht, um ihn wissen zu lassen, ohne es jedoch auszusprechen, dass auch sie nicht viel von den Nazis hielt. »Es gibt einen neuen Kreisleiter in Parchim, der Gut Plaun einen offiziellen Besuch abstattet. Ihn adäquat zu bewirten, ist eine Pflicht, die von einem guten deutschen Bürger erwartet wird.«

Die Arme vor der breiten Brust verschränkt, entspannte er sich ein klein wenig. »Eine Pflicht, aber kein Vergnügen?«

Sie schenkte ihm ein unschuldiges Lächeln. »Ich würde die Fische lieber an Bedürftige spenden, aber ich diene dort, wo ich am meisten gebraucht werde.« Mehr konnte sie nicht sagen, ohne Ärger zu riskieren, wenn dieser Mann dem Regime gegenüber loyaler war, als ihr Instinkt sie glauben machte.

»Wie viele Fische brauchen Sie?«

»Für vier Personen. Obwohl«, sie suchte seinen Blick, wollte seine Reaktion sehen, bevor sie fortfuhr, »Wenn Sie mir mehr verkaufen können ... ich habe viele Menschen zu ernähren.«

»Die keine Rationsscheine haben«, stellte er fest.

Unter keinen Umständen konnte sie ein solches Verbrechen offen zugeben, also neigte sie nur leicht den Kopf als Zeichen der Zustimmung. Alle Lebensmittel waren rationiert, und die Fischerei unterstand der Reichsstelle für Fische, der zuständigen Dienststelle des Reichsministeriums für Ernährung und Landwirtschaft. Sie war für die Verteilung des Fangs zuständig, aber Nils hatte ihr erklärt, dass die Fischer einen gewissen Spielraum für den persönlichen Gebrauch hatten. Das bedeutete wahrscheinlich, dass einige bereit waren, mehr als ihre zugeteilte Quote zu fangen und sie auf dem Schwarzmarkt an Kunden zu verkaufen, die es sich leisten konnten.

Eine Sekunde lang überkam sie eine Welle der Verachtung für den Mann vor ihr, der nichts weiter als ein gewöhnlicher Dieb war, der sich durch den illegalen Verkauf von Fisch bereicherte. Aber einen Augenblick später wurde ihr klar, wie lächerlich dieser Gedanke war, schließlich gehörte sie zu seinen Kunden. Sie kaufte auf dem Schwarzmarkt Lebensmittel, um sie den Häftlingen zu geben. Verglichen mit ihrem Verbrechen, war seins unbedeutend.

»Ich habe Rationskarten.« Sie zeigte sie ihm, wohl wissend, dass sie nicht einmal für die Hälfte der gewünschten Menge ausreichten.

»Das wird reichen.« Er nannte einen Kilopreis, der etwa doppelt so hoch war wie der offizielle Preis, und sie stimmte zu.

»Vielen Dank.« Können Sie den Fang nach Gut Plaun bringen oder soll ich jemanden schicken, der ihn abholt?«

Seine Augen funkelten schelmisch. »Kommen Sie nicht selbst?«

»Ich fürchte, ich werde zu sehr mit der Vorbereitung des Mittagessens beschäftigt sein.« Sie warf einen zweiten Blick auf seine breiten Schultern und die kräftigen, gebräunten Arme.

»Dann komme ich eben zum Gutshaus.« Er wischte seine rechte Handfläche an seiner Hose ab und streckte sie ihr entgegen. »Haben wir eine Abmachung?«

Seine feingliedrigen, langen Finger faszinierten sie. Seine

Fingernägel waren schmutzig von einem langen Arbeitstag auf dem See, aber kurz und rund geschnitten, was seine Hände stark und fähig aussehen ließ. Er war sicherlich ein Mann, der harte Arbeit zur Genüge kannte, wie die Schwielen auf seiner Handfläche bewiesen, als sie ihm die Hand schüttelte. »Dann bis Samstagmorgen?«

»Frisch aus dem See in Ihren Mund.«

Sie machte eine angewiderte Grimasse. »Ich esse Fisch lieber gebraten.«

Er brach in lautes Lachen aus. »Sie sind wirklich einmalig, schönes Fräulein. Mein Name ist übrigens Stefan.«

»Annegret.«

Er schnalzte mit der Zunge. »Das junge Fräulein Huber höchstpersönlich beehrt mich mit ihrer Anwesenheit?«

Die echte Annegret wäre niemals zum Kai gegangen, also konnte sie ihm seine Überraschung nicht verübeln. Doch aus irgendeinem Grund wollte sie ihn davon überzeugen, dass sie ein besserer Mensch war als ihr Alter Ego. »Was immer Sie über mich zu wissen glauben, es entspricht nicht der Wahrheit. Ich bin ein völlig anderer Mensch geworden, seitdem ich meine Familie verloren habe.«

Ein Aufblitzen von Mitgefühl erhellte seine blauen Augen. »Mein Beileid.« Er reckte ihr das Kinn entgegen und zwinkerte ihr zu. »Ich werde am Samstag auf dem Gut sein und hoffe, einen Blick auf Sie zu erhaschen. Auf Wiedersehen, schöne Annegret.«

Sie hätte ihn für seine Unverschämtheit ausschimpfen sollen, doch sie konnte keinesfalls den Mann verärgern, der ihr den Fisch für Oberscharführer Kallfass' Besuch verkaufte. Zumindest versuchte sie, sich das einzureden, als sie antwortete: »Ich freue mich auf ein Wiedersehen, Stefan.«

9

Die Woche verging wie im Flug. Samstag früh stand Thomas vor dem großen Spiegel in seinem Schlafzimmer und nahm sein Aussehen in Augenschein. Dank der Putzfrau, die ihm vom Hauptquartier mitsamt der regierungseigenen Wohnung zur Verfügung gestellt wurde, war seine Ausgehuniform tadellos, frisch gewaschen und gebügelt.

Er schnippte ein Staubkorn von seiner Schulter und betrachtete sein Spiegelbild. Niemand konnte sagen, dass Oberscharführer Thomas Kallfass nicht fesch aussah. Die silbernen SS-Runen auf der einen Seite und die beiden diagonalen Rauten auf der anderen Seite seines schwarzen Kragenspiegels glänzten in der Sonne.

Der einzelne silberne Stern an seinen Schulterstücken versprach, dass er auf dem Weg zu einer echten Machtposition innerhalb der SS war. Zumindest hatte seine Verbannung zu diesem Außenposten in der Walachei eine Beförderung und – endlich – die Befehlsgewalt über mehrere Untergebene mit sich gebracht, selbst wenn sie so dämlich waren wie Lothar Katze.

Zufrieden mit seiner Erscheinung setzte er seine Dienstkappe auf, worauf der Reichsadler über dem Totenkopf thronte, das Symbol der Zugehörigkeit zu einer Elitetruppe, die ihre Wurzeln in den Preußischen Leibhusaren, einer Kavallerieeinheit der preußischen Armee, hatte.

Das Zusammentreffen mit Oliver war ein Glücksfall gewesen, denn es ermöglichte Thomas, seine zugegebenermaßen karge Freizeit für einen Ausritt zu nutzen und gleichzeitig seinen Plan, Annegret Huber den Hof zu machen, in die Tat umzusetzen.

Es war nicht einmal ein Tag vergangen, da hatte die liebliche Annegret in seinem Büro angerufen und ihn anlässlich seines Besuchs auf Gut Plaun zum Mittagessen eingeladen. Zweifellos erinnerte sie sich noch an seinen Aufenthalt auf dem Gut im vergangenen Jahr, denn welche junge, wohlerzogene deutsche Maid könnte einem Mann wie ihm widerstehen?

Eine schöne Erbin verliebt sich in einen schneidigen, intelligenten, starken, tapferen, virilen, aber leider armen Mann. Mit ihrer gesellschaftlichen Stellung im Rücken würde seine Karriere steil abheben, und schon bald würde er ein eigenes Regiment führen, während seine angetraute Ehefrau zu Hause bliebe und die vielen Kinder großzöge, die er mit ihr für Führer und Vaterland zeugen würde.

Er seufzte träumerisch. Ausgedehnte Aufenthalte auf ihrem Landsitz, Ausritte, Hirschjagden und Angeln im See würden sich mit Treffen wichtiger Leute in Berlin abwechseln. Sie könnten sich ein Haus auf der Insel Schwanenwerder kaufen, wo die Naziprominenz wie Reichspropagandaminister Goebbels, Hitlers Leibarzt Theodor Morell und Minister Albert Speer lebte.

Das war nicht nur ein Hirngespinst, denn er hatte es über Jahre hinweg beobachtet: Junge Männer, die zur gleichen Zeit wie er in die SS eingetreten waren, waren ihm allein durch das Gewicht ihres Nachnamens mehrere Ränge voraus. Es schien keine Rolle zu spielen, dass die meisten von ihnen weniger fähig waren als er selbst. Sie bekamen die besten Posten in den besten Städten, während er und andere aus der Arbeiterschicht an gottverlassene Orte wie Parchim verfrachtet wurden.

Mit Annegrets Nachnamen, ihrem Geld und ihrer gesellschaftlichen Stellung würde sich das Spiel endlich zu seinen Gunsten wenden. Ja, sie war die perfekte Frau für ihn.

Er schob seine Mauser in das Gürtelholster und nickte seinem Spiegelbild zu, so wie es sein Vater vielleicht getan hätte, wenn er noch am Leben wäre. »Gut gemacht, mein Sohn!«

Er liebte es, seine Pistole offen zu tragen, so dass sie jeder sehen konnte. Sollten die zwielichtigen Elemente beim Anblick eines aufrechten Mannes, der bereit war, das Reich mit seinem Blut zu verteidigen, vor Angst erstarren. Ein kurzer Augenblick des Zweifels überkam ihn, aber er schob ihn beiseite. Eine gute deutsche Frau wie Annegret würde keinen Anstoß an seiner zur Schau gestellten Waffe nehmen.

Schließlich verließ er das Gebäude und ging zu dem schwarzen Fahrzeug, das zum Fuhrpark des SS-Kreissamts gehörte, aber ausschließlich zu seiner Verfügung stand. Er hätte einem seiner Männer befehlen können, ihn die fünfundvierzig Minuten nach Gut Plaun zu chauffieren, doch er genoss es viel zu sehr, sich selbst hinter das Steuer zu klemmen.

Es war annährend so berauschend wie auf einem Pferd zu galoppieren, besonders außerhalb der Stadt, wenn er den Fuß auf das Gaspedal drückte und das mächtige Fahrzeug auf Höchstgeschwindigkeit brachte. Bevor er Parchim hinter sich ließ, hielt er an einem Haus, in dem die Besitzerin Blumen aus ihrem Garten verkaufte, und besorgte einen Strauß für seine Gastgeberin.

Er legte die Blumen auf den Beifahrersitz und fuhr nach Gut Plaun. Die rasante Fahrt durch Felder und Wälder war reiner Genuss. Im Gegensatz zu Leipzig war die Gegend hier noch ursprünglich: unberührt von den völkerrechtswidrigen

Bomben der hinterhältigen Alliierten, die jede Regel des Kriegs mit Füßen traten und mit ihren Bomben auf Frauen und Kinder zielten, statt auf militärische Objekte, wie es jede anständige Kriegspartei tat.

Auf jeden Fall würde die Luftwaffe ihnen bald den Garaus machen, nicht zuletzt dank der fast fertigen V-1. Wie jeder Deutsche sehnte er den Tag herbei, an dem die neue Wunderwaffe das Blatt wenden und die arroganten Tommies in die Bedeutungslosigkeit bomben würde.

Die Engländer hätten Seite an Seite mit den Deutschen über Europa herrschen können, wenn diese Sturköpfe Hitlers großzügiges Angebot nicht abgelehnt hätten. Sollten sie bekommen, was sie verdienten, diese dreckigen Verräter und Kindsmörder!

Selbst die faulen, nicht gerade intelligenten Italiener wussten, was gut für sie war, auch wenn Thomas nicht wirklich verstand, warum Hitler dieses arme Mittelmeervolk mit dunkler Haut als gleichwertig mit der arischen Rasse ansah.

Kurz vor Mittag hielt er vor dem imposanten Gutshaus, das von eingezäunten Koppeln, Ställen, Scheunen und einer Fülle von Anbauflächen umringt war.

Oliver kam ihm entgegen und begrüßte ihn mit einem freundlichen Händedruck. Thomas nahm sich einen Moment Zeit, sich umzusehen. »Es ist sogar noch schöner, als ich es in Erinnerung habe.«

»Hattest du Probleme, zu uns zu finden?«, fragte Oliver, als die beiden Männer auf die Eingangstür des Herrenhauses zugingen.

»Nein, überhaupt nicht.« Thomas hielt die Blumen, die er für Annegret gekauft hatte, hoch und sagte: »Ein kleines Mitbringsel für die Gastgeberin. Es war äußerst zuvorkommend von ihr, mich zum Mittagessen einzuladen.«

»Sie wollte dich in der Gegend willkommen heißen und

dich ihrer Unterstützung versichern. Wir auf Gut Plaun sind stets bereit Führer und Vaterland zu dienen.«

Thomas hätte sich eine persönlichere Antwort gewünscht, wies sich aber sofort zurecht. Oliver war Annegrets Gutsverwalter, mit ihm besprach sie sicherlich keine romantischen Angelegenheiten. Als Nächstes trat Annegret auf die Veranda, atemberaubend schön in einem eleganten, doch züchtigen rubinroten Kleid mit einer dunklen Borte am Kragen und an den Manschetten. Der Rock endete etwa in der Mitte der Wade und entblößte ihre schlanken Knöchel. Ihr braunes Haar war zu einer geflochtenen Hochsteckfrisur frisiert, die edel und bodenständig zugleich wirkte. Sie war wirklich eine perfekte, deutsche Maid.

»Herr Oberscharführer Kallfass. Willkommen auf Gut Plaun.« Thomas beobachtete erfreut, wie sie grazil die Freitreppe hinunterstieg.

Als er ihre ausgestreckte Hand schüttelte, wehte ihm der Duft von Lavendel in die Nase. Er überreichte ihr die Blumen. »Vielen Dank für die äußerst freundliche Einladung, Fräulein Annegret. Dies ist ein kleines Zeichen meiner Wertschätzung.«

»Das ist sehr aufmerksam von Ihnen, aber es wäre wirklich nicht notwendig gewesen.« Sie lächelte anmutig und vergrub ihre Nase in den Blüten. »Ich werde sie in eine Vase stellen, während Sie und Oliver ausreiten. Das Mittagessen wird in einer Stunde serviert. Ich hoffe, es macht Ihnen nichts aus, dass ich mir erlaubt habe, Oliver sowie den Fabrikleiter Franz Volkmer dazu einzuladen.«

»Natürlich nicht, ich freue mich, die Verantwortlichen des Guts kennen zu lernen.« Thomas hätte es vorgezogen, mit ihr allein zu Mittag zu essen, dennoch schenkte er ihr das charmante Lächeln, das Frauen für gewöhnlich unwiderstehlich fanden.

»Dann lass uns zu den Ställen gehen, ich habe bereits ein

Pferd für dich satteln lassen«, sagte Oliver und führte ihn den kurzen Weg zum Gestüt.

»Das ist ein prächtiges Tier, wie heißt es?«

»Schneeflocke. Sie ist eine sehr temperamentvolle Stute, aber dennoch angenehm zu reiten.«

Thomas tätschelte der Stute den Hals, bevor er die Länge der Steigbügel fachmännisch an seine langen Beine anpasste. Wie die meisten Mitglieder der SS war er überdurchschnittlich groß und überragte Oliver um einen halben Kopf.

Sie machten einen Ausritt in die nahe gelegenen Wälder, wobei sie sich angeregt unterhielten. Für Thomas war es jedoch mehr als reine Plauderei, denn er war der Meinung, dass die Themen, über die ein Mann sprach, viel über seinen Charakter aussagten. Oftmals verrieten zwielichtige Gestalten ihre wahren Sympathien durch eine scheinbar unbedachte Bemerkung über dieses oder jenes, mit dem sie nicht einverstanden waren.

Nicht jeder Mann, der sich kritisch äußerte, war zwangsläufig ein Staatsfeind. Allerdings sollte es in der Gegend ein Nest von Widerständlern geben, daher konnte es nicht schaden, Oliver auszuhorchen.

»Ihr habt ein paar kräftige Fohlen hier«, bemerkte er, als sie an einer Koppel vorbeiritten.

»Das sind die aus diesem Frühjahr«, erklärte Oliver. »Wir halten sie von den älteren getrennt. Da drüben sind die Zweijährigen, die bald mit der Ausbildung als Zugpferde beginnen.«

»So früh?«

Oliver schnitt eine Grimasse. »Unter normalen Umständen würden wir warten, bis sie mindestens drei Jahre alt sind, aber die Wehrmacht drängt schneller auf Pferde, als wir sie ausbilden können.«

»Das scheint dich nicht zu freuen.« Thomas hatte die Unzufriedenheit in Olivers Stimme aufgeschnappt. Vielleicht war das ein Ansatzpunkt, um herauszufinden, ob der Mann voll hinter Hitler und dessen Politik stand.

»Wie jeder andere sehe auch ich die Notwendigkeit von Pferden im Kriegseinsatz, besonders im Russlandfeldzug. Aber sie der Wehrmacht zu überlassen, wenn sie zu jung und nicht ausreichend ausgebildet sind, ist nicht optimal.«

»Das mag stimmen, aber mehr Pferde können durchaus über Sieg oder Niederlage in einer Schlacht entscheiden. Die Kriegsanstrengungen haben Vorrang vor allem, selbst vor der Gesundheit und Sicherheit einiger sehr schöner Tiere.«

»Es geht nicht nur um die Sicherheit der Pferde, sondern auch um die der Soldaten. Wenn ein Pferd scheut, kann es denjenigen, die es beschützen soll, großen Schaden zufügen.« Oliver drehte sich um und sah ihn stirnrunzelnd an. »Ich will unseren Soldaten die bestausgebildeten Pferde geben, um gegen die russischen Barbaren zu kämpfen. Doch zu oft muss das Ideal der Realität weichen.«

»Das ist wahr. Wir sind eine Nation von Erfindern und Ingenieuren, daher bin ich überzeugt davon, dass jemand eine Lösung für diese Situation finden wird.«

»Leider bin ich nur ein einfacher Mann, der nicht die Vision für das große Ganze hat. Dennoch bin ich stolz auf jeden einzelnen meiner Schützlinge, den ich an die Wehrmacht übergebe, und bin zuversichtlich, dass jedes Pferd uns dem Endsieg einen Schritt näherbringen wird.«

»Gut gesagt.« Tatsächlich fand Thomas, dass es zu gut formuliert war. Einfache Männer wie Oliver reagierten oft emotional, wenn sie nicht verstanden, warum etwas anders gemacht werden musste, als sie es gewohnt waren. Doch vielleicht hatte ihm die Beförderung zum Gutsverwalter den Blick auf einen weiteren Horizont eröffnet und seine Weltsicht verändert.

Der Mann war auf jeden Fall anpassungsfähig und könnte ein nützlicher Verbündeter bei der Aufdeckung der kriminellen

Untergrundorganisation sein, die in dieser Gegend ihr Unwesen trieb.

»Ich fürchte, wir müssen umkehren, sonst sind wir nicht rechtzeitig zum Mittagessen zurück«, sagte Oliver.

»Natürlich. Wir wollen Fräulein Annegret ja nicht warten lassen.« Nach einigen Minuten fügte Thomas hinzu: »Glaubst du, Fräulein Annegret wäre bereit, mir bei einem Ausritt Gesellschaft zu leisten?«

»Sie leidet immer noch unter ihrer Rückenverletzung, aber ich bin sicher, wenn es ihr Gesundheitszustand erlaubt, wird sie dich gerne begleiten.«

Das war alles, was Thomas hören wollte. Wenn sie nicht rundheraus ablehnte, bedeutete das, dass sie an ihm interessiert war. Schließlich hatte sie schon mehr getan, als ihre Bürgerpflicht verlangte, indem sie ihn zum Mittagessen einlud. Und wer konnte es ihr verübeln? Eine liebreizende, intelligente, junge Frau ganz allein auf diesem Gut mit einer Horde Knechte. Sie musste sich verzweifelt nach der Gesellschaft eines ebenbürtigen, gesellschaftsfähigen, gut aussehenden, charmanten und starken Mannes sehnen.

Nachdem sie die Pferde einem Knecht überlassen hatten, führte Oliver ihn in den Stiefelraum, wo er seine Reitstiefel putzen lassen und sich frisch machen konnte. Dann begleitete er ihn in den beeindruckenden Speisesaal mit den kostbaren Wandteppichen an den Wänden.

Seine Lippen zuckten vor Enttäuschung, als er bemerkte, dass ein älterer Mann neben Annegret am Tisch stand, der für vier Personen gedeckt war. Obwohl sie ihn vorgewarnt hatte, hatte ein Teil von ihm immer noch gehofft, Zeit mit ihr allein zu verbringen. Andererseits stieg seine Anerkennung für sie, weil das bei einem ersten Treffen gegen die Regeln der feinen Gesellschaft verstoßen hätte.

»Fräulein Annegret, darf ich Ihnen zu Ihrem wunderbaren

Anwesen und dem außergewöhnlichen Gestüt, das Sie haben, gratulieren?«

»Das ist überaus freundlich von Ihnen, Herr Oberscharführer. Ich hoffe, Sie hatten einen angenehmen Ausritt?«

»Ja, das hatte ich, dank Ihres Gutsverwalters.«

»Darf ich Ihnen Franz Volkmer, den neuen Fabrikleiter, vorstellen?«

Thomas stellte sich kerzengerade hin und bot einen perfekten Hitlergruß dar, wobei er akkurat die Fersen zusammenschlug, sowie seinen rechten Arm in einem exakten Winkel von fünfundvierzig Grad knapp oberhalb seiner Augenhöhe ausstreckte.

Sein Gegenüber schaute kurz verwirrt, bevor er in Aktion trat und den Gruß erwiderte, wenn auch mit schlampig angewinkeltem Ellbogen und nicht hoch genug gestreckter Hand. Herr Volkmer, so schien es, war kein begeisterter Anhänger des Führers. Seine Rettung war, dass er zumindest die Worte »Heil Hitler« mit so viel Nachdruck ausrief, dass sie durch den Raum hallten.

Aus den Augenwinkeln heraus bemerkte Thomas, dass sowohl Oliver als auch Annegret den Gruß ebenfalls darboten. Nur die matronenhafte Frau, die in diesem Moment mit einer großen Schüssel in den Händen den Speisesaal betrat, folgte ihrem Beispiel nicht. Eine blutjunge Frau mit langen dunklen Zöpfen in einem Dienstbotenkleid folgte mit weiteren Platten voller köstlicher Speisen.

Er war versucht, in der Pose zu verharren, bis sie die Schüsseln abgestellt hatten und es ihnen gleichtun konnten, entschied sich aber dagegen. Die beiden waren nur Dienstboten.

Thomas atmete den Essenduft ein und ließ die Hand sinken. Er war nicht hergekommen, um die Loyalität von Annegrets Angestellten zu prüfen, sondern um ihr den Hof zu machen und eine gemeinsame Zukunft zu schmieden.

»Bitte nehmen Sie Platz«, sagte Annegret und setzte sich ans Kopfende des Tisches. Er saß zu ihrer Rechten, während Oliver und Herr Volkmer die Plätze ihm gegenüber zu ihrer Linken einnahmen. Eine Sekunde lang malte er sich aus, wie er in naher Zukunft den Platz am Kopf des Tisches einnehmen würde, während Annegret ihm gegenüber am anderen Ende saß, wenn sie Gäste hatten.

Nachdem sie die Vorspeise gegessen hatten, wurden weitere Platten hereingebracht, und er betrachtete mit Entzücken die Fülle an gebratenem Fisch mit Salzkartoffeln, liebevoll garniert mit Petersilie.

Das Gespräch drehte sich um die Kriegsproduktion, um Pferde und schließlich um die neuesten Nachrichten aus dem Propagandaministerium. Annegret war eine hervorragende Gastgeberin, und er lauschte gebannt jedem ihrer Worte, während er sich wünschte, die beiden anderen Männer würden sich verabschieden.

Die Zeit war endlich gekommen, als das Dienstmädchen eintrat und nervös einen Knicks machte. »Bitte verzeihen Sie, Fräulein Annegret, aber Herr Volkmer wird dringend in der Fabrik gebraucht.«

Volkmer entschuldigte sich und verschwand. Thomas ergriff die Gelegenheit beim Schopfe und wandte sich an Oliver: »Bitte, bleib nicht meinetwegen, du hast sicher viel zu tun und ich habe schon genug von deiner Zeit in Anspruch genommen.«

Thomas hatte ihn richtig eingeschätzt, denn der andere Mann erhob sich, und die Erleichterung darüber, nicht mehr an dem formellen Mittagessen teilnehmen zu müssen, stand ihm ins Gesicht geschrieben.

»Wir dienen dem Reich mit Stolz und Freude und du bist stets auf Gut Plaun willkommen, aber ich sollte mich wirklich wieder an meine Arbeit machen«, sagte Oliver zum Abschied.

Für einen Moment glaubte Thomas, Besorgnis in Annegrets Augen aufblitzen zu sehen, doch nur eine Sekunde später war sie wieder ihr liebliches Selbst.

»Möchten Sie einen Verdauungsschnaps?«, fragte sie.

»Sehr gerne.«

Er folgte ihr in die Bibliothek, in der sämtliche Wände vom Fußboden bis zur Decke mit Regalen voller Bücher bestückt waren. Sie ging zu einem zierlichen Messing-Barwagen, auf dem mehrere Flaschen mit alkoholischen Getränken standen.

»Ich kann Ihnen unseren selbst gebrannten Obstler empfehlen.« Sie bückte sich und holte eine Glasflasche mit einer durchsichtigen Flüssigkeit und einem handgeschriebenen Etikett hervor.

»Sie haben eine eigene Brennerei auf dem Gut?«

»Nein, wir stellen ihn nur für den Eigenbedarf her, und jedes Jahr weniger, da wir nicht guten Gewissens Schnaps aus Früchten herstellen können, die essbar sind.«

»Es spricht nichts dagegen, hin und wieder einen Schnaps zu trinken.« Er nahm das Glas von ihr entgegen. »Auf eine fruchtbare Zusammenarbeit.«

Sie hob ihr Glas. »Wir unterstützen die SS selbstverständlich gerne, wo wir nur können.« Dann goss sie den Inhalt in ihren lieblichen Mund und er sehnte sich danach, die Feuchtigkeit von ihren verführerischen Lippen zu küssen.

Als er es ihr gleichtat, rann der Schnaps seine Kehle hinunter, scharf, und gleichzeitig sanft mit einem sehr ausgeprägten Apfelaroma. »Hervorragend.«

»Möchten Sie noch einen?«

»Um diese Tageszeit leider nicht.« Er zerbrach sich den Kopf darüber, wie er das Gespräch auf ein persönlicheres Terrain führen und sie mit seiner Kultiviertheit beeindrucken konnte. »Sie haben eine sehr imposante Bibliothek.«

»Das ist hauptsächlich das Werk meines Vaters.« Ihr Gesicht verfinsterte sich, was ihm einen Eindruck vermittelte, wie sehr sie ihn vermisste.

»Mein herzlichstes Beileid zu Ihrem Verlust. Standartenführer Huber war ein hochgeachteter Mann, und sein heroisches Opfer wird den nachfolgenden Generationen als Vorbild dienen.«

Als er ihr gezwungenes Lächeln bemerkte, hielt er es für klüger, das Gespräch auf angenehmere Themen zu lenken, die einer Frau angemessen waren und fragte sie nach ihrer Zeit in Paris.

»Mir hat es dort sehr gut gefallen, es ist eine so wunderbare Stadt. Obwohl ...«, sie hielt inne und sah ihn mit einem verlorenen Blick an, »es ist nicht mit zu Hause zu vergleichen.«

»Verständlich.« Er war noch nie in Paris gewesen, dennoch glaubte er, dass kein rechtschaffener Deutscher die französische Stadt mehr schätzen konnte als Berlin.

Nach angenehmem Plaudern über Filme, Schauspieler und womit Frauen sich sonst noch so befassten, entschied er, dass er für eine erste Verabredung genug erreicht hatte und es an der Zeit war, sich zu verabschieden. Aus Erfahrung wusste er, dass es klüger war sich zu verabschieden, wenn es am schönsten war. Dann wurde die Frau mit einem Gefühl der Leere zurückgelassen, sodass sie sich umso mehr nach einem Wiedersehen verzehrte.

»Fräulein Annegret, es war ausnehmend amüsant mit Ihnen zu plaudern, aber ich fürchte, ich muss zurück nach Parchim. Die Pflicht ruft.«

Sie neigte leicht den Kopf. »Gewiss, Herr Oberscharführer. Wie rücksichtslos von mir, so viel von Ihrer kostbaren Zeit in Anspruch zu nehmen.«

»Nein, das war ganz und gar nicht rücksichtslos. Wäre ich Zivilist, würde ich gerne noch bleiben. Vielleicht können wir an einem der nächsten Wochenenden zusammen ausreiten?«, schlug er vor.

Sie schien überrascht und zögerte einen Moment, bevor sie antwortete: »Das wäre reizend.«

»Ich schaue in meinem Terminkalender nach und gebe Ihnen Bescheid.« Er kannte jeden Termin in seinem Kalender für die nächsten vier Wochen auswendig, aber das musste sie nicht wissen. Ein wichtiger Mann hatte nicht endlos Zeit, einer Frau hinterherzujagen, nicht einmal einer so wertvollen, wie sie es für ihn sein konnte.

»Dann warte ich auf Ihren Anruf.« Sie begleitete ihn in den Flur, wo er seinen Hut auf die Ablage gelegt hatte. Bevor er ihn aufsetzte, blickte er tief in die Augen der begehrenswerten Frau vor ihm, die so viel Souveränität und Anmut ausstrahlte.

Er sehnte sich danach, sie zu küssen, doch dafür war es noch viel zu früh. Erst musste er sie umwerben, bis sie sich unsterblich in ihn verliebte. Seine zukünftige Ehefrau war das Warten auf einen Kuss wert.

»Nochmals vielen Dank, bis zum nächsten Mal.« Er hob ihre Hand und hauchte einen Kuss auf die Rückseite. »Ich wünsche Ihnen eine angenehme Woche.« Ohne einen weiteren Kommentar setzte er sich den Hut auf den Kopf, verließ das Haus und marschierte auf seinen Wagen zu.

10

Margarete ließ sich auf das Sofa fallen, wobei sie sich fühlte, als ob jemand alle Energie aus ihrem Körper gesaugt hätte. Oberscharführer Kallfass war freundlich gewesen, viel zu freundlich, und ihr war der anerkennende Blick in seinen Augen nicht entgangen, wann immer er sie betrachtet hatte. Ein Stöhnen entrang sich ihrer Kehle, als sich die Tür öffnete und Dora eintrat.

»Fräulein Annegret, geht es Ihnen nicht gut?«

»Ich bin dem Untergang geweiht.«

Doras Gesicht erstarrte vor Schreck. »Bitte, sagen Sie sowas nicht. Hat jemand Ihr Geheimnis herausgefunden?«

»Viel schlimmer. Er begehrt mich.«

»Wer?«

»Der Oberscharführer. Er sieht mich mit *diesem* Blick an. Was soll ich nur tun?«

»Sie meinen, er hat ein Auge auf Sie geworfen?« Dora kniete sich neben Margarete.

»Ich kann ihm unmöglich Hoffnungen machen. Er ist ein Nazi, um Himmels willen!« Sie schlug sich eine Hand vor den Mund und suchte die Bibliothek nach Zuhörern ab, doch zum

Glück hatte Dora die Tür hinter sich geschlossen, als sie hereinkam.

»Sie müssen nicht mit ihm ausgehen, wenn Sie ihn nicht mögen«, versuchte Dora sie zu beruhigen.

»Doch, das muss ich! Er ist für unseren Landkreis zuständig und kann uns eine Menge Ärger bereiten, wenn ich ihn zurückweise.«

Dora nickte weise. »Dann müssen Sie freundlich zu ihm sein, aber nicht zu freundlich.«

Und dafür sorgen, dass er seine Finger bei sich lässt. Oje, sie wusste, wie wenig die Nazis Frauen respektierten, deren Hauptrolle darin zu bestehen schien, die niederen Bedürfnisse der Männer zu befriedigen oder deren Kinder aufzuziehen, was im Grunde auf dasselbe hinauslief, nur unter einem anderen Namen.

»Er hat sich zu einem weiteren Ausritt eingeladen!«, sagte Margarete theatralisch.

»Oliver wird das gerne übernehmen, Sie wissen doch, wie sehr er die Arbeit mit den Pferden vermisst.«

»Er will mit mir ausreiten! Mit mir! Wie soll ich das denn anstellen?« Margarete sackte tiefer in die Polster, die Verzweiflung bemächtigte sich jeder Zelle ihres Körpers. Obwohl sie heimlich Reitstunden bei Oliver nahm, war sie noch lange nicht die erfahrene Reiterin, die Annegret gewesen war.

»Machen Sie sich nicht so viele Sorgen, Fräulein Annegret, Sie werden das schon schaffen. Oliver sagt, Sie sind eine gute Schülerin. Es ist nur ein Ausritt, kein Turnier. Der Oberscharführer wird nichts merken. Und wenn doch, können Sie Ihre Rückenverletzung vorschieben.«

Sie wollte Dora so gerne glauben, aber die Angst hielt sie fest im Griff. Wenn Kallfass bemerkte, dass sie sich nicht mit Pferden auskannte, würde er Verdacht schöpfen, und dann war es nur noch eine Frage der Zeit, bis er herausfand, dass sie nicht die echte Annegret Huber war.

Da Dora immer noch auf eine Antwort wartete, zuckte sie mit den Schultern und sagte: »Ich schätze, du hast recht. Auf jeden Fall werde ich mehr Unterricht nehmen müssen. Keiner von uns kann es sich leisten, auch nur den geringsten Verdacht zu erregen.«

»Brauchen Sie noch etwas, Fräulein Annegret?«

»Nein, du kannst gehen.« Margarete sah ihrem Dienstmädchen nach, als es die Bibliothek verließ. Sie wünschte sich so sehr, sie könnte ihren Kopf an Doras Schulter lehnen, wenn auch nur für eine Minute. Jemanden zu haben, der ihr sagte: »Wir stehen das durch« oder »Alles wird gut«, würde die ständige Anspannung lindern, unter der sie litt.

Aber das war nur ein Wunschtraum. Obwohl sie Dora vertraute, durfte sich zwischen ihnen keine echte Freundschaft entwickeln. Annegret hätte sich niemals mit einer »rassisch minderwertigen« Ukrainerin blicken lassen, und ihr Mentor Horst Richter hatte sie davor gewarnt, zu viel Nachsicht mit dem Personal zu zeigen.

Nein, wenn sie diesen Krieg überleben wollte, musste sie ganz alleine mit ihren Zweifeln und Sorgen klarkommen. Ihre Gedanken wanderten zu Stefan Stober, dem Fischer. Heute morgen vor Kallfass' Ankunft, hatte sie ihn von weitem gesehen, wie er den Fisch in die Küche geliefert hatte.

Er war so selbstsicher, so geerdet, scheinbar ohne jede Sorge. Seine blauen Augen funkelten vor Lebensfreude. Und doch hatte er deutlich zum Ausdruck gebracht, was er vom derzeitigen Regime hielt. Sie seufzte und lächelte verträumt. Er könnte ein weiterer Verbündeter werden. Vielleicht war es an der Zeit, ihren Einflussbereich über die Fabrik hinaus auszudehnen – und einen Mitwisser zu haben, der nicht für sie arbeitete.

Jemand, der nicht von ihr abhängig war und ihr die emotionale Unterstützung gab, die Dora und Oliver nicht zu bieten hatten.

Das Klingeln des Telefons unterbrach ihre Gedanken.

»Ja?«

»Fräulein Annegret, Reichskriminaldirektor Richter ist für Sie am Apparat«, sagte Frau Mertens.

»Danke, stellen Sie ihn bitte durch«, antwortete Margarete. Sie wartete, bis seine Stimme in der Leitung ertönte. »Horst, was für eine angenehme Überraschung. Was verschafft mir die Ehre deines Anrufs?«

»Ich fürchte, nichts Gutes.« Horst Richter war ein hochrangiger Gestapobeamter, der eng mit Herrn Huber befreundet gewesen war und es als seine Pflicht betrachtete, der Tochter seines Freundes unter die Arme zu greifen, nachdem sowohl ihre Eltern als auch ihre beiden Brüder ums Leben gekommen waren.

Obwohl er so etwas wie ein väterlicher Freund geworden war, wusste sie genau, dass er keine Sekunde zögern würde, sie eigenhändig hinzurichten, sollte er jemals herausfinden, wer sie in Wirklichkeit war.

»Ich hoffe, deine Familie ist bester Gesundheit?«, sagte sie und unterdrückte ein Schaudern.

»Ja. Doch dies ist ein dienstlicher Anruf.«

Das Schaudern verstärkte sich und sie ließ beinahe den Hörer fallen. »Was ist passiert?«

In ihrer Stimme muss die Beunruhigung zu hören gewesen sein, denn er antwortete: »Nichts, zumindest noch nicht. Ich rufe an, um dich zu warnen: Die SS scheint zu glauben, dass in der Fabrik merkwürdige Dinge passieren.«

»Nun ja, davon weißt du doch. Wir haben den Schuldigen letztes Jahr gefasst, und ich habe alle Männer in Führungspositionen ausgetauscht, damit so etwas nie wieder vorkommt.« Sie zwang sich, weiter zu atmen. Gustav hatte nicht nur die Häftlinge, sondern auch das Reich bestohlen, aber das war Schnee von gestern. »Den Zahlen zufolge ist die Produktion auf einem Allzeithoch.«

»Und das wird von den Behörden anerkannt. Doch mir ist zu Ohren gekommen, dass die Fabrik kürzlich um Ausnahmegenehmigungen für angeblich kriegswichtige jüdische Arbeiter ersucht hat.«

»Wirklich?« Sie hielt es für das Beste, so zu tun, als hätte sie seinen Rat befolgt, sich nicht in Männerangelegenheiten einzumischen, und wüsste daher keine Details, was die Fabrik betraf.

»In der Tat. Das wirft kein gutes Licht auf dich, zumal es noch das andere Problem mit einer Untergrundorganisation gibt, die bei euch in der Gegend aktiv ist und unerwünschte Subjekte aus dem Land schmuggelt.«

»Ich erinnere mich, dass du etwas darüber erwähnt hast. Ich dachte, die SS hätte diese Verbrecher schon längst erwischt?« Sie traute sich nicht, weiter nachzufragen, obschon es sie brennend interessierte, mehr zu erfahren.

»Das dachte ich auch! Aber nein! Die unfähige SS ist in dieser Sache keinen Deut weitergekommen. Ich habe keine Ahnung, womit diese Dummköpfe ihre Zeit verschwenden. Wenn ich meine Leute geschickt hätte, hätten wir schon vor Monaten eine Razzia durchgeführt und jedes einzelne Mitglied dieser Verbrecherbande verhaftet.«

»Da bin ich mir sicher. Du weißt, wie sehr ich die SS schätze, aber unter uns gesagt, ist die Gestapo viel effektiver.« Sie gab ein falsches Lachen von sich. »Ich kann kaum glauben, dass ich das wirklich sage, wo ich doch die Tochter und Schwester von SS-Offizieren bin.«

Horst prustete in das Telefon. »Deine Familie gehörte zu den wenigen fähigen Männern in der SS, aber die Einstellungsvoraussetzungen wurden in den letzten Jahren so sehr verwässert, dass nun wirklich jeder noch so große Idiot aufgenommen wird. Wusstest du, dass sie inzwischen sogar Häftlinge sowie Männer aus den baltischen Staaten in die Reihen der Waffen-SS rekrutieren?« Richter war voll in seinem Element und hielt einen Vortrag über eines seiner Lieblingsthemen, nämlich den langsamen Verfall von Anstand und Moral in der deutschen Bevölkerung, woran er den niederträchtigen Alliierten die Schuld gab, die zu viele der wertvollen deutschen Elitesoldaten töteten.

Nach einem langen Monolog, den Margarete nutzte, um sich ein Glas Wasser einzuschenken, kehrte er zu seinem ursprünglichen Thema zurück. »Nun zu diesen Ausnahmegenehmigungen. Es sieht nicht gut aus, wenn man um das Privileg bettelt, jüdischen Abschaum beschäftigen zu dürfen.«

»Herrgott nein! So etwas Beschämendes würden wir nie tun. Du weißt, dass jeder auf Gut Plaun tagein tagaus hart dafür arbeitet, unserem Führer ein vorbildlicher Bürger zu sein. Ich bin sicher, es gibt einen triftigen Grund für diese Ausnahmen. Womöglich wäre die Fabrik ohne sie nicht in der Lage, die Produktionsquote zu erfüllen?«

»Es hinterlässt trotzdem einen faden Beigeschmack.«

Diese Aussage war typisch für Leute wie ihn. Lieber stellten sie die Produktion dringend benötigter Waffen ein, als zuzugeben, dass sie sich geirrt hatten und Juden kein unnützer Abschaum waren.

Zu allem Überfluss zweifelte sie selber ununterbrochen daran, ob sie tatsächlich das Richtige tat. Sollte sie einige hundert Juden opfern, um möglicherweise Zehntausende zu retten, indem sie keine Waffen mehr herstellte?

Verwirrt schüttelte sie den Kopf. Diese Art von philosophischem Problem überstieg ihre intellektuellen Fähigkeiten bei weitem. Sie wusste nur, dass sie ihre Zwangsarbeiter unmittelbar vor dem sicheren Tod bewahren konnte, während die Soldaten auf den Schlachtfeldern für sie nur Zahlen waren, eine Masse von Menschen, die von der Unfähigkeit ihrer Fabrik, Granaten und andere Sprengstoffe herzustellen, betroffen sein konnten oder auch nicht.

»Soll ich mit dem Gutsverwalter sprechen?«, bot sie an, wobei sie sich Horst vorstellte, wie er in seinem Büro saß, rauchte und seinen Kopf leicht von links nach rechts bewegte, während er über ihre Frage nachdachte. Die Pause dauerte so lange, dass sie schon nachfragen wollte, ob er noch in der Leitung war.

»Ja, du solltest wirklich mit ihm reden. Es gibt sicher eine bessere Lösung als diese Ausnahmegenehmigungen. Die Zeiten sind schwer, und obwohl deine Loyalität zu Führer und Vaterland über jeden Verdacht erhaben ist, ist es immer besser, auf Nummer sicher zu gehen.«

»Danke für deine Warnung. Ich werde deinen Rat beherzigen.«

»Das weiß ich doch. Gute Nacht«, sagte Horst und legte auf.

Margarete stellte sich vor, wie sie ihm in seine arrogante Fresse schlug oder ihn zumindest anbrüllte, was für ein verachtenswerter Mensch er doch war und dass jeder einzelne Jude, der in ihrer Fabrik arbeitete, eine Million Mal mehr wert war.

Aber sie tat nichts dergleichen. Stattdessen schenkte sie sich einen Schnaps ein. Sie war mit ihrem Latein am Ende. Immer, wenn sie ein Problem löste, erschienen zwei neue, ganz so wie die Köpfe der Hydra, wenn man sie abschlug.

Gleich morgen früh musste sie mit Oliver sprechen, und gemeinsam würden sie auch dafür eine Lösung finden. Doch zunächst zog sie sich in ihre Räume zurück. An Schlaf war jedoch kaum zu denken. Mehrmals in der Nacht wachte sie auf, als sie im Traum Onkel Ernsts blasses Gesicht sah. Er sagte kein Wort, doch die Traurigkeit in seinen liebevollen braunen Augen zerschnitt ihr das Herz mehr als jeder Vorwurf es getan haben könnte.

Er war nicht mehr sicher bei ihr. Ihre gut gemeinte Absicht, ihn in die Küche zu versetzen, hatte ihn in Gefahr gebracht, denn ein Küchenarbeiter war für die Kriegsproduktion keineswegs unentbehrlich.

11

Einige Tage später sah Oliver zu, wie Annegret Pegasus bestieg, bevor er dasselbe mit Sabrina tat. Seit ihren ersten heimlichen Reitstunden ritten sie fast jeden Tag miteinander aus. Für alle anderen sah es wie ein netter Zeitvertreib aus, aber sobald sie außer Sichtweite waren, änderten sie die Richtung und ritten zu einer Lichtung am See.

Oliver kannte die Stelle aus seiner Kindheit: sie war weit genug von der Straße entfernt, um nicht Gefahr zu laufen, von jemandem gesehen zu werden. Dieser Tage spielten wegen der nahe gelegenen Fabrik auch keine Kinder mehr in diesem Teil des Waldes. Sobald sie die Lichtung erreicht hatten, sprang er ab und band Sabrina an einen Baum, um sie grasen zu lassen.

Pegasus wieherte neidisch, doch es dauerte nicht lange, bis er sich in sein Schicksal fügte und unter Olivers Anleitung mit Annegret arbeitete. Oliver führte sie durch die verschiedenen Gangarten, erstaunt über die Fortschritte, die sie in so kurzer Zeit gemacht hatte. Sie lernte schnell, dennoch konnte jeder Experte sehen, dass sie keine so gute Reiterin war, wie es die echte Annegret gewesen war. Deshalb grübelte er über die Ursache nach.

Das Problem war nicht so sehr ein technisches, denn sie saugte alles Wissen auf, das er vermitteln konnte und saß auf dem Rücken des Pferdes wie aus dem Lehrbuch. Nein, das Problem war viel schwieriger zu erkennen und zu beheben: Es fehlte ihr an Natürlichkeit. Alles an ihrer Haltung zeugte von Fokussierung und Konzentration, nicht von Freude am Reiten und dieser ungezwungenen Leichtigkeit, die daher rührte, wenn man mit Pferden aufwuchs.

»Wie mache ich mich?«, fragte sie und biss sich auf die Lippe, nachdem sie über mehrere Äste gesprungen war.

»Du machst das gut.«

»Aber?«

Oliver seufzte. »Es ist schwer zu erklären. Du musst aufhören, so viel zu denken und mehr genießen.«

»Genießen? Wie in aller Welt soll ich das tun, wenn ich gleichzeitig versuche, mir siebenhundert Dinge zu merken?«

»Genau das ist dein Problem. Die echte Annegret hat nie darüber nachgedacht, wohin sie ihre Hände legen oder wie sie ihr Kinn halten soll, sie saß einfach im Sattel.«

»Sie ist auch mit Pferden aufgewachsen«, sagte sie mit einem Anflug von Verzweiflung.

»Du musst nicht perfekt sein, nur gut genug, um einen zufälligen Beobachter zu täuschen.«

Sie lenkte Pegasus über die Lichtung und blieb einen Schritt vor Oliver stehen. »Doch, muss ich. Oberscharführer Kallfass hat mich gefragt, ob ich mit ihm ausreiten will.«

»Er hat was? Du hast hoffentlich abgelehnt?«

»Das konnte ich nicht tun ohne ihn zu verärgern. Wir brauchen sein Wohlwollen und deshalb wollte ich ihm keine Abfuhr erteilen.«

Er murmelte einen Fluch vor sich hin. Thomas war ein ziemlich guter Reiter und außerdem, wenn man Dora Glauben schenken durfte, hinter Annegret her. Das könnte in der Tat unangenehm werden. »Hm ... Wann?«

»An einem der nächsten Wochenenden. Allerdings hat er noch nicht angerufen, um den Termin zu bestätigen.«

»Glaub mir, du schaffst das. Er ist ein guter Reiter, aber keineswegs ein Experte.«

»Und wenn ich vom Pferd falle?«

»Dann tust du so, als sei dir schwindelig geworden.« Als er ihr erschrockenes Gesicht sah, fügte er hinzu: »Vom Pferd zu fallen, macht dich nicht zu einem schlechten Reiter. Ich kann gar nicht mehr zählen, wie oft ich schon auf meinem Hintern gelandet bin.«

Annegrets Augen weiteten sich. »Du? Aber du bist doch so ein guter ...«

»Vielleicht gut, aber auch waghalsig. Doch seit der Sache mit meinem Bein bin ich ruhiger geworden.« Seine Verletzung war ein verkappter Segen gewesen, denn dadurch war er dienstuntauglich geworden und durfte auf Gut Plaun arbeiten.

Ihre braunen Augen bohrten sich in seine, bevor sie sich wieder aufrichtete. »Ich schätze, wir müssen alle tun, was wir tun müssen. Lass uns die Lektion fortsetzen.«

Auf dem Heimweg sagte er: »Kallfass scheint ein anständiger Mann zu sein. Er könnte mit unserer Sache sympathisieren.«

Sie drehte sich ihm zu, mit einem nachdenklichen Ausdruck auf dem Gesicht. »Ich traue ihm nicht. Er mag nett erscheinen, aber viele Nazis sind nett, wenn es um ihre eigenen Leute geht. Horst Richter zum Beispiel. Er ist nett zu mir, aber vollkommen rücksichtslos, wenn es um jemanden geht den er für einen Volksfeind hält.«

»Ich wollte nur sagen, dass Kallfass vielleicht ein besseres Gegenüber für uns ist als dieser gierige Sadist Katze.«

»Vielleicht, oder vielleicht auch nicht. Bei Katze wissen wir wenigstens, woran wir sind. Er ist korrupt bis ins Mark, was im herkömmlichen Sinn keine positive Eigenschaft ist, aber für uns ist das Gold wert.« Sie kicherte, von ihrer eigenen Ausführung belustigt.

»Ja. Die gefährlichsten Menschen sind diejenigen, die von ihrer Ideologie verblendet sind und nie in Betracht ziehen, dass sie sich irren könnten.«

Sie schwieg ein paar Minuten, bevor sie ihn mit ihrer nächsten Frage überraschte. »Was hältst du von Stefan Stober, dem Fischer?«

»Der Enkel des alten Stober?«

»Ja. Er hat mir den Fisch für das Mittagessen mit Kallfass verkauft.«

»Ein netter Kerl. Er wohnte früher mit seinen Eltern in der Nähe von Köln und kam jeden Sommer her, um seinen Großvater zu besuchen.«

»Er schien ... sagen wir es mal so: nicht übermäßig zufrieden mit dem derzeitigen Regime.«

Oliver brach in schallendes Gelächter aus. »Das ist noch milde ausgedrückt. Genau wie sein Großvater hasst er die Nazis von ganzem Herzen.«

»Wirklich?«

»Schau mich nicht so entsetzt an. Gerade du solltest das verstehen.«

»Das tue ich ... aber ... das ist alles noch neu für mich und ich bin immer wieder überrascht, andere Menschen zu finden, die genauso denken. Gerade wenn man bedenkt, dass das im Moment keine sehr populäre Meinung ist.« Sie nahm die Zügel fester in die Hand und lenkte Pegasus um einige halb verrottete Baumstämme herum. »Wie kommt es, dass er nie von den Behörden belästigt wird, der Großvater, meine ich?«

Vielleicht bildete er sich das nur ein, aber Oliver glaubte, eine leichte Röte auf ihren Wangen zu erkennen. Sie hatte doch keine Angst vor den beiden Fischern, oder? »Der vorherige Bürgermeister hat es weiß Gott versucht. Aber wenn du mich fragst, ist der alte Stober zu gewitzt. Er tut so, als sei er nicht mehr recht bei Verstand, so dass niemand sein Geschwätz ernst nimmt.«

Margarete nickte. »Das leuchtet ein. Und was ist mit seinem Enkel, sollte der nicht irgendwo an der Front dienen?«

»Der ist auf einem Ohr taub. Das ist vor etwa zwei Jahren bei einer Explosion in der Panzerfabrik passiert, in der er als Chemieingenieur arbeitete. Nachdem er mehrere Monate im Krankenhaus verbracht hatte, kam er hierher, um bei seinem Großvater zu leben.«

»Er ist also Ingenieur und gar kein Fischer? Ich kann nicht glauben, dass die Nazis ihn das machen lassen. Wäre er nicht wichtig für die Kriegsanstrengungen?«

Oliver hielt sein Pferd an, denn sie hatten fast das Ende des Waldes erreicht, und er wollte nicht auf offenem Feld, wo Stimmen weithin hörbar waren, über diese Dinge sprechen. Er hatte nie einen Gedanken an Stefan verschwendet, auch nicht nach den recht seltsamen Umständen seiner Rückkehr ins Dorf, aber Annegret schien sich sehr für ihn zu interessieren.

»Es wird viel über ihn getratscht. Ich weiß nicht, ob etwas davon wahr ist oder nicht, aber du solltest es vielleicht wissen.« Ihr Gesicht zeigte gespannte Aufmerksamkeit, und er fuhr fort. »Diese Explosion, es gab Gerüchte, dass er sie selbst verursacht hat.«

»Oh nein!« Sabrina zuckte bei Margaretes leisem Schrei zusammen, aber der viel ruhigere Pegasus bewegte gerade mal eines seiner Ohren. »Warum sollte er so etwas tun?«

»Tja, das ist die Frage. Stefan behauptet, es sei ein Unfall gewesen, aber die Behörden haben eine langwierige Untersuchung wegen Sabotage eingeleitet. Am Ende konnten sie ihm nichts nachweisen. Er wurde als politisch unzuverlässig eingestuft und entlassen. Also kam er hierher und wurde Fischer.«

»Armer Mann«, sagte Annegret mit echtem Mitgefühl in der Stimme.

»Du musst ihn nicht bemitleiden. Er scheint ganz zufrieden

zu sein.« Oliver selbst war viel glücklicher gewesen, als er noch mit den Pferden arbeitete und nicht täglich schwierige Entscheidungen treffen musste. Nicht, dass er es bereute Annegrets Angebot, Gutsverwalter zu werden, angenommen zu haben, denn er konnte in seiner Position so viel Gutes tun, aber er musste dafür in Kauf nehmen, dass er die Sorgen nie hinter sich lassen konnte.

Dieser Tage schien er die meiste Zeit damit zu verbringen, sich über die Nazis zu ärgern und um die Sicherheit seiner Pferde und seiner Lieben zu bangen. Wie viel einfacher war das Leben doch früher gewesen. Er seufzte.

»Ich kann nachvollziehen, wie du dich fühlst.« Annegret führte ihr Pferd näher heran und ihre braunen Augen brannten sich in seine, so dass er sich wie ein Feigling vorkam. Obwohl sie so viel gelitten hatte, bewahrte sie immer die Ruhe und schwelgte weder in Selbstmitleid noch in Erinnerungen an die guten alten Zeiten.

»Es ist schwer, das Richtige zu tun«, antwortete er.

»Das ist es. Aber ich frage mich ...«

Er sah sie an und fürchtete sich halb davor zu erfahren, was sie sich fragte. Wie er sie kannte, würde es nichts Einfaches oder Bequemes sein.

»... ob es nicht an der Zeit wäre, mit anderen Gleichgesinnten in der Gegend Kontakt aufzunehmen?«

Oliver schüttelte den Kopf. »Das ist viel zu gefährlich. Je mehr Leute wissen, was wir tun, desto eher riskieren wir, entdeckt zu werden.«

»Das weiß ich ... aber ... ich habe Angst. Richter hat angerufen und die Ausnahmegenehmigungen sind vielleicht nicht in Stein gemeißelt.«

Er ruckte mit dem Kopf herum. »Warum hast du mir nicht früher davon erzählt?«

»Ich wollte dich nicht beunruhigen.«

»Es ist meine Aufgabe, mir Sorgen zu machen.«

Sie lächelte dankbar. »Trotzdem fühle ich mich schuldig, dir so viel aufzubürden, wo du dich doch eigentlich unbeschwert auf deine bevorstehende Hochzeit freuen sollst.«

Er zuckte mit den Schultern. Er war nicht gerade begeistert von ihrer Entscheidung, die Hochzeit als Vorwand für einen großen Empfang mit den hohen Tieren der Gegend zu nutzen, aber das würde er ihr nicht sagen.

»Wegen des Krieges und allem, was vor sich geht«, fuhr sie fort, »könnt ihr nicht einmal in die Flitterwochen fahren, obwohl ich vorhabe, euch beiden ein paar Tage freizugeben.«

»Dankeschön.« Er war wirklich gerührt. Die echte Annegret hätte nie auf jemand anderen als sich selbst Rücksicht genommen.

»Das ist das Mindeste, was ich tun kann. Jetzt sollten wir lieber zurückreiten, sonst schicken sie uns noch einen Suchtrupp.«

»Das können wir nicht zulassen, oder?«, scherzte er und trieb Sabrina in einen leichten Trab.

In dieser Nacht konnte er nur schwer einschlafen, denn in seinem Kopf wirbelten die Gedanken. Er konnte nicht einmal Dora erzählen, was ihn so sehr beschäftigte, denn er musste sie um jeden Preis schützen. Je weniger sie wusste, desto besser für sie.

12

Was sie vorhatte, würde sie in Teufels Küche bringen. Vielleicht nicht mit ihrer Herrin, aber mit Sicherheit mit Oliver und natürlich mit den Behörden, sollten die es jemals herausfinden.

Doch sie wollte so gerne dem Beispiel von Fräulein Annegret folgen, die sich insgeheim für die Häftlinge einsetzte, während sie gleichzeitig vorgab, ein vorbildlicher Nazi zu sein. Wenn eine reiche Erbin ihr Leben riskieren konnte, konnte Dora das auch.

Informationen über die miserable Behandlung der Menschen in ihrer Heimat durch die Deutschen, die sie erst vor zwei Jahren als Befreier begrüßt hatten, sickerten schon seit einer Weile nach Plau am See und machten sie wütend. Das verstärkte nur ihren Wunsch zu helfen, egal wie wenig sie tun konnte.

Sie hatte den Nachmittag frei bekommen und wollte sich mit einigen ukrainischen Dienstmädchen unterhalten, die in der Stadt in ähnlichen Positionen wie sie selbst arbeiteten. Junge Mädchen, deren Eltern nicht in der Lage waren, sie zu ernähren, und sie deshalb nach Deutschland geschickt hatten, um Geld zu verdienen.

Normalerweise trafen sie sich für höchstens eine Stunde nach der Messe, wenn das ganze Dorf zusammenkam.

»Hallo, Olga«, begrüßte sie das schlanke Mädchen mit den schulterlangen braunen Haaren, als sie den Kurzwarenladen betrat und nach einem Haarband suchte.

»Dora, dich habe ich ja schon lange nicht mehr gesehen. Wie geht es dir?«

Sie warf einen Seitenblick auf die Besitzerin des Ladens, die gerade eine andere Kundin bediente, und flüsterte: »Können wir irgendwo ungestört reden?«

Olga hob eine Augenbraue. »Sicher. An der Hubbrücke?«

Dora wählte ein dunkelblaues Band aus und ging zur Kasse, um zu bezahlen, wobei sie betete, dass die Besitzerin sie nicht in ein Gespräch verwickeln würde. Aber das klappte nicht, denn die neugierige Frau rief: »Wenn das nicht die kleine Magd von Gut Plaun ist! Wie schön, dich hier zu sehen. Stimmt es, dass du dir den Gutsverwalter geschnappt hast und ihr bald heiraten werdet?«

Dora nickte.

»Das ist ein beachtlicher Aufstieg für ein armes Bauern-mädel aus der Ukraine.«

»Ja, Frau Bracke.«

»Wie um alles in der Welt hast du das denn geschafft? Als Slawin und so!« Die Frau beugte sich vor, wobei ihre große Hakennase anklagend auf Dora gerichtet war.

»Meine Urgroßmutter war Deutsche.«

»Aha, noch eine, die ihre Reize nutzt, um das rassenhygieni-sche Komitee zu bezirzen, damit sie ihr Deutschblütigkeit bescheinigen. Hat es dir sehr gefallen, wie so viele Männer auf deinen nackten Leib gestarrt haben?«

Dora errötete am ganzen Körper. Die Untersuchung, die Teil

des Verfahrens zur Anerkennung ihrer Deutschblütigkeit gewesen war, war die demütigendste Angelegenheit ihres ganzen Lebens gewesen, denn sie hatte eine geschlagene Stunde lang splitternackt vor neun Männern paradieren müssen, während eine Assistentin jeden Zentimeter ihres Körpers vermessen hatte. Die Länge ihrer Nase, die Wangenknochen im Vergleich zu ihrem Schädel, Finger, Arme und Beine, jeder Knochen ihres Körpers wurde gemessen und auf einem Blatt Papier notiert, um ihre Maße mit dem Modell einer idealen Arierin abzugleichen.

Die Ergebnisse hatte man ihr nicht mitgeteilt, aber am Ende hatte ihr Körper offenbar die Norm ausreichend erfüllt, um den begehrten Stempel »Rasseprüfung bestanden« auf ihrem Eindeutschungsantrag zu erhalten.

»Ah, das dachte ich mir schon. Deinesgleichen stellt gerne zur Schau, was es hat. Du solltest dich schämen! Einem guten deutschen Mädel einen Mann wie Oliver Gundelmann wegzustehlen!«

Dora nahm ihr Haarband sowie das Wechselgeld und floh aus dem Laden. Normalerweise ging sie mit Frau Mertens oder Fräulein Annegret in die Stadt, und in deren Gegenwart wagte es selbst Frau Bracke nicht, so mit ihr zu reden. Sie ging geradewegs in Richtung Gut Plaun, um sich für den Rest des Tages – oder der Woche – unter die Bettdecke zu verkriechen.

Doch nach einigen Schritten schoss kochende Wut durch ihre Adern. Sie war in die Stadt gekommen, um einen Weg zu finden, anderen zu helfen, und diese furchtbare Frau war ein weiterer Grund, ihren Plan durchzuziehen. Hoch erhobenen Hauptes machte sie auf dem Absatz kehrt und lief zum Fluss hinunter, bis sie an der Hubbrücke ankam, wo Olga auf sie wartete.

»Warum hast du so lange gebraucht? Ich dachte schon, du hättest es dir anders überlegt«, fragte Olga in ihrer Muttersprache.

»Frau Bracke hat mich beleidigt.«

»Mach dir nichts draus. Das tut diese alte Schabracke ständig.« Olga hakte sich bei Dora ein. »Es tut gut, mal wieder Ukrainisch zu sprechen, ich habe manchmal Angst, dass ich unsere Sprache vergesse.«

»Ich auch. Im Gutshaus spreche ich tagein, tagaus nur Deutsch.«

»Also, was ist die große Neuigkeit, die du mir im Laden nicht erzählen konntest?«

Plötzlich bekam Dora Angst vor der eigenen Courage und sagte stattdessen: »Ich werde heiraten.«

»Wirklich? Das ist ja wunderbar! Wann? Und wo?« Olga wusste, dass Dora und Oliver schon seit fast einem Jahr miteinander ausgingen.

»Im Dezember. Fräulein Annegret hat gesagt, dass ich Freunde einladen darf. Also, wenn du kommen möchtest?«

Olga strahlte vor Freude. »Liebend gerne, aber ... ich muss erst fragen, ob ich den Tag frei bekomme.«

»Hoffen wir, dass deine Herrin es erlaubt. Hast du nicht gesagt, sie sei ein anständiger Mensch?«

»Ja, aber in letzter Zeit ... ist es schwierig geworden.«

Dora fand endlich ihren Mut. »Da ist noch etwas, was ich dich fragen wollte.«

»Spuck es aus.«

»Es gibt so viele beunruhigende Nachrichten von zu Hause.« Sie suchte die Umgebung nach anderen Menschen ab, um sicherzugehen, dass sie allein waren. »Die Nazis ...«

»... sind nicht so, wie wir erwartet haben?«

»Ja. Und ich möchte helfen ... ich meine, denen, die leiden. Vielleicht könntest du ... ich meine, wenn ich irgendetwas tun kann.«

Olga musterte sie von Kopf bis Fuß. »Was würde Fräulein Annegret wohl sagen, wenn sie erfährt, dass ihr Dienstmädchen für die andere Seite arbeitet?«

Wahrscheinlich war es klug, ihre Herrin aus dem Spiel zu

lassen. Nicht einmal Olga durfte wissen, dass sie eigentlich auf derselben Seite stand. »Sie wird es nicht herausfinden.«

»Aber wenn sie es doch tut?«

»Dann meldet sie es der Gestapo, nehme ich an.«

»Und das macht dir keine Angst?«

Dora legte den Kopf schief. »Doch. Sogar sehr. Ich meine, ich fürchte mich zu Tode, aber ich will trotzdem etwas tun.«

»Hmm ... Es gibt da vielleicht etwas, aber ich muss erst fragen. Wir können kein Risiko eingehen, es steht zu viel auf dem Spiel.«

Dora verstand. »Wir sehen uns nach dem Gottesdienst, dann kannst du mir Bescheid geben.«

»Mache ich. Es kann aber eine Weile dauern. War schön, mit dir zu plaudern.« Olga zwinkerte ihr zu, ging und ließ Dora allein zurück. Sie hatte schon lange gewusst, dass Olga und einige ihrer Freundinnen heimlich die Nazis kritisierten, aber sie hatte nie den Mut gehabt, sich ihnen anzuschließen. Jetzt, da sie die Karten auf den Tisch gelegt hatte, fühlte sie sich befreit und verzweifelt zugleich, obwohl sie es kaum erwarten konnte, bis Olga ihr Rückmeldung gab.

13

Der gefürchtete Anruf kam, und Oberscharführer Kallfass kündigte an, dass er gerne am kommenden Samstag mit ihr ausreiten würde.

Margarete stand am Fenster ihres Zimmers mit Blick auf den Garten und wünschte sich, dass er auf dem Weg einen Unfall hatte und oder anderweitig verhindert war. Vielleicht ein gebrochenes Bein, das einen wochenlangen Krankenhausaufenthalt erforderlich machte und ihn für lange Zeit vom Reiten abhielt?

Aber ihre Wünsche erfüllten sich nicht, und viel zu früh sah sie den schwarzen Mercedes durch das Tor fahren. Sie tastete nach den Haarnadeln, mit denen Dora ihre Frisur meisterhaft hochgesteckt hatte, straffte die Schultern und atmete tief ein. *Du schaffst das.*

Dann öffnete sie die Tür und lauschte auf die Geräusche unten, wo Frau Mertens den Besucher begrüßte und in den großen Salon geleitete. Einen Moment lang überlegte sie, ob sie eine Migräne vortäuschen sollte, schüttelte dann aber den Kopf. Sie wollte es lieber hinter sich bringen, sonst würde er nur an einem anderen Tag wiederkommen.

Erst gestern hatte Oliver ihre Reitkünste gelobt und ihr bescheinigt, dass sie der Aufgabe gewachsen war, solange sie sich nicht zu Sprüngen oder Rennen herausfordern ließ, was sie nicht vorhatte.

Sie setzte ein distanziert-freundliches Lächeln auf, betrat den Salon und begrüßte den Oberscharführer. Sehr zu ihrem Entsetzen nahm er ihre Hand und drückte seine Lippen auf den Handrücken. Danach überreichte er ihr einen weiteren Blumenstrauß, diesmal zartrosa Rosen. Die Farbe wich ihr aus dem Gesicht, denn die Rosen machten eines unmissverständlich klar: Es handelte sich nicht um einen gesellschaftlichen Besuch bei einer wohlhabenden Gutsbesitzerin in seinem Zuständigkeitsbereich. Nein, er war hergekommen, um der Frau den Hof zu machen, auf die er ein Auge geworfen hatte.

Trotz seines guten Aussehens und seiner tadellosen Manieren lag ihr nichts ferner als eine romantische Beziehung zu ihm. Für den Bruchteil einer Sekunde schoss ihr das Bild des schroffen, bodenständigen Fischers durch den Kopf und jagte ihr ein Kribbeln durch die Glieder.

»Vielen Dank für die Blumen, Herr Oberscharführer. Ich werde dafür sorgen, dass sie Wasser bekommen.« Sie läutete, und wenige Augenblicke später trat Dora ein und bewunderte den schönen Strauß. »Würdest du die bitte in eine Vase stellen?«

»Gewiss, Fräulein Annegret, sofort.«

»Sollen wir? Der Stallmeister hat zwei Pferde für uns gesattelt.« Margaretes Plan war, den Ausritt hinter sich zu bringen und den Oberscharführe danach so schnell wieder nach Hause zu schicken, wie er auf ihren Hof geflitzt war.

»Sehr gerne. Was gibt es an einem so wundervollen Morgen Schöneres als einen Ausritt in Begleitung der hübschesten Frau Deutschlands?«

Sie zwang sich zu einer geschmeichelten Miene. »Sie sind wahrhaft ein Charmeur.« Dann gab sie ihm ein Zeichen, ihr zu folgen, und gemeinsam gingen sie die kurze Strecke hinunter zu den Ställen. Um ihn von sich selbst abzulenken, fragte sie ihn nach seiner Arbeit. Die meisten Männer liebten es, von all den unglaublich heldenhaften und patriotischen Dingen zu erzählen, die sie für das Reich taten und sie hoffte, dass er keine Ausnahme darstellte. »Haben Sie sich gut in Parchim eingelebt?«

Er seufzte. »Ehrlich gesagt, ist es viel mehr Arbeit, als ich erwartet habe. Meinem Vorgänger hat es an Strenge gefehlt, und Sie können sich nicht vorstellen, wie viele Juden den Bezirk noch vergiften. Ich plane bereits eine konzertierte Aktion, bei der wir alle verbliebenen Schädlinge zusammentreiben.«

»Wirklich?« Ihr Herz setzte für ein paar Schläge aus.

»Ja. Leider sind wir zu wenige Männer bei der SS, und zudem sind die Leute hier einfach unvernünftig.«

»Unvernünftig?« Das war ihre Chance, wertvolle Informationen aus ihm herauszukitzeln.

»Fräulein Annegret, ich traue mich gar nicht, das laut auszusprechen, aber in dieser Gegend gibt es immer noch Leute, die die Juden schützen und unter den fadenscheinigsten Ausreden um Ausnahmen von der Deportation bitten.«

Sie drückte eine Hand aufs Herz. »Welcher rechtschaffene deutsche Bürger würde so etwas Liederliches tun?«

»Das verstehe ich auch nicht.« Er drehte den Kopf und sah sie an, seine dunkelblauen Augen bohrten sich tief in die ihren. »Ich garantiere Ihnen, dass ich dem ein Ende setzen werde. Ich habe mir geschworen, den Landkreis bis zum Jahresende komplett zu entjuden, und zwar einschließlich der Häftlinge und Zwangsarbeiter.«

Margarete konnte ein erschrockenes Aufstöhnen gerade noch rechtzeitig unterdrücken. Zum Glück blieb ihr die Antwort erspart, weil der Gestütsleiter mit zwei Pferden auf sie zukam. Die temperamentvolle Schneeflocke für Thomas und Pegasus für sie.

»Fräulein Annegret, Herr Oberscharführer, hier sind Ihre Pferde.« Piet, ein Mann weniger Worte, reichte ihnen die Zügel.

»Danke, Piet«, sagte Margarete und unterdrückte den Schauer, den sie angesichts ihrer bevorstehenden Feuertaufe verspürte. Tief einatmend schritt sie an Pegasus' Seite und bestieg ihn mit einer, wie sie hoffte, anmutigen und mühelos wirkenden Bewegung.

Es passierte nichts Schlimmes und sie ließ sich mit Leichtigkeit im Sattel nieder, was ihr einen anerkennenden Blick von Kallfass einbrachte, bevor er dasselbe tat.

»Sie entscheiden wohin, Fräulein Annegret, sie kennen die Gegend besser als ich.«

»Es ist mir ein Vergnügen, Herr Oberscharführer.« Sie drückte ihre Unterschenkel in Pegasus' Flanken, der, hocherfreut über den bevorstehenden Ausflug, seine Ohren spitzte und lostrabte.

Kallfass ritt neben sie und sagte: »Vielleicht sollten wir diese Förmlichkeiten weglassen. Nennen Sie mich bitte Thomas.«

Grundgütiger! Sein Angebot abzulehnen, wäre äußerst unhöflich gewesen, also stimmte sie notgedrungen zu. »Mit Vergnügen, Thomas.«

»Annegret ...«, er sprach ihren Namen langsam und leise aus, als würde er ihn mit seiner Zunge streicheln.

Sie erschauderte, denn jeder Zweifel, den sie an seinen Absichten noch gehabt haben könnte, wurde dadurch weggewischt. Wie um alles in der Welt sollte sie es anstellen, ihn auf Distanz zu halten, ohne seinen Stolz zu verletzen? Aus früheren Erfahrungen mit SS-Offizieren wusste sie, dass diese umso heftiger zurückschlugen, je mehr man sie bekämpfte, um sich das zu holen, was sie ohnehin für ihr Eigentum hielten.

Selbst in ihrer Position als Besitzerin von Gut Plaun war sie lediglich eine Frau ohne männliche Verwandte, die dem ausgeliefert war, was die Männer dieser Welt in ihrem Interesse beschlossen. Und offenbar hatte Thomas beschlossen, dass er in ihrem besten Interesse war. Sie schob die beunruhigenden Gedanken beiseite und lenkte ihr Pferd in Richtung See, wobei sie um das Fabrikgelände einen großen Bogen machte und auch die Stadt links liegen ließ, denn sie wollte auf keinen Fall, dass die Dorfbewohner über ihren Verehrer tratschten.

»Hattest du schon Gelegenheit, einige Dörfer in der Gegend zu besuchen?«, fragte sie.

»Nicht wirklich. Im Büro gibt es viel zu viel zu tun.« Er lächelte sie an, was seinem Gesicht die Härte nahm und ihn wie einen x-beliebigen jungen, netten Mann aussehen ließ. Es gab sicherlich schlechtere Bewerber als ihn.

Reiner Huber, Annegrets Bruder, kam ihr in den Sinn. Er war einer der schlimmsten Menschen, denen sie je begegnet war, und noch immer bildete sich ein Kloß in ihrem Hals, wenn sie an die widerwärtigen Dinge dachte, die er ihr angetan hatte.

»Ist die Nitropentafabrik nicht irgendwo hier in der Nähe?«, fragte Thomas.

»Das ist sie. Aber ich gehe sehr selten, wenn überhaupt, dorthin. Reichskriminaldirektor Richter hat darauf bestanden, dass es kein ziemlicher Ort für eine Frau ist.«

»Ein sehr weiser Mann, der Reichskriminaldirektor. Diese Häftlinge benehmen sich schlimmer als Tiere.«

Und wessen Schuld ist das? Sie dachte an Lena, die intelligente, kultivierte Journalistin, die sie letztes Jahr in einem Versteck im Wald gefunden hatte. Lena hatte nicht freiwillig wie ein Tier gelebt, sondern weil die sadistischen Nazis Spaß daran gefunden hatten, sie zu demütigen und zu quälen. Margarete ballte die Faust fester um den Zügel und spürte, wie sich das Leder in ihre Handfläche bohrte. »Wie ich schon sagte, überlasse ich die geschäftliche Seite Franz Volkmer, dem

Fabrikleiter. Du hast ihn bei deinem letzten Besuch kennengelernt.«

»Hm.« Thomas machte ein nachdenkliches Gesicht. »Ich habe mir die Produktionszahlen angesehen.«

»Die sind in diesem Jahr stark gestiegen, hat man mir gesagt.« Ihre Stimme klang kraftlos.

»Die Leistung ist nicht das Problem.« Er sah sie an, wobei seine Stirn sich in Falten legte. »Ich mache mir mehr Sorgen über die Fluktuation.«

»Fluktuation? Ich fürchte, ich verstehe nicht, was du meinst.«

»In diesem Fall bedeutet es die Sterblichkeit der Zwangsarbeiter.«

Panik schnürte ihr die Kehle zu und drohte sie zu ersticken. Sie ballte ihre Fäuste so fest, dass der Lederzügel in ihre Haut schnitt und einen scharfen Schmerz verursachte. »Wir bemühen uns, die Häftlinge ausreichend auszubilden und ihnen die bestmöglichen Bedingungen zu bieten, aber leider sterben immer noch zu viele.«

»Wie seltsam«, sinnierte er.

»Oh, ich denke nicht, dass es seltsam ist. Es gibt einfach nicht genug zu essen und immer zu viel Arbeit. Wir tun wirklich unser Bestes, denn die Ausbildung neuer Arbeiter kostet Zeit und verlangsamt die Produktion, was wir nicht wollen.«

Er lachte aus vollem Halse. »Du bist bezaubernd, Annegret, und verzeih mir, dass ich so unverblümt bin, es ist gut, dass Reichskriminaldirektor Richter dir geraten hat, dich nicht in die geschäftlichen Angelegenheiten einzumischen, denn du hast das alles falsch verstanden.«

»Falsch? Sollen wir etwa nicht die Produktion hochfahren, um die Kriegsanstrengungen zu unterstützen?« Jetzt war sie mehr verwirrt als erschrocken.

»Ja, und nein. Genauso wichtig wie die Produktion von Rüstungsgütern ist die Auslöschung der jüdischen Rasse, denn sie sind der Pesthauch unserer Gesellschaft. Eine von Hitlers raffiniertesten Ideen ist die Vernichtung durch Arbeit. Anstatt wertvolle Ressourcen zu verschwenden, können wir von der Existenz unserer Feinde profitieren. Wir lassen sie sich zu Tode schuften, damit sie zumindest ein wenig von dem Schaden wiedergutmachen, den sie unserer Volksgemeinschaft angetan haben. Goebbels hat selbst gesagt: ‚Wer an dieser Arbeit zugrunde geht, ist unser Mitleid nicht wert.'« Thomas sah sie gespannt an, offenbar in der Erwartung, dass sie einem solch niederträchtigen wie unmenschlichen Plan Beifall zollte.

»So habe ich das noch nie betrachtet. Aber was ist mit der Produktion?« Sie hatte immer geglaubt, dass die Erfüllung der Norm ihre Juden vor der Deportation bewahren würde, doch anscheinend waren die Kriegsanstrengungen längst nicht so wichtig, wie die Behörden gerne behaupteten.

»Es gibt mehr als genug Ersatz für die Juden. Tatsächlich ist es derzeit Regierungspolitik, ausschließlich nichtjüdische Zwangsarbeiter zu beschäftigen, wie zum Beispiel Ostarbeiter oder Kriegsgefangene.«

»Ich verstehe.«

Seine Augen schimmerten verliebt, als er sie ansah. »Ich erzähle dir das nur, weil ich dich so sehr schätze. Die niedrige Sterberate in deiner Fabrik hat in den höheren Etagen der Hierarchie viele Fragen aufgeworfen.«

»Ich hatte ja keine Ahnung«, versicherte sie mit einem Augenaufschlag.

»Das weiß ich doch. Trotzdem hoffe ich, du kannst in Ruhe mit deinem Fabrikleiter sprechen und ihm raten, dafür zu sorgen, dass mehr jüdische Häftlinge sterben. Damit erledigt sich unser kleines Problem von ganz allein.«

Sie glaubte nicht, dass die jüdischen Arbeiter ein Problem darstellten, und sie hatte gewiss nicht die Absicht, deren Ableben zu beschleunigen, dennoch nickte sie Thomas zu. »Wenn du meinst, dass es hilft, werde ich natürlich mit Herrn

Volkmer sprechen. Aber würde das nicht die Leistung der Fabrik beeinträchtigen?«

»Es wird einige Zeit dauern, bis ihr ein Gleichgewicht zwischen Produktion und Fluktuation gefunden habt. Betrachte es als Wachstumsschmerzen, um ein erfolgreiches Unternehmen zu führen.«

»Hast du noch weitere Vorschläge?«, fragte Margarete mit einem mulmigen Gefühl im Magen.

»Oh, es gibt unzählige Möglichkeiten, die Sterberate zu erhöhen.« Er zählte eifrig Ideen auf, Juden zu töten, als wären sie unliebsame Schädlinge. »Abgesehen von den offensichtlichen Maßnahmen wie der Reduzierung der Lebensmittelrationen und der Erhöhung des Arbeitspensums kann dein Fabrikleiter hier wirklich kreativ werden. Eine lustige Sache zum Beispiel wären Spiele, um die Aufseher für ihre Loyalität gegenüber dem Führer zu belohnen.«

»Was für Spiele?« Ihr schwante Böses.

»Wirklich, da sind der Fantasie keine Grenzen gesetzt. Mein Lieblingsspiel ist die Kaninchenjagd.« Sein Gesicht leuchtete vor Begeisterung. »Die Juden sind die Kaninchen, die um ihr Leben rennen, während rechtschaffene Männer sie jagen und erschießen. Das macht so viel Spaß. Wie eine Jagd auf Rotwild, nur besser, weil man weiß, dass man gleichzeitig seinem Land dient.«

Galle stieg in ihrer Kehle auf und sie musste mehrmals schlucken, bevor sie antworten konnte. »Das ist außerordentlich grausam, so etwas würde ich niemals dulden.«

»Meine liebste Annegret, das sind doch nur Juden. Hast du etwa nie angeordnet, in deinem Wald Rehe zu jagen?«

»Wir töten Tiere, um sie zu essen, und ich habe bestimmt nicht vor, einen Juden zu verspeisen«, sagte sie und hoffte, damit wäre das Thema beendet.

»Du würdest dich vergiften, wenn du ein Stück von solch verrottetem Abschaum isst.« Wieder warf er ihr einen amourösen Blick zu, bevor er fortfuhr. »Du bist eine so warmherzige Frau und ich bewundere dich dafür umso mehr. Sag deinem Fabrikleiter, er soll sich darum kümmern. Wie er es macht, musst du gar nicht erfahren.«

»Das werde ich.« Was hätte sie sonst antworten sollen? Laut herausschreien, was für ein verachtenswerter Mann er war? Tausendmal schlimmer als die Leute, die er für Abschaum hielt. Sobald er weg war, würde sie Oliver von seinen Vorschlägen erzählen, und gemeinsam fanden sie hoffentlich eine Lösung für das Problem, wenn auch eine ganz andere als Thomas vorschwebte.

Zum Glück kamen sie ans Seeufer und sie hielt Pegasus an. »Von hier aus hat man einen wunderbaren Blick auf die andere Seite des Sees.« Sie wollte schon weiterreiten, doch Thomas stieg von seinem Pferd ab, kam zu ihr und hielt ihr die Hand hin.

»Ich kann alleine absteigen«, versicherte sie ihm.

»Natürlich kannst du das, dennoch stehe ich hier, bereit, einer liebreizenden Frau zu helfen.« Sein liebestolles Grinsen war unerträglich.

»Nun denn, wie könnte ich ein so großzügiges Angebot ablehnen?« Sie schenkte ihm ein knapp bemessenes Lächeln, während sie ihr Bein über das Pferd schwang. Seine Hände schlossen sich um ihre Taille und er hob sie langsam herunter, wobei er sie viel länger als nötig in seinen Armen hielt.

Sobald sie sicheren Boden unter den Füßen hatte, löste sie sich aus seiner Umarmung und ging auf das Ufer zu, um Pegasus trinken zu lassen. Thomas folgte ihr, mit Schneeflockes Zügeln in der Hand und machte zum Glück keinen weiteren Annäherungsversuch.

»Es ist so friedlich hier«, sagte sie, um die Stille zwischen ihnen zu vertreiben.

»Das ist es wirklich.« Er ließ sich auf einem Felsbrocken nieder und winkte ihr, sich zu ihm zu setzen.

»Ich möchte mich lieber nicht schmutzig machen«, sagte sie mit einem spitzen Blick auf die staubige Oberfläche.

»Du hast dich verändert, Annegret.«

»Ich? Warum sagst du das?« Panik schnürte ihr die Kehle zu. Hatte er die wahre Annegret gekannt und wollte ihr jetzt unter die Nase reiben, dass er ihren Betrug durchschaut hatte? Wollte er ihr ein unmoralisches Arrangement vorschlagen, damit er den Mund hielt?

»Es wird gemunkelt, dass du früher ein ziemlicher Wildfang warst, immer mit deinen Brüdern unterwegs und überhaupt nicht so, wie es sich für ein Mädchen geziemt.«

»Ach das.« Ihr erleichtertes Lachen klirrte in der warmen Luft. »Ich muss zugeben, je älter ich wurde, desto erfolgreicher war meine Mutter darin, eine Dame aus mir zu machen … Obwohl«, fuhr sie fort und blickte auf ihre Reithose hinunter, »es ihr lieber gewesen wäre, ich würde im Damensattel reiten.«

»Eine erfahrene Reiterin wie du könnte das mit links und würde noch eleganter aussehen.«

Gott, wie sie seine Denkweise hasste. War eine Frau für ihn wirklich nichts weiter als ein Schmuckstück im Haushalt eines Mannes?

»Mir ist ein wenig kühl, wir sollten lieber zum Gutshaus zurückkehren«, schlug sie vor, da sie es keine Minute länger in seiner Gegenwart aushielt.

»Wie unbedacht von mir. Ich möchte auf keinen Fall, dass du dich erkältest.«

Ich wette, ob ich krank werde, wäre dir völlig egal, wenn du wüsstest, dass ich Jüdin bin. Sie schob den Gedanken beiseite. Sich damit zu identifizieren, wer sie einmal gewesen war, weckte nur Erinnerungen, schaffte Verwirrung und erhöhte die Gefahr Fehler zu begehen. Sie war Annegret Huber. Punkt.

Auf dem Rückweg zum Gut unterhielten sie sich ausschließlich über das Wetter und die Schönheit des Herbstes, was Margarete nur recht war, da sie sich nicht zutraute, weiterhin den Mund zu halten, wenn er wieder eine Tirade über die Untaten des verbrecherischen Weltjudentums von sich gab.

»Bedrückt dich etwas?«, fragte er nach einer Weile.

»Nein, ich bin nur müde. Ich hatte letzte Nacht furchtbare Kopfschmerzen, die mich kaum schlafen ließen.« Die Lüge rutschte ihr so leicht von der Zunge, dass sie fast selbst daran glaubte.

»Du hättest es mir sagen sollen, dann hätten wir unseren Ausritt verschoben.«

»So schlimm war es nicht, doch jetzt merke ich, wie erschöpft ich bin«, log sie noch einmal. Der Gedanke, ihm abzusagen, war ihr ein dutzend Mal in den Sinn gekommen, aber sie hatte es für das Beste gehalten, den Ausritt hinter sich zu bringen, schließlich konnte sie nicht ewig Ausreden erfinden.

Nachdem sie die Pferde einem Stallknecht übergeben hatten und zum Herrenhaus hinaufgingen, legte Thomas ihr eine Hand auf den Arm und schaute sie mit zerknirschter Miene an. »Liebste Annegret, ich kann nicht umhin zu bemerken, dass du wütend auf mich zu sein scheinst. Bitte verzeih mir meine Worte von vorhin. Ich habe nur versucht zu helfen.«

»Natürlich.«

»Du hast ein gutes Herz, was eine wunderbare Sache ist, aber in diesem Fall ist es fehlgeleitet. Gegen unsere Feinde müssen wir rücksichtslos vorgehen und jegliche Empathie, die tief in unseren Seelen sitzt, zum Wohl der Volksgemeinschaft unterdrücken.«

»Das sagt Reichskriminaldirektor Richter auch immer.« Margarete hatte ihn einmal gefragt, wie er zu manchen Menschen so nett und zu anderen so grausam sein konnte.

Thomas strahlte vor Stolz. »Wenn der Reichskriminaldirektor das sagt, muss es wahr sein, oder? Verzeih mir, wenn ich unsensibel war. Ich vergesse oft, dass Frauen zu schwach und emotional sind, diese harten Wahrheiten zu verarbeiten.«

Wenn es noch einer Bestätigung bedurft hätte, dass Thomas und sie aus unterschiedlichen Welten stammten, dann hatten diese Worte es endgültig getan. Sie konnte bei ihrer Antwort den Sarkasmus kaum aus ihrer Stimme heraushalten. »Es ist so eine Erleichterung, Männer zu haben, die sich um alles kümmern, was wir Frauen nicht schaffen.«

»Genau das sagt Hitler auch: ‚Die Welt des Mannes ist groß, verglichen mit der der Frau. Der Mann gehört seiner Pflicht, und nur ab und zu schweift ein Gedanke zur Frau hinüber. Die Welt der Frau ist der Mann. An anderes denkt sie nur ab und zu. Denn ihre Welt ist ihr Mann, ihre Familie, ihre Kinder und ihr Haus. Wo wäre aber die größere Welt, wenn niemand die kleinere Welt betreuen wollte? Wie könnte die größere Welt bestehen, wenn niemand wäre, der die Sorgen um die kleinere Welt zu seinem Lebensinhalt machen würde? Nein, die große Welt kann nicht bestehen, wenn die kleine nicht fest ist.‘« Er sah sie erwartungsvoll an.

»Unser Führer ist so klug«, erwiderte sie.

»Es war ein wundervoller Vormittag«, sagte Thomas, der immer noch ihren Arm festhielt und seine Hand langsam nach unten gleiten ließ, bis sie danach griff. »Ich hoffe, du weißt, wie sehr ich die Zeit schätze, die wir miteinander verbringen.«

Margarete fand keine passenden Worte, also blieb sie stumm. Er lächelte warm, hob ihre Hand und küsste den Handrücken, dann drehte er sie um und küsste die Innenseite ihres Handgelenks. »Wann kann ich dich wiedersehen?«

»Ich weiß es nicht. Wir sind mitten in der Ernte und es gibt so viele Dinge zu erledigen. Und dann ist da noch Olivers Hochzeit zu organisieren. Es kann einige Wochen dauern, bis ich wieder einen Samstag frei habe.«

»Wie wäre es mit einem Sonntag?«, schlug Thomas vor und drückte ihre Hand fest.

Margarete schüttelte den Kopf. »Es tut mir leid, aber wir sind ein christlicher Haushalt. Wir gehen sonntags zur Messe.«

»Es muss ja nicht gleich ein ganzer Tag sein, ein oder zwei Stunden reichen schon. Warum rufe ich dich nicht nächste Woche an?«

»Ja, mach das.« Ihr wurde beinahe übel bei der Vorstellung einer weiteren Verabredung mit Thomas.

Dann schritt er zu seinem Auto, wo er sich mit einer kleinen Verbeugung von ihr verabschiedete. »Ich wünsche dir einen schönen Nachmittag. Denk an mich, denn ich werde an dich denken.«

Margarete winkte ihm zu, als er sich hinter das Lenkrad setzte und davonfuhr. Sobald sie sicher war, dass er sie nicht mehr sehen konnte, ließ sie sich gegen den Türrahmen sinken und verdrängte die Tränen, die zu fließen drohten. Thomas Kallfass war ein furchtbarer Mann. Und er war bis über beide Ohren in sie verliebt.

14

Auf der Rückfahrt nach Parchim war Thomas außerordentlich gut gelaunt. Der Besuch bei Annegret war ein voller Erfolg gewesen. Diese Frau war unglaublich bezaubernd, und sie war eindeutig von ihm begeistert – wenn auch ein wenig schüchtern, was im Widerspruch zu den Dingen stand, die er über sie gehört hatte.

Vermutlich hatte Mutti recht, die immer sagte, dass aus jedem Wildfang irgendwann eine brave Frau wurde, wenn sie nur die richtige Erziehung genoss. Seine Mutter wäre von Annegret begeistert. Ohne Zweifel würde sie seine Wahl gutheißen, denn was konnte man an der schönen, charmanten, gebildeten und reichen Annegret nicht mögen?

Er träumte bereits davon, die Abzeichen eines SS-Standartenführers zu tragen, während Annegret dem Führer ihr Neugeborenes für seinen Segen präsentierte und ihre älteren Kinder makellos in einer Reihe stünden wie die Orgelpfeifen, gekleidet in ihren Hitlerjugend- und BDM-Uniformen. Sie wären die Vorzeigefamilie des Reiches, sogar noch glamouröser und beliebter als die Goebbels.

Mit etwas Geduld und einigen weiteren Besuchen, um

Annegret zu umwerben, würde er ihr bald schon einen Antrag machen können.

Am Montag war er der Erste im Büro und begann, gewissenhaft den Stapel von Papieren durchzuarbeiten, die seine Unterschrift benötigten. Diese Arbeit fesselte ihn die meiste Zeit an seinen Schreibtisch, obwohl er lieber das Gesindel da draußen jagen würde. Es ging nichts über das Aufspüren von Verrätern, Staatsfeinden und Abschaum, um zu beweisen, wie sehr man sich dem Reich verpflichtet fühlte. Niemand wurde für akribische Schreibtischarbeit befördert, denn wahre Männer verdienten sich ihre Sporen mit Heldentaten.

Ein Klopfen an der Tür unterbrach seine Gedanken.

»Herein!«

»Guten Morgen«, grüßte sein Stellvertreter Lothar Katze, als er das Büro mit einem Stapel Papiere auf dem Arm betrat.

»Ich nehme an, Sie haben gut geschlafen«, sagte Thomas süffisant und schaute dabei demonstrativ auf die Wanduhr gegenüber seinem Schreibtisch. Katze war natürlich zu einfältig, um die Spitze zu bemerken und hatte nicht einmal den Anstand, ob seines späten Kommens zerknirscht zu schauen.

»Ja, danke. Es war ein anstrengendes Wochenende, wenn Sie verstehen, was ich meine«, antwortete Katze mit einer anzüglichen Geste.

Thomas verstand sehr gut, und zu seiner Überraschung war er entsetzt darüber. Jetzt, wo er sich auf Annegret festgelegt hatte, hatte er nicht das geringste Bedürfnis mehr, mit anderen Frauen herumzuhuren.

»Was brauchen Sie?«, fragte Thomas.

»Diese Unterlagen müssen Sie unterschreiben.«

»Legen Sie sie auf den Schreibtisch, ich sehe sie mir später an.« Katze wollte gerade in sein Büro zurückkehren, als Thomas etwas einfiel. »Warten Sie, holen Sie mir mal die Liste mit den Ausnahmegenehmigungen für Juden.«

Katze schien für den Bruchteil einer Sekunde zu zögern, bevor er sagte: »Die sind gerade erst aus Berlin zurückgekommen. Dorthin mussten wir sie zur endgültigen Genehmigung schicken, weil Sie Ihren Posten noch nicht angetreten hatten.«

»Aber ich bin doch schon seit über einem Monat hier!«

»Die Post ist langsam und unser Kreis hat in der Hauptstadt nicht die höchste Priorität.«

Eine aufflammende Wut nahm Besitz von Thomas. Wenn das Hauptquartier diesen gottverlassenen Ort, an den sie ihn verbannt hatten, nicht einmal für wichtig genug hielt, um die Post pünktlich zu bearbeiten, wie sollte er sich dann jemals beweisen und befördert werden? Aber dann kam ihm wieder die liebliche Annegret in den Sinn und er entspannte sich. Sobald sie mit ihm verheiratet war, konnte ihn niemand mehr ignorieren.

»Wer schickt uns eigentlich diese Listen?«, fragte er.

Auf Katzes Stirn bildeten sich Schweißtropfen. »Nun, die Industriellen beantragen Ausnahmegenehmigungen aus allen möglichen Gründen. Meistens sind es falsch kategorisierte Halbjuden oder privilegierte Juden, die durch ihre Heirat mit einem Deutschen geschützt sind.«

»Ekelhaft! Welcher rassisch reine Arier würde sich dafür hergeben, mit einem Juden verheiratet zu sein?« Thomas konnte nichts Anmutiges oder gar Sympathisches an diesen abscheulichen Kreaturen finden. Er war stolz darauf, diese Brut schon von weitem zu erkennen, nicht nur an ihrem Aussehen, sondern auch an ihrem widerlichen Gestank. Es war wissenschaftlich erwiesen, dass Juden faulig rochen, was durch ihre völlige Vernachlässigung persönlicher Hygiene noch verstärkt wurde. Eine Tatsache, die Thomas selbst in jedem Lager, das er besucht hatte, festgestellt hatte.

»Das weiß ich auch nicht, aber unser großartiger Führer übt

Nachsicht mit ihnen, also muss eine größere Weisheit dahinterstecken und ich stelle diese Entscheidungen nicht in Frage.«

Katze sagte das in einem aufsässigen Ton, der Thomas aufhorchen ließ. Diesem Mann konnte man nicht trauen. Er würde sich wahrscheinlich die Finger lecken, wenn er seinen Vorgesetzten anschwärzen und seinen fetten Arsch auf Thomas' Stuhl setzen könnte. Thomas kannte diese Sorte: ein Speichellecker, der nur seiner eigenen Gier treu war.

Er blätterte durch die Papiere, bis er auf ein ordentlich zusammengeheftetes Bündel stieß und es aus dem Haufen herauszog. Ihm fielen fast die Augen aus dem Kopf, als er den Briefkopf von Gut Plaun oben auf der langen Liste der Ausnahmegenehmigungen für kriegswichtige Arbeiter erblickte.

»Was ist das? Unentbehrliche Arbeitskräfte?« Er hielt Katze, dessen Gesicht inzwischen schweißnass war, den Stapel hin.

»Ah, lassen Sie mich mal sehen.« Katze nahm den Stapel und musterte ihn, bevor er antwortete. »Herr Gundelmann, der Gutsverwalter von Gut Plaun, kam her, um die Deportation einiger seiner Zwangsarbeiter zu verhindern, weil er ohne sie die Produktionsziele nicht einhalten kann.«

Thomas kratzte sich am Kinn. Er hatte Oliver für einen Mann gehalten, der sich hauptsächlich für Pferde interessierte, und war ziemlich überrascht darüber gewesen, dass Annegret ihn nach Gustav Fischers Tod zum Gutsverwalter befördert hatte. Eine sehr sonderbare Sache. Vielleicht sollte er Oliver einen Besuch abstatten und seine Beweggründe für die Beantragung dieser Ausnahmegenehmigungen hinterfragen. Jeder, der nur halbwegs bei Verstand war, wusste, dass Juden faul und dumm waren und deshalb in keinem Fall unersetzlich sein konnten.

Ein schrecklicher Verdacht kam ihm in den Sinn. Was, wenn der Fabrikleiter Franz Volkmer zu der Untergrundorganisation gehörte, die in der Region tätig war und dieses Lumpengesindel aus dem Land schmuggelte? Und Oliver war zu naiv, um den Schwindel zu durchschauen?

Er musste den Dingen unbedingt auf den Grund gehen und sicherstellen, dass Annegret nicht in diesen Schlamassel hineingezogen wurde. Das arme Mädchen wäre entsetzt, wenn sie wüsste, was sich direkt vor ihrer Nase abspielte. Für den Moment beschloss er, seinen Verdacht für sich zu behalten und Katze nicht einzuweihen.

»Nun denn«, sagte er in einem unverbindlichen Ton. »Die Kriegsproduktion hat stets Vorrang, nicht wahr?«

»Das habe ich mir gedacht, selbst wenn wir diese Subjekte eigentlich auf Transport schicken sollten.« Katze wirkte erleichtert.

»Danke. Sie können jetzt die Akten archivieren.«

»Jawohl, Herr Oberscharführer.« Katze verließ fluchtartig das Büro und ließ Thomas grübelnd darüber zurück, wie groß die Loyalität seines Untergebenen wirklich war. Er gab das Bild eines glühenden Hitleranhängers ab, aber vielleicht war er ein bisschen zu sehr an seinem eigenen Vorteil interessiert.

Fürs Erste würde er ihn genau beobachten.

Am Abend ging Thomas mit Kollegen zum Essen. Wie üblich lief das Radio und unterhielt mit schwungvoller Musik. Als die Nachrichten anfingen, drehte der Kellner den Ton lauter, damit alle die neuesten Informationen von den verschiedenen Fronten verfolgen konnten.

Alle Gespräche verstummten, und jeder lauschte gebannt den Worten des Sprechers. Ob aus echtem Interesse oder weil es so erwartet wurde, konnte Thomas nicht erkennen.

Er nutzte die Zeit, um sich zurückzulehnen und die anderen Gäste zu beobachten, wobei er sich fragte, was sie wirklich dachten. Nur wenige Wochen zuvor war bekannt geworden, dass amerikanische und britische Truppen in Italien gelandet waren, nachdem dieser Verräter Pietro Badoglio ein Waffenstillstandsabkommen unterzeichnet hatte. Offenbar war

der Duce Mussolini nicht mehr an der Macht und diese italienischen Wendehälse suchten nun ihr Glück an der Seite des
ehemaligen Feindes.

Nach der schändlichen Kapitulation des Afrikakorps in
Tunis war dies ein weiterer herber Rückschlag, der eine zweite
Front auf dem europäischen Kontinent eröffnete. Dem Nach-
richtensprecher zufolge wurden momentan die Frontlinien in
Italien und Russland begradigt und strategisch zurückgezogen,
sowie Heeresgruppen neuformiert, um den finalen Angriff
vorzubereiten, der den Endsieg bringen würde.

So sehr Thomas auch mit jeder Faser seines Wesens an
Hitler und dessen militärische Brillanz glaubte, so beunruhi-
gend war diese Aussage trotzdem. Zweifellos war die Wehrmacht die beste Armee, welche die Menschheit je gesehen
hatte, doch der Feind war ihr zahlenmäßig weit überlegen.
Glaubte man den – sicherlich übertriebenen – Augenzeugen-
berichten von der Ostfront, so wurden für jeden gefallenen
sowjetischen Soldaten zehn neue in die Schlacht geschickt.

Es schien, als hätten die Sowjets tief in den asiatischen
Teilen ihres Territoriums riesige Reserven an jungen, unver-
brauchten Männern. Rassisch minderwertige Mongolen,
Kosaken und andere Orientalen, die an Quantität wettmachten,
was ihnen an Qualität fehlte.

Den verkniffenen Mienen einiger Zuhörer nach zu urteilen,
war Thomas nicht der Einzige, der sich insgeheim Sorgen über
die Richtung machte, in die sich der Krieg entwickelte.

Als die Musik nach den Nachrichten wieder einsetzte,
sagte ein Wehrmachtssoldat auf Heimaturlaub: »Das ist nur ein
vorübergehender Rückschlag. Schon bald wird unsere neue
Wunderwaffe die Alliierten heulend zu ihren Muttis rennen
lassen.«

»Genau. Ein Haufen Feiglinge sind das.«

»Ich weiß aus zuverlässiger Quelle, dass die V-1 so gut wie
fertig ist, und schon bald in die Massenproduktion geht.«

»Kabumm. Das wird die Inselaffen auslöschen.«

»Der Engländer hätte sich mit uns zusammentun sollen, als er noch konnte, jetzt wird er mit der völligen Zerstörung seiner Insel bezahlen.«

»Was ist mit den Italienern, gibt ihre Kapitulation den Alliierten nicht die Oberhand im Stiefel?«, fragte ein älterer Zivilist.

»Pah ... diesen nutzlosen Ballast loszuwerden, wird uns stärken. Die Italiener waren schon immer minderwertig. Nur aus Respekt vor Mussolini hat Hitler ihr Land nicht besetzt.«

Thomas spürte eine neue Dringlichkeit in sich aufkeimen. Wenn sie die glorreiche Zukunft der deutschen Nation gestalten wollten, mussten sie sich beeilen. Jeder ausgemerzte Jude war einer weniger, der zurückkehren konnte, um die arische Volksgemeinschaft zu vergiften und letztlich zu vernichten.

Ab morgen würde er sie mit noch härterer Entschlossenheit als je zuvor verfolgen. So wahr er hier saß, er würde dafür sorgen, dass auch der letzte Jude im Landkreis nach Auschwitz geschickt wurde, ob mit oder ohne gültige Ausnahmegenehmigung.

Wenn er dabei auch noch diese liederliche Untergrundorganisation erwischte, war das ein zusätzlicher Bonus. Abgesehen davon, dass er die deutsche Volksgemeinschaft von der Judenplage befreite, würde er sich zudem für eine höhere Position empfehlen. Annegret würde sein schnelles und energisches Handeln so sehr bewundern, dass sie womöglich sogar die gesellschaftlichen Normen über Bord warf und ihn auf der Stelle heiratete.

»Gute Nacht, Kameraden«, sagte er nach einer weiteren Runde Bier. Wenige Minuten später betrat er seine Wohnung, gerade als das Telefon zu läuten begann. Mit einem Blick auf seine Uhr fragte er sich, wer ihn so spät am Abend noch anrief.

»Oberscharführer Kallfass«, meldete er sich, nur für den Fall, dass es ein offizieller Anrufer war.

»Thomas, da bist du ja endlich. Ich habe es schon den ganzen Abend versucht.«

Er unterdrückte ein leichtes Stöhnen, halb in Erwartung einer Predigt darüber, dass ein anständiger junger Mann früh zu Hause sein sollte. »Ich hatte noch zu tun.«

»Ach, du Ärmster. Reicht es nicht, dass sie dich den ganzen Tag arbeiten lassen? Aber so spät in der Nacht?«

»Mutti, bitte. Wir müssen alle Opfer für das Vaterland bringen, und wenn ich nach dem Feierabend noch gebraucht werde, ist das eben so.«

Seine Mutter seufzte ins Telefon. »Wo wir gerade von Opfern sprechen. Die Situation wird immer unerträglicher. Sie haben uns wieder stundenlang den Strom abgestellt. Angeblich brauchen sie ihn für die Industrie, um diese neue Wunderwaffe herzustellen. Aber wie soll ich das Abendessen kochen? Wie soll ich spätabends ohne Licht meine Kleidung flicken? Wissen diese Männer da oben überhaupt, wie viel Arbeit eine Hausfrau Tag für Tag hat? Socken für unsere Soldaten stricken, Metallschrott sammeln? Und dann muss ich stundenlang in der Schlange stehen, nur um zu erfahren, dass ich höchstens die Hälfte der Dinge auf meinen Lebensmittelkarten bekomme. Und die Bombardierungen ... Gütiger Gott, die Bombardierungen hören nie auf.« Sie holte tief Luft, und er konnte ihren emotionalen Aufruhr spüren. »Ich habe Angst, Thomas.«

»Ich weiß, Mutti, ich weiß. Wir sind eine Nation mit vielen Feinden, die uns diesen Krieg aufgezwungen haben. Wir müssen tapfer sein und das durchstehen, denn du willst doch sicher nicht unter dem Joch der russischen Barbaren leben, oder?«

»Gott bewahre, nein!« Das Zittern in ihrer Stimme war deutlich zu hören. »Hitler hat uns gute Zeiten, Lebensraum und keine Not mehr versprochen, wann bekommen wir das alles endlich?«

Er wurde langsam ungeduldig. Genau das war das Problem. Die Menschen erwarteten sofortige Belohnungen ohne Anstrengung. Niemand, nicht einmal seine eigene Mutter, schien zu verstehen, dass Opfer nötig waren, um den Endsieg und alle damit verbundenen Vorteile zu erkämpfen. »Es wird nicht mehr lange dauern. Ein paar Monate vielleicht, oder maximal ein Jahr. Wann hat der Führer uns jemals im Stich gelassen?«

»Noch nie. Es ist nur ... so viele Tote und so viel Leid. Der Nachbarsjunge kam letzte Woche ohne Beine nach Hause. Kannst du dir das vorstellen? Er ist zwanzig Jahre alt. Ein Krüppel.«

»Er kann stolz darauf sein, tapfer für das Vaterland gekämpft zu haben. Ich bin sicher, dass er einen Orden für seinen Heldenmut erhält und der Staat sich gut um ihn kümmert. Der Führer sorgt für seine treuen Gefolgsleute.« Trotz seiner beruhigenden Worte erschauderte Thomas. Selbst kaum älter als der Nachbarsjunge, graute es ihm bei der Vorstellung eines Lebens ohne Beine.

Zum einen würde sich Annegret niemals in einen Krüppel verlieben. Schnell schob er den Gedanken beiseite. Je weiter oben er in der Hierarchie war, desto geringer war die Wahrscheinlichkeit, dass er an die Front geschickt wurde.

»Oh, mein Bub. Ich bin so froh, dass du auf dem Land in Sicherheit bist. Es gibt doch keine Bombenangriffe, wo du bist? Oder?« Ihre Stimme wurde flehend. »Zumindest ist nichts darüber in den Nachrichten zu hören. Es scheint, dass diese widerlichen Kindsmörder sich auf die Großstädte konzentrieren, wo sie mehr Menschen töten können. Diese alliierten Piloten sind Feiglinge und Verbrecher. Ekelhaftes Gesindel!«

Zumindest in diesem Punkt konnte er ihr hundertprozentig zustimmen. »Da hast du recht, Mutti. Unsere Luftwaffen-Asse würden nie so etwas Völkerrechtswidriges tun. Sie haben immer nur Industrieziele bombardiert, und das auch nur als letztes Mittel, nachdem der Engländer sich geweigert hat mit Hitler zu verhandeln.«

Am nächsten Tag ging er zum Mittagessen in die SS-Kantine. Einer der Vorteile seiner Position war, dass er sich keine Gedanken darüber machen musste, woher seine nächste Mahlzeit kam oder welche Zutaten sie enthielt. In der Kantine gab es stets eine Auswahl an Gerichten, darunter Fleisch und frisches Obst, von dem seine Mutter behauptete, dass es diese Dinge nirgendwo zu kaufen gab.

Er schüttelte den Kopf und verstand nicht, worüber sie sich so sehr beklagte. Er konnte mit eigenen Augen sehen, dass das alles nicht stimmte.

15

Margarete ging auf die Suche nach Oliver. Sie fand ihn an seinem Schreibtisch sitzend und klopfte an die offene Tür.

»Hast du einen Moment Zeit?«

»Für meine Arbeitgeberin? Immer.« Er gab ihr ein Zeichen, sich auf den Stuhl vor seinem Schreibtisch zu setzen.

Sie schloss die Tür hinter sich, was ihr einen fragenden Blick einbrachte.

»Wir haben ein Problem«, eröffnete sie ihm ohne Umschweife.

Oliver legte die Papiere beiseite, an denen er gearbeitet hatte, und fragte: »Thomas?«

Sie nickte. »Er ist besorgt darüber, dass in der Fabrik nicht genügend Zwangsarbeiter sterben, was anscheinend etwas Schlechtes ist. Er hat sogar angedeutet, dass die Produktivität hinter der Tötung von Juden zurückstehen muss. Fluktuation hat er es genannt.« Sein kaltschnäuziger Vorschlag von *Spielen*, um das zu erreichen, ließ sie immer noch erschaudern.

»Das hört sich gar nicht gut an, denn wir haben die Ausnahmegenehmigungen ja aus dem Grund beantragt, die Produktivität aufrechtzuerhalten.«

»Und da ist noch mehr.« Margarete runzelte die Stirn und erinnerte sich an die Warnung, die Horst Richter ausgesprochen hatte. »Die vielen Ausnahmegenehmigungen haben bei der Obrigkeit die Alarmglocken schrillen lassen. Es scheint, als ob die herrschende Meinung dahin geht, dass auch kriegswichtige Juden nach Auschwitz geschickt werden müssen.«

Oliver runzelte die Stirn. »Was sollen wir denn jetzt tun?«

»Ich habe keine Ahnung.« Die Verzweiflung drohte sie zu überwältigen. Sie hatte so hart dafür gekämpft, dass ihre Zwangsarbeiter, einschließlich Onkel Ernst, in Sicherheit waren, aber wenn die Ausnahmegenehmigungen keine Gültigkeit mehr hatten ... wie konnte sie dafür sorgen, dass sie überlebten?

»Wir müssen sie sterben lassen«, sagte Oliver plötzlich.

»Wie kannst du es wagen!« Margarete sprang wütend auf, doch er winkte ab.

»Nicht wirklich, wir tun nur so, als seien sie gestorben. Das sollte die Behörden zufriedenstellen.«

»Aber wie? Und was machen wir dann mit ihnen? Wir können sie nicht in der Fabrik unterbringen, da wir Ersatz anfordern müssen und die Barracken sind sowieso schon überfüllt.«

»Das wäre sowieso zu riskant. Die Behörden können uns jederzeit ohne Vorwarnung einen Besuch abstatten und die Anlage inspizieren. Außerdem können wir uns nicht darauf verlassen, dass die Zivilarbeiter ein so großes Geheimnis bewahren. Ich bin mir sicher, dass es einige gibt, die uns für ein Pfund Butter verraten würden.«

Margarete beugte sich vor und stemmte ihre Hände auf seinen Schreibtisch. »Stimmt. Wir dürfen auf keinen Fall Mitwisser haben. Außerdem ist die Fabrik zwar groß, jedoch viel zu klein, um anonym zu sein.«

Oliver nickte wortlos.

Sie wusste aus Erfahrung, dass er oft Zeit brauchte, um

über Dinge nachzudenken, und er mochte es nicht, die Stille mit nutzlosen Worten zu füllen. Also lehnte sie sich zurück und wartete geduldig, bis er wieder das Wort ergriff.

»Angenommen, wir täuschen den Tod von jemandem vor. Die nächste Frage ist, was machen wir danach mit ihm?«

»Er muss untertauchen.«

»Aber wo?«

»Auf dem Gutshof?«

»Wie lange dauert es wohl, bis Frau Mertens oder einer der Tagelöhner davon Wind bekommt?«

»Im Stall vielleicht?«

»Da haben wir das gleiche Problem.« Ihre Blicke kreuzten sich und sie wusste, dass auch er an Lena dachte. Die hatten sie unten bei den Ställen versteckt, bis Gustav sie gefunden hatte.

»Du hast recht. Außerdem können wir höchstens eine Handvoll Leute verstecken, ohne dass es auffällt. Sie müssen das Gut verlassen.«

Er nickte, tief in Gedanken versunken. »Wenn Thomas ernsthaft vorhat, jeden einzelnen Juden im Landkreis zu deportieren, egal ob kriegswichtig oder nicht, dann haben wir ein Riesenproblem.«

»Glaubst du«, fragte Margarete zaghaft als sie sich daran erinnerte, dass Lena sich tagelang im Wald versteckt hatte, bevor sie sie gefunden hatte, »dass eine Gruppe von ihnen im Wald überleben könnte? Wenn wir eine Höhle finden und sie mit Decken und regelmäßigem Essen versorgen?«

»Das könnte klappen. Im Winter wird es kalt, aber in einer Höhle wäre es nicht so schlimm. Trotzdem besteht immer das Risiko, dass sie gefunden werden.«

»Alles hat ein Risiko«, sagte Margarete entschlossen.

»Es ist auf jeden Fall eine Option. Zudem sollten wir unsere Fühler nach Leuten ausstrecken, die bereit sind, jemanden für einige Tage zu verstecken. Unser oberstes Ziel muss es sein, sie aus dem Land zu schaffen.«

»Auswandern? Das ist schon lange nicht mehr erlaubt.« Sie schaute ihn überrascht an.

Oliver schmunzelte. »Ich meinte, sie rauszuschmuggeln.«

»Ist das überhaupt möglich?«

»Es gibt Gerüchte über eine Widerstandsorganisation, die genau das tut.«

»Aber wir haben keine Kontakte ... Und wohin sollen die sie schicken? Beherrschen die Nazis nicht jedes Land um uns herum?« Sie wusste von Freunden ihrer Eltern, die vor einem Jahrzehnt in die Niederlande oder nach Frankreich ausgewandert waren und sich nach dem Einmarsch der Nazis wieder in der gleichen Lage befunden hatten.

»England, vielleicht? Oder Amerika?«

»Aber die stellen keine Visa für Juden aus.«

Oliver machte ein langes Gesicht. »Ein neutrales Land wie die Schweiz?«

»Zumindest nehmen die jeden, der eine Schatulle mit Geldscheinen dabeihat.« Sie überschlug im Kopf, wie viel die Schweizer als ausreichend erachten würden, um auf das normale Visumverfahren zu verzichten, und für wie viele Leute sie die Freiheit kaufen konnte, bevor ihr das Geld ausging.

»Selbst wenn die Schweizer zustimmen, müssen die Flüchtlinge ganz Deutschland von Norden nach Süden durchqueren, um dorthin zu gelangen, was viel zu gefährlich ist.«

»Hmm.« Margarete spürte, wie die Hoffnungslosigkeit von ihr Besitz ergriff. Das ganze Unterfangen war unmöglich. Nach einem langen Schweigen sagte sie: »Schweden ist auch ein neutrales Land.«

»Und ganz in der Nähe. Aber sie sind sehr restriktiv, was die Aufnahme von Flüchtlingen angeht.«

Margarete ließ die Schultern sinken. Anscheinend interessierte keines der Länder in Europa und darüber hinaus die Notlage der Juden. »Wenn wir jemanden in diesen Ländern kennen würden ...« Sie blickte auf. »Wir kennen doch Leute in Schweden!«

»Tun wir das?« Oliver legte die Stirn in Falten.

»Nicht persönlich, aber die Fabrik kauft Stahl von schwedischen Herstellern.«

Sein Gesicht zeigte blankes Entsetzen. »Du kannst doch nicht einfach deinen Lieferanten anrufen und fragen, ob er dir helfen will, jüdische Flüchtlinge aus Deutschland zu schmuggeln.«

Diesmal musste sie lachen. »Da die Telefonleitungen angezapft sind, würde ich das nicht empfehlen.«

»Wie willst du es dann anstellen?«

»Das weiß ich noch nicht. In jedem Fall müssen wir erst einmal jemanden finden, der sie bis zur Grenze schafft.«

Oliver nickte. »Wie gesagt, es sind nur Gerüchte, aber anscheinend schmuggelt diese Widerstandsorganisation Leute über die Ostsee hinaus.«

Sie spürte ein euphorisches Gefühl tief in ihrem Herzen. »Wir müssen Kontakt mit ihnen aufnehmen.«

Oliver schüttelte den Kopf. »Aber wie? Es ist ja nicht so, als ob sie in der Zeitung inserieren.«

»Das werden wir zu gegebener Zeit herausfinden.« Margarete war nicht bereit, aufzugeben, nur weil ihr Vorschlag unmöglich erschien. »Fangen wir damit an, den Tod der ersten Gruppe zu inszenieren und sie in einer Höhle im Wald einzuquartieren.«

»Nur die Jüngsten und Kräftigsten kommen dafür in Frage, denn die Bedingungen werden hart sein.«

Sie nickte und dachte an Onkel Ernst. Er war so gebrechlich, dass er einen Winter dort draußen bestimmt nicht überstehen würde. Ihr Herz krampfte sich vor Sorge um ihn zusammen. Sie war es Tante Heidi schuldig, sein Überleben zu sichern. Dann hatte sie eine andere Idee. »Wie wäre es, wenn wir falsche Papiere besorgen? Damit können sie gehen, wohin sie wollen, und sich als deutsche Staatsbürger ausgeben.« So wie Margarete selbst. Mit dem Unterschied, dass ihre Papiere nicht wirklich gefälscht waren. Sie gehörten einer echten, wenn auch verstorbenen Person.

»Das scheint die praktikabelste Lösung zu sein, mit der Einschränkung, dass wir erst einmal gefälschte Papiere besorgen müssen, da wir sie nicht selbst herstellen können.«

»Da hast du recht.« Sie ließ die Schultern sinken, als sie sich an die vielen Male in Paris erinnerte, bei denen sie ihren Ausweis hatte vorzeigen müssen. Meistens hatte der Beamte die Art des Papiers und den Stempel darauf genau geprüft, um sicherzustellen, dass es echt war.

Zum Glück war die Kennkarte nach dem Bombenangriff und der zusätzlichen Behandlung mittels ihrer Fingernägel zu stark beschädigt gewesen, als dass man hätte erkennen können, dass sie zwar dem Mädchen ähnelte, dessen Papiere sie benutzte, aber jemand anders war.

Nach ihrer Rückkehr nach Leipzig hatte Horst Richter ihr geholfen, eine neue Kennkarte zu beantragen, dieses Mal mit ihrem eigenen Bild. Sie seufzte. Wenn Horst nur Verständnis für die Notlage der Juden hätte, wäre er so ein wertvoller Verbündeter, der sogar echte Papiere besorgen konnte.

»Hörst du mir überhaupt zu?«, fragte Oliver.

»Nein, tut mir leid. Ich habe darüber nachgedacht, wo ich echte oder zumindest echt aussehende Kennkarten herbekomme.«

»Tu nichts Unüberlegtes«, warnte er sie. »Wir können nicht einfach so herumfragen.«

»Ich weiß ... was ist mit dem Fischer? Stefan Stober.«

»Was ist mit ihm?« Er runzelte die Stirn.

»Hast du nicht gesagt, er hätte die Produktion in seiner Panzerfabrik sabotiert?«

»Das wurde nie bewiesen, doch nachdem sie ihn als Ingenieur rausgeschmissen haben, würde ich denken, dass er die Nazis mehr denn je hasst.«

»Soll ich ihn vielleicht fragen?« Ein Kribbeln der Vorfreude huschte über ihre Haut.

Oliver kniff die Augen nachdenklich zusammen. »Ich bin mir nicht sicher, ob du die richtige Person wärst, um mit ihm zu reden.«

Enttäuschung machte sich in ihr breit, denn sie hatte sich schon auf ein Wiedersehen gefreut. »Wen schlägst du denn vor?«

»Normalerweise würde ich Nils sagen. Aber da er nicht in unsere Pläne eingeweiht ist, würde das nicht funktionieren.« Er sah sie an und verschränkte dabei seine Hände auf dem Schreibtisch. »Stefan hat den Ruf, ein Charmeur zu sein, trotz seines rauen Aussehens. Die Klatschtanten der Stadt werden einen Heidenspaß haben, wenn sie mitbekommen, dass du ihn aufsuchst.«

Nicht trotz, sondern wegen seines rauen Aussehens, dachte Margarete und fühlte ein warmes Gefühl durch ihre Adern rauschen. »Ich kann der Besitzerin des Kurzwarenladens stecken, dass Gut Plaun ihn für irgendwelche Aufgaben anheuern will.«

»Das könnte klappen ... allerdings ..., um ihn in gesprächig zu machen, solltest du vielleicht etwas mit ihm schäkern.«

»Ich denke, das bekomme ich hin.« Das warme Kribbeln wurde stärker und sie wäre am liebsten auf der Stelle in die Stadt geeilt.

»Mach ihm schöne Augen, appelliere an seine Männlichkeit, bring ihn zum Reden, und wenn du es für sicher hältst, fragst du ihn ganz vorsichtig, ob er vielleicht Leuten helfen kann, die für eine Weile verschwinden müssen.«

»Kein Problem.«

Oliver warf ihr einen prüfenden Blick zu. »Nimm das nicht so locker. Stefan ist zwar sicher kein Nazisympathisant, aber wir wissen nichts über seine aktuelle Situation. Vielleicht hat er eine Abmachung mit der Gestapo, und nur deshalb haben sie ihn laufen gelassen.«

Sie weigerte sich in Betracht zu ziehen, dass Stefan sie verraten könnte, denn sie war stolz darauf, im letzten Jahr eine gewisse Menschenkenntnis erlangt zu haben, und Stefans leuchtend blaue Augen strahlten Ehrlichkeit aus. »Mach dir keine Sorgen.«

»Versprich mir, dass du vorsichtig bist. Beim geringsten Zweifel fragst du ihn nicht.«

»Ich verspreche es.«

Zwei Tage lang grübelte sie über den besten Vorwand, um Stefan aufzusuchen, bis ihr ein wasserdichter Plan einfiel.

Wenn sie allein mit ihm auf seinem Boot war, wo niemand sie belauschen konnte, hatte sie die perfekte Gelegenheit, ihn über die Fälschung von Dokumenten auszufragen. Also verabredete sie sich mit einer Bekannten in Zislow, einem kleinen Dorf auf der anderen Seite des Sees. Mit dem Boot war es weniger als eine halbe Stunde hinüber. Dann schickte sie Nils mit dem Lastwagen auf einen Botengang.

Sie lauerte Piet beim Mittagessen auf und sagte: »Ich muss dringend in die Stadt, aber Nils ist mit dem Auto weg. Könntest du bitte mein Pferd satteln und es herbringen, während ich mich umziehe?«

»Gewiss, Fräulein Annegret.« Piet neigte leicht den Kopf, bevor er einem der Stallknechte befahl, Pegasus für sie bereit zu machen.

Während sie in ihre Zimmer ging, um sich eine Reithose und eine dicke Jacke gegen die feuchte Herbstluft anzuziehen, betete sie, dass Stefan einverstanden war, sie über den See zu setzen.

Keine zehn Minuten später war sie wieder unten, fertig angezogen und unheimlich nervös. Nicht wegen ihres subversiven Anliegens, sondern weil sie Stefan wiedersehen würde.

Piet wartete bereits mit Pegasus auf sie, und wieder einmal war sie dankbar für die Reitstunden, die sie bei Oliver genommen hatte. Sonst hätte sie nicht in die Stadt reiten können, und zu Fuß gehen stand außer Frage. Nur weil die Dorfbewohner täglich mehrere Kilometer durch den Wald liefen, bedeutete das nicht, dass die Gutsherrin dasselbe machen durfte.

»Danke, Piet. Ich lasse Pegasus vor der Kneipe stehen.« Für solche Gelegenheiten gab es eine Vereinbarung mit dem Wirt. Normalerweise nutzten Nils oder Oliver diese Unterstellmöglichkeit, wenn sie zu Pferd oder mit der Kutsche in die Stadt fuhren.

Nachdem sie ihr Pferd dem Gastwirt übergeben hatte, ging sie in Richtung Kai, wo sich die Fischer gewöhnlich aufhielten. Mit jedem Schritt wurde sie nervöser und zerbrach sich den Kopf darüber, wie sie das Gespräch am besten beginnen sollte, schließlich konnte sie schlecht mit der Tür ins Haus fallen und fragen: »Guten Tag, Stefan, können Sie für mich Illegale verstecken oder uns zumindest gefälschte Papiere besorgen?«

Sie fand ihn auf seinem Boot, wo er Reparaturarbeiten erledigte, und blieb stehen, um seine breiten Schultern zu bewundern. Bevor ihr Mut schwand, erhob sie nach ein paar Sekunden beherzt ihre Stimme. »Guten Tag, Stefan.«

Er hielt inne und drehte sich um, ein erfreutes Schmunzeln auf seinem Gesicht. »Fräulein Annegret. Welchem Umstand verdanke ich die Ehre Ihres Besuchs?«

»Ähm ...« Sie rang nach Worten und fühlte sich plötzlich wie eine Halbwüchsige. »Ich ... ich meine ... also ich muss nach Zislow. Und Nils ist mit dem Auto unterwegs ... also hat jemand vorgeschlagen ...«

»Was vorgeschlagen?« Er schien sich über ihr jämmerliches Stottern zu amüsieren.

Sie musste sich wirklich zusammenreißen. »Tut mir leid, Sie müssen mich für einen Vollidioten halten.«

»Ganz und gar nicht. Ich halte Sie für eine sehr kluge Frau.« Sein Lächeln wurde breiter und die zwei süßen Grübchen erschienen wieder auf seinen Wangen und brachten ihr Herz zum Flattern.

»Dann lassen Sie es mich noch einmal versuchen: Nils macht Besorgungen mit dem Auto und einer der Knechte schlug mir vor, mich umzuhören, ob mich jemand mit dem Boot übersetzen kann.«

»Und, haben Sie sich umgehört?« Seine blauen Augen funkelten.

»Ich frage Sie. Ich bezahle natürlich.«

Er legte den Kopf schief, um sie von oben bis unten zu mustern, was ein Kribbeln auf ihrer Haut hinterließ. »Soll ich auch dort warten und Sie zurückbringen?«

Daran hatte sie in ihrer Eile, eine Ausrede für die Bootsfahrt zu finden, nicht gedacht. »Ich denke schon. Wahrscheinlich. Ich meine, ja.«

Wieder wurde sein Grinsen breiter. »Dann steigen Sie ein, über den Preis reden wir unterwegs.«

»Ich danke Ihnen vielmals.« Sie nahm seine angebotene Hand, spürte seine Wärme und die Schwielen in seiner Handfläche.

Nachdem er ihr ins Boot geholfen hatte, deutete er auf die Bank hinter dem Steuerrad. »Setzen Sie sich dorthin.« Dann drehte er sich um, startete den Motor und ließ sich dann neben ihr nieder. Das gab ihr die Gelegenheit, das Boot zu begutachten. Zwischen dem Steuerrad und dem Bug lagen mehrere Bretter, die mit allerlei nautischem Gerät bedeckt waren: Seile, Fender, Fischernetze. Am interessantesten fand sie jedoch eine kleine Öffnung neben der Säule mit dem Steuerrad.

Nachdem er das Boot aus dem schmalen Kanal auf den See hinausgesteuert hatte, fragte sie: »Was ist das?«

»Ein Lagerraum. Wie sind Sie nach Plau gekommen?«

»Mit dem Pferd.«

»Ach so«, sagte er mit einem Blick auf ihre Reithose und ihre Reitstiefel.

Jetzt war es an ihr, ihm einen amüsierten Blick zuzuwerfen. »Sie haben eine scharfe Wahrnehmung.«

Er schaute verblüfft, brach dann Sekunden später in Gelächter aus. »Ich schätze, das habe ich verdient.«

»Ich schätze, das haben Sie.« Wieder trafen sich ihre Blicke, und sie spürte, wie ein Kribbeln durch ihren Körper lief, zusammen mit einem seltsamen Gefühl der Sicherheit. Durch dieses Gefühl ermutigt, nahm sie allen Mut zusammen und fragte: »Das klingt vielleicht etwas seltsam, aber es gibt manchmal Leute auf Gut Plaun, die für ein paar Tage eine Bleibe brauchen.«

Sein Gesicht wurde ernst. »Wo niemand sie finden kann?«

Sie nickte und Erleichterung durchflutete ihren Körper. Wenigstens hatte er ihre Bitte nicht rundheraus abgelehnt.

»Was halten denn Ihre Nazifreunde davon?«

Sie schürzte die Lippen und warf ihm den vernichtendsten Blick zu, dessen sie fähig war. »Ich habe Ihnen schon bei unserem letzten Treffen gesagt, wo ich stehe.«

Wieder lachte er. »Das haben Sie, aber ich habe Ihnen nicht geglaubt. Sie müssen zugeben, dass das in Ihrer Stellung eine recht ungewöhnliche Meinung ist.«

»Das liegt daran, dass Sie mich nicht kennen.«

»Ist das ein Angebot, Sie näher kennen zu lernen?« Seine sanfte Stimme barg ein süßes Versprechen, dass sie heftig erröten ließ.

»Ganz und gar nicht. Aber wenn Sie nicht helfen wollen, kann ich das verstehen.«

Er verstummte, und eine Zeit lang war das einzige Geräusch das Brummen des Motors. Gerade als sie dachte, er hätte beschlossen, so zu tun, als hätte sie nie illegale Aktivitäten erwähnt, meldete er sich zu Wort. »Ich möchte. Helfen, meine ich. Doch ich bin mir nicht sicher, ob ich Ihnen trauen kann. Es könnte eine Falle sein.«

»Ich kann Ihnen nur mein Wort geben.« Sie runzelte die Stirn. »Wenn das eine Falle wäre, würde ich mir dann nicht einen geeigneteren Ort aussuchen als Ihr Boot mitten auf dem See? Hier kann uns niemand hören und es hat auch niemand gesehen, wie ich eingestiegen bin. Sie könnten mich ertränken und niemand würde es je herausfinden.«

»Da haben Sie recht. Sie wären intelligenter vorgegangen. Ich schätze, ich glaube Ihnen.« Seine nächste Frage traf sie ohne Vorwarnung. »Weiß Oliver davon?«

Wie um alles in der Welt sollte sie darauf antworten? Sie konnte Oliver da auf keinen Fall mit reinziehen. Andererseits verlieh es ihrer Geschichte mehr Glaubwürdigkeit, denn die beiden Männer kannten sich seit ihrer Kindheit. »Er hat dieselben Überzeugungen wie ich.«

»Was auch immer das für Überzeugungen sind.«

»Kann ich also auf Sie zählen, wenn es nötig ist?«

Er nickte. »Nicht mehr als zwei Personen gleichzeitig und niemals länger als eine Woche. Sonst wird es zu gefährlich.«

»Eine Woche? So kurz?«

Seine Augen ruhten eine Weile auf ihr, bevor er antwortete: »Sie machen das zum ersten Mal, nicht wahr?«

Stumm nickte sie, wobei sie ihren Blick auf das nahende Ufer richtete, um ihn nicht ansehen zu müssen. Deshalb war sie völlig überrascht, als sie seine Hand auf ihrem Arm spürte.

»Das ist kein aufregendes Abenteuer, Annegret.« Sie drehte sich zu ihm um, wollte protestieren, überlegte es sich aber anders, als sie die echte Sorge in seinem Gesicht bemerkte. »Hier geht es um echte Menschen, deren Leben auf dem Spiel stehen. Es ist gefährlich und kann scheitern.«

»Ich weiß.« Sie zuckte zusammen, als sie an Lena dachte. Naiverweise hatte sie angenommen, dass Lena auf dem

Gutshof sicher versteckt war. Aber das war nicht der Fall gewesen.

»Ich sage das nur, damit Sie nicht aus Enttäuschung oder Wut etwas Dummes tun. Nicht jeder, den wir verstecken, wird überleben. Wir wissen nicht, wie lange der Krieg noch dauert oder was sonst noch alles passiert, aber man kann davon ausgehen, dass die Hälfte der U-Boote, wie wir Untergetauchte nennen, es aus dem einen oder anderen Grund nicht schaffen werden.«

Wieder war sie zutiefst schockiert. Die Hälfte der Menschen, die sie so leidenschaftlich beschützte, würden nicht überleben? Ihr Herz weigerte sich, seinen Worten Glauben zu schenken. Das konnte einfach nicht wahr sein.

»Ich weiß, es klingt entmutigend, sogar sinnlos, aber jede gewonnene Stunde ist ein Geschenk. Wir können nicht in unbestimmten Zeiträumen denken. Wir müssen uns mit einem überlebten Tag begnügen, oder mit einer Woche. Ich bin der festen Überzeugung, dass jeder Tag, der vergeht, uns Hitlers Sturz näherbringt.«

»Das war eine sehr philosophische Rede, die ich von einem Fischer nicht erwartet hätte.«

»Das liegt wohl daran, dass ich eigentlich Chemieingenieur bin.« Er sah sie mit einer Mischung aus Stolz und Traurigkeit an.

Sie biss sich auf die Zunge, um sich die Frage zu verkneifen, auf deren Antwort sie so neugierig war. *Haben Sie wirklich die Produktion in der Fabrik sabotiert, in der Sie gearbeitet haben? Und wenn ja, können Sie mir vielleicht Tipps geben, wie ich dasselbe tun kann?*

Sie kamen an der Anlegestelle von Zislow an, wo er ihr beim Aussteigen half. Während er auf sie wartete, würde er für ein oder zwei Stunden einen Freund im Dorf besuchen.

16

Dora war gerade damit beschäftigt, Proviant in einen Korb zu packen, als Oliver in die Küche kam und ihr einen Kuss auf die Wange gab. »Bist du fertig, mein Schatz?«

»Ja. Ich ziehe mir nur noch schnell die Schürze aus.« Fräulein Annegret hatte ihnen den Nachmittag frei gegeben und ihnen erlaubt, die Kutsche zu nehmen, um nach Schwerin zu fahren. Seit Dora zu Oliver in das Gärtnerhäuschen gezogen war, beschwerte sie sich darüber, dass es so spärlich eingerichtet war.

Es gab zwar kaum etwas zu kaufen, doch sie hoffte, dass sie wenigstens bunte Stoffe fand, um daraus Kissen zu nähen. Oder vielleicht einen Kerzenständer für die Anrichte im Wohnzimmer.

Selbst wenn sie nichts kaufen konnte, freute sie sich schon auf einen Schaufensterbummel in der großen Stadt und darauf, Oliver den ganzen Nachmittag für sich allein zu haben. Er half ihr in den Mantel und wickelte sie in eine dicke Decke ein, als sie sich auf den Kutschbock setzte.

»Ich kann mich nicht einmal bewegen«, protestierte sie.

»Du wirst für die Wärme dankbar sein, sobald wir losgefahren sind.«

In den letzten Wochen war es empfindlich kühl geworden; die warmen Spätsommertage existierten nur noch in der Erinnerung. In der kalten Jahreszeit standen sie bereits vor Sonnenaufgang auf und gingen lange nach Sonnenuntergang zu Bett. Aber auch tagsüber war Gut Plaun unter einer dichten Nebeldecke gefangen, die das Sonnenlicht nicht durchließ und unheimliche Schatten über das Land warf.

Dora persönlich mochte diese Jahreszeit, denn sie erinnerte sie an ihre Heimat. Nicht, dass die Ukraine unheimlich und dunkel wäre, aber nach der Erntezeit hatte sie oft dieselbe melancholische Stimmung verspürt. Ganz so, als ob Mutter Natur traurig über die leeren Felder war. Das hielt zum Glück nie lange an, denn sobald der Winter mit Schnee und Eis kam, änderte sich alles.

Die Menschen in der Stadt beklagten sich oft über die Dunkelheit des Winters, auf dem Land war das nicht der Fall. Sobald die Erde mit weißem Schnee bedeckt war, wurde es – im Gegensatz zu den tristen Novembertagen – auch nachts nicht wirklich dunkel.

»So still heute?«, fragte Oliver. Normalerweise war sie diejenige, die das Gespräch zwischen ihnen in Gang hielt. Doch heute musste sie ihm etwas Wichtiges mitteilen und wusste nicht, wie.

»Es war alles ein bisschen viel.«

»Bist du nervös?«

»Weswegen?«

»Wegen der Hochzeit.« Er legte seinen Arm um ihre Schultern, und sie lehnte sich mitsamt ihrem Deckenkokon gegen ihn.

»Nein.«

»Was ist es dann?« Oliver mochte nicht viel reden, aber er hatte eine scharfe Beobachtungsgabe und spürte Stimmungsschwankungen sowohl bei Menschen als auch bei Tieren. Sie hatte ihn oft mit den Pferden beobachtet und sich gefragt, ob er tatsächlich mit ihnen sprechen konnte. Sie verstanden auf jeden Fall jedes Wort, das er sagte, und er schien ihre Antworten an den Bewegungen ihrer Ohren ablesen zu können.

»Glaubst du, dass der Krieg bald zu Ende sein wird?«, fragte sie, um nicht das Thema ansprechen zu müssen, das ihr auf dem Herzen lag.

»Wer weiß das schon. Alle Zeichen deuten auf eine Niederlage Hitlers hin, aber niemand kann sagen, wie lange es noch dauern wird. Es können Wochen oder Jahre sein.«

»Jahre?« Ihre Stimme krächzte. »Vor kurzem ist Kiew befreit worden, das muss doch etwas zählen?« Wie die meisten Ukrainer hasste sie die Russen. Leider hatten sich die anfangs willkommen geheißenen deutschen Besatzer als noch schlimmer herausgestellt. Deshalb hatte sie insgeheim der Roten Armee die Daumen gedrückt, damit sie die Nazis aus ihrem Heimatland vertrieben. Jetzt machte sie sich Sorgen, was mit ihr, die bald mit einem Deutschen verheiratet war, passieren würde.

»Wie ich schon sagte, das Ende mag absehbar sein, aber du kennst doch die fanatischen Nazis, sie werden es in die Länge ziehen, bis auch der letzte Soldat gefallen ist, und es gibt noch viele, viele Männer in Deutschland.«

Ein beängstigender Gedanke schnürte ihr die Kehle zu. »Du auch?« Wenn die Nazis verzweifelt genug waren, würden sie dann Oliver trotz seiner Kriegsverletzung wieder einziehen?

»Es ist unwahrscheinlich, doch diesem Verrückten traue ich alles zu. Gerüchten zufolge werden Männer, die an der Front dienen, eilig zusammengeflickt und sofort wieder in den Kampf geschickt, nur um eine Woche später an ihren Verletzungen zu sterben.«

»Jetzt mache ich mir noch mehr Sorgen.«

»Das brauchst du nicht.« Er drückte ihr einen Kuss auf die Wange. »Für den Moment bin ich in Sicherheit. Nicht nur wegen meiner Verletzung, sondern auch, weil ich als Verwalter eines kriegswichtigen Anwesens unabkömmlich bin.«

Das war ein kleiner Trost.

»An einem so schönen Tag wie heute sollten wir nicht an den Krieg denken.« Wie um ihm recht zu geben, lugte die Sonne durch den Nebel und malte Lichtkreise auf die Landschaft.

Dora biss sich auf die Lippe und schwieg so lange, bis er sich mit einer sorgenvollen Miene zu ihr umdrehte. »Was ist denn los?«

»Ich muss dir etwas sagen«, flüsterte sie leise. Als sie spürte, wie er sich bei ihren Worten versteifte, fügte sie schnell hinzu: »Es ist nichts Schlimmes, hoffe ich.«

»Solange du mir nicht sagst, dass du kalte Füße bekommen hast und die Hochzeit absagen willst?«, sagte er voller Panik.

»Nein, natürlich nicht.« Plötzlich kam sie sich dumm vor. Oliver liebte sie, warum also hatte sie Angst, es ihm zu sagen?

»Was ist es dann?«

Dora schälte eine Hand aus der Decke und legte sie auf seinen Oberschenkel. »Ich erwarte ein Kind.«

»Du bist ... schwanger?« Seine Stimme war heiser und klang ungläubig. Zumindest schien er nicht wütend zu sein, wie sie befürchtet hatte.

»Bist du sauer?«, fragte sie zaghaft.

Er schüttelte den Kopf. »Ich bin ... sprachlos. Gott, Dora ...ich werde Vater. Das ist ... unerwartet.«

»Wir werden es schon schaffen«, machte sich Dora selbst Mut. Sie hatte nie damit gerechnet, schwanger zu werden, ohne ihre eigene Mutter, Tanten, Schwestern und Cousinen in der Nähe zu haben, die ihr bei der Erziehung des Kindes helfen konnten. Wer sollte ihr beibringen, wie sie mit einem Säugling umgehen sollte?

Er drückte ihre Hand und sagte: »Es ist gleichzeitig beängstigend und wunderbar. Außerdem ein Grund mehr, sofort zu heiraten.« Oliver wusste, wie sehr sie ihre Familie vermisste, und sich wünschte, sie könnten bei ihrer Hochzeit dabei sein.

Doch wichtigere Gründe als Liebe und Heimweh hatten sie davon überzeugt, dass es ratsam war, den Bund der Ehe so schnell wie möglich zu schließen. Trotz ihrer deutschen Einbürgerungspapiere betrachteten die Leute in Plau am See sie als Ausländerin und waren dementsprechend misstrauisch. Sie hoffte, dass sich das ändern würde, sobald sie Frau Oliver Gundelmann war.

»Wann ist es so weit?«, fragte er.

»Ich habe erst einmal mein monatliches Unwohlsein verpasst.«

»Wie kannst du dir dann sicher sein?«

»Ich weiß es einfach. Es fühlt sich anders an.« Sie lächelte. »Es wird ein Sommerkind werden, und wer weiß, vielleicht ist bis dahin der Krieg vorbei und wir können meine Eltern besuchen.«

»Wollen wir es hoffen.« Er schwieg eine Weile und fragte dann: »Wer weiß sonst noch davon?«

»Niemand, und das sollten wir auch bis nach der Hochzeit so lassen.«

»Das ist wahrscheinlich eine gute Idee.«

17

Die Temperaturen sanken und Margarete sorgte sich um das Wohlergehen ihrer Arbeiter. Letzten Winter hatte sie Decken besorgt, was eine Herausforderung gewesen war, da alle warmen Materialien an die Ostfront geschickt wurden.

Sie befürchtete, dass Decken allein nun nicht mehr ausreichten und zerbrach sich den Kopf darüber, was sie sonst noch tun konnte, um das Überleben der Häftlinge zu sichern. Erschwerend kam hinzu, dass die Rationen für den Gutshof und die Fabrik erneut gekürzt worden waren, so dass sie die Zwangsarbeiter nicht einmal ausreichend ernähren konnte.

In der kalten Jahreszeit gab es in den Wäldern rund um das Gut nicht viel Essbares zu finden. Deshalb hatte sie angewiesen Wintergemüse wie rote Beete, Grünkohl und Pastinaken anzupflanzen, allerdings war das nur ein Tropfen auf dem heißen Stein.

Oliver hatte ihr erzählt, dass eine Gruppe junger, kräftiger Frauen »gestorben« war und inzwischen in einer Höhle im Wald lebte. Doch er hatte sich geweigert, ihr Einzelheiten mitzuteilen, mit der Begründung, sie würde sonst dorthin gehen, um sich selbst zu versichern, dass es den Häftlingen gut ging, was die Sicherheit aller Beteiligten gefährdete.

Er kannte sie gut. Zu gut. Sie wäre nicht in der Lage gewesen, der Versuchung zu widerstehen, nach ihnen zu sehen und mehr warme Kleidung und mehr Essen mitzubringen. Natürlich hatte er recht: Wenn Fräulein Annegret allein, mit schweren Taschen beladen im Wald spazieren ging, musste das Verdacht erregen.

Das Klingeln des Telefons unterbrach sie in ihrer Korrespondenz mit verschiedenen Wohltätigkeitsorganisationen der Nazis, die darum baten oder besser gesagt dazu aufforderten, den Kriegseinsatz mit einer Spende zu unterstützen. Sie baten um alles Mögliche, von Töpfen und Pfannen über Mäntel und Stiefel bis hin zu Geld, alles Dinge, die sie lieber den Gefangenen gab.

Um ihre Tarnung aufrechtzuerhalten, beantwortete sie die Briefe mit enthusiastischen Phrasen in Erwartung des Endsiegs, und bot so wenig an, wie sie konnte, ohne unpatriotisch zu wirken.

Sie nahm den Hörer ihrer Nebenstelle ab und sagte: »Ja, Frau Mertens, was gibt es?«

»Fräulein Annegret, Herr Volkmer ist hier und möchte Sie sprechen.«

Das war recht ungewöhnlich, denn normalerweise besprach der Fabrikleiter alle Belange mit Oliver. »Warum spricht er nicht mit Oliver?«

»Weil Sie ihm den Tag frei gegeben haben.« Ein Hauch von Missbilligung schwebte in Frau Mertens' Stimme.

»Oh, richtig. Nun, wenn es nicht warten kann, schicken Sie ihn hoch.«

»Wird gemacht, Fräulein Annegret.«

Kurze Zeit später klopfte es an der Tür und sie rief: »Herein.«

Herr Volkmer drehte seinen Hut in den Händen. »Entschuldigen Sie bitte die Störung, Fräulein Annegret. Leider kann es nicht warten.«

»Bitte nehmen Sie doch Platz und erzählen Sie mir, was Sie so bedrückt.« Sie bedeutete ihm, auf dem Sessel in ihrer Stube Platz zu nehmen.

»Normalerweise würde ich so etwas mit Herrn Gundelmann besprechen ... nun ... also ... ich wollte Ihre Meinung dazu hören. Das Beschaffungsamt hat mir bestätigt, dass es die Stahlkugellager, die wir für eine der Produktionslinien benötigen, in nächster Zeit nicht liefern kann.«

Margarete versuchte, ein intelligentes Gesicht zu machen, obwohl sie keine Ahnung hatte, wovon er genau sprach. »Können Sie nicht etwas anderes verwenden?«

Er rieb sich mit einem Finger über das Kinn. »Fräulein Annegret, alle unsere Maschinen sind für Präzisionsarbeit ausgelegt. Kugellager sind ein wesentlicher Bestandteil der Produktionsqualität. Ohne die Stahlkugeln können wir die Maschinen nicht mit der erforderlichen Geschwindigkeit und Genauigkeit laufen lassen.«

»Können wir diese Kugeln selbst herstellen? Vielleicht indem wir eine der Maschinen neu konstruieren?« Offensichtlich hatte sie etwas sehr Dummes gesagt, denn er verdrehte die Augen.

»Fräulein Annegret, das ist eine sehr gute Idee, leider gibt es einen akuten Stahlmangel. Wir haben die Anzahl der verwendeten Stahlkugeln stetig reduziert, was aus technischen Gründen, die ich nicht näher erläutern will, nicht ideal ist. Es genügt zu sagen, dass wir, wenn wir keinen Ersatz bekommen, letztendlich einige der Produktionslinien stilllegen müssen.«

Wenn das keine gute Nachricht war, was dann? Keine Bomben mehr für Hitler. Die Freude währte nur wenige Sekunden, denn wenn die Fabrik die Produktion einstellte, würden die jüdischen Arbeiter sofort deportiert und der Rest in eine andere Rüstungsfabrik transferiert. Es gab keine Möglichkeit, dieses Spiel zu gewinnen. Sie seufzte und fragte sich, wann ihr Leben so kompliziert geworden war.

»Wie lange können Sie mit dem, was wir haben, weiterarbeiten?«

»Schwer zu sagen. Der Verschleiß hängt von verschiedenen Variablen ab. Ich schätze, wir haben Reserven für etwa vier bis sechs Wochen. Höchstens zwei Monate.«

Sie atmete tief ein. Zwei Monate. Das verschaffte ihr Zeit, das Problem zu lösen. Allerdings hatte sie keine Ahnung wie. Vermutlich hatte Herr Volkmer einen Vorschlag, sonst wäre er nicht gekommen, um sie nach ihrer Meinung zu fragen, bevor er Oliver konsultierte. Was konnte er wohl vorhaben?

»Haben Sie eine Idee, wie ich Ihnen helfen kann?«, fragte sie schließlich in der Annahme, dass er gekommen war, um sie um Hilfe zu bitten. Vielleicht sollte sie ein paar Anrufe tätigen, ihren Namen in den Vordergrund rücken, oder den Rang ihres verstorbenen Vaters erwähnen.

»Es gibt in der Tat etwas, was Sie tun könnten ...«, er zögerte, bevor er schließlich weitersprach: »Nein, das ist zu viel verlangt von einer jungen Dame.«

Jetzt hatte er sie neugierig gemacht. »Bitte, sprechen Sie offen und lassen Sie mich selbst entscheiden.«

»Normalerweise würden wir die Stahlkugeln einfach beim Beschaffungsamt bestellen. Die können wegen des Krieges momentan nicht liefern. Deshalb ist unsere beste Chance, die Stahlkugeln zu bekommen, wenn jemand direkt mit dem Hersteller spricht.«

»Sie wollen also, dass ich mit dem Hersteller telefoniere? Wer ist es?«

»Er heißt Herr Lindström, und sitzt in Stockholm.«

»Stockholm? Das ist doch in Schweden?«

»Ja, Fräulein Annegret, und es ist viel verlangt, aber ich glaube, wenn Sie Herrn Lindström persönlich darum bitten, werden wir die Lieferung bekommen. Dann können wir weiter produzieren.«

»Sie wollen, dass ich nach Schweden reise und mit Herrn Lindström verhandle?«

»Ich werde Ihnen alle Einzelheiten aufschreiben, und Ihre Aufgabe wäre es lediglich, ihn davon zu überzeugen, seine Produkte an uns und nicht an die Engländer zu verkaufen.«

Ihre Augen wurden groß. »Die Engländer konkurrieren mit uns?«

»Die ganze Welt braucht Stahl, um Waffen zu produzieren. Schweden ist der größte Produzent. Außerdem sind sie neutral und können sich aussuchen, mit wem sie Geschäfte machen. Herr Lindström ist dafür bekannt, dass er persönliche Beziehungen zu seinen Geschäftspartnern schätzt. Wenn Sie ihm also einen Besuch abstatten würden ...«

»Ich? Ich weiß nicht ...«, wich sie aus. Die ganze Angelegenheit war so angsteinflößend. Nach Schweden zu reisen und persönlich mit einem Mann zu sprechen, der vermutlich einer der reichsten und wichtigsten Industriellen seines Landes war. *Vergiss nicht, dass du selbst reich und wichtig bist!*

Sie konnte Herrn Volkmers Standpunkt verstehen. Wenn nicht einmal das Beschaffungsamt der Wehrmacht das benötigte Material von Herrn Lindström einkaufen konnte, würde er ganz sicher nicht mit einem x-beliebigen Fabrikleiter verhandeln. Eine reiche Erbin hingegen, die in den gleichen sozialen Kreisen wie er verkehrte, konnte ihn womöglich überzeugen. »Brauche ich nicht eine Sondergenehmigung, um nach Stockholm zu reisen?«

»Ja, die brauchen Sie. Das ist übrigens ein weiterer Punkt, der für Sie spricht. Eine junge Frau bekommt leichter eine Ausreisegenehmigung als ein Mann, der wie ich oder Herr Gundelmann als unabkömmlich eingestuft ist.«

Sie nickte. »Wenn Sie meinen, dass es hilft, werde ich es tun.«

»Ich danke Ihnen, Fräulein Annegret. Morgen früh informiere ich Herrn Gundelmann und dann können wir die Einzelheiten besprechen.« Er nickte kurz und verließ das Zimmer.

Als er gegangen war, stand Margarete auf, stellte sich ans Fenster und blickte in den Vorgarten. »Schweden? Du meine Güte.«

Es war ein beängstigender Gedanke, ganz allein zu verreisen. Wenn sie doch nur Oliver mitnehmen könnte, oder Herrn Volkmer. Oder zumindest einen Vorarbeiter aus der Fabrik, der sie bei den technischen Details unterstützen könnte. Andererseits würde es sicherlich Aufsehen erregen, wenn sie als unverheiratete Frau mit einem Mann verreiste.

Sie konnte sich lebhaft den missbilligenden Blick von Frau Mertens vorstellen, die sie über die Notwendigkeit belehrte, ihren guten Ruf zu bewahren. Vielleicht würde sich ihre Haushälterin sogar als Anstandsdame anbieten. Es war eine verlockende Idee, eine Verbündete mitzunehmen, auch wenn es die strenge Haushälterin war. Dann schüttelte sie den Kopf; Frau Mertens war auf Gut Plaun unverzichtbar. Ohne sie würde keiner der Land- und Stallarbeiter sein Essen bekommen.

Als nächstes dachte sie an Dora. Das Dienstmädchen war die perfekte Anstandsdame, die zudem mit Margaretes Wünschen und Vorlieben vertraut war. Sie als Reisebegleiterin zu haben, machte bestimmt Spaß. Weit weg von den gesellschaftlichen Zwängen zu Hause könnten sie einfach Freundinnen sein, die eine Auszeit in Stockholm genossen.

Ja, sie würde Dora mitnehmen. Schon auf dem Weg zum Telefon verlangsamte sie ihre Schritte. Es würde nicht klappen. Das Dienstmädchen bekäme nie eine Reisegenehmigung, schlimmer noch, die Behörden könnten misstrauisch werden, und fragen, warum eine frisch eingedeutschte Ukrainerin ein Visum für das neutrale Schweden beantragte.

Nein, sie konnte Dora diesem Risiko nicht aussetzen. Sie

konnte es drehen und wenden, wie sie wollte, sie musste sich zusammenreißen und alleine fahren.

Die Reise nach Stockholm war die Antwort auf ihre Gebete. Hatte Oliver nicht von Fluchtlinien gesprochen, die durch Norddeutschland über die Ostsee genau dorthin verliefen und Menschen aus dem Land schmuggelten?

Wenn sie nach Stockholm fuhr, konnte sie Kontakt zu jemandem aufnehmen, der bei diesen Aktivitäten half.

18

»Der Hufschmied hat sich für nächste Woche angesagt. Zusätzlich zu seinem üblichen Lohn will er die Erlaubnis haben, in unserem Wald ein Reh zu schießen«, sagte Piet.

Oliver runzelte die Stirn. »Das ist ziemlich ungewöhnlich«

»Er hat deutlich gemacht, dass er sonst nicht kommt.«

Oliver dachte einen Moment lang nach. Fleisch war im Laden schwer zu bekommen. Deshalb hatte Annegret den Jäger dazu gedrängt, mehr Tiere als üblich zu jagen, um den Speiseplan sowohl der Angestellten als auch der Zwangsarbeiter aufzubessern.

Sie brauchten den Hufschmied dringend. Ein Reh mehr oder weniger machte keinen Unterschied. »Sag ihm, es ist abgemacht, aber er muss in mein Büro kommen, damit ich ihm das Waldstück zuweisen kann, in dem er jagen darf.«

Er musste ihn unbedingt von der Höhle fernhalten, in der sich einige »verstorbene« Häftlinge versteckten. Sie hatten den strikten Befehl, sich nicht blicken zu lassen, doch er ging lieber auf Nummer sicher. Es wäre eine Katastrophe, wenn der Schmied, ein überzeugter Nazi, in der Nähe ihres Verstecks jagte und dabei etwas bemerkte.

»Gut. Gibt es sonst noch etwas?«, fragte Piet.

»Nein. Ich mache mich besser auf den Weg.« Oliver liebte die Stallungen und fand immer Gründe, länger zu verweilen als nötig. Aufgrund der anderen Aufgaben, die auf ihn warteten, verabschiedete er sich widerwillig und machte sich auf den Weg zum Gutshaus.

Auf halbem Weg kam ihm Annegret in Reithosen entgegen. »Guten Morgen, Oliver.«

»Guten Morgen, Annegret. Machst du einen Ausritt?«

»Ja. Ich hatte gehofft, du könntest mich begleiten.«

»Es tut mir leid, ich werde in meinem Büro gebraucht.«

Sie lachte. »Komm schon, ich weiß, dass du es willst.«

»Ich kann wirklich nicht.«

»Es ist wichtig.«

»Nun, dann ist mir dein Wunsch Befehl.« Natürlich musste er den Wünschen seiner Arbeitgeberin nachkommen. Zu verantwortungsbewusst, um seine anderen Pflichten zu vernachlässigen, fügte er hinzu: »Nur eine halbe Stunde.«

»Das wird genügen.«

Sobald sie das Gut hinter sich gelassen hatten und auf dem freien Feld waren, lenkte sie ihr Pferd neben seins. »Hat Herr Volkmer schon mit dir gesprochen?«

»Noch nicht, wir sind erst für heute Nachmittag verabredet.«

»In der Fabrik fehlt es an Stahlkugellagern.«

Oliver schaute sie überrascht an. Es war sehr merkwürdig, dass Herr Volkmer sich wegen eines Materialmangels an sie wandte.

»Er hat vorgeschlagen, dass ich nach Schweden reise und unserem Lieferanten einen Besuch abstatte.«

Er hielt sein Pferd an und starrte sie entgeistert an. »Er hat was?«

»Das habe ich auch erst gedacht. Dann hat er mir gesagt, dass wir ohne diese Stahlkugeldinger die Produktion einstellen müssen. Wenn das passiert, werden sie die Arbeiter umverteilen, und du weißt, welche sie zuerst wegschicken. Und ... «, sie schaute über ihre Schulter, um sicherzugehen, dass niemand in Hörweite war. »Vielleicht finde ich dort drüben Kontakte, die uns bei unserem anderen Problem helfen können.«

Es dauerte ein paar Sekunden, bis er begriff, dass sie die jüdischen Häftlinge meinte. »Das ist eine gute Idee. Wenn dir das gelingt ... Ich meine, das wäre grandios.«

»Siehst du? Ich habe zuerst auch gezögert, doch letzte Nacht habe ich viele Stunden über die Situation gegrübelt, und ich glaube, diese Gelegenheit ist die Antwort auf meine Gebete.«

»Mach dir nicht allzu große Hoffnungen, wahrscheinlich kommt nichts dabei heraus«, warnte er sie.

»Ich weiß, aber dann habe ich es wenigstens versucht. Wenn ich nicht nach Schweden reise, wird ganz bestimmt nichts dabei herauskommen.«

Er nickte. »Das ist wahr. Also ist es beschlossene Sache? Du brauchst ein Visum, eine Reisegenehmigung und wer weiß, was noch alles.«

»Ja, das ist ein Problem. Vielleicht kann Horst Richter helfen.«

»Der sollte nur dein letzter Ausweg sein. Der zuständige Mann ist Thomas Kallfass und den solltest du keinesfalls übergehen. Wie ich ihn kenne, gefällt es ihm gar nicht, wenn du seiner Autorität nicht die gebührende Ehre erweist. Außerdem scheint er ein Auge auf dich geworfen zu haben, und das wird sicher helfen.«

»Arrgh ...« Sie rollte mit den Augen. »Nur zu dumm, dass ich ihn nicht ausstehen kann.«

»Wir müssen alle Opfer bringen für das Reich«, sagte er in einem spöttischen Ton. Als er bemerkte, wie sie bei seinen Worten zusammenzuckte, fügte er hinzu: »Eine harmlose Schäkerei, mehr nicht. Du musst ihn ja nicht gleich heiraten.«

Genau das hatten Politiker sowie Könige und Königinnen jahr-
hundertelang getan, um ihre Macht zu festigen. Hatte nicht
Kaiserin Maria Theresia von Österreich ihre zahlreichen
Kinder mit gekrönten Häuptern in ganz Europa vermählt?
Darunter auch die unglückliche Marie Antoinette mit dem
König von Frankreich.

»Ich verstehe, was du meinst und es gefällt mir ganz und gar
nicht. Thomas bettelt schon lange um ein weiteres Treffen, also
werde ich wohl heute Nachmittag in seinem Büro anrufen.«

»Es ist eine heikle Situation, das ist klar. Wir brauchen
Thomas' Wohlwollen für fast alles, besonders wenn es um die
Fabrik geht. Halte diesen Mann bei Laune, wenn du willst, dass
die Juden überleben.«

»Ich fürchte, du hast recht.« Sie sah so unglücklich aus, dass
er sie am liebsten umarmt hätte.

Kurz darauf passierten sie die Kreuzung, wo der Weg zur
Höhle mit den jüdischen Frauen abging. Er wollte erst am
nächsten Morgen nach ihnen sehen, entschied sich dann aber
dazu das lieber heute schon zu tun und sie über das Ansinnen
des Hufschmieds zu informieren. Als sie in die Stallungen
zurückkehrten, verabschiedete er sich von Annegret, ging in die
unbenutzte Quarantänebox und nahm die Tasche mit den
Vorräten, die Dora dort deponiert hatte.

Dann stieg er auf Sabrina und ritt noch einmal los. Die
Stelle, an der die Gefangenen unter seiner Anleitung eine
bestehende Höhle befestigt hatten, lag friedlich und still, ohne
jedwede Spur der Anwesenheit menschlicher Wesen. Er hatte
diesen Ort gewählt, weil er weit genug von den Hauptwegen im
Wald entfernt und deshalb vor zufälligen Passanten sicher war.

Zunächst ritt er am Eingang der Höhle vorbei, bis er zu
einem Hochstand kam. Dort stieg er ab und band Sabrina an
einem Pfosten fest. Für den unwahrscheinlichen Fall, dass
jemand vorbeikam, würde er das Pferd als eines von Gut Plaun
erkennen und annehmen, dass der Reiter im Wald zu tun hatte.

Er kehrte zum Eingang der Höhle zurück, der nur für das geübte Auge sichtbar war, und nannte das vereinbarte Codewort. Von drinnen hörte er schlurfende Schritte, dann wurde ein Holzbrett zur Seite geschoben und gab einen kleinen Spalt frei, durch den er sich hineinzwängte.

»Herr Gundelmann, ist etwas passiert?«, fragte ihn eine Frau namens Carola, der man die Beunruhigung darüber ansah, dass er einen Tag früher als erwartet auftauchte.

»Nein, keine Sorge. Wie kommen Sie zurecht?«

Sie führte ihn in die erstaunlich warme Höhle. Dort hatten die Frauen geschickt mehrere Belüftungslöcher gebaut, die sogar etwas Licht hereinließen. Nicht genug, um wirklich etwas zu sehen, doch ausreichend, um den Raum in ein Dämmerlicht zu tauchen. »Uns geht es gut. Der Ausguck hat einen Reiter gesehen und das Warnzeichen gegeben. Das waren Sie, oder?«

»Ja.« Oliver schaute zufrieden. Das ausgeklügelte Warnsystem funktionierte. Eigentlich sollten sich die Frauen so weit wie möglich drinnen aufhalten, aber er wusste, dass es unerträglich war, über einen längeren Zeitraum Tag und Nacht in einer dunklen Höhle gefangen zu sein. Deshalb der Ausguck. »Ich habe Ihnen Proviant mitgebracht.« Er reichte ihr die Tasche.

»Vielen Dank. Wir haben gestern Abend einen Fuchs gefangen und ihn gekocht.«

Dankbar, dass er nicht auf solch ausgefallene Speisen zurückgreifen musste, wunderte er sich, wie ein Fuchs wohl schmeckte. »Passen Sie auf, dass Sie keinen Rauch machen.«

»Das werden wir.« Carola sah ihn dankbar an. »Wir sind Ihnen wirklich sehr dankbar für alles, was Sie für uns tun.«

Sie wussten beide, dass es schwer war, in den Wäldern zu leben, auch wenn sie regelmäßig vom Gut mit Proviant versorgt wurden. War es schlimmer, als in der Fabrik zu schuften? Womöglich. Auf jeden Fall war es besser, als gen Osten abtransportiert zu werden.

»Eigentlich bin ich hergekommen, um Sie zu warnen. Der

Hufschmied will in unserem Wald ein Reh schießen. Ich werde ihm ein Revier zuweisen, das weit von hier entfernt ist, allerdings kann man nie vorsichtig genug sein.«

»Wir werden unsere Vorsichtsmaßnahmen verstärken.«

»Und erschrecken Sie nicht, wenn Sie in den nächsten Tagen Schüsse hören.«

»Wir versuchen es.« Ihre feinen Gesichtszüge erinnerten ihn an Lena, die Ausreißerin, die Annegret im letzten Jahr gefunden hatte und er überlegte, was Carola wohl für einen Hintergrund hatte. Fast unmerklich schüttelte er den Kopf, um den Gedanken zu verscheuchen. Es war besser, nichts zu wissen. Er wollte auf gar keinen Fall eine Bindung zu diesen Menschen aufbauen. Um ihnen zu helfen, brauchte er einen klaren Kopf, ungetrübt von Emotionen.

»Brauchen Sie sonst noch etwas?«, fragte er.

Sie zuckte mit den Schultern. »Freiheit wäre schön.«

»Leider wird das bis nach dem Krieg warten müssen.«

»Gibt es Neuigkeiten von der Front?«

Jeder Häftling und jeder Illegale verzehrte sich nach Informationen, also sagte er: »Der Engländer bombardiert Berlin in Schutt und Asche. Die russische Front geht hin und her, eine Entscheidung ist nicht in Sicht. Die Amerikaner rücken am italienischen Stiefel vor. Nur Norditalien wird immer noch von den Nazis kontrolliert.«

»Das heißt, wir können nicht auf ein schnelles Ende hoffen.« Ihre Stimme zeigte keinen Hauch der Enttäuschung, die sie sicherlich empfinden musste.

»Ich wünschte, ich könnte etwas anderes sagen. Jeder weiß, dass Deutschland diesen Krieg nicht gewinnen kann, aber Hitler wird erst aufgeben, wenn der letzte Mann gefallen ist. Und wer weiß, wie lange das noch dauert.« Er spürte, dass er der Frau etwas Hoffnung machen musste. »Ich denke mal höchstens ein Jahr.«

Sie seufzte. »Hoffen wir, dass es schneller geht.«

19

Zielstrebig schritt Thomas in sein Büro. Heute war der Tag, an dem er in die Wege leitete, was längst überfällig war: die Zusammenrottung und Deportation sämtlicher verbliebener Juden in seinem Bezirk.

Goebbels hatte Berlin bereits vor einigen Monaten für judenfrei erklärt, und wenn das in einer Millionenmetropole möglich war, gab es keinen Grund, warum in seinem Landkreis noch ein einziger Jude frei herumlaufen sollte.

»Lothar, ich brauche dich in meinem Büro«, rief er in das Telefon. Er hatte seinem Untergebenen vor einigen Tagen großzügig das Du angeboten. Nicht, weil er den Mann mochte oder gar seine Gesellschaft schätzte, sondern weil es einfacher war, offen zu sprechen, wenn man den Vornamen statt des Dienstgrades verwendete.

Er blieb vor seinem beeindruckenden Schreibtisch stehen, und Zufriedenheit machte sich in ihm breit. Für einen Jungen aus der Arbeiterschicht hatte er es weit gebracht; die nächste Beförderung war schon in Sicht. Die gehorsame Meldung, dass sein Landkreis judenfrei war, würde seinen Vorgesetzten den Anstoß geben, das Verfahren zu beschleunigen und ihn zum

Leiter eines Gaus zu machen, wo er dasselbe auf größerer Ebenen wiederholen konnte.

Lothar Katze kündigte sein Erscheinen mit trampelnden Schritten an, die sowohl seinen fragwürdigen Stil als auch die mangelnde Eleganz verrieten. Selten hatte jemand in der schnieken SS-Uniform so unvorteilhaft ausgesehen. Es war Thomas ein Rätsel, wie der untersetzte Mann es überhaupt in die SS geschafft hatte, denn er war weder groß, blond, gutaussehend noch intelligent.

Seine einzigen positiven Eigenschaften waren außergewöhnliche Brutalität und die Angewohnheit, erteilte Befehle nicht zu hinterfragen. Abgesehen davon vermutete Thomas, dass es Lothar an Moral und Rückgrat mangelte, was sich in der ärgerlichen Gewährung von Ausnahmegenehmigungen für Hunderte, wenn nicht gar Tausende von Juden zeigte. Daher das Angebot, sich zu duzen, in der Hoffnung, Katze verplapperte sich in beschwingt-beschwipster Laune, damit Thomas ihn loswerden konnte.

»Ja, Thomas, was gibts?«

»Wie viele Juden leben noch in diesem Landkreis?«

»Da bin ich mir nicht sicher.«

»Wie kann man eine so vitale Statistik nicht auswendig wissen?«

Lothar stand mit hängenden Schultern vor ihm, ohne jedoch eine Erklärung oder gar eine Entschuldigung abzugeben.

Thomas stöhnte auf. Eines Tages würde er nur noch mit guten Männern arbeiten. Flinke, aufmerksame, intelligente, adrette Männer, die begeistert seinen Anweisungen lauschten und sie zügig umsetzten. »Ich habe beschlossen, dass wir dem Beispiel Berlins folgen und diesen Landkreis judenfrei machen.«

»Aber ... die Juden arbeiten fast alle in Rüstungsfabriken«, wandte Lothar ein.

»Das ist kein Problem. Wir fangen mit den anderen an. Ich möchte, dass du für morgen Abend eine Razzia organisierst. Hol dir so viel Verstärkung wie du benötigst aus den benachbarten Landkreisen und gehe mit der nötigen Entschlossenheit gegen diese Subjekte vor.«

Lothars Gesicht leuchtete auf. Eine Aktion, bei der Juden verprügelt wurden, war ganz nach seinem Geschmack. »Betrachte es als erledigt.«

Thomas hob die Hand. »Ab sofort gibt es keine einzige Ausnahmegenehmigung mehr. Schick eine Mitteilung an alle Industriellen, dass wir bis zum Frühjahr auch den letzten Juden in unserem Landkreis auf Transport schicken werden. Dann haben sie genug Zeit, neue Leute zu beschaffen.«

»Sieg Heil!«, rief Lothar im unangemessenen Versuch, seine Loyalität zu zeigen, klickte mit den Fersen und verließ den Raum.

Thomas wollte über seine nächsten Schritte nachdenken, wie er den jüdischen Erzfeind ein für alle Mal ausrotten konnte. Dafür bat er seine Sekretärin, ihm einen Kaffee zu machen und setzte sich an seinen Schreibtisch. Einige Minuten später störte das Läuten des Telefons seine strategischen Überlegungen.

»Oberscharführer Kallfass«, bellte er verärgert in den Hörer.

»Thomas?«, fragte eine sanfte Stimme.

»Annegret! Meine Liebe, was für eine angenehme Überraschung. Was verschafft mir diese unerwartete Freude?«

»Ich habe ein kleines Problem in der Rüstungsfabrik und hatte gehofft, du könntest mir einen Rat geben.«

Stolz schwoll in seiner Brust. Diese liebliche Frau war so von ihm angetan, dass sie ihn um Rat fragte. »Liebend gern helfe ich dir, wo ich nur kann. Ich stehe dir voll und ganz zur Verfügung.«

»Das ist so unglaublich nett. Ich hatte kaum zu hoffen

gewagt, dass du nicht zu beschäftigt bist. Du hast schließlich so viele wichtigere Aufgaben zu erledigen.«

Zum Beispiel die Vernichtung der Juden. Er verzichtete darauf, es laut auszusprechen. Auf ihrem gemeinsamen Ausritt hatte sie sehr zimperlich auf dieses Thema reagiert. Zugegeben, es brauchte einen starken Magen, um einige der unschöneren Aufgaben in Angriff zu nehmen.

»Sollen wir uns persönlich treffen, um dein Problem zu besprechen?«

»Ich würde dir lieber am Telefon einen ersten Bericht geben. Es ist nichts Geheimes.«

»Natürlich.« Eigentlich hatte er sich ein Treffen erhofft, das nach der Besprechung geschäftlicher Angelegenheiten – und seines genialen Lösungsvorschlags – etwas intimer enden konnte.

»Es scheint, dass wir in der Fabrik ein Nachschubproblem haben. Stahlkugellager, so wurde mir gesagt. Der Betriebsleiter hat den Hersteller in Schweden ausfindig gemacht. Nach einem Telefongespräch ist er der Meinung, dass wir einen Vertrag unterschreiben können, wenn ich den Hersteller persönlich besuche. Hältst du das für eine gute Idee?«

»Hmm.« Damit hatte er nicht gerechnet. »Ein schönes Fräulein ganz allein in einem fremden Land? Das könnte gefährlich sein, meinst du nicht?«

»Das dachte ich zunächst auch. Doch Oliver und Herr Volkmer sind beide so beschäftigt, dass sie nicht verreisen können. Und ich kann ja nicht einfach irgendjemanden schicken, oder?«

Sein Verstand arbeitete fieberhaft. Ihre Fabrik war wichtig für die Kriegsproduktion, und den Achsenmächten fehlte es ständig an Stahl oder Stahlprodukten. Wenn es ihr gelänge, einige schwedische Industrielle dazu zu bringen, ihr große Mengen des Metalls zu verkaufen, könnte das den Endsieg beschleunigen. Doch sie war so vertrauensvoll und unerfahren, dass sie unweigerlich bei den Verhandlungen über den Tisch gezogen werden würde. Sie brauchte einen Mann, der sie nicht nur geschäftlich, sondern auch persönlich beschützte.

»Ich werde es tun«, sagte er und träumte bereits von einer lauschigen Reise mit Annegret, bei der sie Tag und Nacht eng zusammenarbeiteten. Es wäre ihr erster gemeinsamer Erfolg, dem noch viele weitere folgen würden. Sie wären das neue deutsche Vorzeigepaar, jünger, schöner und intelligenter als selbst die Goebbels oder die von Ribbentrops.

»Du wirst was tun?«

»Ich werde dich begleiten.«

»Oh ... dieses Angebot kann ich unmöglich annehmen.«

Sie war bescheiden, und das mochte er sehr an ihr, denn es war ein erfrischender Gegensatz zu den vielen hochmütigen Töchtern der Nazielite, die er bisher kennengelernt hatte. »Es ist mir eine Freude und auch eine Verpflichtung, dir in einer so wichtigen Angelegenheit zur Seite zu stehen. Siehe es als einen Dienst für das Vaterland.«

»Nun ... dann ... kann ich natürlich nicht ablehnen.«

»Komm zu mir ins Büro, dann kümmere ich mich um die Formalien wie Reisegenehmigungen und Visa.«

»Das ist so großzügig von dir. Ich möchte dir wirklich nicht zur Last fallen, aber wenn du darauf bestehst, komme ich natürlich nach Parchim. Soll ich Oliver oder Herrn Volkmer mitbringen, um die Details zu besprechen?«

»Das wird nicht nötig sein.« Er wollte sie unbedingt für sich allein haben. So eine günstige Gelegenheit konnte er keinesfalls ungenutzt verstreichen lassen, also sagte er: »Da du sowieso nach Parchim kommst, würdest du mir die große Ehre erweisen, mich am Samstag zu einer Dinner Einladung zu begleiten? Es ist nichts Offizielles; der Bürgermeister gibt eine Feier zu Ehren des Geburtstags seiner Frau. Es wäre die perfekte Gelegenheit, dich einigen wichtigen Leuten vorzustellen.«

»Thomas, vielen Dank für die Einladung, aber ich fürchte, ich bin so kurzfristig auf dem Gut unabkömmlich.«

»Bitte sage nicht, dass du keine Zeit hast. Sowohl das Essen als auch die Gesellschaft werden ausgezeichnet sein. Du arbeitest so hart für unser Vaterland, du verdienst es, ab und an die schönen Dinge des Lebens zu genießen.«

»Meinem Land zu dienen ist meine Freude.«

Das musste er ihr lassen, sie war unglaublich entschlossen, ihre Pflichten nicht zugunsten angenehmerer Dinge zu vernachlässigen. Eine weitere Charaktereigenschaft, die sie zur perfekten arischen Ehefrau machte. Dennoch hatte er den Eindruck, dass dies nur eine Ausrede war und sie in Wirklichkeit sehr gerne an der Feier teilnehmen würde. Welche Frau wollte nicht tanzen und feiern? Sie brauchte nur einen kleinen Schubs, um ihr Gewissen zum Schweigen zu bringen. »Wir werden dort Männer treffen, die uns helfen können, das Visum für unsere Reise nach Schweden zu beschleunigen.«

»Du gibst nie auf, oder?«, fragte sie.

»Nicht, wenn ich unbedingt mit der schönsten Frau Deutschlands ausgehen will.«

»Jetzt übertreibst du aber. Gut, ich kapituliere vor deiner Beharrlichkeit. Gibt es eine Kleiderordnung?«

Sein Herz machte einen Freudensprung. Allein der Gedanke, mit ihr in seinen Armen über die Tanzfläche zu gleiten, erfüllte ihn mit Sehnsucht. »Langes Abendkleid für die Frauen, Galauniform für die Männer. Sollen wir uns um fünf Uhr in meinem Büro treffen und zuerst die Reiseformalitäten besprechen, bevor wir zum Haus des Bürgermeisters fahren? Wir werden dort um sieben erwartet.«

»Ich werde pünktlich sein. Nochmals vielen Dank.« Sehr zu seiner Enttäuschung legte sie auf, bevor er etwas erwidern konnte. Er hatte gehofft, noch ein Weilchen mit ihr zu plaudern. Vermutlich war sie zu schüchtern.

Für den Rest des Tages schwebte er wie auf Wolken und

träumte von einer grandiosen gemeinsamen Zukunft. Nichts und niemand konnte sie aufhalten, wenn sie sich erst einmal zusammengetan hatten.

In Schweden würden sie eine wichtige Lieferung Stahl sichern. Wenn Annegret – unter seiner Anleitung – gut verhandelte, würde das ausreichen, um nicht nur ihre Fabrik, sondern möglicherweise den ganzen Landkreis mit dem begehrten Metall zu versorgen. Daraufhin würden die höheren Stellen in Berlin unweigerlich auf ihn aufmerksam werden und ihn mit einem prestigeträchtigen Posten betrauen, womöglich als Außenhandelsattaché? Er und Annegret würden als Repräsentanten des Dritten Reichs durch die Welt reisen und wären mit allen führenden Politikern und Industriellen der Welt per du.

Wann immer sie in Deutschland weilten, würden sie in Berlin in einer prächtigen Villa auf der Prominenteninsel Schwanenwerder wohnen und dort mit der obersten Nazielite verkehren. Der Führer, bekannt dafür schöne Frauen zu bewundern, wäre von Annegret bezaubert und ein häufiger Gast in ihrem Haus.

Thomas kehrte in die Gegenwart zurück und nahm den Telefonhörer in die Hand, um seinen Vorgesetzten zu erklären, dass er nach Stockholm reisen musste.

»Aber warum müssen Sie unbedingt mitfahren?«, fragte sein Vorgesetzter.

»Sie ist nur eine Frau und hat Angst davor, allein zu reisen. Ich habe mich angeboten, weil ich glaube, dass ein gut ausgehandelter Vertrag nicht nur für ihre Fabrik, sondern für die gesamte Industrie in der Region, einschließlich der Werften an der Ostsee, von Vorteil sein wird.«

Es entstand eine bedeutungsschwangere Pause in der Leitung, die Thomas befürchten ließ, dass sein Vorgesetzter die Bitte ablehnen würde.

»Es wäre unklug, wenn Sie als Mitglied der SS sich an den

Verhandlungen beteiligen, denn die Schweden nehmen es mit ihrer Neutralität sehr genau.«

»Ja, Herr Sturmscharführer, da haben Sie völlig recht.« Thomas überlegte fieberhaft. »Das hatte ich sowieso nie vor, ich dachte eher daran, Fräulein Annegret vor und nach den Verhandlungen zu beraten. Damit sie mit dem sicheren Gefühl verhandeln kann, dass die Organisation der SS hinter ihr steht und sie beschützt.«

»Das ist eine edle Absicht. Hat sie denn keinen männlichen Verwandten, der das übernehmen kann?«

»Leider nicht. Die französische Résistance hat letztes Jahr ihre beiden Brüder auf abscheuliche Weise umgebracht, und ihr Vater, SS-Standartenführer Wolfgang Huber ...«

»Ach, sie ist Hubers Tochter?«

»Ja.«

»Dann müssen wir sie unbedingt begleiten. Wann genau ist die Reise geplant? Vielleicht kann ich das ja selbst übernehmen.«

Thomas ballte seine freie Hand zu einer Faust zusammen, um nicht vor Frust laut aufzuschreien. »Ihr Angebot ist ungeheuer großzügig. Ich werde mit Fräulein Annegret sprechen und Ihnen dann die genauen Reisedaten mitteilen. Darf ich ihr sagen, dass entweder Sie oder ich für ihre Sicherheit auf dieser Reise sorgen werden?«

»Ja. Wir brauchen mehr vorausschauende Männer wie Sie, Kallfass.«

Thomas freute sich über das Kompliment. »Vielen Dank, Herr Sturmscharführer.«

»Übrigens, ist es Ihnen gelungen, die Widerstandsnester in Ihrem Landkreis auszuheben?«

»Ich habe einige vielversprechende Hinweise«, log er. Wenn sein Vorgesetzter tatsächlich Ergebnisse sehen wollte, konnte er jederzeit irgendeine zwielichtige Gestalt verhaften und sie zu einem Geständnis zwingen.

»Gut. Sehr gut. Halten Sie mich auf dem Laufenden.«

»Gewiss doch.« Thomas legte enerviert auf. Er konnte nicht riskieren, dass sein Vorgesetzter Annegret nach Stockholm begleitete, sonst würde sein ganzer schöner Zukunftsplan in Rauch aufgehen.

Ein Lächeln umspielte seine Lippen und er rief erneut die Nummer in Berlin an. Die junge Sekretärin, die ihn bei seinem letzten Besuch mit großem Interesse beäugt hatte, fragte: »Brauchen Sie noch etwas, Herr Oberscharführer?«

Nach einem kurzen, koketten Gespräch kannte er die unaufschiebbaren Termine seines Vorgesetzten und plante die Daten für den Besuch in Stockholm entsprechend. Das Schicksal meinte es gut mit ihm, denn Annegrets Nachschubproblem würde ihm in vielerlei Hinsicht zugutekommen.

In erster Linie hatte er die perfekten Voraussetzungen geschaffen, Annegret den Hof zu machen. Er, Thomas Kallfass, ihr treuer Verehrer, gab ihr das benötigte Selbstvertrauen, in einer ungewohnten Umgebung. Sie würde unendlich dankbar für seine Unterstützung sein – und damit auch empfänglich für seine Annäherungsversuche. Er stellte sich bereits vor, wie sie die Extravaganzen eines Luxushotels in einer Stadt genossen, die nicht ständig von den völkerrechtswidrigen Bombenangriffen der alliierten Luftpiraten bedroht war.

Eine wohlschmeckende Mahlzeit, ein edler Tropfen dazu, und schon erläge sie seinem Charme. Natürlich wäre er respektvoll, und dennoch hartnäckig, bis sie ihn einlud ihr Bett zu teilen.

Eine wohlerzogene, junge Frau wie sie, würde diesen Ausrutscher nicht auf die leichte Schulter nehmen. Um ihren guten Ruf nicht zu ruinieren, würde er ihr auf der Stelle anbieten, sich zu verloben.

Seine Hand tastete in der Schublade seines Schreibtisches nach der Schachtel mit Kondomen, besann sich dann aber eines Besseren. Wenn er sie schwängerte, war das die Krönung ihrer

Liebe und würde die Dinge sehr viel einfacher machen. Mit einem Kind auf dem Weg, konnte er eine bevorzugte Heiratserlaubnis beantragen. Dann konnte sie bereits zu Beginn des neuen Jahres Frau Thomas Kallfass sein.

Er lehnte sich zufrieden mit sich und der Welt in seinem Bürosessel zurück.

20

»Sie sehen wunderschön aus«, sagte Dora, als sie Margarete dabei half, das bodenlange, mitternachtsblaue Taftkleid anzuziehen.

»Findest du nicht, dass es zu extravagant ist?« Parchim war nicht Berlin und schon gar nicht Paris. Margarete hatte keine Ahnung, was die anderen Frauen tragen würden, und sie wollte das Geburtstagskind auf keinen Fall in den Schatten stellen.

»Ganz und gar nicht.«

Margarete betrachtete im Spiegel die strategisch platzierten Falten. Als sie ein paar zaghafte Schritte wagte, raschelte der Stoff auf dem Boden, so dass es schien, als würde sie schweben.

»Keine Sorge, es ist perfekt.« Dora kniete sich nieder, um einen zerrissenen Saum zu nähen. »Aber sie brauchen höhere Absätze, sonst stolpern Sie womöglich noch.«

»Bring mir die passenden blauen aus dem anderen Schrank.« Es war eines von mehreren Kleidern, die Wilhelm ihr in Paris gekauft hatte. Eigentlich etwas zu elegant für den Anlass. Doch sie hatte keine Zeit gehabt, die Schneiderin zu beauftragen, eines von Frau Hubers Abendkleider zu ändern.

»Der Oberscharführer wird begeistert sein, soviel kann ich Ihnen versichern.«

Margarete verzog das Gesicht. »Ich tue das nur, weil ich keine glaubhafte Ausrede gefunden habe.«

»Wenigstens sieht er schneidig aus und hat tadellose Manieren.«

Margarete rollte mit den Augen. Kaum fühlte sie sich in ihrer neuen Identität als Annegret Huber heimisch, kam das nächste Problem in Gestalt von Thomas Kallfass, der ihr den Hof machte. »Manchmal wünschte ich, ich könnte einfach vom Erdboden verschwinden.«

Dora schnappte hörbar nach Luft. »Bitte, sagen Sie sowas nicht, Fräulein Annegret. So viele Menschen sind auf Sie angewiesen.«

»Keine Angst, ich werde keine Dummheiten anstellen.« Obwohl sie sich oft überfordert fühlte, war ihr Pflichtbewusstsein stärker. Ihr drehte sich der Magen um, wenn sie an die bevorstehende Einladung dachte und an die vielen Gelegenheiten die Thomas haben würde, sie anzufassen. Und sie würde es lächelnd ertragen müssen.

Vielleicht war es besser, ihn in ihr Bett zu lassen, die Augen zu schließen und an die Menschen zu denken, die sie beschützte. Wenn er bekam, was er wollte, langweilte er sich hoffentlich schon bald mit ihr und zog weiter zu anderen Eroberungen. Männer wie er genossen die Schürzenjagd sehr viel mehr als eine stabile Beziehung.

»Was wollen Sie tragen?« Dora hielt ihr das offene Schmuckkästchen hin, damit sie sich etwas aussuchen konnte.

Margarete betrachtete die Diamanten, die ein kleines Vermögen wert waren. Sie hatte sich bisher nicht getraut, den Schmuck zu verkaufen, um zusätzliche Lebensmittel oder gefälschte Ausweispapiere zu besorgen, aus Angst, jemand könnte die Familienerbstücke erkennen und unwillkommene Fragen stellen.

Eine Idee kam ihr in den Sinn und sie musste sich ein Lächeln verkneifen. Wenn Papiere gefälscht werden konnten, dann auch Diamanten. Sie nahm sich vor, diskrete Erkundigungen einzuziehen.

»Was ist mit der Kamee und dem Armreif?« Margarete deutete auf die beiden Stücke.

Dora nickte und befestigte den Anhänger an der Kette um Margaretes Hals. »Sie sehen sehr schön aus.«

»Meine Frisur hast du hervorragend hinbekommen«, lobte sie und nahm einen Handspiegel in die Hand, um ihren Hinterkopf zu begutachten. Dora hatte ihr das braune Haar zu großen Locken gezwirbelt und in einem geflochtenen Muster hochgesteckt. Ihre Haut strahlte rosig, im Gegensatz zu den Zwangsarbeiterinnen, die immer blass und gräulich aussahen. Margarete sprach sich selbst Mut zu: das, was sie später in dieser Nacht erwartete, war nichts im Vergleich zu dem, was die Häftlinge jeden Tag ertragen mussten.

»Danke, Fräulein Annegret. Darf ich Ihnen eine Frage stellen?«, sagte Dora, wobei sie zum Kaffeetisch schaute, wo Margarete ein paar Kekse auf dem Teller liegen gelassen hatte.

»Natürlich.«

»Darf ich mir diese Kekse nehmen?«

Margarete nickte automatisch. Dann fand sie die Frage seltsam. »Gibt Frau Mertens dir nicht genug zu essen?«

»Nein. Das ist es nicht.« Dora knickste nervös.

»Wozu willst du dann die Kekse?«

Dora biss sich auf die Unterlippe.

»Wenn du meine Hilfe willst, musst du mir die Wahrheit sagen.«

»Meine Freundin Olga, sie ist eine Fremdarbeiterin wie ich und ...«

»Sie bekommt nicht genug zu essen.« Margarete spürte, wie eine Welle des Zorns über sie hereinbrach.

»Nein, Fräulein Annegret.« Ein weiterer Knicks. »Erinnern sie sich, dass ich mich umhören sollte?«

Margarete nickte.

»Es ist so ... also ... Olgas Dienstherrin hält ein junges Mädchen versteckt, für das sie keine Lebensmittelkarten haben.«

Das konnte nur eines bedeuten. Das Mädchen besaß keine Papiere, möglicherweise war sie eine untergetauchte Jüdin. »Ist ihre Dienstherrin nicht die alte Frau Gusen?«

»Ja. Sie und Olga sind einverstanden uns auch bei ... unseren Problemen zu helfen«, sagte Dora.

»Ich verstehe. Ich werde von nun an darauf achten, dass ich immer etwas auf meinem Teller liegen lasse.«

»Vielen Dank, Fräulein Annegret.« Dora wollte schon gehen, doch Margarete hielt sie mit einer Geste auf. »Sei vorsichtig, wir wollen nicht, dass Frau Mertens dich des Diebstahls bezichtigt.«

»Das werde ich.«

Gerade als Dora die Tür hinter sich schloss, läutete das Telefon und Margarete nahm den Hörer ab. »Ja, bitte?«

»Nils wartet draußen mit der Kutsche«, informierte Frau Mertens sie.

»Ich bin gleich unten.« Aufgrund der strengen Rationierung von Treibstoff benutzten sie nur noch selten das Auto. Sie hätte eine Extrazuteilung beantragen können, wollte aber so unauffällig wie möglich bleiben. Außerdem konnte sie durch die Nutzung der Kutsche anstelle des motorisierten Fahrzeugs ihre volle Unterstützung für den Krieg zur Schau stellen.

Thomas hatte natürlich angeboten, sie abzuholen. Zum Glück konnte sie ihm dieses Vorhaben ausreden. Sie wollte auf keinen Fall, dass er sie nach der Feier nach Hause fuhr, denn nachts allein mit ihm in der Enge eines Fahrzeugs zu sein, würde unweigerlich zu unerwünschten Annäherungsversuchen führen. Nein, es war besser, wenn Nils auf sie wartete. Dann konnte sie nach Hause, wann immer sie wollte.

Sie stieg in ihren hohen Absätzen vorsichtig die Treppe hinunter, wobei sie ihr bodenlanges Kleid raffte. Frau Mertens wartete unten und musterte sie kurz, bevor sie ihr Hut und Mantel reichte. »Es wurde Zeit, dass Sie wieder unter Leute gehen. Ich wünsche Ihnen einen schönen Abend, Fräulein Annegret.«

»Danke.« Margarete trat durch die Haustür und ging zur Kutsche, wo Nils ihr auf den Sitz half. Als sie saß, legte er ihr eine dicke Decke um die Schultern und eine weitere über ihre Beine.

»Das sollte Sie warmhalten, Fräulein Annegret.« Dann nahm er die Zügel in die Hand und schnalzte mit der Zunge, um die Pferde in einen Trab zu versetzen. »Wäre es nicht bequemer für Sie im Automobil?«, fragte er nach einer Weile.

»Ich spare das Benzin lieber für einen Notfall.«

Er nickte, denn er redete nie viel. Deshalb war sie ziemlich überrascht, als er einige Minuten später das Wort ergriff. »Dieser Krieg dauert schon viel zu lange.« Erschrocken riss sie den Kopf zu ihm herum. Was er sagte, war nichts weniger als Wehrkraftzersetzung und konnte mit dem Tod bestraft werden. »Schauen Sie nicht so erschrocken, Fräulein Annegret. Ich mag alt sein, aber ich bin nicht dumm. Ich weiß, wie Sie wirklich denken. Dieses ganze Getue mit den Kriegsanstrengungen täuscht mich nicht.«

Sie schluckte, weil sie befürchtete, er könnte ein Maulwurf sein, der sie aushorchen sollte. »Ich weiß nichts über militärische Strategien, aber in einem Punkt stimme ich dir zu: Es hat zu viele Opfer gegeben, und wir alle freuen uns auf die Zeit, wenn der Krieg gewonnen ist.« Sie fügte absichtlich nicht *von Deutschland* hinzu, um offen zu lassen, wo ihre Loyalität lag.

Nils gluckste. »Ich hätte Sie oft genug denunzieren können, wenn ich gewollt hätte. Wissen Sie, ich habe Hitler damals unterstützt, als er zurückholen wollte, was man uns im Versailler Vertrag gestohlen hat. Aber inzwischen? Er ist gierig und verblendet geworden, wenn Sie mich fragen.«

»Wenn du so denkst, warum tust du dann nichts?«, fragte sie schließlich.

»Ich bin nur ein einfacher, alter Mann. Was könnte ich schon tun?« Er zuckte mit den Schultern. »Nichts, außer meine Füße still zu halten.«

Sie hatte eine scharfe Erwiderung auf der Zunge, überlegte es sich aber anders. Er hatte, wie alle anderen auch, Angst vor der Gestapo. Solange die Menschen nicht persönlich betroffen waren, zogen es die meisten vor, den Kopf in den Sand zu stecken und so zu tun, als ob sie nichts bemerkten.

Wenigstens hatte Nils ihr seine wahre Meinung über Hitler offenbart und sie konnte dieses Wissen zu einem späteren Zeitpunkt nutzen. Er mochte keinen aktiven Widerstand leisten, dennoch konnte sie sich darauf verlassen, dass er verdächtige Vorkommnisse auf dem Anwesen nicht der Gestapo meldete.

Als sie vor dem SS-Hauptquartier in Parchim ankamen, gab sie ihm für den Abend frei. »Ich weiß nicht, wie lange diese Feier dauern wird. Hier sind ein paar Reichsmark, dann kannst du solange in der Kneipe da drüben warten.«

»Das ist doch nicht nötig«, protestierte er, obwohl er verstohlen auf die angebotenen Scheine schielte.

»Sei nicht dumm. Es wird bitterkalt, wenn du die ganze Nacht hier draußen wartest.«

»Vielen Dank, Fräulein Annegret.«

Als er gegangen war, überlegte sie, ob es ein Fehler gewesen war, ihm das Geld zu geben. Nun konnte er sich sinnlos betrinken und wer weiß, ob er dann noch in der Lage war, sie zurück zum Gut zu kutschieren. Sie schob den Gedanken beiseite, da sie ihn als verantwortungsbewussten Mann kannte.

Margarete straffte die Schultern und zwang sich ein freundliches Gesicht zu machen, als sie das SS-Hauptquartier betrat.

Es war nicht so sehr die Institution, die sie frösteln ließ, inzwischen hatte sie sich daran gewöhnt mit den Behörden der Nazis umzugehen, sondern die Aussicht, Thomas zu treffen.

So zurückhaltend er auch war, er hat klar gemacht, dass sie ihm gefiel, und sie wusste nicht, wie lange sie sich seinen Avancen noch entziehen konnte, ohne ihn zu beleidigen. Den Häftlingen zuliebe musste sie gute Miene zum bösen Spiel machen.

Er musste auf sie gewartet haben, denn in dem Moment, als sie durch die schwere Eingangstür trat, schritt er den steingefliesten Flur entlang.

»Guten Abend, liebe Annegret«, begrüßte er sie überschwänglich, griff nach ihrer Hand und hauchte ihr einen Kuss auf den Handrücken. »Du siehst umwerfend aus.«

»Danke, Thomas.« Ihr Lächeln erstarrte auf ihren Lippen, als sie seinen angebotenen Arm nahm und ihm in sein Büro folgte. Das Rascheln des Tafts hallte von den leeren Wänden wider und machte ihr ihre unangemessen elegante Kleidung deutlich bewusst. Sie hoffte nur, dass keine anderen Besucher mehr im Gebäude waren.

»Da wären wir.« Er öffnete die Tür zu seinem Büro und bedeutete ihr, einzutreten.

Es war das erste Mal, dass sie hierherkam, seit Thomas die Stelle angetreten hatte, und sie musste ihm zugutehalten, dass er das ehemals triste Büro positiv verändert hatte. Nicht nur das obligatorische Hitler-Porträt sowie die Hakenkreuzfahnen zu beiden Seiten hingen an der Wand, sondern er hatte die dunklen Holzwände mit teuren Gemälden geschmückt und ein prächtiger Kronleuchter hing von der Decke.

Er musste ihren Blick bemerkt haben, denn er fragte: »Gefällt er dir?«

»Der Kronleuchter ist exquisit. Ich glaube, er ist einer der wertvollsten, den ich je gesehen habe.«

Sein Gesicht leuchtete vor Stolz. »Du wirst mir nicht glauben, dass ein Jude einen so erlesenen Geschmack haben kann. Ich habe den Kronleuchter zusammen mit den Gemälden und anderen Gegenständen vor einer Woche erworben, als wir eine weitere Ladung dieses Abschaums auf Transport geschickt haben.«

»Wie schön.« Sie verschluckte sich fast an den Worten.

»Dieser Betrüger hatte einen ganzen Dachboden verborgener Schätze, die er dem deutschen Volk gestohlen hat.«

Ihre Selbstbeherrschung stieß an ihre Grenzen und sie konnte sich eine sarkastische Bemerkung nicht verkneifen. »Ein Wunder, dass du dir beim Anfassen der Kunstwerke keine bösartige Krankheit eingefangen hast.«

Er wischte sich unwillkürlich die Hände an seiner Uniform ab. »Meinst du? Ich habe alles gründlich reinigen und polieren lassen. Vielleicht sollte ich sicherheitshalber den Kammerjäger rufen, damit er hier ausräuchert?«

»Oh.« Sie musste ihre ganze Kraft aufwenden, um nicht entweder in Gelächter auszubrechen oder vor Verzweiflung aufzustöhnen. »Ich bin sicher, eine Reinigung reicht aus.«

Er warf ihr einen zweifelnden Blick zu, klickte dann mit den Absätzen und sagte: »Sollen wir uns um die Formalitäten kümmern, bevor wir zum vergnüglichen Teil des Abends übergehen?«

»Ja, bitte.« Margarete fragte sich, wie lange sie ihr aufgesetztes Lächeln noch durchhalten konnte. Das hier erwies sich um einiges mühsamer als die Unterhaltung eines Raumes voller liebestoller SS-Männer in Paris. Dort hatte Wilhelm wenigstens auf sie aufgepasst und alle unwillkommenen Annäherungsversuche seiner Kollegen abgewehrt.

Hier war sie auf sich allein gestellt – und sie war auf Thomas' Wohlwollen angewiesen, nicht nur für die Ausstellung von Reisepapieren, sondern auch für Ausnahmegenehmigungen, benötigte Vorräte und dergleichen. Ausgerechnet

Thomas war derjenige, dem sie nicht die kalte Schulter zeigen durfte.

»Ich habe mir erlaubt, schon mal deine Reiseerlaubnis auszustellen und deinen Visumsantrag vorzubereiten. Du musst ihn nur noch unterschreiben, dann schicke ihn morgen früh mit der anderen wichtigen Post nach Berlin.«

»Das ist so großzügig von dir.« Sie beugte sich über den Schreibtisch, um einen Stift zu nehmen und unterschrieb die Formulare, die er dort hingelegt hatte. Thomas stand an ihrer Seite und sah sie mit einem widerlich liebeskranken Blick an. »Ist das alles?«, fragte sie.

»Nur noch ein Stempel, dann kann das in die Post gehen.« Er öffnete die rechte Schublade seines Schreibtisches und holte ein Holzkästchen heraus, in dessen Schloss ein Schlüssel steckte. Nach dem Öffnen kamen mehrere Stempel zum Vorschein, die auf rotem Samt lagen. Mit einer geübten Bewegung griff er nach einem davon, drückte ihn auf das große Stempelkissen auf seinem Schreibtisch und dann auf die beiden Dokumente, die sie gerade unterschrieben hatte.

»Das wars.« Er pustete über die frische Tinte und sah sie erwartungsvoll an.

Da sie nicht wusste, was sie sagen sollte, bedankte sie sich bei ihm. »Nochmals vielen Dank. Ich wüsste nicht, was ich ohne dich tun sollte.«

Sein Lächeln wurde noch intensiver, und er trat so nah an sie heran, dass sein Rasierwasser ihre Wange zu streicheln schien. »Das musst du auch nicht. Ich stehe dir jederzeit voll und ganz zur Verfügung.«

»Das ist schön zu wissen.« Ihre Nackenhaare sträubten sich und sie trat schnell einen Schritt zur Seite.

»Ich habe eine Überraschung für dich.«

»Für mich?«

»Ja. Ich kann doch eine Dame in Not nicht sich selbst überlassen, oder?«

Sie fühlte sich keineswegs in Not, mal abgesehen davon, dass er viel zu aufdringlich war.

»Ich kann dich nach Schweden begleiten. Mein Vorgesetzter hat sein Einverständnis gegeben, und mein Visumsantrag wird zusammen mit deinem bearbeitet. Ist das nicht fantastisch? Zusammen werden wir unschlagbar sein.«

Ihre Gesichtszüge entgleisten, aber sie fing sich innerhalb einer Millisekunde wieder. »Das ist wirklich eine Überraschung, Thomas.« Er hatte ihr diese Idee zwar bereits am Telefon mitgeteilt, aber sie hatte nicht daran geglaubt, dass er diesen Plan tatsächlich in die Tat umsetzte.

»Wie könnte man das besser feiern als zu der Einladung des Bürgermeisters zu gehen. Sollen wir?« Er hielt ihr seinen Arm hin, und sie konnte nicht umhin, sich bei ihm einzuhaken.

21

Thomas konnte seine Augen nicht von Annegret lassen. Sie sah atemberaubend aus in ihrem mitternachtsblauen Kleid. Das Rascheln des Tafts wenn sie sich bewegte, jagte ihm kleine Schauer der Vorfreude durch die Glieder.

Es wäre ein solches Vergnügen, langsam den Reißverschluss ihres Kleides zu öffnen, die Ärmel sanft von ihren Schultern zu streifen und zuzusehen, wie das Kleid zu Boden fiel, bis es sich wie ein tiefgründiger Teich um ihre Füße legte.

Seine Lenden zuckten bei der Vorstellung wie er seine Augen über ihre porzellanfarbene Haut gleiten ließ, bevor er sie sanft mit seinen Fingern streichelte und kleine Küsse darauf drückte ...

»Heil Hitler!«, salutierte Lothar Katze.

»Heil Hitler!«, taten es Thomas und Annegret ihm gleich. Sie war ihm für den Gruß aus dem Arm gerutscht, und schon spürte er den Verlust ihrer verführerischen Nähe.

»Das ist mein Untergebener Unterscharführer Katze«, stellte er ihn vor. Lothar hatte wirklich ein Talent dafür, im ungünstigsten Augenblick aufzutauchen.

Annegret senkte leicht den Kopf. »Wir hatten bereits das

Vergnügen. Der Unterscharführer war maßgeblich an der Aufdeckung der Verbrechen des Gutsverwalters meines verstorbenen Vaters beteiligt.«

Katze grinste, als hätte sie ihm ein Bonbon angeboten. Thomas hingegen schürzte die Lippen. Wieso wusste er nichts von dieser Geschichte? Es war kaum zu glauben, dass der unterdurchschnittlich begabte Lothar im Alleingang ein Verbrechen aufgeklärt haben sollte.

Um Lothar loszuwerden, sagte er: »Wir werden im Haus des Bürgermeisters erwartet.«

»Ich weiß, da gehe ich auch hin«, erwiderte der unausstehliche Mann.

»Was für ein angenehmer Zufall. Möchten Sie sich uns anschließen?«, fragte Annegret sehr zu Thomas' Leidwesen.

Wie kam sie nur auf die Idee Lothar einzuladen, ihnen Gesellschaft zu leisten? Als er merkte, wie begierig Lothar die Einladung annahm, zwang er sich, sich seinen Unmut nicht anmerken zu lassen. Annegret musste Mitleid mit dem Mann haben, der ohne Begleitung zu diesem Anlass erschienen war. Weil sie ein so gütiger Mensch war, hatte sie sich anerboten, ihn mitzunehmen. Das war zwar nicht in Thomas' Interesse, doch zeigte es einmal mehr, was für eine perfekte Ehefrau und Gastgeberin sie sein würde.

»Sollen wir lieber das Auto nehmen?«, sagte er mit einem Blick auf ihre hochhackigen Schuhe.

»Es sind doch nur ein paar Minuten. Solange es nicht regnet, ist das kein Hindernis«, antwortete sie.

Seine Liebe zu ihr wuchs mit jeder Sekunde. Wieder bot er ihr seinen Arm an, was sie nicht zu bemerken schien. Stattdessen unterhielt sich angeregt mit dieser Flasche Lothar.

Sie überquerten den großen Platz und standen vor einem eleganten dreistöckigen Gebäude. Männer und Frauen in Abendgarderobe kamen sowohl zu Fuß als auch in Fahrzeugen an. Befriedigt stellte er fest, dass keine der Damen so anmutig und rein aussah wie die Frau an seiner Seite. Annegret war wahrhaftig der Inbegriff einer arischen Maid. Der einzige kleine Makel, den man an ihr finden konnte, war ihr braunes Haar. Nach ihrer Hochzeit würde er ihr nahelegen, es blond zu färben.

Der Bürgermeister und seine Frau standen am Eingang und begrüßten die Gäste.

»Oberscharführer Kallfass. Und das reizende Fräulein Annegret Huber. Welch eine Freude, Sie bei uns zu haben.«

»Die Freude ist ganz meinerseits, Herr Bürgermeister.« Annegret streckte ihren behandschuhten Arm mit unnachahmlicher Grazie aus. Ein Lehrstück in Benehmen, das mal wieder den Unterschied zeigte zwischen einer wohlerzogenen, höheren Tochter und einer, die nur vorgab, dazuzugehören.

Drinnen wurden sie von den Platzanweisern an einen großen runden Tisch mit elegantem Geschirr und feinen Kristallgläsern geführt, während Lothar zu einem kleineren Tisch geleitet wurde. Thomas stieß einen Seufzer der Erleichterung aus. Wenigstens konnte sein Untergebener nicht den ganzen Abend lang um Annegrets Aufmerksamkeit buhlen.

Sobald die ungefähr dreißig Gäste ihre Plätze eingenommen hatten, kam ein Kellner und füllte die Gläser mit Champagner. Der Bürgermeister stieß auf seine Frau an, Thomas als ranghöchster anwesender SS-Offizier hielt eine Rede im Namen des Volkes, dann erschienen weitere Kellner und füllten die Tische mit Tellern voller erlesener Speisen.

»Ich hatte fast vergessen, dass es so etwas gibt«, sagte Annegret, als sie in eine saftige Orangenscheibe biss.

Er runzelte die Stirn. »Habt ihr keine Orangen auf dem Gutshof?«

Sie schaute ihn verwirrt an. »Es gibt keine Rationen für exotische Früchte.«

»Müsst ihr denn Lebensmittelkarten benutzen?«

»Das müssen wir.«

175

»Ich bin sicher, wenn du einen Antrag stellst, wird man dich davon befreien. Ich werde bei meinen Vorgesetzten ein gutes Wort für dich einlegen.« Seine Brust schwoll vor Stolz. Die arme Annegret, die denselben Entbehrungen ausgesetzt war wie das gemeine Volk, würde ihm für seine Hilfe unendlich dankbar sein.

Sehr zu seiner Überraschung schüttelte sie den Kopf. »Das ist unglaublich aufmerksam von dir, aber ich hätte das Gefühl, dass wir auf Gut Plaun nicht unseren Beitrag zu den Kriegsanstrengungen leisten, wenn ich dein Angebot annehmen würde.«

Es fühlte sich an als habe jemand in einen Luftballon gepikst, so schnell entwich die Luft aus seiner Brust. Hatte sie ihm gerade durch die Blume zu verstehen gegeben, er sei unpatriotisch? Sicherlich nicht. »Wenn das dein Wunsch ist, meine liebste Annegret.«

Nach dem Essen setzte sich jemand ans Klavier, um einen Wiener Walzer zu spielen. Der Bürgermeister und seine Frau gaben sich die Ehre, nach und nach gesellten sich andere Paare zu ihnen auf die Tanzfläche.

»Darf ich bitten?«, fragte er Annegret, die begeistert zustimmte.

Sie war leicht wie eine Feder in seinen Armen und tanzte so, wie sie alles tat: mit der Anmut als habe sie ihr ganzes Leben lang nichts anderes getan. Viel später, als die Anstrengung rosige Wangen in Annegrets Gesicht gezaubert hatte, führte er sie zurück an ihren Tisch.

Nach weiteren Reden zu Ehren des Führers, des Reichs und des bevorstehenden Endsiegs brachten die Kellner eine Auswahl an Desserts. Er schwelgte im süßen Geschmack einer Sahnetorte, genoss in vollen Zügen das berauschende Aroma einer Mousse au Chocolat. Selbst für einen Mann in seiner Position waren diese Süßwaren ein seltener Genuss, da Zucker außerordentlich schwer zu bekommen war.

Als er Annegret zu einem weiteren Tanz aufforderte, lehnte

sie höflich ab. »Es tut mir sehr leid, aber meine Füße schmerzen.« Nach einem Blick auf die zierliche Uhr an ihrem Handgelenk fügte sie hinzu: »Ich sollte wohl besser nach Hause gehen. Es ist ein langer Heimweg, und auf dem Gut stehen wir bereits im Morgengrauen auf.«

Enttäuschung kämpfte mit Stolz über ihre Entschlossenheit, der Volksgemeinschaft nützlich zu sein. Es war herzerwärmend zu sehen, dass sie die Kriegsanstrengungen so sehr unterstützte, dass sie sich sogar das Vergnügen versagte, die Nacht durchzutanzen.

»Lass mich dich nach Hause bringen.«

»Danke, das ist nicht nötig. Mein Fahrer wartet im Gasthaus eine Straße weiter auf mich.«

»So weit kannst du unmöglich mit deinen schmerzenden Füßen laufen.« Er drehte sich um und wies einen der Kellner an, Annegrets Kutscher auszurichten, dass er sie beim Haus des Bürgermeisters abholen sollte.

Viel zu schnell fuhr ihre Kutsche vor. Thomas half ihr, auf den Kutschbock zu steigen, wobei er innerlich zusammenzuckte. Dieses Transportmittel war ihrem gesellschaftlichen Status in keinster Weise angemessen. Er hätte darauf bestehen sollen, sie standesgemäß mit seinem Dienstwagen zu fahren.

Von seinen Gedanken abgelenkt, hatte er eine Sekunde zu lange gewartet, sodass ihr liebreizendes Gesicht bereits außer Reichweite für den Kuss war, den er ihr auf die Wange drücken wollte.

Er begnügte sich damit, ihre Fingerknöchel zu küssen und sagte: »Ich hatte einen wundervollen Abend. Danke, dass du meine Einladung angenommen hast.«

»Es war mir ein Vergnügen. Gute Nacht.«

»Gute Nacht.« Dann stand er da und sah zu, wie die Kutsche in der Nacht verschwand, während sein Herz sich schon nach einem Wiedersehen sehnte.

22

Oliver warf den Lieferschein auf seinen Schreibtisch und nahm seinen Terminplan zur Hand. Für heute standen weitere Lieferungen an, sowohl für die Fabrik als auch für das Gut. Am nächsten Tag sollte eine Ladung Munition mit dem Zug verschickt werden, und er musste mit Herrn Volkmer noch kontrollieren, ob die Frachtpapiere in Ordnung waren.

Ein Klopfen an der Tür unterbrach ihn. »Herein.«

»Morgen, Chef.« Piet stand im Türrahmen, den er mit seiner stämmigen Gestalt komplett ausfüllte. Sein Besuch bedeutete Probleme, denn es war höchst ungewöhnlich, dass der Stallmeister ihn in seinem Büro aufsuchte.

»Was gibt es?«

»Ungefähr die Hälfte der Stallburschen wurde eingezogen.«

»Wie ist das möglich? Wir haben doch für alle einen Unabkömmlichstatus beantragt.«

Piet schüttelte den Kopf. »Nicht für die jungen Burschen. Das Reichwehrersatzamt hat allen, die im nächsten halben Jahr siebzehn werden, einen Musterungsbefehl geschickt.«

»Ich dachte, sie werden nicht vor ihrem Geburtstag eingezogen.« Oliver winkte Piet, sich an den Schreibtisch zu setzen. »Ich nehme an, jetzt, wo sie ihre Vorladung haben, ist es zu spät, um sie als unabkömmlich einstufen zu lassen.«

»Genau. Die Wehrmacht wird uns sagen, dass wir neue Stallburschen einstellen sollen.«

»Nur woher? Die meisten der Knaben sind bei der Hitlerjugend und machen Flughelferdienste oder sonst was. Sollen wir etwa Elfjährige einstellen, die beim Pferd den Schweif nicht von der Mähne unterscheiden können?«

»Die Wehrmacht hat gemeint, wir müssen halt mit dem auskommen, was wir haben«, sagte Piet.

Oliver sprang auf. »Herr, wirf Hirn vom Himmel! Wissen diese Schreibtischhengste eigentlich, was für einen Schwachsinn sie da von sich geben?«

Piet grinste. »Tatsache ist, dass wir mehr Leute brauchen, Chef. Im Frühjahr steht eine Auslieferung an, und die Pferde sind noch lange nicht so weit.«

»Ich schaue, was ich tun kann. In der Zwischenzeit musst du halt die Knechte vom Gutsbetrieb hernehmen.« Die Ernte war abgeschlossen, und sie waren dabei, die Saisonarbeiter, meist Fremdarbeiter, zu entlassen.

»Wird gemacht, Chef.« Piet verließ den Raum und überließ Oliver seinen Gedanken.

Vielleicht konnte er zwei Fliegen mit einer Klappe schlagen. Die Stallungen unterstanden nicht der Kontrolle der SS, sondern der Wehrmacht. Die beiden Institutionen waren sich in vielen Fragen uneins und selten koordinierten sie ihre Aktionen. Wenn es unter den jüdischen Häftlingen in der Fabrik fähige Pferdepfleger gab, konnte er sie in das Gestüt versetzen, um sie dort als Stallburschen zu beschäftigen.

Das würde die von Thomas so sehr gewünschte »Fluktuation« erhöhen, denn jeder flüchtige Beobachter nahm natürlich an, dass die Häftlinge gestorben waren. Niemand würde sich die Zeit nehmen, ihr tatsächliches Schicksal zu überprüfen. Aus den Augen, aus dem Sinn.

Er sprang auf, schnappte sich Mantel und Hut, und eilte in den kleinen Speisesaal, wo Annegret gerade frühstückte.

»Oliver, warum so eilig?«, begrüßte sie ihn, an ihrem Kaffee nippend.

»Ich glaube, ich habe eine Lösung für unser Problem.«

Ihr Kopf ruckte hoch. »Hast du?«

»Können wir das bei einem Spaziergang besprechen?«

Sie nickte. Sie wussten beide, dass sie nicht riskieren durften, belauscht zu werden. »Gib mir eine Minute.« Sie läutete die kleine Glocke.

Kurz darauf kam Dora herein und blieb mit einem Strahlen stehen, als sie Oliver sah. Sie zwinkerte ihm zu und drehte sich dann zu ihrer Herrin um. »Fräulein Annegret, möchten Sie noch etwas zu essen?«

»Nein danke. Hol mir bitte meine Stiefel und den dicken Mantel. Wir wollen uns den Zaun an der Koppel ansehen.«

»Ja, Fräulein Annegret.« So schnell wie sie gekommen war, verschwand Dora und kam keine Minute später mit den gewünschten Kleidungsstücken zurück.

Margarete tauschte ihre eleganten Hausschuhe gegen die robusten Stiefel, zog Mantel, Hut und Handschuhe an. »Fertig.«

Sobald sie außer Hörweite waren, erklärte Oliver. »Piet hat mir erzählt, dass die Hälfte seiner Stallburschen eingezogen worden ist. Da habe ich mir gedacht, wir könnten sie durch jüdische Häftlinge aus der Fabrik ersetzen.«

»Sind sie dann nicht immer noch von der Deportation bedroht, vielleicht sogar noch mehr. Stallknechte sind ja nicht kriegswichtig.«

»Nicht wenn sie vorher sterben. Dann tauchen sie auf keiner Liste mehr auf.« Oliver grinste.

»Aber wie können wir legal Tote beschäftigen?«, fragte

Annegret, als sie an der Koppel entlanggingen und die Zaunpfähle kontrollierten, um den Schein zu wahren.

»Das können wir nicht. Wir müssen ihnen falsche Papiere besorgen ...«

»So weit waren wir schonmal und haben es ausgeschlossen. Oder hast du inzwischen eine Quelle aufgetan?«

»Hör mich doch erst einmal an. Den Männern – und die Stallknechte müssen Männer sein – können wir sowieso keine deutschen Kennkarten geben, sonst riskieren sie, zur Wehrmacht eingezogen zu werden.«

»Stimmt, daran habe ich gar nicht gedacht.«

»Was, wenn wir ausländische Papiere besorgen? Wir könnten Doras Pass als Muster verwenden. Die Fälschungen müssen nicht mal besonders gut sein, die Polizei hier wird den Unterschied sowieso nicht bemerken.«

Sie runzelte die Stirn. »Das könnte klappen ... Und dann bestechen wir jemanden beim Arbeitsamt, damit er ihnen eine Arbeitserlaubnis ausstellt.«

»Oder wir klauen Blankoformulare.«

Sie blieb stehen und schüttelte den Kopf. »Das ist viel zu gefährlich. Zumindest hier in der Gegend, wo jeder jeden kennt. Es wäre nur eine Frage der Zeit, bis der Chef des Arbeitsamtes davon Wind bekommt, und dann sind wir erledigt.«

Er ließ die Schultern sinken, denn sie hatte recht. Die Arbeitserlaubnisse mussten echt sein. Auf Gut Plaun arbeiteten einfach zu viele Leute, um so etwas geheim zu halten. Sie konnten nicht einmal so tun, als ob sie von nichts wüssten, weil sie für Zivilarbeiter immer über das Arbeitsamt gingen. Seine Idee war nicht so narrensicher, wie er geglaubt hatte.

Annegret sah ihn aufmunternd an. »Sei nicht traurig. Wer ist denn der Zuständige im Arbeitsamt?«

»Hier in Plau ist es ein überzeugter Nazi. Der wird erst das Bestechungsgeld annehmen und uns dann verpfeifen.«

»Was ist mit Parchim?«

»Ich bin mir nicht sicher, ob das eine gute Idee ist. Thomas will doch seinen Landkreis zu einem Musterbeispiel machen.«

Sie zuckte zusammen. »Und ich möchte keinesfalls mehr Zeit als nötig mit ihm verbringen. Schon der Gedanke, dass er mich nach Stockholm begleitet, bereitet mir Bauchschmerzen.«

»Du musst nicht hinfahren, das weißt du schon?«

»Doch, muss ich. Zahlreiche Menschenleben hängen davon ab.« Sie reckte ihr Kinn in einer Demonstration innerer Stärke, die das komplette Gegenteil zu ihrem zierlichen Aussehen und ihrem freundlichen Auftreten war. »Zurück zu unserem anderen Problem. Was ist mit dem Arbeitsamt in Schwerin?«

»Das ist ganz schön weit weg von hier.«

»Du warst dort, als ich dich entlassen habe, schon vergessen?«

Er erinnerte sich nur ungern an die schlimmen Tage, als sein ganzes Leben durch Gustavs Intrige auf den Kopf gestellt worden war.

»Ich habe eine Idee«, fuhr sie fort. »Du fragst erst in Plau, ob sie dir Fremdarbeiter besorgen können. Wie ich das Amt dort kenne, können sie uns nicht genügend besorgen. Dann kannst du guten Gewissens in Schwerin nachfragen. In einer so großen Stadt gibt es bestimmt jemanden, der sich bestechen lässt.«

»Hmm, ja. Wir brauchen nicht einmal gefälschte Ausweise, wenn unsere Fremdarbeiter so tun, als seien die bei einem Bombenangriff verbrannt. Wir sollten Stefan einen Besuch abstatten.«

Ihre Wangen färbten sich rosig. »Was hat er damit zu tun?«

»Erstens hasst er die Nazis und zweitens hat er mal in der Schweriner Werft gearbeitet und weiß vielleicht, wen wir um Hilfe bitten können.«

»Gut. Du stattest dem Arbeitsamt einen Besuch ab und ich spreche mit Stefan«, schlug sie vor.

»In Ordnung.« Oliver grinste. Ihm war nicht entgangen, wie interessiert sie an dem Fischer war.

»Da wäre noch etwas«, sagte sie zögernd.

»Nur zu.«

»Es gibt einen älteren Mann in der Fabrikküche. Sein Name ist Ernst Rosenbaum. Kannst du dafür sorgen, dass er ins Gestüt transferiert wird, sobald wir die Arbeitserlaubnisse haben?«

»Hat er Erfahrung mit Pferden?«

Sie zuckte mit den Schultern.

»Du willst ihn in Sicherheit wissen?«, fragte Oliver und sie senkte den Kopf, um ihre Zustimmung zu signalisieren. Er fragte sich, warum sie sich so sehr um ihn sorgte, wo es doch ein Küchenarbeiter schon vergleichsweise einfach hatte. Ein paar Sekunden später machte es in seinem Kopf klick. Ihr richtiger Name war Margarete Rosenbaum. Der alte Mann musste ein Angehöriger sein.

Die Erkenntnis raubte ihm den Atem. Wie furchtbar musste es sein, die eigene Familie in solch erbärmlichen Verhältnissen vorzufinden und sie nicht herausholen zu können.

»Ich kümmere mich darum«, sagte er und schwor sich, alles in seiner Macht Stehende zu tun, damit ihr Verwandter den Krieg überlebte.

23

Am nächsten Morgen hatte Margarete einen unerwarteten, aber sehr willkommenen Besucher. Sie blickte von ihrer Arbeit auf, als Dora in ihr Zimmer kam.

»Er ist hier, und möchte Sie sprechen, Fräulein Annegret«, sagte Dora aufgeregt.

»Wer ist er?«

»Der Fischer.«

»Oh mein Gott! Wie sehe ich aus?«

»Sie sehen sehr hübsch aus.«

»Gib mir fünf Minuten, bevor du ihn hochbringst, ja?« Margarete scheuchte Dora weg und eilte in ihr privates Badezimmer, um sich frisch zu machen und ihr Haar zu bürsten. Nach einem letzten Blick in den Spiegel atmete sie tief durch und ging in den angrenzenden Salon.

Keine Minute später kündigte ein Klopfen an der Tür ihren Besucher an. In der Hoffnung, ihre Nervosität zu verbergen, setzte sie ein freundliches Lächeln auf. »Guten Morgen, Stefan, was für eine schöne Überraschung.«

»Die Freude ist ganz meinerseits.« Er wartete, bis Dora den

Raum verlassen und die Tür geschlossen hatte, bevor er fortfuhr: »Ich bin wegen unseres Gesprächs von neulich hier.«

Seine Antwort war eine Enttäuschung. Insgeheim hatte sie
gehofft, dass er ihretwegen gekommen war. »Ich erinnere mich
gut daran. Gibt es irgendetwas, womit ich helfen kann?«

Seine intensiven blauen Augen suchten den Raum ab,
bevor er antwortete. »Können wir ungehört sprechen?«

»Ja. Wenn Sie es vorziehen, können wir einen Spaziergang
machen.«

»Das wird nicht nötig sein. Draußen regnet es.« Sein Blick
ruhte viel länger auf ihr als angemessen war.

»Ich bin nicht das verwöhnte Mädchen, für das Sie mich
halten ... außerdem habe ich einen Regenmantel«, protestierte
sie.

Er brach in ein breites Grinsen aus. »Sie sind wirklich nicht
so wie Sie vorgeben zu sein.«

Panik schoss durch ihre Adern. Dann schalt sie sich selbst.
Er hatte seine Aussage nicht wörtlich gemeint. Selbst wenn er
die Wahrheit kennen sollte, er war ein Gegner der Nazis. Von
ihm hatte sie nichts zu befürchten.

»Schauen Sie nicht gleich so verängstigt. Wir können uns
hier unterhalten. Es wäre verdächtiger, wenn wir zwei in
diesem strömenden Regen spazieren gingen. Das gäbe den
Klatschbasen der Stadt reichlich Munition.«

»Stimmt. Darf ich Ihnen etwas zu trinken anbieten? Eine
Tasse heißen Kaffee, vielleicht?«

»Ja, Kaffee wäre schön.«

Sie bedeutete ihm, Platz zu nehmen und griff zum Telefon,
um in der Küche Kaffee und Kuchen zu bestellen. Dann setzte
sie sich ihm gegenüber. »Also, warum sind Sie hier?«

»Es gab ein Problem, und wir müssen jemanden schnell
wegschaffen.«

»Und Sie bitten mich, diese Person hier zu verstecken?«

»Es wäre nur für ein paar Tage, bis ein anderer Transport organisiert werden kann.«

»Was für ein Transport?«

Er presste seine Lippen zu einer dünnen Linie zusammen.

Sie seufzte. »Sie werden mir nichts verraten, oder?«

»Nein.«

»Kann ich wenigstens den Namen der Person erfahren?«

»Nein.« Er runzelte nachdenklich die Stirn. »Sie ist noch ein Kind. Nennen wir sie Maria.«

»Maria, wie originell.« Die Hälfte der weiblichen Bevölkerung hieß vermutlich Maria.

»Originalität ist nicht immer ratsam.«

»Ach, Stefan, wenn Sie wollen, dass ich Ihnen helfe, müssen Sie mir vertrauen!« In diesem Moment klopfte es an der Tür und sie rief: »Herein!«

Dora öffnete die Tür und trat mit einem Tablett in den Händen ein. Sie deckte den Kaffeetisch für zwei Personen, wobei sie ihre Herrin mit einem Augenzwinkern bedachte, bevor sie wieder verschwand. Margarete spürte, wie sie errötete.

»Wenn ich Ihnen nicht vertrauen würde, wäre ich nicht hier.« Stefan biss in die köstlich duftenden Hefeteilchen, die frisch aus dem Ofen kamen. Dank seiner Bienenstöcke produzierte Gut Plaun Honig und konnte trotz der Zuckerknappheit süße Teilchen backen. »Aber je weniger Sie wissen, desto sicherer ist es für alle Beteiligten.«

Sie grummelte widerwillig ihre Zustimmung. Wie oft hatte sie schon denselben Spruch verwendet? »Wann soll es über die Bühne gehen?«

»Heute Abend.«

»Sie sind kein Mann vieler Worte, nicht wahr?«, versuchte sie, seine Zurückhaltung aufzuweichen.

»Nein.« Er milderte seine schroffe Antwort mit einem charmanten Lächeln, das sie innerlich erwärmte. Für ihn würde sie alle Flüchtlinge der Welt verstecken.

Sie entschied, dass sie ihm ihre Geheimnisse anvertrauen konnte, wenn er das Leben eines untergetauchten Mädchens in ihre Hände legte und sagte: »Ich werde sie und andere aufnehmen, wenn es nötig ist, aber im Gegenzug brauche ich etwas von Ihnen.«

Seine Augenbraue schoss in die Höhe und sein Blick wurde misstrauisch. »Was?«

»Nun, wir haben selbst Leute in Not. Oliver erwähnte, dass Sie vielleicht Kontakte zum Arbeitsamt in Schwerin haben.«

Wenn er von ihrer Bitte überrascht war, ließ er sich nichts anmerken. Seine Stimme war so ruhig wie immer, als er fragte: »Um was zu tun?«

»Uns eine Arbeitserlaubnis für Fremdarbeiter ausstellen, deren Ausweise bei einem Bombenangriff verbrannt sind.«

»Gut gespielt, Fräulein Annegret. Sie sind sicherlich mehr, als Sie zu sein vorgeben.«

»Ich fasse das als Kompliment auf.« Es war ihr egal, ob er es so gemeint hatte. Allerdings gab ihr der warme Schimmer in seinen Augen Grund zu der Annahme, dass er die Gefühle teilte, die sie für ihn hegte.

»Wenden Sie sich an Hubert Falke. Erwähnen Sie mich nicht. Er steht nicht auf unserer Seite, aber er braucht dringend Geld, um Spielschulden zu bezahlen.«

»Vielen Dank für die Information. Gibt es sonst noch etwas?«, fragte sie und nahm den letzten Bissen von ihrem Hefegebäck.

Er holte tief Luft, bevor er fragte: »In zwei Wochen findet eine Tanzveranstaltung statt. Würden Sie mit mir hingehen?«

»Ich?«, antwortete sie verdutzt und schaute sicherheitshalber über ihre Schulter, um festzustellen, ob er jemand anderen meinte.

»Es sei denn, Sie wollen nicht ...«

»Nein. Ich meine, ja. Also, liebend gerne.«

»Wirklich?«

»Wirklich.« Dann fiel ihr etwas ein. »Sind Tanzveranstaltungen nicht verboten?«

Ein spitzbübisches Grinsen erhellte sein wettergegerbtes Gesicht. »Tun wir nicht alle hin und wieder etwas Verbotenes?«

»Ich denke schon.« Sie konnte ihm schlecht widersprechen. Nachdem sie gerade staatsfeindliche Aktivitäten diskutiert hatten, war der Besuch einer verbotenen Tanzveranstaltung ihr geringstes Vergehen.

»Soll ich Sie mit meinem Fahrrad abholen, um nach Plau am See zu fahren? Von dort aus nehmen wir den Zug.«

Sie zögerte einen Moment lang. »Ich treffe Sie lieber am Bahnhof, als auf dem Lenker zu hocken.«

Wieder lachte er und dabei erschienen diese unwiderstehlichen Grübchen auf seinem Gesicht. »Mein Fahrrad hat einen Gepäckträger, aber wenn wir uns lieber in der Stadt treffen wollen, sagen wir, um sechs Uhr am Bahnhof? Samstag in zwei Wochen?«

»Perfekt.« In Gedanken ging sie bereits ihren Kleiderschrank durch, um ein passendes Kleid auszuwählen.

»Wen soll ich wegen Maria kontaktieren?«, fragte er dann.

Sie überlegte kurz. Da die Anfrage so überraschend gekommen war, hatte sie nichts vorbereitet. In jedem Fall war es das Beste, wenn sie nicht direkt involviert war. »Bringen Sie das Mädchen nach Einbruch der Dunkelheit zum Haupttor. Dora, mein Dienstmädchen, das Sie gerade kennengelernt haben, wird dort warten. Passen Sie auf sich auf.«

»Dieser Krieg wird nicht ewig dauern.« Er sagte das mit einer solchen Bestimmtheit, dass sie sich fragte, ob er Informationen besaß, die nicht öffentlich zugänglich waren. Selbst wenn, würde er es niemals zugeben, wenn sie ihn danach fragte.

»Das hoffe ich auch.«

24

Endlich nahmen die Deportationen Fahrt auf, und Thomas war auf dem besten Weg, den Landkreis von der jüdischen Brut zu säubern.

Es klopfte an der Tür. »Herein.«

Ein Mann in den Sechzigern mit vollem weißem Haar trat ein. Für einen alten Mann, der einen Stock benutzte, ging er erstaunlich schnell. Auf seiner Brust prangte das Goldene Parteiabzeichen, eine Auszeichnung, die Parteimitgliedern aus der Zeit vor 1933 oder solchen mit besonderen Verdiensten verliehen wurde.

»Herr Naumann, was kann ich für Sie tun?« Thomas sprang auf, um dem reichen Industriellen die ihm gebührende Wertschätzung entgegenzubringen.

»Darf ich mich setzen?«, fragte Herr Naumann.

»Natürlich. Darf ich Ihnen etwas anbieten? Kaffee vielleicht?«

»Meine Frau besteht darauf, dass er nicht gut für meine Gesundheit ist, aber wenn Sie zufällig echten Kaffee haben, trinke ich gerne einen.«

»Es tut mir so leid.« Thomas errötete. Er hatte schon lange

keinen echten Kaffee mehr in die Hände bekommen. Die wenigen Pfunde, die es im Land noch gab, waren für die hohen Tiere reserviert. »Einen Schnaps, vielleicht?«

Herr Naumann nickte, ließ sich unbeholfen auf dem angebotenen Stuhl nieder und kam direkt zur Sache. »Ich bin wegen der angekündigten Deportationen hier.«

Thomas hatte die Fabrikanten vorgewarnt, die für sie arbeitenden Juden baldmöglichst durch geeigneteres Personal zu ersetzen. »Wenn Sie sich Sorgen machen, wie Sie die Juden ersetzen sollen, können wir Ihnen so viele Ostarbeiter besorgen, wie Sie brauchen.«

»Genau darüber mache ich mir Sorgen, mein Sohn.«

Thomas hasste den herablassenden Ton, wagte es aber nicht, den Träger des Goldenen Parteiabzeichens mit einer scharfen Erwiderung zu beleidigen.

»Sie scheinen nicht zu verstehen, dass diese Juden für meine Fabrik unverzichtbar sind. Sie arbeiten schneller und effizienter als die Ausländer, weil sie wissen, dass das ihre einzige Chance ist, zu überleben. Verzweiflung wirkt Wunder für die Moral«, erklärte Herr Naumann mit einem süffisanten Ton.

»Sie können für jeden Juden, den Sie entlassen müssen, zwei Ostarbeiter beantragen.« Thomas versuchte, die Frustration aus seiner Stimme herauszuhalten. Warum waren diese Industriellen nicht für vernünftige Argumente zugänglich?

»Abgesehen von den offensichtlichen Problemen, die das mit sich bringt, haben Sie schon einmal darüber nachgedacht, wie viel anfälliger Ostarbeiter für Sabotageakte sind? Ich werde vertrauenswürdige Aufseher einstellen müssen, um sie im Auge zu behalten, und wie Sie wissen, werden deutsche Männer heutzutage hauptsächlich als Soldaten gebraucht.«

Hörte Thomas einen Hauch von Kritik in der Stimme des alten Mannes? Auf jeden Fall wurde er zu einem Ärgernis, und Thomas entschied, das Gespräch abzubrechen. »Ich stimme all Ihren Bedenken zu. Doch Sie dürfen nicht vergessen, dass es der sehnlichste Wunsch unseres Führers ist, sein geliebtes Land von der Judenpest zu säubern. Ich habe die Absicht, ihm zu seinem Geburtstag im April einen judenfreien Landkreis darzubieten. Sie werden mir zustimmen, dass jedes Opfer es wert ist, wenn wir damit unseren Führer glücklich machen.«

»Dann ist es abgemachte Sache«, sagte Herr Naumann, der offensichtlich erkannte, wann er sich geschlagen geben musste. »Wie viel Zeit habe ich, um die notwendigen organisatorischen Änderungen in meiner Fabrik vorzunehmen?«

»Rechnen Sie mit höchstens ein oder zwei Monaten. Wir werden eine konzertierte Aktion durchführen und ausnahmslos alle Juden im Landkreis am selben Tag verhaften.«

»Auch die aus den KZs?«

»Es ist mir neu, dass Sie Häftlinge in Ihren Fabriken einsetzen.«

Herr Naumann schüttelte den Kopf. »Ich nicht. Meine Arbeiter sind aus freien Stücken bei mir. Doch viele meiner Kollegen verwenden KZ-Häftlinge.«

»Himmler persönlich hat befohlen, sämtliche Lager auf deutschem Boden judenfrei zu machen. Warum sollten diese verhafteten Verbrecher, ein besseres Schicksal erfahren als der Rest der Meute? Nein, jeder einzelne Jude, ob bereits inhaftiert oder nicht, muss ausgemerzt werden.«

»Ich verstehe.« Herr Naumann beugte sich vor. »Sie sind ganz offensichtlich ein rechtschaffener Mann und setzen sich für die Reinheit der Herrenrasse ein. Das ist eine seltene Kombination ...«

Thomas sträubten sich die Nackenhaare. »Der Wunsch des Führers ist mir Befehl, und er sollte auch der Ihrige sein.«

»Das ist er.« Der alte Mann stützte sich auf seinen Stock, um aufzustehen, und ging auf die Tür zu, wo er sich noch einmal umdrehte und sagte: »Haben Sie nicht manchmal

Angst, dass uns diese Sache eines Tages noch teuer zu stehen kommen wird?«

Thomas hatte keine Angst. Stattdessen machte er sich eine gedankliche Notiz, dass Herr Naumann altersmilde wurde. Mehr SS-Präsenz in seinen Fabriken könnte nötig sein, um die Dinge unter Kontrolle zu halten.

25

»Dora, wir müssen los«, rief Oliver und wunderte sich, warum sie so lange brauchte. Sie waren spät dran für ihren Termin beim Standesamt in der Stadt.

Dann erschien sie im Haupteingang des Gutshauses, wo sie zusammen mit Frau Mertens und Annegret ihrer Erscheinung den letzten Schliff gegeben hatte. Getreu der Tradition hatte der Bräutigam die Braut vor dem großen Tag nicht in ihrem Kleid sehen dürfen.

Ihm fiel die Kinnlade herunter. Sie sah absolut umwerfend aus in dem leichten, cremefarbenen Kleid mit den kleinen Rosenapplikationen darauf. Natürlich wusste er, dass Annegret ihr angeboten hatte, eines von Frau Hubers Kleidern für sie ändern zu lassen. Trotzdem hätte er sich ein so phänomenales Ergebnis nicht in seinen kühnsten Träumen vorstellen können.

Als er auf seinen eignen abgetragenen schwarzen Sonntagsanzug hinunterblickte, fühlte er sich plötzlich unzulänglich. Im nächsten Moment jedoch schob er das Gefühl beiseite. Stolz gemischt mit Liebe rauschte durch seine Adern, während er Dora von Kopf bis Fuß betrachtete. Ihr Haar war geflochten und zu einer kunstvollen Frisur hochgesteckt. Das Kleid war kurz unter ihrem Busen tailliert und hatte einen weit schwingenden Rock, der ihre schlanke Figur betonte. Nur wer wusste, welchen Schatz sie unter ihrem Herzen trug, konnte die leichte Wölbung erahnen, die sich unter dem Stoff abzeichnete.

In diesem Augenblick war sie nur eine aufgeregte Braut, in fünf Monaten schon würde sie die Mutter seines Kindes werden. Eine Tatsache, die ihm neben der Freude auch Angst machte. Der schreckliche Krieg schien kein Ende nehmen zu wollen. Jeden Tag wurden sie beide tiefer in die staatsfeindlichen Aktivitäten hineingezogen, die ihnen unweigerlich das Leben kosten würden, wenn man sie entdeckte.

Er nahm Doras Ellbogen und führte sie zur wartenden Kutsche, wo er ihr auf den Kutschbock half. Annegret gesellte sich zu ihnen. Sie sah in ihrem dunkelgrünen zweiteiligen Kostüm mit passenden Handschuhen und Hut elegant und bescheiden aus, eine warme Wollstola um die Schultern. Er wickelte seine Braut in eine dicke Decke, wobei er darauf achtete, das feine Kleid nicht zu zerdrücken, und konnte nicht widerstehen, ihr einen Kuss auf die Lippen zu drücken, obwohl er eigentlich bis nach der Zeremonie warten sollte.

Der Rest der Angestellten reihte sich neben der Kutsche auf. Ein paar liebe Freunde würden zu Fuß oder mit dem Fahrrad in die Stadt kommen, um sie nach der standesamtlichen Trauung vor der Marienkirche zu treffen.

Er setzte sich auf den Kutschbock und schnalzte mit der Zunge, um die Pferde in Trab zu versetzen. Obwohl er sich seit Monaten auf diesen Tag gefreut hatte, machte sich nun ein mulmiges Gefühl in seinem Magen breit. In einer Stunde wäre er nicht mehr nur für sich selbst, sondern auch für seine Frau und sein zukünftiges Kind verantwortlich.

»Ich bin so nervös, dass ich Angst habe, es zu vermasseln«, flüsterte Dora, die offensichtlich ähnlich Gefühle hegte.

»Es gibt nichts zu vermasseln. Du musst nur ‚Ja' sagen,

wenn der Standesbeamte dich fragt, ob du mich zum Mann nehmen willst.«

»Muss ich nicht das Gelübde wiederholen?« Ihre Stimme klang so verzagt, dass er sie am liebsten in die Arme genommen hätte, was aber wegen ihres Kleides und der dicken Decke um ihre Schultern unmöglich war.

»Nein. Das kommt später in der Kirche.«

Sie seufzte.

»Vermisst du deine Familie?«, fragte er.

»Sehr sogar. Ich wünschte, sie könnten hier sein.«

»Wir werden sie besuchen, sobald der Krieg vorbei ist.« Zumindest hoffte er das, denn wer wusste schon, wie die Welt dann aussehen würde.

»Wenigstens sind unsere Freunde dabei.«

Etwa die Hälfte der Stallburschen und einige Knechte lebten auf dem Gut und waren für sie wie eine Familie geworden.

»Ihr seid glücklich miteinander und das ist das Wichtigste«, mischte sich Annegret in das Gespräch ein.

»Danke, dass du alles für uns organisiert hast«, sagte Oliver.

»Und für die Hilfe bei meiner Einbürgerung«, fügte Dora hinzu.

»Ihr braucht mir nicht zu danken. Das war das Mindeste, was ich tun konnte.«

Oliver warf der Frau, die er so lange gehasst hatte, einen Seitenblick zu. Er konnte es immer noch nicht fassen, dass er nicht bemerkt hatte, dass gar nicht die echte Annegret im Jahr zuvor nach Gut Plaun zurückgekehrt war.

Sie hielten vor dem Rathaus, wo Oliver den beiden Frauen abhalf und die Pferde an einem Baum anband. Seine Eltern warteten bereits vor dem Rathaus, und gemeinsam gingen sie in den *Hochzeitssaal*, der nichts anderes war als ein Büro mit mehreren Sitzreihen für Gäste.

»Kommen noch weitere Gäste?«, fragte der Standesbeamte.

»Nein.«

»Wer ist das glückliche Paar?«

Oliver und Dora traten vor, wobei er sich dachte, dass Doras Kleid ziemlich deutlich zeigte, wer die Braut war, und dass er selbst offensichtlich der Bräutigam sein musste, da sein Vater, der einzige andere anwesende Mann, ein langjähriger Bekannter des Standesbeamten war.

»Und nun die Trauzeugen, bitte.«

Annegret sowie Olivers Vater fungierten als die beiden erforderlichen Zeugen für die Zeremonie. Der Standesbeamte hielt eine Rede, in der er das Brautpaar an die Pflicht erinnerte, treue Diener des Führers und des Vaterlandes zu sein und dem Führer viele Söhne zu schenken, die heldenhafte Soldaten werden konnten.

Dann endete er seine Ansprache mit: »Hiermit erkläre ich euch zu Mann und Frau. Bitte unterschreiben Sie jetzt die Hochzeitsurkunde.« Nachdem auch die Trauzeugen unterschrieben hatten, überreichte der Standesbeamte ihnen die Urkunde zusammen mit Adolf Hitlers *Mein Kampf*.

»Dies ist ein Geschenk unseres geliebten Führers. Möge es euch bereichern und inspirieren.«

»Das wird es sicher«, antwortete Oliver. Am liebsten hätte er das Buch in Stücke zerfetzt. Dann wandte sich der Standesbeamte an Dora. »Vergessen Sie nie, dass Ihre beiden wichtigsten Pflichten darin bestehen, Ihrem Mann zu gehorchen und viele Kinder für unseren Führer zu gebären.«

Die arme Dora nickte zustimmend.

»Herzlichen Glückwunsch!« Annegret umarmte erst Dora und dann Oliver.

Nach der Zeremonie gingen sie den kurzen Weg zur Kirche, wo einige Freunde auf sie warteten und viele Dorfbewohner, die aus reiner Neugierde gekommen waren.

* * *

Dora machte große Augen, als sie sich der Kirche näherten, und flüsterte: »Das ganze Dorf ist gekommen.«

»Nur ein paar Dutzend.« Oliver drückte ihre Hand. »Keine Angst. Je mehr Leute hier sind, desto besser für uns.«

Sie wusste, dass er sich Sorgen um ihren Status machte, denn die Fremdenfeindlichkeit erreichte nach jedem verheerenden Verlust der Wehrmacht einen neuen Höchststand.

Sie hier mit Fräulein Annegrets Rückhalt zu sehen, würde selbst die schlimmsten Lästermäuler zum Schweigen bringen. Sie brauchte jedes Quäntchen Wohlwollen in der Bevölkerung, denn sie steckte bis zum Hals in illegalen Machenschaften. Maria war das erste »U-Boot« gewesen, das sie für ein paar Tage auf dem Gut versteckt hatten, aber nicht das letzte.

Nach der Messe schüttelte sie Dutzenden von Menschen die Hand, bis sie sich danach sehnte, nach Hause zu gehen, die Füße hochzulegen und es sich mit ihrem frischangetrauten Ehemann gemütlich zu machen. Aber das sollte nicht sein. Fräulein Annegret hatte die Hochzeit zum Anlass genommen, alle wichtigen Persönlichkeiten im Landkreis zu einem Empfang einzuladen, der später am Tag stattfinden sollte.

Fräulein Annegret war kein Freund formeller Anlässe, und das größte Ereignis vor dem heutigen Tag war ein Abendessen zu Ehren der Gestapo gewesen, die im vergangenen Jahr mehrere Tage in ihrem Haus logiert hatte. Deshalb hatte sie die Gelegenheit beim Schopf ergriffen und das Ganze so gestaltet, dass sie einerseits die Ehe zwischen ihrem Gutsverwalter und dem ukrainischen Mädchen guthieß und gleichzeitig einen lang ersehnten gesellschaftlichen Empfang für die Nazielite gab.

Dora atmete hörbar ein, als sie an der langen Schlange von Autos und Kutschen vorbeifuhren, die in der Auffahrt zum Gutshaus parkten.

»Was soll ich denn zu all diesen wichtigen Leuten sagen?«, fragte sie Oliver.

»Bedank dich einfach, dass sie gekommen sind und lächele.

Sobald sie über ihre ach so wichtige Arbeit sprechen, können wir uns davonschleichen und alleine feiern, nur wir beide.«

Dora stand neben ihm auf der Freitreppe am Vordereingang, schüttelte unzählige Hände und wiederholte immer wieder die gleichen Worte. Wie Oliver versprochen hatte, wollte sich keiner der Gäste mit ihr unterhalten, denn alle schienen mehr daran interessiert zu sein, die Herrin des Hauses zu begrüßen und ihr zu sagen, wie sehr sie die Einladung schätzten und auf fruchtbare Geschäftsbeziehungen hofften.

So sehr Dora sich auch gegen die Idee einer großen Zeremonie gesträubt hatte, musste sie doch zugeben, dass dies die perfekte Gelegenheit war, denen da oben zu zeigen, wo Gut Plauns Loyalität lag.

Die Gäste nahmen in dem großen Speisesaal Platz, der prächtiger geschmückt war, als Dora es je gesehen hatte. Normalerweise war es ihre Aufgabe, die Gäste zu bedienen, doch heute genoss sie es, auf der anderen Seite zu stehen, oder besser gesagt zu sitzen.

Es war eine Szene wie aus Aschenputtel. Dora, das einfache Dienstmädchen, fand sich in einem Raum voller Pomp und Glamour wieder. Frau Mertens und ihre Gehilfen hatten das feine Meißner Porzellan sowie das Silberbesteck gedeckt. Kristallene Wein- und Sektgläser vervollständigten die Tische, die mit Trockenblumen, Tannenzweigen und silberfarbenen Schleifen geschmückt waren.

Oliver und sie saßen an einem kleineren Tisch in der Ecke, zusammen mit seinen Eltern und engen Freunden, während Fräulein Annegret am großen Bankettisch mit all den wichtigen Gästen saß, die gekommen waren, um einander gegenseitig zu versichern, wie sehr sie Hitler unterstützten. Neben ihr saß der Bürgermeister von Plau am See, auf der anderen Seite Oberscharführer Kallfass, der in seinem Element war und über die Bedeutung des Kriegs dozierte.

Doras Freundin Olga hatte den Tag frei bekommen und

setzte sich an den Brauttisch, nachdem sie Dora umarmt hatte. Wenigstens eine Landsfrau dabei zu haben, linderte die Sehnsucht nach ihrer Familie.

»Bist du glücklich?«, fragte Oliver, nachdem unzählige Trinksprüche gesprochen worden waren.

»Sehr.«

Während des Desserts unterhielt sie sich mit Olivers Eltern und Olga. Dann tanzten sie und Oliver. Er tat es sowohl widerwillig als auch ungeschickt und war nur allzu glücklich, als die Musik aufhörte zu spielen. Als er sie zu ihrem Tisch zurückführte, flüsterte er ihr ins Ohr: »Wollen wir uns aus dem Staub machen?«

Sie kicherte zustimmend. Zufälligerweise entschuldigten sich gerade auch seine Eltern, denn es war schon spät und es war ein langer Weg zurück in die Stadt, und Olga entschied, sich ihnen anzuschließen.

Es war die perfekte Gelegenheit, sich davonzuschleichen. Und das taten sie auch. Unter dem Vorwand, seine Eltern ein Stück zu begleiten, verließen sie und Oliver die Feier und kehrten nicht mehr zurück.

Stattdessen blieb er vor ihrem Häuschen stehen, nahm sie auf die Arme und trug sie über die Schwelle. »Willkommen zu Hause, Frau Gundelmann.«

26

Thomas hatte beobachtet, wie das Brautpaar die Feier verließ, zweifellos um Nachwuchs für den Führer zu zeugen, und entschied, dass es an der Zeit war, der Veranstaltung einen anderen Schwerpunkt zu geben. Er nahm einen Löffel und klopfte ihn mehrmals gegen sein Glas. Als das Geräusch verklungen war, erhob er seine Stimme.

»Ich möchte unserer Gastgeberin, Fräulein Annegret, ganz herzlich dafür danken, dass sie diese illustre Veranstaltung ausrichtet, um nicht nur die Vereinigung eines jungen Paares zu feiern, sondern auch, um ihre unendliche Treue zu unserem wunderbaren Führer zu unterstreichen.«

Heil-Hitler-Grüße unterbrachen seine Rede und er blickte wohlwollend auf die Gäste herab, wie er es unzählige Male vor dem Spiegel geübt hatte. Dies war die perfekte Gelegenheit, sich vor der versammelten industriellen und politischen Elite zur Geltung zu bringen, sowie jeden wissen zu lassen, dass er Ansprüche auf die liebreizende Gastgeberin und ihr Anwesen erhob. Er nickte kurz, bevor er sich Annegret zuwandte und eine Hand auf ihre legte.

»Es ist keine Übertreibung, wenn ich sage, dass sich Fräulein Annegret mit diesem prächtigen Fest selbst übertroffen hat. Die von ihrer verstorbenen Mutter organisierten Feiern waren legendär für ihren Stil und ihre Klasse, doch ich bin mir sicher, dass jeder zustimmen wird, wenn ich sage, dass die Tochter nicht nur der Aufgabe gewachsen ist, sondern mit unnachahmlicher Anmut sehr große Fußstapfen sogar übertroffen hat.

Nach dem heroischen Tod ihrer Familie hat diese junge Frau die gewaltige Aufgabe übernommen, nicht nur das Gutshaus zu führen, sondern das gesamte Anwesen, einschließlich der Nitropentafabrik. Sie ist die perfekte deutsche Frau, deren oberstes Ziel es ist, eine Familie zu gründen und Kinder zu gebären. Dennoch hat sie sich nicht ein einziges Mal über die Entbehrungen beklagt, unter denen sie zu leiden hat. Stets mit einem Lächeln auf den Lippen hat sich Fräulein Annegret durchgebissen und sich niemals geschont, sondern unermüdlich unserem Land gedient.

Einige von Ihnen mögen wissen, dass sie maßgeblich an der Aufklärung abscheulicher Verbrechen gegen das Reich beteiligt war, die von dem vormaligen Gutsverwalter begangen wurden. Dafür und für ihren unermüdlichen Einsatz für die Kriegsanstrengungen möchte ich ihr in meiner Funktion als SS-Kreisleiter des Landkreises Parchim im Namen aller hier Versammelten danken.« Er machte eine Pause, damit die Anwesenden applaudieren konnten.

Annegret wollte sich erheben, doch er drückte kurz ihre Hand und flüsterte: »Noch nicht, meine Liebe.«

Er wartete, bis der Applaus verklungen war, und erhob dann wieder seine Stimme. »Vielen Dank, dass Sie heute hier sind, um gemeinsam unsere Liebe zu Führer und Vaterland zu feiern. Ich möchte diese Gelegenheit nutzen, um ein weiter Ankündigung zu machen.«

Er spürte, wie Annegret sich neben ihm versteifte. Unnötigerweise, denn er würde ihre Beziehung nie öffentlich machen, bevor er mit ihr darüber gesprochen hatte.

»Die meisten von Ihnen wissen um den ständigen Kampf, genügend Stahl für die Produktion zu beschaffen, und es ist mir eine große Freude, Ihnen mitteilen zu dürfen, dass Fräulein Annegret und ich bald nach Schweden reisen werden, um direkt mit den Stahlherstellern zu verhandeln.«

Lothar Katze, wie immer ohne Gespür für bedeutende Momente, unterbrach die Rede mit Applaus, bevor Thomas seinen letzten und vielleicht wichtigsten Satz sagen konnte, der deutlich gemacht hätte, dass er und Annegret bald mehr als Geschäftspartner wären. Leider stimmten weitere Gäste in den Applaus ein, und dann klopfte der Bürgermeister von Plau am See an sein Glas, um selbst einen Toast auszusprechen.

Da konnte Thomas nichts machen, wenn er nicht unhöflich sein wollte. Wenn die Fabrikanten und Funktionäre am Tisch nur halbwegs genug Grips hatten, würden sie auf jeden Fall die richtigen Schlüsse ziehen. Trotzdem wäre es so viel befriedigender gewesen, wenn er es laut hätte aussprechen können.

Danach hielten der Bürgermeister, der Pfarrer und Herr Naumann, als Vertreter der Industrie, Reden. Schließlich ergriff ein dummer Parvenü aus einem benachbarten Landkreis das Wort und behauptete, dass sein Kreis im Gegensatz zu Parchim unverzüglich Goebbels' Beispiel gefolgt sei, nachdem dieser Berlin vor einigen Monaten für judenfrei erklärt hatte.

Thomas presste seine Lippen zu einem schmalen Strich zusammen. Sein Vorgänger war viel zu nachsichtig gewesen und hatte immer wieder Ausnahmegenehmigungen erteilt. Der Menge nach zu urteilen, könnte man meinen, dass Juden tatsächlich notwendig waren, um die Produktion am Laufen zu halten. Aber damit war ab sofort Schluss. Schon an Hitlers Geburtstag wollte er verkünden, dass der Landkreis judenfrei sei. Welch besseres Geschenk konnte man einem Mann machen, der bereits alles hatte?

»Würdest du mich bitte entschuldigen? Ich muss mich um

meine Gäste kümmern«, unterbrach Annegrets süße Stimme seine Überlegungen.

»Natürlich, meine Liebe. Soll ich mitkommen?«

»Das ist wirklich nicht nötig. Ich möchte, dass du dich amüsierst.«

»Erst die Pflicht, dann das Vergnügen.« Er platzte fast vor Stolz, als er das sagte.

»Du bist immer so erpicht darauf, deinem Land zu dienen.« Sie lächelte ihn an und eilte dann für seinen Geschmack ein wenig zu schnell davon.

»Großartige Rede.« Lothar machte ihm dieses Kompliment.

Sie wäre noch besser gewesen, wenn du Dummkopf sie nicht unterbrochen hättest. Thomas fragte sich manchmal, wie Lothar die Eignungsprüfung für die SS bestanden hatte, wo doch sein Intellekt sehr zu wünschen übrigließ. »Wir haben eine große Aufgabe vor uns, du hast doch gehört, wie der Mann damit geprahlt hat, dass sein Landkreis judenfrei ist.«

»Wir können nicht zulassen, dass er das ganze Lob bekommt, nicht wahr?«, sagte Lothar.

»Es wäre ein wundervolles Geburtstagsgeschenk für den Führer.«

»Aber ... was ist mit den Ausnahmegenehmigungen?«

»Ich werde sie widerrufen.«

»Das wird sicher für Unzufriedenheit sorgen.« Ein Schweißtropfen erschien auf Lothars Stirn und Thomas wunderte sich, was sein Problem war. Sein Untergebener hatte viele Schwächen, aber ein Judenfreund zu sein, war keine davon.

Thomas hatte schon viele Anekdoten gehört, in denen Lothar dieses Ungeziefer eigenhändig ausgemerzt hatte, damals, in den goldenen Zeiten, als öffentliche Auspeitschungen in Annegrets Fabrik offenbar an der Tagesordnung gewesen waren.

»Hm ... Wer genau hat diese Anträge in der Vergangenheit gestellt?«

»Zumeist Fabrikbesitzer. Bauern, jeder, der Arbeitskräfte braucht.«

»Können die nicht einfach Kriegsgefangene einsetzen?« Thomas erinnerte sich an das Gespräch mit Herrn Naumann. Er hatte es für Altersmilde gehalten, doch jetzt erkannte er mit Schrecken, dass diese Gesinnung weiter verbreitet sein musste als er erwartet hatte. Konnten diese Leute nicht verstehen, dass die komplette Ausrottung der jüdischen Rasse zwar grausam erscheinen mochte, aber unbedingt notwendig war, um das Überleben der arischen Herrenrasse zu sichern?

Inzwischen trat Lothar unruhig von einem Fuß auf den anderen. »Sie behaupten, die Juden hätten ein einzigartiges Talent oder eine Fähigkeit, die man anderswo nicht finden kann.«

»Blödsinn. Wir haben jeden Geschäftsmann vorgewarnt, und sie haben genug Zeit bekommen, Ersatz zu beschaffen, bevor wir mit unserer konzertierten Aktion zur finalen Lösung des Judenproblems zuschlagen. Bis dahin soll dieser Abschaum seine Nachfolger selbst ausbilden. Doch diese feine Ironie wird den einfältigen Untermenschen leider entgehen.« Er sah Lothar an, der sofort stramm stand und applaudierte.

»Ja, Thomas. Das ist eine brillante Idee.« Doch er sagte es mit wenig Enthusiasmus, was Thomas vermuten ließ, dass bei Lothar nicht alles so war, wie es schien.

27

Margarete konnte kaum still sitzen. Endlich war der Tag gekommen, an dem sie mit Stefan ausging, noch dazu zu einer verbotenen Tanzveranstaltung. Er hatte ihr gesagt, es sei nichts Formelles, nur ein paar Freunde, die sich trafen, um Musik zu hören und Spaß zu haben.

Für sie klang es wie ein Abenteuer. Nach der Feier des Bürgermeisters, sowie der Veranstaltung an Olivers und Doras Hochzeitstag, war sie neugierig darauf, wie normale Menschen sich vergnügten.

Offiziell waren Tanzveranstaltungen verboten. Das Propagandaministerium hatte das Tanzverbot ausdrücklich als Ausdruck der Solidarität der Jugend mit den Frontsoldaten verteidigt. Seltsamerweise schien diese Solidarität nicht für die politische Elite zu gelten, die für ihre opulenten Feiern im Namen von Führer und Vaterland legendär war.

»Dora, wie sehe ich aus?«, fragte sie nervös.

»Sie sehen sehr schön aus, Fräulein Annegret.« Sie hatten sich für ein schlichtes, elegantes, hellviolettes Kleid mit schmaler Taille, ellenbogenlangen Ärmeln und einem stoffsparenden, schmalen Rock entschieden. Über dem Kleid trug sie einen Mantel in der gleichen Farbe, zwei Nuancen dunkler, aus einer schweren Wolle, die sie warmhalten würde.

»Findest du nicht, dass es zu elegant ist?«

»Ganz und gar nicht. Sie sind schick, aber dezent.«

»Ich will keine Aufmerksamkeit erregen.« Sie hatte vor, Stefan zu bitten, sie seinen Freunden nicht als Annegret Huber, die Besitzerin von Gut Plaun, vorzustellen, sondern einfach als Gretchen. So hatte ihre Familie sie genannt, als sie ein Kind war. Onkel Ernst benutzte den Spitznamen heute noch. Der Gedanke an ihn bereitete ihr Sorgen und sie schob ihn schnell beiseite. Sie hatte alles in ihrer Macht Stehende getan, um seine Lage erträglich zu machen und ihn in Sicherheit zu wissen.

Dora kicherte. »Soll ich Ihnen eines meiner Kleider leihen?«

»Das würdest du tun?«

»Es war ein Scherz.« Dora riss erschrocken die Augen auf. »Aber wenn Sie wollen ... gebe ich Ihnen mein Sonntagskleid.«

Margarete überlegte einige Sekunden, denn sie wollte für Stefan schön aussehen, und gleichzeitig zu seinen Freunden passen. Ohne diese zu kennen, war sie sich sicher, dass sich keiner von ihnen ein Kleid wie ihres leisten konnte. »Ich nehme es.«

»Sind Sie sicher, Fräulein Annegret? Es ist nicht ... ich meine es ist ziemlich alt und bereits mehrmals geflickt.«

»Bitte, kannst du es für mich holen?«

Dora eilte davon. Sekunden später sah Margarete, wie sie auf dem Weg in das Gärtnerhäuschen den Hof überquerte.

Einige Minuten später kehrte sie zurück, schnaufend wie eine Lokomotive, und trug nicht nur ihr Sonntagskleid über dem Arm, sondern auch ihren einzigen Mantel. »Bitte sehr, Fräulein Annegret.«

Nachdem sie das Kleid angezogen hatte, erkannte sich Margarete im Spiegel kaum wieder. Es war nicht die mondäne

Erbin, die ihr entgegenblickte, sondern ein einfaches Dorfmädchen, das ein abgetragenes, jedoch sauberes graues Kleid mit
aufgedruckten weißen und rosafarbenen Blümchen trug. Das
Kleid war vorne geknöpft und ein schmaler Gürtel betonte ihre
schlanke Taille.

Da sie größer war als Dora, endete der Saum knapp oberhalb des Knies, was ihr ein Gefühl der Kühnheit gab. Allein die
Vorstellung, dass Stefan ihre Knie bewunderte, ließ ihren
ganzen Körper kribbeln.

»Sie sehen hübsch aus, Fräulein Annegret«, sagte Dora
zögernd.

»Nur hübsch?«

»Na ja, Ihr eigenes Kleid ist so viel eleganter ...«

»Ich weiß. Ich möchte so aussehen wie alle anderen.«

Trotz ihres Nickens drückte Doras Gesicht Unverständnis
aus.

Als Margarete am Bahnhof ankam, wartete Stefan bereits
auf sie, sein flachsfarbenes Haar schimmerte unter dem Fedora.
Ihr Herz machte einen kleinen Sprung. Er trug weder eine
glänzende Uniform noch einen eleganten Anzug und doch
machte sein Anblick ihr weiche Knie.

»Guten Abend, Annegret.« Er blickte auf Doras schäbigen
Mantel. »Sie sind inkognito?«

Sie spürte, wie sie heftig errötete, dankbar dass er das in der
Dunkelheit nicht sehen konnte. »Ich ... äh ... ich dachte, vielleicht, wenn Sie Ihren Freunden nicht sagen, wer ich bin?«

Er trat näher, bis sie seine Züge im Mondlicht erkennen
konnte. »Und wer möchten Sie heute Abend sein, wenn ich
fragen darf?«

Vielleicht zur Abwechslung mal ich selbst. Ihm das zu
sagen, kam natürlich nicht in Frage. »Nur ein Dorfmädchen
wie alle anderen. Können Sie Ihren Freunden sagen, dass ich
Gretchen heiße?«

»Gretchen ...« Ihr Kosename tropfte wie Honig von seinen

Lippen und ließ ein Schaudern über ihren Körper laufen. »Ich mag diesen Namen. Er passt zu Ihnen. Allerdings ...«, er sah ihr tief in die Augen, » ... wenn ich Sie als Gretchen vorstellen soll, müssen wir uns duzen.«

Weitere köstliche Schauer liefen ihr über den Rücken. Weil ihre Stimme plötzlich versagte, nickte sie lautlos.

Ein entferntes Schnaufen kündigte die Ankunft des Zuges an, und er nahm ihre Hand. »Komm. Ich habe unsere Fahrkarten schon besorgt.« Sie folgte ihm auf den Bahnsteig, der mit blauen Notlichtern, die man angeblich von einem Flugzeug aus nicht sehen konnte, schwach beleuchtet war.

Nicht, dass es hier in der Gegend Bombenabwürfe gegeben hätte. Weiter im Norden, in der Nähe der Ostsee, wo sich die wichtigen Häfen befanden, kamen die britischen und amerikanischen Bomber hingegen mit jedem Monat öfter zu Besuch.

Ein paar Stationen weiter stiegen sie aus. Stefan nahm wie selbstverständlich ihren Arm und führte sie in der fast kompletten Dunkelheit in zügigem Tempo zu einem Haus am Stadtrand. Er klopfte dreimal, und kurze Zeit später öffnete sich die Tür und eine zierliche Blondine umarmte ihn, bevor sie fragte: »Ist das deine Freundin?«

»Ja. Das ist Gretchen und wir können ihr vertrauen.«

»Ich bin Sandra. Herzlich willkommen.« Sandra ließ die beiden hinein und schloss die Tür hinter ihnen ab.

»Danke, dass ich mitkommen durfte.« Margarete schüttelte die dargebotene Hand, griff in ihre Handtasche und fischte eine Tüte mit Hefeteilchen heraus.

»Allmächtige Mutter Gottes! Woher hast du diese Schätze?«

»Meine Großmutter backt sie selbst.«

Ob dieser mühelosen Lüge, warf Stefan ihr einen verschwörerischen Blick zu. Sandra führte sie in den fensterlosen Keller, von wo weder Licht noch illegale Musik nach draußen dringen konnten.

Schon bald redeten alle gleichzeitig, bis Sandra sagte: »Genug geredet. Wir sind zum Tanzen hier.« Dann legte sie eine Schallplatte auf das Grammophon.

Populäre Schlagermusik wechselte sich mit verbotenem Jazz und Swing ab. Margarete tanzte stundenlang, bis ihre Füße wund waren und ihr Herz heftig klopfte.

»Ich brauche eine Pause«, rief sie Stefan ins Ohr. Er nickte, legte ihr eine Hand auf den Rücken und führte sie die Treppe hinauf in die menschenleere Küche.

»Möchtest du ein Glas Wasser?«

»Ja, bitte.« Er holte zwei Gläser aus dem Schrank und schenkte erst eines für sie und dann eines für sich aus dem Wasserhahn ein.

Seine Vertrautheit mit diesem Haus und seinen Freunden, insbesondere mit Sandra, versetzte ihr einen Stich der Eifersucht. Sie wischte ihn beiseite, denn sie hatte kein Recht zu glauben, dass Stefan mehr als nur freundlich zu ihr war.

»Du bist ganz anders, als ich dachte«, sagte er, nachdem er sein Glas geleert hatte.

Das liegt wohl daran, dass ich nicht wirklich Annegret bin.
»Das sagen die Leute oft. Sie haben ein bestimmtes Bild von mir, dann stellt sich heraus, dass die Realität anders ist.« Es war ihre Standardausrede.

»Mir gefällt die Wirklichkeit viel besser.« Er trat näher, und sie wartete halb ängstlich, halb freudig darauf, dass er sie küsste. Nach einigen unerträglich langen Sekunden schüttelte er fast unmerklich den Kopf und trat wieder zurück. »Erzähl mir etwas über dich, Gretchen.«

»Warum?« Instinktiv schreckte sie vor seiner Frage zurück.

»Ist das nicht offensichtlich? Ich möchte dein wahres Ich kennenlernen, nicht das Bild, das du der Welt präsentierst.« Seine Augen leuchteten vor Ehrlichkeit und Neugierde. Sie wusste, dass sie ihm bedingungslos vertrauen konnte, und sehnte sich danach, ihm ihr Geheimnis zu verraten. Das war nicht klug. Dennoch wollte sie eine echte Verbindung zu ihm aufbauen, ihm etwas über sie erzählen, das sonst niemand wusste.

»Ich kann nicht schwimmen.«

»Das ist ein Scherz, nicht wahr?«

»Nein, es ist die Wahrheit. Ich habe nie richtig schwimmen gelernt. Ich weiß, ich hätte es tun sollen, aber es gab einfach nie die Gelegenheit dazu.« Dann fiel ihr ein, dass Annegret, die praktisch jeden Sommer am Plauer See verbracht hatte, bestimmt schwimmen konnte. Sie selbst hingegen hatte als Jüdin weder die öffentlichen Schwimmbäder noch Strände besuchen dürfen. »Als Kind habe ich mich geweigert, das seichte Wasser zu verlassen, wegen all der Geschichten über Menschen, die sich in Schlingpflanzen verfangen haben und ertrunken sind.«

Er hob seine Hand und strich ihr mit dem Daumen über die Wange. »Nächsten Sommer bringe ich dir das Schwimmen bei, wenn du möchtest.«

»Liebend gern.« Süße Gefühle überfluteten sie.

»Wir sollten uns besser auf den Rückweg machen«, sagte er nach einer Weile, in der sie stumm dagestanden und sich in die Augen gesehen hatten.

»Wie spät ist es?«, fragte sie überrascht.

»Es ist schon nach drei Uhr morgens, und ich muss vor Sonnenaufgang mit der Arbeit anfangen.«

Sie konnte nicht glauben, dass sie die ganze Nacht durchgetanzt hatte. Es war das erste Mal seit Ewigkeiten, dass sie all ihre Sorgen vergessen hatte und einfach sie selbst gewesen war. Ein Mädel, das eine Feier wie jedes andere Mädel ihres Alters genoss. »Ich hatte eine wunderbare Zeit mit deinen Freunden.«

»Und mit mir?«, fragte er mit einem frechen Grinsen.

»Mit dir vor allem.« Wieder spürte sie, wie ihr das Blut in die Wangen schoss, und hoffte, dass er es nicht bemerken würde.

»Hättest du Lust, mal wieder mit mir auszugehen, vielleicht nächste Woche?«

»Liebend gerne ... aber ich kann nicht.« Sein Gesicht verzog sich vor Enttäuschung, deshalb fügte sie schnell hinzu: »Ich reise nach Schweden.«

Seine Züge entspannten sich. »Das ist ein triftiger Grund. Ich hatte schon befürchtet, du lässt mich einfach abblitzen.«

»Ganz sicher nicht!« Ein Blick in sein Gesicht verriet ihr, dass er einen Scherz gemacht hatte. »Du bist ... furchtbar!«

»Bin ich das wirklich?« Er nahm ihre Hand und drückte sie sanft.

Wie sehr wünschte sie sich, sie könnte in seine Arme sinken und den Trost, den seine Anwesenheit spendete, in sich aufsaugen. Aber die Dinge waren ... kompliziert. Sie war Annegret Huber und er war nur ein Fischer. Die Leute würden tratschen. Das war das Letzte, was sie brauchte. Und Thomas ... er würde den Nebenbuhler hassen und sicherlich Ärger machen, sollte er es herausfinden.

»Das bist du nicht. Aber aus vielen Gründen kann nichts zwischen uns sein.«

Er sah niedergeschlagen aus, schien aber zu verstehen, denn er nickte mit traurigen Augen. »Zurück zu Schweden. Wohin genau fährst du?«

»Nach Stockholm.«

»Was für ein glücklicher Zufall. Warte hier, ja?« Ohne weitere Erklärungen eilte er in den Keller und kam kurze Zeit später mit einer triumphierenden Miene zurück. »Das ist ein echter Glücksfall. Ich kenne jemanden in Stockholm, der für das schwedische Außenministerium arbeitet. Wenn du dich mit ihm triffst, kann er dir bestimmt helfen.«

Sie starrte ihn entgeistert an. Sie verstand nicht, was ein Mitarbeiter des Außenministeriums für ihren Stahlmangel tun konnte, was der Industrielle Lindström nicht konnte. Doch dann dämmerte es ihr: Stefan sprach über ihr anderes

Problem, das Verstecken von Flüchtlingen. »Wird er mir vertrauen?«

»Sag ihm, ich hätte dich geschickt. Er wird dich anhören. Ich bin sicher, dass er dir helfen kann.«

Sie legte den Kopf schief. Angst breitete sich in ihr aus. Ein Treffen mit einem schwedischen Diplomaten mochte die Antwort auf ihre Gebete sein, andererseits erschien es ihr furchtbar gefährlich, weil Thomas sie nach Schweden begleitete. Was sollte sie ihm sagen? Was, wenn er etwas ahnte? »Woher kennst du diesen Mann?«

»Wir haben an der derselben Universität studiert und sind schnell Freunde geworden. Später ist er in Ungnade gefallen und wurde nach einem Konzert, bei dem er während der Nationalhymne gehustet hat, aus Deutschland ausgewiesen.«

»Das ist ein schweres Vergehen und eigentlich hätte er es verdient, dafür ins KZ gesteckt zu werden,« sagte sie trocken.

»Ist das dein Ernst?« Stefan fiel die Kinnlade herunter, bis er ihr Grinsen bemerkte. »Der Punkt geht an dich. Aber im Ernst, suche ihn auf. Er wird dir helfen.«

»Worum soll ich ihn bitten?«

»Irgendetwas. Er macht das schon lange und wird wissen, wie er am besten helfen kann.«

»Warum fragst du ihn nicht selbst, wo er doch dein Freund ist?«

»Ach, Gretchen«, er sprach ihren Namen so sanft aus, dass er in ihrem Körper widerhallte. »Du musst noch eine Menge über subversive Arbeit lernen. Es ist ein Wunder, wie du es bis jetzt geschafft hast, ohne entdeckt zu werden.«

»Weil ich eine von ihnen bin«, antwortete sie. »Niemand verdächtigt ausgerechnet mich.«

»Siehst du, das ist genau der Grund, warum ich nicht selbst mit Lars in Kontakt treten kann. Wie Oliver dir sicher erzählt hat, wurde ich der Sabotage beschuldigt. Obwohl man mir nichts nachweisen konnte, hat man mich entlassen und mich sogar für unwürdig befunden, als Soldat für das Reich zu kämpfen.«

Sie wollte ihn fragen, ob die Anschuldigungen wahr waren, mochte ihn aber nicht unterbrechen.

»Ich bin mir ziemlich sicher, dass ich immer noch auf irgendeiner Liste stehe. Eine Reise nach Schweden oder auch nur zur schwedischen Botschaft in Berlin, würde sämtliche Alarmglocken schrillen lassen.«

»Ich verstehe. Also gehe ich zum Außenministerium in Stockholm und bitte darum, mit diesem Lars zu sprechen?« Er ließ es so einfach klingen. Ihr hingegen lief bereits jetzt der Angstschweiß den Rücken hinunter.

»Natürlich nicht. Ich gebe dir seine Privatadresse. Dann könnt ihr zusammen essen gehen oder sowas. Zwei junge Leute, die Spaß haben.«

»Du willst, dass ich mich mit ihm vergnüge?«

Seine Augen wurden dunkel, während er energisch den Kopf schüttelte. »Nur so tun als ob. Du solltest wissen, dass du mir sehr am Herzen liegst.«

»Das tue ich.« Schnell wandte sie den Blick ab, bevor etwas Unschickliches passieren konnte. Etwas, nach dem sie sich sehnte und wovor sie sich gleichzeitig fürchtete.

»Wovor hast du Angst?«, fragte er mit einer samtig warmen und beruhigenden Stimme.

»Meine Situation ist gefährlich. Wenn mir etwas zustößt, möchte ich dich nicht mit hineinziehen.«

Er lachte ein herzhaftes Lachen. »Ehrlich gesagt glaube ich, dass sie viel mehr Beweise gegen mich haben, als sie jemals gegen dich haben könnten.«

Das liegt daran, dass du nicht weißt, wer ich wirklich bin. Sie atmete tief ein. »Ist es wahr? Dass du die Produktion sabotiert hast?«

»Was denkst du?« Seine Hände hatten ihren Weg auf ihre

Ellbogen gefunden und ließen Wärme, Trost und Angst durch ihre Adern fließen.

»Ich glaube, es stimmt. Wenn es so ist, möchte ich, dass du mir beibringst, wie ich dasselbe machen kann.« Da, sie hatte es gesagt.

Er musterte ihr Gesicht eingehend. »Was genau willst du sabotieren?«

»Die Produktion in meiner Nitropentafabrik.«

»Gütiger Gott, du meinst das wirklich ernst!« Seine Hände wanderten nach oben und legten sich auf ihre Schultern. »Was du da vorschlägst, ist unglaublich riskant.«

»Ich weiß. Deshalb brauche ich jemanden mit dem nötigen Fachwissen, um es wie einen Zufall erscheinen zu lassen. Eine Granate, die nicht explodiert. Etwas, das sie nicht bis zur Fabrik zurückverfolgen können.«

Er starrte ihr lange in die Augen, eine Vielzahl von Gefühlen schwang zwischen ihnen, bis er sagte: »Ich werde dir helfen.« Und dann drückte er ihr endlich einen sanften Kuss auf die Lippen. Es dauerte vielleicht ein oder zwei Sekunden, aber Margarete hatte das Gefühl, als würde die Welt um sie herum in Licht und Farben explodieren, als würde Hitze durch ihre Adern rasen und ihr Herz wachrütteln.

28

»Sind Sie sicher, dass sie alles haben, was Sie brauchen?«, fragte Dora.

»Ich verreise für weniger als eine Woche und du hast bereits vier Koffer für mich gepackt, was könnte da noch fehlen?«, erwiderte Fräulein Annegret.

»Es ist nur ... Schweden ist so weit weg.« Dora war wahrscheinlich noch aufgeregter über die bevorstehende Reise als ihre Herrin.

»Ich schaffe das schon. Kannst du bitte Nils Bescheid geben, dass er die Koffer nach unten trägt?« Fräulein Annegret zog Handschuhe und Hut an, bevor sie Dora bedeutete, ihr in den Pelzmantel zu helfen.

Der Winter war mit voller Wucht hereingebrochen und hatte Gut Plaun unter einer dicken Schneedecke begraben. Es war nicht so kalt wie in der Ukraine, aber die Feuchtigkeit des Sees machte es schwerer zu ertragen.

Dora nahm den Telefonhörer und rief in der Küche an, um Frau Mertens zu bitten, Nils hochzuschicken. Dann ordnete sie die Kissen auf dem Sofa, um ihre Nervosität in den Griff zu bekommen. Wenn Fräulein Annegret weg war und ihre

Dienste nicht benötigte, hätte sie plötzlich viel Zeit und diese Aussicht ängstigte sie.

Selbst als Frau Oliver Gundelmann hatte sie immer noch das Bedürfnis, ihre Anwesenheit in Deutschland durch ständiges Beschäftigtsein zu rechtfertigen.

»Dora«, sagte Fräulein Annegret plötzlich in einem sehr ernsten Ton.

»Ja, Fräulein Annegret.« Sie war so nervös, dass sie einen Knicks machte, obwohl sie wusste, wie wenig ihre Herrin diese altmodische Geste mochte.

»Während ich weg bin, kannst du vielleicht die Zeit nutzen und in die Stadt gehen ... Du weißt schon ... dich nach unserer Sache erkundigen.«

»Oh ... ja, natürlich. Das hatte ich sowieso geplant. Oliver ist allerdings strikt dagegen. Seit er weiß, dass ich schwanger bin, ist er geradezu unerträglich und will mich von jedweder Gefahr fernhalten. Am liebsten würde er mich in Watte packen und ins Bett stecken.«

Fräulein Annegret lächelte. »Ich kann seinen Standpunkt verstehen. Doch was wäre das für eine Welt, wenn wir uns alle in unseren Häusern verstecken und den Bedürftigen nicht helfen würden?«

»Sie sind so mutig«, sagte Dora mit ehrlicher Bewunderung.

»Ganz und gar nicht. Ich habe ständig Angst, aber ich fühle mich schuldig, wenn ich nicht meinen Beitrag leiste.«

Ein Klopfen an der Tür ließ sie verstummen.

»Herein!«, rief Fräulein Annegret.

Nils erschien in der Tür, nahm zwei der Koffer und ging, um sie im Auto zu verstauen.

»Machs gut«, sagte Fräulein Annegret. Kaum war sie in den Flur verschwunden, fühlte sich Dora seltsam verlassen. Sie staubte das Zimmer fertig ab und ging dann in die Küche, um zu sehen, ob Frau Mertens Arbeit für sie hatte.

Doch die Haushälterin winkte ab. »Geh und kümmere dich um deinen Mann. Ich sehe dich morgen früh.«

»Vielen Dank, Frau Mertens.«

Dora beschloss, nach Plau am See zu laufen und Olga zu besuchen. Die ältere Dame, bei der sie arbeitete, behandelte Olga inzwischen fast wie eine Tochter. Wenn sie sich beeilte, konnte sie vor Einbruch der Dunkelheit dort sein. Später holte Oliver sie hoffentlich ab, denn sie hasste es, nachts allein durch den Wald zu laufen. In dieser abgelegenen Gegend war zwar noch nie etwas Schlimmes passiert, doch es bestand die Gefahr, dass sie stolperte und im Schnee erfror, bevor jemand sie am nächsten Morgen fand.

Auf dem Weg in die Stadt huschte sie in das Gärtnerhäuschen und hinterließ eine Nachricht für Oliver. Sie zog den dicken Mantel an, den Fräulein Annegret ihr geschenkt hatte, ein Kopftuch und Handschuhe, und marschierte die sechs Kilometer nach Plau am See.

Als sie an Olgas Tür klopfte, dauerte es eine ganze Weile, bis diese mit einem verängstigten Gesichtsausdruck öffnete. »Ach, du bist es. Komm rein.«

Die ältere Dame saß in ihrem Schaukelstuhl neben dem Herd in der Küche und rief: »Wer ist es, Olga?«

»Eine Freundin von mir, Dora von Gut Plaun. Wir können ihr vertrauen.«

»Guten Abend, Frau Gusen«, sagte Dora, beeindruckt von dem seltsamen Gebaren der beiden. Ihre Verwirrung währte nicht lange, denn Frau Gusen rief: »Du kannst rauskommen, Lili.«

Sekunden später kroch ein etwa zehnjähriges Mädchen unter dem Sofa hervor und eilte in die Küche, um sich neben dem Herd zu Füßen der alten Dame niederzulassen. Lili starrte Dora mit großen Augen an, die sich genötigt fühlte, etwas zu sagen. »Hallo, ich bin Dora. Ich bin eine Freundin von Olga.«

Lili nickte wortlos.

»Sie ist ziemlich schüchtern«, erklärte Olga, als wäre es das Normalste der Welt, jemanden unter den Möbeln zu verstecken. »Darf ich dir einen Tee anbieten?«

»Ja, bitte.«

Olga ging zum Herd, wo eine Thermoskanne neben einem Topf mit kochenden Kartoffeln stand, nahm sie, goss den Tee in eine Tasse und bedeutete Dora, ihr ins Wohnzimmer zu folgen. »Bitte sehr.«

»Danke.« Dora zog ihre Handschuhe aus, schlang ihre kalten Finger um die Tasse und schnupperte an der heißen, gelben Flüssigkeit. »Salbei.«

»Kein Kaffee, kein schwarzer Tee. Ich nehme an, auf dem Gutshof ist das anders«, sagte Olga.

»Nicht wirklich. Wir trinken Ersatzkaffee.«

»Igitt. Ich habe keine Ahnung, wie man das Zeug trinken kann. Ich bevorzuge Kräutertee, außerdem ist Salbei gut gegen Husten.«

»Also ist sie diejenige, die ihr versteckt?«

Olga seufzte. »Ja. Es wird immer schwieriger. Die Nachbarn werden misstrauisch; erst gestern kam die Frau Blockwart zu einem unangekündigten Besuch, angeblich weil wir uns nicht an die Verdunkelungsvorschriften gehalten haben. Ich schwöre, der wahre Grund war, dass sie herumschnüffeln wollte.«

»Das Versteck unter dem Sofa taugt nichts, wenn jemand nach ihr sucht.«

»Lili soll eigentlich auf dem Dachboden bleiben, aber da ist es zu kalt. Die Küche ist der einzige Ort, den wir heizen können. Also ist sie unten bei uns.«

»Wie kann ich helfen?« Die Worte sprudelten nur so aus Dora heraus, bevor sie es überhaupt merkte.

»Wir brauchen warme Kleidung in ihrer Größe.«

Dora biss sich auf die Unterlippe und dachte nach. »Ich bin

sicher, ich kann ein Wollkleid oder so etwas finden. Niemand darf davon erfahren.«

Olga strahlte vor Freude und schlang ihre Arme um sie. »Oh, Dora, ich wusste, dass ich mich auf dich verlassen kann. Wir können uns auch woanders treffen. Beim Lebensmittelhändler zum Beispiel, dann gehen wir ein Stück zusammen und tauschen dabei die Taschen aus?«

»Das ist eine gute Idee.« Frau Gusen wohnte in einem winzigen Haus am Rande der Stadt. Es wäre ein Leichtes, Olga die Tasche unterwegs unbeobachtet zu geben. Durch die Situation ermutigt, stellte Dora ihre dringendste Frage. »Ab und zu muss sich jemand für ein oder zwei Tage verstecken. Könnt ihr dabei helfen?«

Es dauerte einige lange Sekunden, bis Olga nickte. »Natürlich. Aber wie gesagt, auf dem Dachboden ist es sehr kalt, und höchstens für zwei Nächte. Der Blockwart darf auf keinen Fall etwas merken.«

»Das ist kein Problem. Jemand kann sie ablenken. Zu ihr nach Hause gehen und mit ihr ein bisschen Klatsch und Tratsch darüber austauschen, wer welches Kleid zum Gottesdienst getragen hat.«

»Gute Idee.«

»Musst du nicht erst Frau Gusen fragen?«

»Nein.« Olga schüttelte den Kopf. »Sie beschwert sich ständig, dass sie mehr tun will, dabei kann sie das Haus nicht mehr verlassen.«

»Ich sage dir Bescheid, wenn wir eure Hilfe brauchen.« Dora leerte den Becher. »Danke für den heißen Tee.«

»Wir Ukrainer müssen zusammenhalten, nicht wahr? Die Nazis haben ihr wahres Gesicht gezeigt, also sind wir auch nicht mehr nett zu ihnen.«

Dora umarmte ihre Freundin, zog ihre Handschuhe wieder an und verließ das Haus, wobei sie direkt dem Blockwart in die Arme lief, eine stämmige Frau mit einer bösen Zunge.

»Guten Abend, Frau Harmsen«, grüßte Dora.

»Sind Sie nicht das Dienstmädchen von Fräulein Anne-gret? Wie war noch mal Ihr Name?«

»Frau Gundelmann.«

»Und was machen Sie um diese Zeit in der Stadt?«

»Fräulein Annegret hat mich geschickt, um ein paar Besorgungen zu machen.« Dora hatte eine Idee. »Die alte Frau Gusen ist gesundheitlich so angeschlagen, dass sie kaum noch ihr Haus verlassen kann. Fräulein Annegret hat großzügig angeboten, ihr gehacktes Holz für den Ofen bringen zu lassen. Sie wissen ja, wie kalt es in diesen alten Häusern werden kann.«

Frau Harmsen schnaubte laut. »Richten Sie der Gutsherrin meinen Dank aus. Das nächste Mal kommst du bei Tageslicht. Nur Halunken schleichen im Dunkeln herum.«

»Das werde ich tun.« Dora eilte davon und nahm sich vor Fräulein Annegret über die Sache mit dem Holz zu informieren, sobald diese zurückkehrte. Sie hatte bestimmt nichts dagegen, vor allem, wenn Dora ihr die gute Nachricht überbrachte, dass sie zwei weitere Helfer gefunden hatte. Auf jeden Fall hatte sie nun einen triftigen Grund, Olga zu besuchen. Und sie konnte Essen und Kleidung unter dem Holz verstecken, das sie der alten Frau brachte.

Beim Wirtshaus wartete bereits die Kutsche vom Gutshof und Oliver rief, »Dora! Bist du mit deinen Besorgungen fertig?«

»Ja.«

»Steig ein.«

Kaum hatte sie Platz genommen, wickelte er sie fest in die dicke Decke, und sie lehnte sich an ihn. Sobald sie die Stadt hinter sich gelassen hatten, schalt er sie: »Ich habe mir Sorgen gemacht, als ich deinen Zettel gelesen habe. Ist etwas passiert?«

»Nichts. Du kennst doch Olga?«

»Deine ukrainische Freundin?«

»Ja. Sie und ihre Herrin verstecken eine Jüdin in ihrem

Haus. Heute habe ich erfahren, dass diese Person ein Kind ist, höchstens zehn Jahre alt.«

»Verdammt noch mal. Diese Nazis schrecken vor nichts zurück.«

Nach einem langen Schweigen fragte sie ihn: »Wie war dein Tag?«

»Gut. Hoffe ich. Ich habe Herrn Volkmer gebeten, eine Liste aller Häftlinge zu erstellen und anzugeben, welche Talente sie besitzen, insbesondere Erfahrung mit Pferden, Mechanik oder Elektrik.«

»Weiß Herr Volkmer, wofür du die Liste brauchst?«

»Nein. Er ist zwar ein anständiger Kerl, doch ein echter Patriot, der den Krieg befürwortet. Ich bezweifle, dass er unsere illegalen Aktivitäten gutheißt.«

Dora nickte nachdenklich. »Fräulein Annegret hat einmal gesagt, er glaubt, die Juden hätten auswandern sollen. Die, die geblieben sind, sind selbst Schuld an ihrer Lage. Er findet auch, es ist in Ordnung, dass sie Zwangsarbeit machen müssen, aber er hält die brutale Behandlung für falsch.«

»So etwas Ähnliches habe ich vermutet. Wir können ihn auf keinen Fall einweihen, sonst rennt er zur Gestapo und schwärzt uns aus falschem Pflichtgefühl heraus an.«

»Und wenn er es herausfindet?«

»Was herausfindet?«, fragte Oliver. Er schwang die Peitsche und tippte damit den Rücken des führenden Pferdes leicht an, damit es schneller lief.

»Wofür du die Liste brauchst. Um die Männer auszuwählen, die als Stallburschen arbeiten sollen, oder?«

»Du bist eindeutig zu schlau für dein eigenes Wohl.« Er drückte ihre Hand unter der Decke. »Wir müssen warten, bis wir die Arbeitserlaubnisse haben, bevor wir Häftlinge transferieren können.«

»Wann wird das jemals enden?«, seufzte sie.

»Das weiß ich nicht, mein Schatz. Hoffentlich bald. Die

Nachrichten von der Front sind nicht mehr wirklich positiv. Eine strategische Umgruppierung hier, eine Begradigung der Frontlinie dort. Es bedeutet alles dasselbe: Rückzug.«

»Ich hoffe, du hast recht.« Sie verfiel in Schweigen und genoss die Wärme und den Trost, den seine Anwesenheit ihr vermittelte.

29

Thomas hatte die Reise kurzfristig absagen müssen, weil sein Chef entschieden hatte, dass es nicht gut aussah, wenn ein SS-Offizier ein neutrales Land besuchte. Das war eine Erleichterung gewesen, trotzdem fühlte sich Margarete jetzt völlig allein.

Nils fuhr sie zum Flughafen, was wegen des schlechten Zustands der Straßen fast drei Stunden dauerte. Als sie ankamen, trug er ihre Koffer hinein, wo eine Stewardess der Lufthansa sie ansprach. »Kann ich Ihnen helfen?«

Margarete fiel ein Stein vom Herzen. »Ich bin auf dem Flug nach Stockholm gebucht.«

»Kommen Sie bitte mit.« Die Stewardess winkte einem Gepäckträger, Nils mit den Koffern zu helfen, und führte Margarete zu einem Schalter, hinter dem eine weitere Frau in Uniform stand.

»Ihr Name, bitte.«

»Annegret Huber, ich bin auf dem Flug nach Stockholm gebucht.«

Die Frau nahm eine Liste, suchte nach ihrem Namen und sagte: »Da sind Sie ja. Darf ich bitte Ihren Ausweis, Ihre Reiseerlaubnis und Ihr Visum sehen?«

Margarete händigte mit wachsender Beunruhigung ihre Dokumente aus. Nach der Explosion in Paris hatte Horst Richter ihr geholfen, neue Papiere zu beantragen, diesmal mit ihrem Bild statt Annegrets.

Die Kennkarte war in jeder Hinsicht echt, und die Stewardess konnte nicht wissen, dass die Frau, die sich als Annegret Huber ausgab, in Wirklichkeit Margarete Rosenbaum war. Niemand konnte das wissen.

»Ich bringe Sie zum Flugzeug«, sagte die erste Stewardess und drehte sich zu Nils um. »Ihr Fahrer kann jetzt gehen, er darf das Flugfeld nicht betreten.«

Nils nahm seine Mütze in die Hand, »Viel Erfolg, Fräulein Annegret!«

»Gute Heimreise. Ich melde mich sobald ich wieder zurück bin.«

Als er ging, fühlte sich Margarete von der gesamten Welt verlassen. Für den Bruchteil einer Sekunde, wünschte sie sich irgendjemandem, sogar Thomas an ihre Seite. Alles wäre besser als allein zu verreisen. Doch dann straffte sie die Schultern und schimpfte mit sich selbst, weil sie so ein Feigling war.

Es war schließlich nicht das erste Mal, dass sie allein verreiste. Die Reise nach Paris war viel gefährlicher gewesen.

»Bitte folgen Sie mir.« Die Stewardess führte sie zum Flugfeld, wo eine imposante JU 52 mit großen rechteckigen Fenstern stand, die im Sonnenlicht glänzte.

Für Margarete war es das erste Mal, dass sie ein Flugzeug bestieg. Ihr Magen krampfte sich zusammen bei dem Gedanken, schutzlos über den Wolken zu hängen, in einer Maschine, die viele Tonnen wiegen musste, in jedem Fall mehr als die Luft, auf der sie schweben sollte.

»Es ist doch nicht gefährlich, oder?«, fragte sie die Stewardess mit verzagter Stimme.

»Nein, überhaupt nicht.« Die Frau lächelte. »Wir nehmen den kürzesten Weg über die Ostsee. Schweden ist ein neutrales

Land, deshalb werden uns die Alliierten nicht angreifen, sobald wir schwedisches Gebiet erreicht haben.«

Was als Beruhigung gemeint war, ließ eine ganz andere Art der Angst hochschießen. Margarete hatte bisher keinen Gedanken daran verschwendet, möglicherweise abgeschossen zu werden. »Die schießen auf zivile Flugzeuge?«

»Das ist Ihr erster Flug, nicht wahr?«

Margarete nickte.

»Es gibt überhaupt keinen Grund, sich Sorgen zu machen. Mir ist nur ein einziges Passagierflugzeug bekannt, das auf dieser Strecke abgestürzt ist, und das war nicht auf feindliche Handlungen zurückzuführen.«

»Ich verstehe.« Margarete schluckte schwer und setzte tapfer einen Fuß vor den anderen die Treppe hinauf ins Flugzeug.

»Möchten Sie etwas trinken?«, fragte die Stewardess, nachdem sie ihr den Sitzplatz gezeigt und ihr beim Anschnallen geholfen hatte, während der Gepäckträger ihre Koffer in den Gepäckraum hievte.

»Kann ich bitte ein Glas Rotwein haben?« Der Wein würde hoffentlich ihre Nerven beruhigen.

Innerhalb weniger Minuten waren alle Sitze besetzt, ausschließlich von Männern in Anzügen, vermutlich Industrielle oder Diplomaten. Dass sie die einzige Frau an Bord war, machte sie noch nervöser, und sie verfluchte sich dafür, dieser Reise jemals zugestimmt zu haben. Was konnte sie, eine junge, wenn auch reiche, Frau erreichen, wenn sie es mit alten, weltgewandten und ebenso reichen Männern zu tun hatte?

Sie sollte nicht hier sein. Es war eine Verschwendung von Zeit und Geld. Doch es war zu spät: die Tür wurde geschlossen. Der Motor heulte auf und brachte das Flugzeug auf volle Geschwindigkeit, bis es sich in die Luft erhob. Unter ihnen wurden die Menschen, Fahrzeuge und Gebäude klein wie Ameisen bis sie schließlich unter einer Wolkendecke verschwanden. Über ihnen strahlte die Sonne in einem Glanz, wie Margarete es noch nie erlebt hatte. Sie betrachtete staunend das flauschige, weiße Material unter sich, das wie frisch gefallener Schnee aussah.

Der erhabene Anblick flößte ihr neuen Mut ein. Sie würde einen Schritt nach dem anderen machen und hart für die bestmöglichen Resultate arbeiten – sowohl für ihre offizielle als auch für die heimliche Mission.

Das Flugzeug landete einige Stunden später in Stockholm und sie stieg aus, unsicher, wie sie den Weg zum Hotel finden sollte. Herr Lindström hatte jedoch vorgesorgt und jemanden geschickt, der sie abholte.

Im Hotel teilte ihr die Rezeptionistin in einwandfreiem Deutsch mit, dass der Fahrer auf sie warten würde, bis sie sich umgezogen hatte, um sie dann zum Konzertsaal zu fahren.

»Ich hoffe, Sie haben nichts dagegen, dass ich mir erlaubt habe, Karten zu besorgen«, sagte Herr Lindström, nachdem er sie begrüßt hatte.

»Ganz und gar nicht«, log sie, wenngleich sie erschöpft von der Reise war und sich gewünscht hatte, sich nur noch ins Bett fallen zu lassen.

Herr Lindström stellte sie seiner Ehefrau vor und führte sie in eine Loge. Dort dankte sie Dora im Stillen dafür, dass sie darauf bestanden hatte, zwei lange Abendkleider einzupacken. Sonst hätte sie im Vergleich zu den anderen anwesenden Frauen ziemlich deplatziert ausgesehen.

Der Dirigent, ein im Exil lebender Deutscher, trieb das Orchester zu Höchstleistungen an. Der Konzertsaal füllte sich mit den Klängen der Instrumente, die das Publikum in bewunderndes Schweigen versetzten. Margarete, keineswegs eine Kennerin der klassischen Musik, schloss fasziniert die Augen und ließ sich vom Zauber der Musik überwältigen.

Kräftige, laute Stücke wechselten sich ab mit sanften, schmeichelnden. Margarete hatte das Gefühl, als würde sie

immer leichter, bis sie auf einer Wolke aus Klängen davon-
schwebte. Geigen besänftigten ihren Kummer, eine Klarinette
gab ihr frischen Mut, Pauken erinnerten sie an die Freiheit. Am
Ende der Aufführung fühlte sie sich erfrischt und befreit in der
Gewissheit, dass das Leben weiterging. Immerzu.

Sie klatschte, bis ihr die Hände weh taten. Es war das
fantastischste Konzert, das sie je erlebt hatte. Genau gesagt, war
es ihr erstes Konzert gewesen, denn als Jüdin hatte sie keine
kulturellen Veranstaltungen besuchen dürfen, und in Paris
hatte Wilhelm es vorgezogen, mit ihr in die Oper oder ins Kaba-
rett zu gehen.

»Ich danke Ihnen für die Einladung. Es war ganz wunderbar«, sagte sie zu ihrem Gastgeber und dessen Frau.

»Wir legen Wert auf Kultur. Es ist immer eine Freude,
gleichgesinnte Geschäftspartner zu haben«, sagte er noncha-
lant. Trotzdem hatte sie das Gefühl, dass dies ein Test gewesen
war.

»Ich liebe klassische Musik, leider haben wir auf dem Land
nicht die Möglichkeit, solch hochkarätige Aufführungen zu
besuchen.«

Er nickte. »Ich habe mir erlaubt, den Standort ihres Guts zu
recherchieren. Es scheint mir sehr abgelegen zu sein. Würden
Sie es nicht vorziehen, in der Hauptstadt zu leben?«

Unsicher, wie ehrlich sie ihm gegenüber sein sollte, wählte
sie ihre Worte sorgfältig. »Ich habe früher in Berlin gewohnt,
doch die Pflicht zwingt mich, in der Nähe der Fabrik zu
bleiben.«

Seine Lippen kräuselten sich, als er antwortete: »Womöglich hat die Zerstörung Ihres Elternhauses zu Ihrer Entscheidung beigetragen, aus Berlin fortzuziehen?«

Dieser Mann war gerissen. Wieder einmal wünschte sie
sich, sie hätte Horst Richter, den erfahrenen Vernehmer, als
Begleitung. Er würde wissen, wie man eine solch kühne

Aussage konterte. Sie lächelte unverbindlich. »Es ist kein Geheimnis, dass sich unser Land im Krieg befindet.«

Frau Lindström schaltete sich in das Gespräch ein, indem sie ihrem Mann einen warnenden Blick zuwarf und sagte: »Lasst uns im Foyer ein Glas Champagner trinken.«

Margarete taten die Füße in ihren hohen Absätzen weh, und sie war nach der langen Reise müde bis auf die Knochen. Doch sie konnte nicht ablehnen, ohne unhöflich zu sein. Also folgte sie ihren Gastgebern nach unten, wo man sie einer Vielzahl von Konzertbesuchern vorstellte. Einige begrüßten sie herzlich, andere desinteressiert, und wieder andere betrachteten sie mit Verachtung. Offensichtlich waren die Menschen hier in der Frage wie sie am besten mit Hitlers Regime umgehen sollten genauso zwiegespalten wie ihre Regierung. Sie alle bewegten sich auf einem schmalen Grat zwischen zu wenig und zu viel Kooperation in ihrem Bemühen, neutral zu bleiben.

Nach einigen Gesprächen fand sie schließlich die Gelegenheit, die Einladung zu einem weiteren Drink an einem anderen Ort höflich abzulehnen, mit der Begründung, dass sie vor dem Treffen am nächsten Morgen noch etwas schlafen müsse.

Zwei Tage vergingen in einem Wirbelwind von Aktivitäten. Sie traf sich mit Herrn Lindström und seinen leitenden Angestellten. Während der Verhandlungen fühlte sie sich regelmäßig unzulänglich vorbereitet und wünschte sich tausendmal am Tag, dass Oliver, Herr Volkmer oder wenigstens Thomas an ihrer Seite wären und ihr halfen, sich durch das Labyrinth der legalen Klauseln zu navigieren.

Schließlich einigten sie sich per Handschlag darauf, dass Herr Lindström ihr die benötigten Stahlkugellager über die nächsten sechs Monate lieferte.

Am Morgen des dritten Tages fand sie endlich die Zeit, die Adresse aufzusuchen, die Stefan ihr genannt hatte. Sie ging früh morgens, um Lars noch zu erwischen, bevor er zur Arbeit musste.

Als sie klingelte, öffnete ein Mann Anfang dreißig mit den hellsten Haaren, die sie je gesehen hatte, die Tür zu einer Wohnung in einer wohlhabenden Gegend Stockholms. Sein Haar, seine Augenbrauen und Wimpern sowie seine Haut waren fast weiß, was ihm ein eigenartiges Aussehen verlieh.

»*Godmorgon, hur kan jag hjälpa dig?*«, begrüßte er sie.

»Entschuldigen Sie, ich spreche kein Schwedisch«, antwortete sie, woraufhin er die Augen zusammenkniff und in perfektes Deutsch wechselte.

»Guten Morgen, wie kann ich Ihnen helfen?«

»Mein Name ist Annegret Huber, ich bin eine Freundin von Stefan Stober. Er hat mich hierher geschickt ...«

»Kommen Sie rein«, unterbrach er sie mitten im Satz und trat zurück, um sie hereinzulassen.

In diesem Moment fiel ihr auf, dass er zwar einen Anzug trug, aber barfuß war. Als sie in den Flur trat, überlegte sie, ob sie ihren Mantel ausziehen sollte oder nicht. Er rettete sie mit den Worten: »Ich bin gerade beim Frühstücken. Möchten Sie einen Kaffee?«

Der Duft von echtem Kaffee erfüllte die Wohnung, also nickte sie eifrig. »Sehr gerne.«

Er half ihr aus dem Mantel und führte sie in die Küche, die mit mehreren modernen Elektrogeräten auf der Anrichte sowie einem Tisch mit zwei Stühlen an der gegenüberliegenden Wand ausgestattet war. Sie war klein, gemütlich, und warm.

»Zucker oder Milch?«, fragte er und stellte eine dampfende Tasse Kaffee vor sie hin.

»Schwarz, bitte.« Dank des Anbaus von Zuckerrüben herrschte in Schweden kein Zuckermangel, doch sie wollte sich unbedingt den echten Kaffee ohne Zusätze auf der Zunge zergehen lassen.

»Wie geht es Stefan?« Lars setzte sich ihr gegenüber, eine große Tasse in der Hand.

»Es geht ihm gut. Er arbeitet als Fischer in Plau am See.«

Stefan hatte ihr gesagt, dass sie Lars vertrauen konnte, also dachte sie sich nichts dabei, ihm Details zu erzählen.

»Bei seinem alten Herrn?«

»Ja, bei seinem Großvater.«

»Dahin ist er also verschwunden, nachdem sie ihn geschasst haben.« Er musterte sie noch einmal und kam dann direkt zur Sache. »Was führt Sie hierher?«

»Ich brauche Ihre Hilfe.« Da Lars nichts erwiderte, sah sie sich gezwungen, eine Erklärung abzugeben. »Sie werden es sowieso herausfinden. Mir gehört eine Rüstungsfabrik, in der ich KZ-Häftlinge beschäftige.« Er hob eine Augenbraue, schwieg aber weiterhin, was sie ein wenig irritierte. »Ich hatte gehofft, Sie könnten mir helfen, die von der Deportation bedrohten Juden aus Deutschland herauszuschmuggeln.«

Endlich öffnete Lars seinen Mund. »Nun, das ist ein ehrgeiziges Unterfangen. Aber warum in aller Welt sollte ich einem Nazi helfen, der Juden benutzt, um tödliche Waffen zu produzieren?«

Sie lehnte sich zurück und sah ihm fest in die Augen. »Ich bin kein Nazi.«

»Sie sehen aber aus wie einer.«

»Das beweist nur, wie gut meine Tarnung ist.«

Er lachte sie aus vollem Halse an, hielt aber sofort wieder inne und verschränkte die Arme vor der Brust. »Das überzeugt mich nicht.«

»Stefan vertraut mir.«

»Sie schlafen mit ihm?«

»Natürlich nicht!«, protestierte sie, auch wenn ihr bei der Erinnerung an seinen Kuss eine verräterische Hitze in die Wangen kroch.

»Sie sind nicht besonders gut im Lügen.«

Wenn er nur wüsste, wie geschickt sie darin geworden war, eine Lüge zu leben. Vielleicht lag der Schlüssel zum Erfolg darin, dass sie oft vergaß, wer sie eigentlich war und sich nicht

mehr verstellen musste. In den letzten Jahren war sie tatsächlich zu Annegret geworden.

»Ich habe alles getan, um das Leben meiner Häftlinge
erträglich zu machen – mehr Essen, kürzere Schichten, keine
körperlichen Strafen. Ich habe sogar die grausamen Vorarbeiter
ausgetauscht, die früher dort gearbeitet haben. Die Häftlinge
haben angemessene Kleidung, Schuhe, wenn es geht, Bettzeug
und ausreichend sauberes Wasser zum Trinken und Waschen.
Sie bekommen sogar medizinische Versorgung, wenn nötig.«

Lars hörte plötzlich sehr aufmerksam zu. »Sie sagen wirklich die Wahrheit.«

»Das tue ich. Doch es gibt ein Problem. Unser neuer SS-
Kreisleiter will seinen Kreis bis zum Frühling judenfrei haben.
Egal, ob sie bereits inhaftiert sind oder eine Ausnahmegenehmi-
gung besitzen.«

»Sie müssen verschwinden, bevor er sie in den Tod schickt«,
fasste er ihr Dilemma zusammen.

»Ja, aber mir sind die Hände gebunden. Ich habe keine
Papiere für sie und keinen Ort, wohin ich sie schicken kann.«

»Sie spielen ein sehr gefährliches Spiel, junge Dame.«

»Ich weiß. Doch wie könnte ich zusehen und nichts tun?
Ich bin in der einzigartigen Lage, den Menschen zu helfen, die
sonst zum Tod verurteilt wären. Allerdings kann ich das nicht
allein tun.«

»Nein, das können Sie nicht«, stimmte er zu. »Wie viele
Häftlinge befinden sind derzeit unter Ihrer Obhut?«

»Circa eintausend.«

Lars' Augenbrauen verschwanden unter den Haarsträhnen,
die ihm in die Stirn hingen. »Tausend Juden? Gütiger Gott.«

»Nur etwa die Hälfte davon, der Rest sind Kriegsgefangene
und Ostarbeiter, die vorerst nichts zu befürchten haben.« Es
folgte ein langes Schweigen, bis sie es nicht mehr aushielt.
»Stefan meinte, Sie würden mir helfen.«

Als er sie wieder ansah, schimmerten seine hellblauen

Augen entschlossen. »Das werde ich. Wir treffen uns heute Nachmittag am Molins-Brunnen im Kungsträdgarten.« Er grinste. »Aber erzählen Sie Stefan nichts davon, er ist ziemlich eifersüchtig.«

Eigentlich wollte sie protestieren und ihm sagen, dass sie und Stefan kein Paar waren. Stattdessen fragte sie: »Um wie viel Uhr?«

»Um fünf.«

»Ich werde da sein. Vielen Dank.«

»Bis heute Abend, meine Liebe.« Er stand auf, half ihr in den Mantel und brachte sie zur Tür.

Margarete nutzte den Rest des Tages, um die Stadt zu besichtigen, die so erfrischend frei von den Spuren des Kriegs und der Nazis war, die so gut wie alle anderen Orte Europas beherrschten.

Es war das erste Mal, dass sie allein in der Stadt unterwegs war. Trotz der Sprachbarriere fühlte sie sich völlig unbeschwert. Bei einem Spaziergang durch Gamla Stan, die Altstadt, bewunderte sie die bunten Gebäude aus dem dreizehnten Jahrhundert. Als sie durch das Labyrinth der kleinen, verwinkelten Gassen schlenderte, fühlte sie sich ins Mittelalter zurückversetzt, über das sie in den Büchern gelesen hatte, die sie in der Bibliothek auf Gut Plaun gefunden hatte.

Der Geruch von Salzwasser und Fisch lag in der Luft, sogar vor dem königlichen Palast, wo sie die Fassade des riesigen Gebäudes mit seinen mehr als sechshundert Zimmern bestaunte. Laut ihrem Reiseführer war es der größte Palast Europas, sogar größer als der Buckingham Palace in London.

Der graue Himmel verlieh dem Bauwerk ein dunkles und bedrohliches Aussehen, ganz im Gegensatz zum hellen und verspielten Schloss Versailles in Paris.

Am Nachmittag kehrte sie ins Hotel zurück, um eine Mahlzeit einzunehmen und sich frisch zu machen, bevor sie sich wieder mit Lars traf.

30

Um Punkt siebzehn Uhr ging Margarete auf den Brunnen zu, wo sie Lars treffen sollte. Trotz der entspannten Atmosphäre, die sie den ganzen Tag über in der Stadt erlebt hatte, spürte sie jetzt, wie sich die Anspannung in jede ihrer Zellen schlich.

Sie war es so sehr gewohnt, ständig über die Schulter zu schauen, dass sie ein Paar bemerkte, das in geringer Entfernung hinter ihr ging. Sofort vermutete sie das Schlimmste, befürchtete von Gestapospitzeln beschattet zu werden.

Einige Schritte später, ein weiterer Blick. Das Paar hatte einen anderen Weg eingeschlagen, und sie atmete erleichtert auf. Ihre Angst war völlig irrational gewesen. Dann sah sie einen weißblonden Schopf, der von der anderen Seite auf den Brunnen zuging.

»Hallo, Annegret. Lass uns einen Spaziergang machen«, begrüßte Lars sie und nahm ihren Arm. Er führte sie tief in den verschneiten Park und sie konnte nicht anders, als Stockholm mit Plau am See zu vergleichen.

Die beiden Städte waren wie Tag und Nacht: Stockholm, die schwedische Hauptstadt, eine blühende Metropole mit einem regen kulturellen Leben, sichtlich glücklichen, zufriedenen Menschen und einer erstaunlich entspannten Atmosphäre. Auf der anderen Seite war da Plau am See, ein malerisches Städtchen am See, das trotz der friedvollen Landschaft Unterdrückung und Beklemmung ausstrahlte.

Alle dort taten das, was Margarete vorher getan hatte: einen Blick über die Schulter werfen, um sicherzugehen, dass niemand in Hörweite war. Nicht nur Menschen, die gegen das Regime arbeiteten, waren misstrauisch gegenüber dem Überwachungsstaat. Jeder konnte eine freundliche oder unfreundliche Einladung der Gestapo erhalten, wenn er wegen eines falschen Wortes denunziert wurde.

Die Einzigen, die nie über die Schulter schauten, waren die Zweihundertprozentigen wie Olgas Blockwart. Eine Frau, die stets Nazipropaganda verbreitete und kein kritisches Wort zu sagen wüsste, selbst wenn ihr Leben davon abhing.

»Haben Sie einen schönen Tag verbracht?«, fragte Lars.

»Ja. Meine geschäftlichen Treffen sind gestern zu Ende gegangen und ich habe die Zeit genutzt, um die Sehenswürdigkeiten Ihrer schönen Stadt zu bewundern.«

»Öffnen Sie Ihre Handtasche.«

Sie kam der Aufforderung kommentarlos nach. Er nahm einen Umschlag aus seiner Aktentasche und legte ihn hinein. »So kurzfristig konnte ich nicht viel machen. In dem Umschlag befinden sich fünfzig Blanko-Schutzpässe, die den Inhaber als schwedischen Staatsbürger ausweisen, der auf seine Rückführung wartet. Es sind keine offiziellen Dokumente, doch mit dem Siegel der schwedischen Botschaft sollten sie wichtig genug aussehen, um von Ihren Behörden akzeptiert zu werden. Verwenden Sie sie mit Bedacht.«

»Vielen Dank.« Sie würde sich überlegen müssen, wie sie die Formulare am besten verwendete. Zumindest würde der Besitz eines solchen Dokuments einen Juden davon befreien, den gelben Stern tragen zu müssen.

»Kann ich Sie irgendwo hinbringen? Mein Auto steht am Eingang des Parks.«

»Zu meinem Hotel wäre schön. Ich reise gleich morgen früh ab.«

»Passen Sie auf sich auf, und grüßen Sie Stefan von mir. Sagen Sie ihm, ich erwarte, ihn wohlbehalten nach dem Krieg wiederzusehen.«

»Ich werde es ihm ausrichten, und nochmals vielen Dank für Ihre Hilfe.«

»Nichts zu danken.«

Am nächsten Tag kam Margarete nach einer anstrengenden Reise auf Gut Plaun an. Sie strotzte vor Energie und konnte es kaum erwarten, ihre aufregenden Neuigkeiten mitzuteilen.

»Sie sind wieder da, Fräulein Annegret. Warum haben Sie nicht vorher angerufen? Wir hätten Nils nach Ihnen geschickt«, sagte Dora.

»Das war nicht nötig, ich hatte das Glück, von einem Bekannten mitgenommen zu werden.«

»Wie war Ihre Reise?«

»Anstrengend, aber erfolgreich. Man hat mir einen sechsmonatigen Vorrat an Stahlkugellagern versprochen.« Margarete überlegte, ob sie Dora auch von den Schutzpässen erzählen sollte, entschied sich aber dagegen. Nicht, weil sie ihrer Dienstmagd misstraute, sondern weil sie sie schützen wollte. Zu viel Wissen konnte Menschen in Gefahr bringen.

»Oliver wird sich über die guten Neuigkeiten freuen.«

»Ist er in seinem Büro?«

»Nein. Er musste zu einer wichtigen Besprechung mit dem Beschaffungsamt. Wir erwarten ihn erst morgen früh zurück. Soll ich Frau Mertens sagen, dass sie etwas zu Essen kocht?«

»Ja, sag ihr bitte, dass ich in meinem Zimmer essen werde.« Margarete wollte sich dringend in ihren Lieblingssessel mit

Blick auf den Hof fallen lassen und ihre schmerzenden Füße hochlegen. Nachdem sie sich von der langen Reise erfrischt und ihre Mahlzeit gegessen hatte, wäre sie am liebsten zu Stefan gerannt, um ihm von dem Treffen mit Lars zu erzählen.

Da es bereits später Nachmittag war, beschloss sie, dieses Vorhaben auf den nächsten Tag zu verschieben. Stattdessen ging sie die Treppe hinunter, um in der Bibliothek ein Buch zu holen. Im Erdgeschoss angekommen, betrat ein Mann in gestreifter Häftlingsuniform den Dienstbotentrakt.

Es war nicht ungewöhnlich, dass Gefangene ins Gutshaus kamen, meist um Vorräte aus dem Keller zu holen oder Frau Mertens bei schwerer Arbeit zu helfen. Sie wollte sich gerade abwenden, als sie Onkel Ernst erkannte.

Sie schaute nach links und rechts, um sich zu vergewissern, dass niemand sie beobachtete, und winkte ihm, zu warten. Die bessere Verpflegung hatte ihn nicht viel zunehmen lassen, er war immer noch schrecklich abgemagert. »Bist du allein?«, flüsterte sie.

»Nein. Der Aufseher ist nur kurz auf einen Kaffee und eine Zigarette in die Küche gegangen.«

»Was musst du tun?«

»Die Kartoffelsäcke aus dem Keller zum Handkarren tragen.«

»Ich helfe dir.« Bevor er protestieren konnte, ging sie ihm voraus die Treppe hinunter, wo sie noch einmal über die Schulter schaute und dann ihre Arme um seine knochigen Schultern schlang. »Onkel Ernst. Geht es dir gut?«

»So gut, wie man es erwarten kann. Danke, dass du mich dem Küchendienst zugeteilt hast, ich hätte die Schwerstarbeit mit den Loren nicht mehr lange durchgehalten.«

»Und das hier?«, fragte sie mit einem Blick auf die riesigen Säcke, die er die Treppe hochschleppen sollte.

»Normalerweise macht das ein Kollege. Der hat sich den Knöchel verstaucht, also springe ich für ihn ein.«

»Du bist viel zu schwach!«

»Es ist nur dieses eine Mal, er selbst würde daran zugrunde gehen.«

Margarete seufzte, denn sie wusste das ein Häftling wegen eines verstauchten Knöchels nicht von der Arbeit freigestellt oder gar auf die Krankenstation geschickt werden durfte. Deshalb übernahmen die Kameraden oft für einige Tage seine schweren Dienste, damit er nicht jämmerlich zugrunde ging.

Sie hätte ihrem Onkel liebend gern von ihren Plänen erzählt, die Juden in der Fabrik zu retten, indem sie sie »sterben« ließ und ihnen dann gefälschte Arbeitserlaubnisse ausstellen ließ, doch nicht einmal das konnte sie riskieren. Die Geheimnistuerei, selbst vor den Menschen, denen sie bedingungslos vertraute, war der schwierigste Teil ihres Lebens mit einer falschen Identität.

»Ich werde auf dich aufpassen, das weißt du.«

»Das tue ich, Gretchen.« Er lächelte sie an, wobei er eine Zahnlücke entblößte, ein Andenken an den Aufenthalt in einem vorherigen KZ. »Es ist ein seltsames Gefühl, denn ich sollte derjenige sein, der über dich wacht.«

»Du hast so viel für mich getan. Weißt du noch, als ich ein Kind war? Wie du mir das Fahrradfahren beigebracht hast?«

Er nahm ihre Hand. »Wir hatten eine schöne Zeit. Hast du von meiner Heidi gehört?«

»Nicht, seit ich ihr eine Postkarte geschrieben habe, in der ich ihr verschlüsselt mitgeteilt habe, dass du am Leben bist. Ich bin sicher, es geht ihr gut. Wenn ihr etwas zugestoßen wäre, hätte ich es erfahren.«

»Ich bete jeden Tag für sie. Sie hat versucht, mich zu beschützen, weißt du. Normalerweise sind Juden, die mit einer Deutschen verheiratet sind, vor der Deportation sicher. Bei mir haben sie sich irgendeine Anschuldigung ausgedacht, mich verhaftet, in einem Scheinprozess verurteilt und mich dann als Verbrecher deportiert.«

»Heidi hat das nie erwähnt.«

»Sie wollte vermutlich nicht, dass du weißt, dass dein Onkel ein verurteilter Krimineller ist.«

»Ach, Onkel Ernst.« Sie drückte ihn wieder, vorsichtig, um seine dürren Knochen nicht zu brechen. »Jeder, der von den Nazis verurteilt wurde, ist in Wirklichkeit ein Held. Du bist mein Held.«

Von oben hörte sie Schritte und flüsterte: »Beeil dich, sonst kommst du in Teufels Küche.« Dann schulterte sie einen der Kartoffelsäcke, ging unter der Last in die Knie und schwor sich, alles zu tun, um ihren Onkel in Sicherheit zu bringen.

Im Erdgeschoss stellte sie den Sack ab, kurz bevor sie Frau Mertens begegnete.

»Fräulein Annegret, ich habe schon überall nach Ihnen gesucht. Der Reichskriminaldirektor ist am Telefon.«

»Danke, ich nehme das Gespräch in der Bibliothek entgegen.« Margarete schritt ins andere Zimmer, froh, dass Frau Mertens keine Zeit hatte zu fragen, warum sie im Keller gewesen war, den die Haushälterin als ihr Reich betrachtete.

»Guten Tag, Horst. Wie geht es dir?«

»Zu viel Arbeit wie immer. Aber ich will nicht klagen. Meine Frau lässt grüßen.«

»Richte ihr meinen Dank aus. Ich wollte dich noch heute Abend anrufen, um dir von meiner Reise nach Schweden zu berichten.«

»Deinem Ton nach zu urteilen, war sie erfolgreich?« Der Mann hatte die unheimliche Fähigkeit, die Gemütslage seines Gegenübers zu erfassen, egal ob es sich um ein persönliches Gespräch oder ein Telefonat handelte.

»Du hast recht, das war sie. Ich habe alles an Stahl bekommen, was ich brauchte, und noch mehr ...« Sie erzählte ausgiebig von dem offiziellen Teil ihrer Reise und ließ das Treffen mit Lars weg.

Nachdem er ihr zugehört hatte, ohne sie zu unterbrechen,

sagte er schließlich: »Ich bin sehr stolz auf dich, Annegret. Du bist eine wahre Bereicherung für die deutsche Volksgemeinschaft.« Dann fügte er ohne Übergang hinzu: »Ich wollte dich vorwarnen, dass ich in den nächsten Wochen in deine Gegend komme.«

»Wann?«, fragte sie.

»Das weiß ich noch nicht genau. Wegen der sensiblen Natur meiner Arbeit dort kann vermutlich nicht vorher Bescheid geben.«

Sie zitterte und hoffte, dass es niemanden betraf, den sie kannte. »Du bist auf Gut Plaun immer willkommen. Wann immer du in der Gegend bist, schau einfach vorbei. Wir werden ein Zimmer für dich bereithalten.«

»Ich freue mich darauf, dich wiederzusehen.«

»Ich mich auch.«

31

Thomas unterschrieb die letzten Papiere, die auf seine Unterschrift warteten, mit einer sauberen und ordentlichen, und dennoch starken und entschlossenen Handschrift. Er hatte lange Zeit geübt, um seine Unterschrift zu perfektionieren.

Nachdem er auf die Tinte pustete, damit sie schneller trocknete, holte er das Kästchen mit seinem Arsenal an offiziellen Stempeln hervor. Er entnahm den mit dem Reichsadler und seiner Position als Kreisleiter. Dann stempelte er genau auf die weiße Fläche neben seiner Unterschrift, wobei er darauf achtete, dass der Kopf des Adlers nach oben zeigte, denn ein Vogel, der verkehrt herum hing, hatte nichts Imperiales an sich. Er hasste die Nachlässigkeit, mit der einige seiner Kollegen ihre Stempel überall anbrachten, ohne darauf zu achten, in welche Richtung der Adler schaute.

Danach räumte er seinen Schreibtisch für das Wochenende blitzblank auf. So wie der lateinische Spruch *Mens sana in corpore sano*, ein gesunder Geist lebt in einem gesunden Körper, stimmte, so hielt er ein anderes Sprichwort für ebenso wahr: Ein unordentlicher Schreibtisch steht für einen unordentlichen Geist.

Beim Blick auf den Kalender auf seinem Schreibtisch stellte er fest, dass Annegret bereits am Vortag aus Stockholm zurückkehren sollte, und wunderte sich, warum sie noch nicht angerufen hatte. Es war verständlich, dass sie gestern Abend zu müde von der Reise war, aber heute?

Womöglich schämte sie sich, ihm zu gestehen, dass sie bei den Verhandlungen sang- und klanglos versagt hatte. Ja, das musste der Fall sein. Der gewiefte Geschäftsmann Lindström hatte sie über den Tisch gezogen, und sie wusste nicht, wie sie Thomas gegenübertreten und ihre Niederlage eingestehen sollte. Vielleicht war sie sogar wütend auf ihn, weil er sie nicht, wie ursprünglich versprochen, begleitet hatte.

Seine Vorgesetzten in Berlin besaßen einfach keine Weitsicht bei geschäftlichen Angelegenheiten. Manchmal kam er sich vor, als sei er der einzige intelligente Mann in der SS. Wenn der Führer wüsste, wie viele Fehlentscheidungen in seinem Namen getroffen wurden, würde er diesen Unsinn sofort stoppen. Leider konnte selbst der allmächtige Hitler nicht alles hören und sehen, und die Speichellecker in seinem inneren Zirkel wagten es nicht, ihm die Wahrheit zu sagen.

Er schob den Gedanken beiseite. Im Moment diente er dem Reich so gut er konnte, und wenn sich die Gelegenheit ergab, würde er den Führer auf einige der weniger idealen Dinge aufmerksam machen, die in seinem geliebten Land vor sich gingen.

Wenn Annegret sich nicht bis zum Ende des nächsten Tages bei ihm meldete, wollte er am Sonntag bei der Marienkirche vorbeischauen. Normalerweise hielt er sich von Gottesdiensten fern, weil der Führer die Religion verachtete. In diesem Fall würde er jedoch eine Ausnahme machen, denn sein Ziel war es nicht, einem Priester zuzuhören, der lächerlichen Aberglauben vortrug, sondern Annegret »zufällig« zu treffen und ihr einen unverfänglichen Anlass zu bieten, ihm von ihrer missglückten Reise nach Stockholm zu erzählen.

Zwei Tage vergingen, in denen sie weder anrief noch ihn aufsuchte, also setzte er sich am Sonntagmorgen hinter das Steuer seines schwarzen Dienstmercedes und fuhr nach Plau am See. Weihnachten stand vor der Tür. Trotz der Bemühungen der Regierung, die Menschen davon zu überzeugen, dass dieses vorsintflutliche Fest keinen Platz in der modernen Zeit hatte, hielten die meisten Deutschen – ob religiös oder nicht – geradezu trotzig daran fest.

Auf der Fahrt kam er durch mehrere Dörfer mit geschmückten Bäumen und Weihnachtskrippen auf den Marktplätzen. Es war eine Schande, und er hoffte, dass die Menschen mit der Zeit einsahen, dass sie keinen nicht existierenden Gott anbeten mussten, wenn sie den Führer hatten, der über ihr Wohlergehen wachte.

Im Wald lag unberührter Schnee, der sich in der Stadt in einen gräulichen Schneematsch verwandelte. Er parkte vor der eindrucksvollen Marienkirche und trat beim Aussteigen direkt in eine schlammige Pfütze.

Fluchend ließ er den Motor wieder an und fuhr ein paar Meter weiter. Diesmal vergewisserte er sich, dass keine Pfütze da war, bevor er ausstieg. Doch zuerst wischte er seinen Stiefel mit einem Lappen ab, den er ausschließlich für diesen Zweck im Auto deponierte. Ein Angehöriger der SS erschien niemals mit schmutzigen Stiefeln. Das war die erste Lektion, die sie auf der Eliteschule Napola gelernt hatten.

Der Gottesdienst ging in wenigen Minuten zu Ende, und er überlegte, wo er am besten warten sollte, bis Annegret herauskam, damit er sie wie ganz zufällig treffen konnte.

Beim Blick über den Kirchplatz erspähte er die Kutsche von Gut Plaun, die auf der gegenüberliegenden Seite parkte. Er würde die Pflicht mit dem Vergnügen verbinden, und während des Wartens die prächtigen Pferde bewundern.

Minuten später hörte er Schritte hinter seinem Rücken. Kaum drehte er sich um, stand Annegret vor ihm. Wie immer war sie tadellos gekleidet, mit einem langen Pelzmantel, einer passenden Pelzkappe, Lederhandschuhen und glänzenden schwarzen Stiefeln.

»Thomas? Was machst du hier?«, fragte sie erstaunt, und, wie er meinte, erfreut.

»Ich hatte in der Gegend zu tun. Da es bald Mittag ist, wollte ich gerade zum Essen irgendwo einkehren.« Er nahm ihre Hand und hauchte einen Kuss auf den Rücken. »Wie war deine Reise nach Stockholm?«

»Absolut wunderbar. Es tut mir leid, ich hätte dich anrufen sollen, aber auf dem Gut ist so viel zu tun. Wir haben einen Sechs-Monats-Vertrag über Stahlkugellager unterzeichnet.«

»Das freut mich ungemein.« Er schwankte zwischen Bewunderung für ihre Geschäftstüchtigkeit und Enttäuschung darüber, dass sie den Vertrag ohne seine Hilfe abgeschlossen hatte. Da sie keine weiteren Einzelheiten oder gar eine Einladung zum Mittagessen auf dem Gut anbot, nahm er die Sache selbst in die Hand. »Ich würde gerne mehr hören. Vielleicht möchtest du mit mir zu Mittag essen?«

Ihr Gesicht verfinsterte sich für einen Moment, bevor sie wieder freundlich lächelte. »Sehr gerne. Allerdings fürchte ich, dass die Restaurants in Plau für jemanden wie dich eine kulinarische Enttäuschung sind.«

»Ich bin nicht wählerisch«, log er.

»Das ist gut zu wissen. Hattest du schon ein Lokal im Sinn?«

Eigentlich hatte er erwartet, dass sie ihn auf das Gut einlud. Abgesehen davon hätte sie ihm anbieten können, für einen gemeinsamen Ausritt zu bleiben. Also zuckte er mit den Schultern und antwortete: »Du bist hier zuhause. Was kannst du empfehlen?«

Sie schien eine Weile nachzudenken. »Es gibt nur ein richtiges Restaurant, und das ist wirklich nichts Besonderes.«

»Es wird reichen«, sagte er mit leicht mürrischer Miene.

Warum konnte sie ihn nicht einfach auf ihr Gut einladen, wenn alle Lokale in der Stadt so schlecht waren?

»Ich sag nur kurz meinem Kutscher Bescheid.«

»Ich fahre dich nach Hause, dann muss er nicht warten.« Das würde ihm eine weitere Chance geben, sich um eine Einladung zu bemühen. Es sah ihr gar nicht ähnlich, so unhöflich zu sein.

»Das ist wirklich nicht nötig.«

»Ich bestehe darauf.«

»Danke.« Sie ging zu ihrem Faktotum hinüber. Der nickte, kletterte auf den Kutschbock und wartete darauf, dass einige der Angestellten auf die Ladefläche stiegen.

Thomas nahm ihren Arm und führte sie zu seinem Fahrzeug. »Wohin fahren wir?«

»Wir können zu Fuß gehen. Es ist nur ein paar Minuten die Straße hinunter.«

»Unsinn. Wir fahren mit dem Auto. Ich habe meine Stiefel gerade eben schon in einer Pfütze beschmutzt. Das soll dir nicht auch noch passieren.«

»Natürlich nicht. Wie rücksichtsvoll von dir.«

Sie wies ihm den Weg zum Restaurant, und wie sie versprochen hatte, dauerte es weniger als eine Minute, dorthin zu fahren. Wegen des Benzinmangels gab es im Ort keine anderen motorisierten Fahrzeuge, so dass er direkt vor dem Lokal parkte und auf die Passagierseite lief, um ihr die Tür zu öffnen.

Ihr Urteil über das Restaurant traf leider auch zu. Er bereute es bereits, sie zum Mittagessen eingeladen zu haben. Es gab nur ein einziges Gericht auf der Speisekarte, und das ließ viel zu wünschen übrig. Dennoch gab er sich Mühe, seine Unwirschheit nicht zu zeigen.

»Es freut mich sehr zu hören, dass du dein Nachschubproblem lösen konntest. Ich hoffe, die Reise war nicht zu anstrengend.«

»Es war in der Tat ein Marathon von Treffen, sowohl geschäftlich als auch gesellschaftlich, aber wir müssen alle Opfer für die Kriegsanstrengungen bringen. Es war ein kleiner Preis für die Lieferung der Stahlkugellager.« Sie schenkte ihm ein strahlendes Lächeln, das sein Herz erwärmte. Nicht viele Frauen in ihrer Position hätten solche Strapazen so klaglos hingenommen.

»Hattest du auch etwas Zeit, dich zu amüsieren?«

»Oh ja, das hatte ich. Am ersten Abend hat mich Herr Lindström zu einem klassischen Konzert eingeladen. Es war fantastisch.«

Er stellte sich vor, wie betörend sie in einem Ballkleid wie dem, das sie auf der Feier des Bürgermeisters getragen hatte, ausgesehen haben musste. Ein Anflug von Eifersucht überkam ihn, denn er wollte derjenige sein, der bei solchen Anlässen an ihrer Seite saß.

»Ich liebe klassische Musik, wer war der Dirigent?«

Sie kräuselte nachdenklich die Nase. »Warte ... Alfred Westrich. Ja, das war sein Name.«

»Was? Wie konntest du nur? Er ist ein Landesverräter!«

»Es tut mir leid, ich hatte ja keine Ahnung. Was hat er verbrochen?«, fragte sie mit bestürzter Miene.

»Er hat gegen die Bücherverbrennungen protestiert, und zwar ziemlich heftig. Dann hat er sich seiner gerechten Strafe entzogen, indem er geflüchtet ist.«

»Wenn das nicht Grund genug ist, ihn als niederträchtigen Staatsfeind zu verurteilen«, stimmte Annegret zu.

Beschwichtigt sagte er in einem viel sanfteren Ton: »Du hättest sein Konzert nicht besuchen dürfen.«

»Ich bin untröstlich. Wie konnte ich das nicht wissen?«

Er tätschelte ihren Arm. »Es ist nicht deine Schuld. Du warst noch ein Kind, als es passierte.« Er war kaum älter als sie. Auf der Napola hatte eine der Lektionen darin bestanden, die

Namen aller berühmten Künstler auswendig zu lernen, die ihre Nation verraten hatten, indem sie die eine oder andere Sache kritisiert hatten.

32

Nach der Ankündigung, dass sämtliche Juden im Landkreis in naher Zukunft deportiert werden sollten, war Oliver nach Parchim geeilt. Aber Lothar Katze hatte es diesmal abgelehnt zu helfen, mit der Begründung, ihm seien die Hände gebunden.

Die Zeit drängte, und Oliver startete einen letzten Versuch. Diesmal wollte er Thomas überzeugen, der leider weder bestechlich noch mitfühlend war.

»Du schon wieder?«, fragte Thomas leicht genervt.

»Es tut mir leid. Wenn wir alle kriegswichtigen Arbeiter auf einmal verlieren, kann die Fabrik die Quote nicht erfüllen – möglicherweise auf Monate hinaus.«

»Hör zu, ich verstehe dein Dilemma. Wenn es dich tröstet, ich habe entschieden, noch einige Wochen zu warten, um allen Arbeitgebern Zeit für die Beschaffung neuer Arbeitskräfte zu geben.«

»Nun, das ist in der Tat eine Erleichterung.« Oliver überschlug die Zahlen im Kopf. Sie nutzten die schwedischen Schutzpässe, um »verstorbene Häftlinge« in größere Städte umzusiedeln, wo sie eine bessere Chance hatten, unerkannt zu bleiben. Leider konnten sie das nur nach und nach tun, um keinen Verdacht zu erregen. In den letzten drei Wochen hatten sie insgesamt zehn jüdische Häftlinge fortgeschafft, die inzwischen als »schwedische Untertanen in Erwartung der Rückführung« lebten, allerdings immer ohne gültige Kennkarten.

Es befanden sich immer noch fast fünfhundert Menschen in einer äußerst prekären Lage, denen das Damoklesschwert der Deportation über den Köpfen schwebte. Er konnte niemals alle in so kurzer Zeit in Sicherheit bringen, zumal die Arbeitserlaubnisse für die »zivilen Fremdarbeiter« noch immer nicht vorlagen.

Er musste mehr Zeit gewinnen. »Können wir wenigstens eine vorübergehende Ausnahmegenehmigung bekommen? Bis wir Ersatz gefunden und angelernt haben?«

»Keine Ausnahmegenehmigungen mehr.« Thomas faltete die Hände auf dem aufgeräumten Schreibtisch, um seinen Worten Nachdruck zu verleihen. Dann sah er Oliver fest in die Augen. »Weil ich weiß, dass du unserem Führer bestmöglich dienst, bin ich bereit zu helfen.«

Olivers Herz machte einen Freudensprung. »Das ist ungeheuer großzügig von dir.«

»Hier ist mein Angebot: Gib mir bis Ende der Woche eine Liste von hundert nicht kriegswichtigen Juden, dann verzögere ich die Deportation der übrigen um einen weiteren Monat. So kannst du die Produktion sicherstellen und ich kann gleichzeitig meinen Zeitplan einhalten.«

»Das ist ... Ich weiß nicht, was ich sagen soll.« Der Schock saß Oliver so tief in den Gliedern, dass er kaum atmen konnte. Es war ein furchtbares Geschäft mit dem Teufel, wenn es überhaupt ein Geschäft war. Annegret wäre untröstlich.

»Du brauchst mir nicht zu danken. Wir stehen beide auf der gleichen Seite.« Thomas neigte den Kopf. »Ich erwarte deine Liste.«

Oliver stand auf, bot einen perfekt ausgeführten Hitlergruß dar und wandte sich zum Gehen, wobei er sich fühlte, als hätte ihn eine Herde wild gewordener Pferde zertrampelt. Draußen vor dem SS-Hauptquartier schlurfte er mit hängenden Schultern zu Sabrina, die an einem Zaun angebunden auf ihn wartete.

Sie rieb ihre Nase an seiner Schulter, aber heute war er nicht in der Stimmung. Zu groß war sein Leidensdruck. »Wie soll ich es Annegret sagen?«, fragte er die Stute.

»Ihr was sagen?«

Oliver fuhr herum und sah Lothar Katze hinter sich stehen. »Es tut mir leid, Herr Unterscharführer, ich habe Sie nicht kommen hören.«

»Geht es um die Deportationen?«

»Ohne Facharbeiter ist es schwer, die Produktion sicherzustellen.« Er zögerte mehr zu sagen. Lothar Katze mochte bestechlich sein, trauen hingegen konnte man ihm nicht.

»Sie wissen, dass ich immer Verständnis für die Sorgen und Nöte der Geschäftsleute habe.«

»Und dafür sind wir Ihnen sehr dankbar.« Oliver wartete, ob Katze ihm ein Angebot unterbreiten würde.

Er tat es nicht.

Nach seiner Rückkehr auf Gut Plaun erzählte er Annegret von Thomas' Ansinnen. Sie kamen überein, vorerst nichts zu unternehmen, weil keiner von ihnen Gott spielen und einhundert Menschen auswählen wollte, die in den Tod geschickt wurden.

Er wusste, dass sie diese Entscheidung aus Hilflosigkeit trafen, dennoch konnte er sich nicht dazu durchringen, etwas zu unternehmen.

Drei Tage später wollte er gerade zu seinem morgendlichen Stallbesuch aufbrechen, auf den er selbst an einem so dunklen und kalten Wintermorgen nicht verzichtete, als ein Mann in rasendem Tempo auf Gut Plaun zuradelte.

Es war nicht ungewöhnlich, dass jemand in letzter Minute zur Arbeit erschien, dieser Radfahrer kam allerdings nicht aus

Richtung der Stadt. Sobald der Mann Oliver entdeckte, winkte er mit einer Hand und schrie: »Herr Gundelmann!«, ohne dabei sein halsbrecherisches Tempo zu verringern.

Das roch nach Ärger. Oliver ging auf den Mann zu, seufzte innerlich und verabschiedete sich von seiner morgendlichen Kuscheleinheit mit seinen Lieblingspferden.

»Was gibts?«

Das Gesicht des Mannes war purpurrot, und er brauchte einige Sekunden, bevor er unter heftigem Keuchen heraus- brachte: »In der Fabrik ist die SS und wählt Häftlinge für die Deportation aus.«

»Was? Dieser Bastard ...« Thomas hatte versprochen, bis zur nächsten Woche zu warten. Oliver überlegte kurz und entschied sich für den Lastwagen, sowohl um schneller zu sein als auch um Eindruck zu schinden. »Kommen Sie mit. Sie können mir während der Fahrt alles erzählen.«

Kaum hatte er sich hinter das Steuer gesetzt, verließ er das Gutsgelände und raste die Straße hinunter in Richtung Fabrik. In der Zwischenzeit hatte der Vorarbeiter Luft geholt und berichtete: »Entschuldigen Sie die Störung, aber Herr Volkmer kommt nicht vor acht Uhr. Ich war gerade dabei, den Schicht- wechsel vorzubereiten, als ein Militärlastwagen in den Hof preschte aus dem Dutzend SS-Männer heraussprangen. Sie haben mir irgendwelche Papiere gezeigt und behauptet, dass sie einhundert Juden für die Deportation selektieren sollen. Da mich niemand informiert hat, habe ich ihnen gesagt, sie sollen warten, bis der Betriebsleiter kommt. Die Antwort war, sie hätten Besseres zu tun, als zu warten. Also habe ich meinen Kollegen angewiesen, er soll ein Auge auf sie haben, und bin hergeradelt, um Sie zu holen.«

»Ich rede mit der SS«, sagte Oliver, obwohl er genau wusste, dass er wenig tun konnte, wenn die SS auftauchte, um Juden mitzunehmen – und sogar die entsprechenden Papiere mitbrachte.

Die Räder quietschten, als er durch das Tor fuhr und dabei beinahe den Wachmann rammte, der sich gerade noch mit einem schnellen Sprung zur Seite rettete. Oliver stürzte aus dem Fahrzeug, stürmte direkt auf die versammelte Menge zu und baute sich vor dem ersten SS-Mann auf, den er erspähte.

»Guten Morgen, ich bin Oliver Gundelmann, der Gutsverwalter. Darf ich fragen, was Sie von uns wollen?« Er wusste, dass es keinen Sinn hatte, hochmütig oder gar feindselig zu wirken, denn die SS konnte im Grunde genommen tun und lassen was sie beliebte.

Der Mann drehte sich um. »Wir sind hier, um Juden zu verhaften.«

Die Ironie der Verhaftung von Menschen, die bereits Häftlinge waren, entging Oliver nicht. »Herr Unterscharführer«, sagte er nach einem Blick auf die Insignien. »SS-Oberscharführer Thomas Kallfass hat uns ausdrücklich versichert, dass die Deportationen erst im Februar beginnen, damit wir genügend Zeit haben, Ersatz zu beschaffen.«

»Da müssen Sie mit ihm persönlich sprechen. Er steht da drüben.«

Diese doppelzüngige Schlange! Oliver wollte vor Frustration laut schreien. Er wandte sich an Thomas, wobei er die offizielle Anrede wählte. »Herr Oberscharführer Kallfass.«

»Oh, Oliver, schön, dich zu sehen.« Thomas strahlte vor Freude.

»Worum geht es hier?«

Thomas hob eine Augenbraue. »Du hast doch unser Gespräch nicht vergessen, oder? Ich nahm an, dass du zu beschäftigt bist, um die Liste zu erstellen, also habe ich mir die Freiheit genommen, es selbst zu tun.« Er wedelte mit einem Stapel Papiere in seiner Hand. »Aber jetzt, wo du hier bist, kannst du mir behilflich sein. Komm mit.«

Ob es ihm nun gefiel oder nicht, Oliver musste Thomas

folgen, der mit der Liste in der Hand über den Appellplatz zur Krankenstation schritt.

»Du wirst mir zustimmen, dass Juden, die nicht arbeiten können, nicht kriegswichtig sind. Also nehmen wir die zuerst.« In der Krankenbaracke ging Thomas von Bett zu Bett, wobei er jeden Patienten mit einem gelben Stern auf der Häftlingsuniform selektierte. Seine Männer zwangen die Kranken von ihren Pritschen aufzustehen und sich im Hof zu versammeln. Diejenigen, die nicht laufen konnten, mussten von ihren Kameraden getragen werden.

Der Blick in ihren Augen brach Oliver das Herz. Er wusste, dass sie wussten, dass das Ende nah war. Einige würden nicht einmal den Transport nach Auschwitz überleben.

Nachdem Thomas die Krankenstation, die Wäscherei, die Schneiderei, in der Gefängnisuniformen, Schutzkleidung und Schuhe hergestellt und ausgebessert wurden, sowie andere Werkstätten durchkämmt hatte, standen zweiundneunzig vor Angst zitternde Männer und Frauen auf dem Appellplatz.

»Wen soll ich noch nehmen?«

Oliver versuchte zu intervenieren: »Reichen nicht auch ein paar weniger? Was macht das für einen Unterschied?«

»Was glaubst du, wer ich bin?«, erwiderte Thomas entrüstet. »Ich bin ein rechtschaffener Mann. Ich habe angeboten, einhundert auf Transport zu schicken, also werde ich auch einhundert abliefern.«

»Es käme mir nie in den Sinn, deine Integrität in Frage zu stellen, ich wollte lediglich den Prozess abkürzen, da du sicher sehr beschäftigt bist.«

Thomas schien das Spektakel zu genießen, denn er klickte mit den Absätzen und schob seine Brust nach vorne. »Es gibt keine wichtigere Aufgabe, als die Reinheit der arischen Rasse zu gewährleisten. Das jüdische Gift muss aus unserer Nation getilgt werden.«

»Ich verstehe.« Oliver zuckte mit den Schultern, darauf bedacht, ihn nicht zu verärgern.

Thomas ging seine Liste noch einmal durch und lächelte schließlich verschmitzt. »Wie konnte ich die Küche vergessen? Lebensmittel, die man diesem Abschaum gibt, sind sowieso verschwendet.«

Eine entsetzliche Erkenntnis traf Oliver mitten ins Herz, so stark, dass er beinahe taumelte. »Wir brauchen die Küchenhelfer, um deutsche Arbeiter zu ernähren. Nur etwa die Hälfte unserer Arbeiter sind Juden, etwa ein Viertel sind Fremdarbeiter und der Rest Zivilisten aus den umliegenden Dörfern.«

Thomas warf ihm einen unnachgiebigen Blick zu. »Ich brauche noch acht Juden, also selektiere ich noch acht.« Dann ging er in die Küche, wo der erste Mann, auf den er traf, Ernst Rosenbaum war.

Oliver hatte nicht den Mut, Annegrets Angehörigem in die Augen zu sehen, als die SS-Männer ihn in den Hof zu den bereits wartenden Gefangenen schubsten.

»Wo bringt ihr sie hin?«, fragte Oliver.

»Was glaubst du denn?«, höhnte einer.

»Ich weiß ganz genau, wo sie landen.« Oliver täuschte ein verschwörerisches Grinsen vor. »Verdientermaßen, wenn du mich fragst, aber macht es Sinn, einen einzigen Viehwaggon den weiten Weg zu schicken?«

»Natürlich nicht. Wir laden sie im Sammellager ab. Sobald eintausend zusammen sind, wird wir ein Transport nach Osten organisiert.«

33

Margarete frühstückte gerade, als sie ein Motorengeräusch hörte und zum Fenster ging, um zu sehen, wer so früh am Morgen zu Besuch kam. Sie erkannte den gutseigenen Lastwagen und wollte sich gerade wegdrehen, als Oliver heraussprang und auf das Haus zu rannte.

Panik ließ sie erstarren. Er fuhr selten, wenn überhaupt, mit dem Auto, sondern nahm normalerweise ein Pferd. Das Nächste, was sie hörte, waren laute Schritte, die die Treppe hinaufstürmten. Dann ein lautes Klopfen an ihrer Tür.

»Herein!«

»Wir haben ein Problem«, rief Oliver, noch bevor er die Schwelle überschritten hatte.

Mit einem Blick auf sein zerzaustes Äußeres bedeutete sie ihm, sich zu setzen. »Atme erstmal tief durch und erzähle mir dann alles der Reihe nach.«

»Thomas ist in die Fabrik gekommen und hat einhundert Juden mitgenommen«, sagte er schwer atmend.

»So früh am Morgen?« Sie erkannte die Absurdität ihrer Frage in dem Moment, kaum hatten die Worte ihren Mund verlassen.

»Ich nehme an, er wollte keine übermäßige Aufmerksamkeit erregen. Du weißt, wie sehr Hitler auf die öffentliche Meinung bedacht ist.«

Sie schluckte die scharfe Erwiderung hinunter, die ihr auf der Zunge lag. »Können wir irgendetwas tun?«

»Nein.« Er sah entsetzlich unbehaglich aus.

Ein ungutes Gefühl machte sich in ihrem Magen breit. »Was verschweigst du mir?«

»Es tut mir leid, Annegret, aber dein Verwandter ...«

»Ich habe keine Verwandten«, protestierte sie, bevor es ihr dämmerte. »Oh mein Gott! Du meinst Onkel Ernst? Woher weißt du das überhaupt?« Sie hatte ihr Geheimnis immer bestens gehütet. Eine weitere Schockwelle ließ sie taumeln. Wenn Oliver die Verbindung hergestellt hatte, konnte das jeder andere auch tun.

»Der Nachname.«

»Oh.« Zumindest war das eine winzige Erleichterung, außer Oliver kannte niemand, nicht einmal Dora, ihren richtigen Namen. Nur löste das nicht das Hauptproblem: Onkel Ernst war unter denen, die deportiert werden sollten. In seinem gebrechlichen Zustand zweifelte sie keine Sekunde daran, in welche Reihe er an der berüchtigten Selektionsrampe verwiesen werden würde. »Ich muss ihn da rausholen.«

»Das kannst du nicht tun.«

»Du verstehst das nicht. Seine Frau hat mir das Leben gerettet, ich schulde es ihr.«

Er legte ihr beruhigend die Hand auf die Schulter. »Ich habe getan, was ich konnte. Thomas hat nicht mit sich handeln lassen.

»Dieser widerwärtige Mistkerl! Ich wusste die ganze Zeit, dass man seiner charmanten Fassade nicht trauen kann!« Margarete hatte ihn noch nie gemocht und leider hatte sich ihre Einschätzung seiner Persönlichkeit als richtig herausgestellt. »Weißt du, wo sie ihn hinbringen?«

»In ein Sammellager.«

»Dann gehe ich dorthin und hole ihn raus.«

»Das ist zu gefährlich. Was, wenn deine Tarnung auffliegt?«

»Das ist mir egal. Ich muss wenigstens versuchen, ihn zu retten, und wenn es das Letzte ist, was ich in diesem Leben tue.« Margarete stand auf und griff nach ihrem Mantel. »Worauf wartest du noch? Fahr mich zum Sammellager.«

»Annegret, bitte. Sei doch vernünftig! Sie werden dich verhaften. Damit ist niemandem geholfen.«

»Was schlägst du vor?« Sie verharrte mit ihrem Mantel in den Armen, unsicher, was sie tun sollte.

»Lass uns einen Plan schmieden. Ich kann ein paar Gefälligkeiten einfordern, ein paar Hände schmieren, aber du solltest dich da raushalten. Du musst an deine anderen Schützlinge denken. Willst du sie alle deinem Onkel zuliebe gefährden?«

Rein vernunftbetrachtet hatte er recht. Aber gefühlsmäßig ...? Sie presste ihre Lippen zu einem schmalen Strich zusammen. »Na gut.«

»Du wirst doch nichts Dummes tun?«

»Nein.«

»Versprochen?«

Sie seufzte. »Wenn du darauf bestehst. Sagst du mir Bescheid, sobald du etwas herausgefunden hast?«

Er nickte und ging.

Sie wartete noch zwei Sekunden, bevor sie sich eilig eine Reithose anzog und die Außentreppe von ihrem Zimmer in den Hinterhof herabeilte. Oliver mochte nicht bereit sein zu helfen. Er musste das Wohlergehen aller jüdischen Häftlinge im Auge behalten, doch sie wusste, wen sie fragen konnte.

Sie vergewisserte sich, dass Oliver in seinem Büro war, ging hinunter zu den Stallungen, bat einen Stallknecht, Pegasus für sie zu satteln und machte sich auf den Weg in die Stadt, um Stefan aufzusuchen.

Als sie durch den Wald ritt, wurde ihr klar, dass sie gar nicht wusste, wo er wohnte. Glücklicherweise war der Winter bisher recht mild gewesen, so dass der See abgesehen von ein paar seichten Stellen nicht zugefroren war. Es bestand eine gute Chance, dass er noch fischte und sie ihn am Kai fand.

Sie band ihren Wallach vor dem Gasthaus an und ging den Kanal entlang, wobei sie die Mechanik der Hubbrücke bewunderte, die die Elde mit dem Plauer See verband. Stefans Boot war an seinem üblichen Platz festgemacht. Ihr Herz machte einen Freudensprung.

Es war leer. Das Herz rutschte ihr in die Hose. Sie ging ein paar Schritte weiter, bis sie einen anderen Fischer sah, der gerade vom See hereinkam. »Hallo, wissen Sie, wo ich Stefan Stober finden kann?«

Er warf ihr einen misstrauischen Blick zu. »Was wolln'se denn von dem?«

Stefan hatte ihr erzählt, dass er sich in den Wintermonaten mit dem Reparieren von Seilen etwas dazuverdiente, also antwortete sie: »Wir brauchen Seile für Gut Plaun.«

Ob er sie erkannt hatte oder nicht, spielte keine Rolle. Immerhin antwortete er: »Er iss oben auf'm Fischmarkt. Fang wiegen.« Alle Fische mussten an die zentrale Fischereibehörde verkauft werden, die sie dann an die Geschäfte in der Region verteilte.

»Danke.« Es waren nur fünf Minuten Fußweg zum Fischmarkt. Auf halbem Weg kam ihr Stefan entgegen, der in ein breites Lächeln ausbrach, als er sie erkannte.

»Gretchen. Was für eine schöne Überraschung. Was führt dich hierher?«

»Eigentlich«, sagte sie und senkte unwillkürlich ihre Stimme. »Ich habe nach dir gesucht.«

»Nach mir?«

»Ich brauche deine Hilfe.«

»Jemanden unterbringen?«

»Vielleicht.«

Statt einer Antwort sagte er: »Willst du eine Bootstour machen? Ich muss auf der anderen Seite des Sees eine Ladung Seile abliefern.«

»Sehr gerne.« Es war feuchtkalt. Nebelschwaden zogen über das Wasser und ließen es wie einen mythischen Ort aus einer griechischen Sage aussehen. Es gab definitiv bessere Tage für eine Bootstour, aber wenn sie Zeit mit ihm verbringen durfte, war ihr alles andere egal

Er sprang in sein Boot und streckte die Hand aus, um ihr zu helfen. »Steig ein.«

Schweigen legte sich über sie, während er das Boot ins offene Wasser steuerte. Plötzlich war sie nervös. Was, wenn er es für zu gefährlich, ja sogar für leichtsinnig hielt, ihren Onkel retten zu wollen? Sie zappelte herum, bis sie schließlich das Schweigen brach. »Weiß dein Großvater, dass du für den Widerstand arbeitest?«

»Soweit sich Großvater heutzutage noch an Dinge erinnert.«

»Es tut mir leid.«

»Es muss dir nicht leidtun. Er hatte ein gutes Leben und vielleicht ist es auch besser so.« Stefan fuhr sich mit der Hand durch die Haare. »Er wäre schockiert, wenn er wüsste, was aus diesem Land geworden ist.«

Sie verfiel wieder in Schweigen.

»Du bist eine ganz außergewöhnliche Frau«, sagte er plötzlich und sah sie mit einem warmen Schimmer in den Augen an. »Unglaublich mutig.«

»Ich fühle mich meistens alles andere als mutig.«

»Mutig zu sein, bedeutet nicht, keine Angst zu haben. Es bedeutet, trotzdem das zu tun, was nötig ist.«

Wieder einmal überraschte er sie. Eine solche Weisheit hätte sie von Onkel Ernst, dem Philosophieprofessor, erwartet, nicht von einem einfachen Fischer. *Einem Chemieingenieur,* korrigierte sie sich.

Nicht, dass es ihr etwas ausmachte. Eine Ausgestoßene in einer Welt zu sein, die ihr gesamtes Volk ausmerzen wollte, hatte ihre Vorstellung vom Wert eines Menschen verändert. Stefan war definitiv mehr wert als hundert Männer von Thomas' Sorte.

Sein Arm legte sich um ihre Schulter und drückte sie an sich. »Ist dir kalt?«

»Ein bisschen.«

»Nimm das.« Er zog einen übergroßen Regenmantel hervor und wickelte ihn um sie. Obwohl sie so vor dem beißenden Wind geschützt war, vermisste sie die Wärme seines Körpers an ihrer Seite. »Wofür brauchst du meine Hilfe?«, fragte er schließlich.

Sie seufzte und erzählte ihm die ganze traurige Geschichte, die mit den Worten endete: »Einer von ihnen ist der Ehemann einer lieben Freundin. Ich muss ihn einfach rausholen.« Die ganze Misere war einzig und allein ihre Schuld. Sie und Oliver hatten unzählige Juden verschwinden lassen. Hatten einige in Verstecke gebracht, andere mit Schutzausweisen ausgestattet, die ihre »bei einem Bombenangriff verbrannten« Kennkarten ersetzten. Dennoch hatte sie darauf bestanden, Onkel Ernst in ihrer Nähe zu behalten, überzeugt davon, dass er unter ihren Fittichen, mit einer leichten Arbeit in der Fabrikküche, sicher war.

Und jetzt war er weg!

»Es ist nicht deine Schuld. Du hast getan, was du konntest.«

»Aber es war nicht genug.« Ihre gesamte Familie war entweder verhaftet und in ein Konzentrationslager geschickt oder »evakuiert« worden, wie die Gestapo es gerne nannte. Angeblich um in Berlin Wohnraum für deutsche Bürger freizumachen. Sie war sich ziemlich sicher, dass keiner von ihnen mehr am Leben war. Deshalb hatte sie sich geschworen, den einzigen jüdischen Verwandten, den sie noch hatte, zu beschützen.

»Manchmal reichen selbst unsere besten Bemühungen nicht aus.« Er legte eine Hand auf ihre, und die Wärme, die von ihm ausging, spendete ihr Trost.

»Er wird im Sammellager festgehalten.«

»Und jetzt willst du dorthin, um nach ihm zu sehen?«

»Woher weißt du das?«

Seine reizenden Grübchen erschienen auf seinen Wangen. »Das war leicht zu erraten.«

»Willst du es mir ausreden?« Sie schob ihre Unterlippe vor und wappnete sich innerlich für die Flut von logischen Argumenten, die unweigerlich auf sie zukommen würde.

Stattdessen hörte sie ein leises Glucksen und dann: »Würdest du mir zuhören?«

»Wahrscheinlich nicht.«

»Dann werde ich dir wohl helfen müssen, selbst wenn ich es nur tue, um dich vor Unheil zu bewahren.«

»Das würdest du tun?«

»Für dich würde ich alles tun.«

Nach seinem unerwarteten Geständnis stotterte sie überwältigt: »D ... danke.«

»Hast du heute Nachmittag Zeit?«

»Ja, warum?«, fragte sie, verwirrt über die plötzliche Wendung des Gesprächs.

»Wir können das Boot am Kai lassen, in einen Zug steigen und zum Sammellager fahren. Herausfinden, ob dein Bekannter noch dort ist.«

»Das würdest du tun? Wirklich?«

»Wie oft muss ich mich noch wiederholen?« Sein Gesicht schwebte dicht vor ihrem, seine Augen leuchteten mit aufrichtigen Gefühlen. Es machte ihr ihre eigene Täuschung nur allzu bewusst. Er war bereit, sein Leben zu riskieren, um ihr zu helfen, während sie ihm nicht einmal ihren richtigen Namen nannte.

Entsetzt über sich selbst wich sie einen Moment, bevor seine Lippen auf den ihren landeten, zurück. Der verletzte Ausdruck in seinen Augen zermalmte ihre Seele.

34

Stefan lieferte die Seile ab und ging zur Bäckerei, wo Annegret auf ihn wartete. Er konnte sich beim besten Willen keinen Reim auf sie machen. In einem Moment schien sie seine Zuneigung zu erwidern, im nächsten wich sie vor ihm zurück, als stünde eine unsichtbare Mauer zwischen ihnen.

Er schimpfte mit sich selbst, weil er den Grund für ihre Reaktion nur zu gut kannte: Sie war eine reiche Erbin, er ein armer Fischer. Als er sie zum ersten Mal getroffen hatte, schien sie sich des Klassenunterschieds zwischen ihnen nicht bewusst zu sein, was ihm unangebrachte Hoffnungen gemacht hatte.

Normalerweise grämte er sich nicht darüber, vom Chemieingenieur zum Fischer degradiert worden zu sein. Es war körperlich harte Arbeit, ja. Verglichen mit dem Stress und den Ängsten, denen er bei der Arbeit für einen Panzerhersteller ausgesetzt gewesen war, war es jedoch die reinste Freude. Normalerweise genoss er das ruhige Leben, auch wenn es damit in dem Moment vorbei gewesen war, als er sich einer Untergrundorganisation angeschlossen hatte.

»Ich habe die Zugtickets gekauft, während ich auf dich gewartet habe«, begrüßte sie ihn mit einem herzerwärmenden

Lächeln, das seine Zweifel wegschmelzen ließ. In Augenblicken wie diesem glaubte er, dass es eine Zukunft für sie beide gab.

»Großartig. Lass uns zum Bahnhof gehen.« Es war nur ein kurzer Spaziergang. Sie hatten Glück: am Bahnsteig wartete ein Zug.

Als sie an ihrem Zielort ankamen, führte Stefan sie zum Sammellager, das in einer von der Gestapo beschlagnahmten, ehemaligen jüdischen Schule untergebracht war.

»Was ist dein Plan?«, fragte er.

»Hingehen und dem Wachposten sagen, dass ich mit Ernst Rosenbaum sprechen muss.«

Er hustete ein Lachen aus. »Na, wenn das kein durchdachter Plan ist.«

»Hast du etwa einen besseren?«, fragte sie mit einem mürrischen Gesicht.

Da er keinen hatte, zuckte sie mit den Schultern. »Dann gehe ich jetzt.«

Bevor er protestieren konnte, schritt sie mit hoch erhobenem Kopf zum Haupttor, eine Autorität ausstrahlend, wie es nur die Reichen und Mächtigen konnten. Er bewunderte diese Frau. So zierlich und doch so entschlossen. Er wünschte sich, dass sie irgendwie, durch ein Wunder, die soziale Kluft überwinden und ein Paar werden konnten.

Bereit, sofort einzugreifen, wenn sie in Gefahr war, beobachtete er, wie sie sich dem Wachmann näherte, mit einem Zettel winkte und kurz darauf im Gebäude verschwand. Halb versteckt hinter einem Baum wartete er mit heftig hämmerndem Herzen auf ihre Rückkehr.

* * *

Margarete ließ sich von ihrer Todesangst nicht beirren. Sie hatte die Zugfahrt genutzt, um sich eine Ausrede auszudenken – fadenscheinig und durchschaubar, aber besser als nichts. Sie atmete tief durch und trat vor den Polizisten, der den Eingang bewachte.

»Guten Tag. Ich bin hier, um einen Mann abzuholen, der versehentlich mitgenommen wurde.« Sie zeigte ihm die von der SS-Kreisleitung unterzeichnete und gestempelte Ausnahmegenehmigung.

»Den Zettel können Sie wegwerfen. Dieser erbärmliche Abschaum geht von hier aus nur noch in einen Zug nach Osten.«

Sie ließ sich ihre Enttäuschung nicht anmerken. »Darf ich wenigstens mit ihm sprechen, um mich zu vergewissern, dass es ihm gut geht? Sein Name ist Ernst Rosenbaum.«

»Tut mir leid, Fräulein, das ist gegen die Vorschriften.«

Sie setzte ihre hochmütigste Miene auf, griff nach einem Brief, den Horst Richter ihr vor einiger Zeit mit seinem offiziellen Briefkopf geschickt hatte, und wedelte damit vor seiner Nase herum. »Muss ich wirklich ein Telefon suchen und Reichskriminaldirektor Richter von der Gestapo damit belästigen?«

Der Polizist zauderte. Nach einer Weile zuckte er mit den Schultern. »Zehn Minuten. Und ich war es nicht, der Sie hereingelassen hat.«

»Ich danke Ihnen vielmals.« Sie steckte den Brief in ihre Handtasche, froh, dass ihr Bluff funktioniert hatte. »Wo kann ich ihn finden?«

»Wahrscheinlich im ersten Stock.«

Als sie sich wegdrehte, um hineinzugehen, nahm sie aus den Augenwinkeln einen Lastwagen wahr, der vor dem Haus einparkte. SS-Männer sprangen aus der Fahrerkabine, zweifellos im Begriff, eine weitere Ladung unglückseliger Juden abzuladen, die für Auschwitz bestimmt waren.

Wut und Kummer ignorierend, betrat sie das Gebäude. Ihre vordringlichste Aufgabe war es, Onkel Ernst hier rauszuholen. Im ersten Stock durchkämmte sie sämtliche Zimmer, bis sie ihn ganz hinten entdeckte, wo er auf dem kalten Betonboden an der Wand kauerte.

Sie vergaß alle Vorsicht und rief: »Onkel Ernst!«

Er stolperte hastig auf die Beine, seine Augen glänzten vor Feuchtigkeit. »Mein liebes Gretchen.« Sie umarmten sich lange, bevor er sich löste. »Du hättest nicht kommen dürfen. Es ist zu gefährlich.«

»Ich musste es tun. Ich setze alle Hebel in Bewegung, um dich hier rauszuholen.«

»Bitte, tu nichts, was dich in Gefahr bringt. Deine Arbeit ist zu wichtig, um alles zu riskieren, nur um einen einzelnen Menschen zu retten. Du hast die Macht, so vielen das Überleben zu schenken, das darfst du nicht für einen alten Mann verschwenden.« Seine Stimme war fest, doch in seinen Augen schimmerte ein Chaos an Gefühlen: Liebe, Hoffnung, Angst, Zorn und Verzweiflung.

Margarete wischte sich verstohlen eine Träne aus dem Auge, bevor sie antwortete: »Bei dir klingt es immer so einfach. Doch was kümmert mich der Rest der Menschheit, wenn ich die Menschen, die ich am meisten liebe, nicht retten kann?«

»Das, meine Liebe, ist eine sehr gute Frage. Es ist in der Tat das Grundprinzip, worauf sich die Nazis stützen: Die Menschen protestieren nur dann, wenn es sie oder ihre Familien direkt betrifft – doch dann ist es schon viel zu spät. Wenn sich niemand für Fremde einsetzt, ist am Ende niemand mehr da, der sich für dich einsetzt.«

»Aber ...« Sie dachte daran, wie am Boden zerstört Tante Heidi sein würde, und eine weitere Träne kullerte über ihre Wange.

»Du gehst nach Hause und arbeitest weiterhin für das Gute. Denk ab und zu mal an deinen alten Onkel, ja? Und richte meiner Heidi aus, dass ich sie mit jeder Faser meiner Seele liebe.«

Sie umarmte ihn noch einmal. »Ich gebe den Versuch noch

nicht auf, dich hier rauszuholen. Aber nur für den Fall ...« Sie nahm ihre kostbaren Perlenstecker aus den Ohren und drückte sie ihm in die Hand. »Die werden dir helfen.«

»Ich kann unmöglich ...«, protestierte Onkel Ernst.

»Du kannst und du wirst. Wo du von hier aus hingehst, bedeuten sie vielleicht den Unterschied zwischen Leben und Tod.« Dann machte sie auf dem Absatz kehrt und flüchtete aus dem Raum, weil sie spürte, dass sie ihre Tränen nicht mehr lange zurückhalten konnte.

Sie eilte die Treppe hinunter, an dem Polizisten vorbei nach draußen und auf die Straße, in der Absicht, wegzurennen und nie wieder anzuhalten. Als sie um die Ecke bog, stieß sie mit einem breitschultrigen Mann zusammen, der ihr direkt in den Weg getreten war.

»Gott sei Dank, du bist wieder da. Ich habe Todesängste ausgestanden«, sagte Stefan sichtlich bewegt.

Ohne es bewusst zu wollen, warf sie sich ihm an den Hals. Er schlang seine Arme um sie und drückte sie ganz fest an sich, während ihr gesamter Körper zitterte. »Ich habe dem Polizisten die Ausnahmegenehmigung gezeigt, aber er hat nur gelacht. Hat gesagt, es sei ihm egal. Nur ein toter Jude sei ein guter Jude. Es ist furchtbar da drinnen. Immerhin geht es ihm gut. Mein On— der Mann meiner Freundin ist verängstigt, aber gefasst. Er ist so ein tapferer Mann. Das war er schon immer.«

»Schsch ... Es wird alles gut.« Stefan strich ihr mit den Händen beruhigend über den Rücken.

Ein verärgerter Seufzer entrang sich ihrer Kehle. »Wie kannst du so etwas sagen? Nichts wird wieder gut. Sobald sie genug Juden beisammenhaben, geht der nächste Transport nach Osten. Und du weißt, was dort passiert!«

Es war schon lange kein Geheimnis mehr. Jeder, der wollte, wusste von den Gräueltaten, die begangen wurden. Zu viele Wehrmachtssoldaten, die an der Ostfront dienten, hatten es ihren Angehörigen unter dem Siegel der Verschwiegenheit erzählt. Zu viele SS-Männer hatten sich mit ihren Schandtaten gebrüstet. Zu viele Zivilisten hatten den süßlichen Geruch von brennendem Menschenfleisch gerochen, hatten die dunklen Wolken gesehen, die aus den hohen Schornsteinen der Krematorien entwichen.

»Es muss Überlebende geben. Dessen bin ich mir sicher.«

Sie stampfte vor Wut. »Die Jungen und Starken vielleicht, nicht er. Er ist alt und gebrechlich.« Sie befreite sich aus seiner Umarmung und holte tief Luft. Als sie sich etwas beruhigt hatte, zupfte sie sich ein imaginäres Staubkorn vom Ärmel und tippte mit dem Zeigefinger an ihr Ohr. »Ich habe ihm meine Perlenohrringe geschenkt. Ich hoffe, sie helfen ihm.«

»Du bist eine sehr einfallsreiche Frau.«

»Ich schätze, das bin ich.« Sie sah ihn an, bis der Drang übermächtig wurde, ihm die Wahrheit über sich selbst zu sagen. Dann drehte sie sich schnell weg. »Wir sollten nach Hause gehen. Es wird bald dunkel. Die Leute auf dem Gutshof machen sich Sorgen, wenn ich nicht rechtzeitig zurück bin.«

35

Am nächsten Tag suchte Margarete die einzige Person auf, die ihr noch helfen konnte: die doppelzüngige Schlange Thomas Kallfass. Wenn sie vorgab, in ihn verliebt zu sein, ließ er vielleicht Gnade walten. Wenn nicht, konnte sie ihn immer noch mit dem Kuss bestechen, den er so sehr begehrte.

Um Onkel Ernst zu retten, würde sie alles tun, sogar Thomas anbieten, ihr Bett zu teilen. Tapfer schluckte sie das Grauen hinunter, das ihre Kehle hinaufkroch. So weit würde es nicht kommen. Selbst wenn ... sie würde es überleben. In den Händen von Reiner Huber, als sie noch das Dienstmädchen seiner Eltern war, hatte sie Schlimmeres erlebt.

Sie traute Thomas zwar keinen Schritt über den Weg, wusste aber ohne jeden Zweifel, dass er der Frau, auf die er ein Auge geworfen hatte, niemals Gewalt antun würde. Wie bei Horst Richter richtete sich seine Grausamkeit gegen diejenigen, die er für Untermenschen hielt.

»Dora, kannst du mir beim Anziehen helfen?«

»Natürlich, Fräulein Annegret. Wo wollen Sie hin?«

»Ich muss ein paar Besorgungen in Parchim machen und treffe mich dann mit dem Oberscharführer zum Mittagessen.«

»Etwas Dezentes?«, vermutete Dora.

»Ganz im Gegenteil. Ich will, dass ihm die Augen aus dem Kopf fallen, wenn er mich sieht.«

Dora blinzelte verwirrt. »Ich dachte, Sie mögen ihn nicht.«

»Tue ich auch nicht. Es geht nicht um mich, sondern um die Häftlinge, die er mitgenommen hat.«

»Also dann   ...« Dora öffnete den Schrank. Ihre flinken Finger glitten über die Kleider, bis sie bei einem innehielt. »Was ist mit diesem hier?«

Margarete fiel die Kinnlade herunter, als Dora ihr ein umwerfendes burgunderrotes Taftkleid hinhielt, das ihr fast bis zu den Knöcheln reichte. Es hatte einen dreieckigen Matrosenkragen und eine Reihe winziger Zierknöpfe, die bis zu den Hüften reichten. Der schmale Rock war in der Mitte geschlitzt, und öffnete sich wie die Blätter einer Tulpe zu einem wogenden längeren Rock in derselben Farbe und aus demselben Material.

»Ist das nicht zu extravagant?«

»Ganz und gar nicht. Sie fahren in die Kreisstadt. Da gibt es viele Frauen, die elegant gekleidet sind.«

»In Berlin vielleicht, aber in Parchim?« Margarete hatte ihre Zweifel.

»Sie haben gesagt, Sie wollen den Oberscharführer beeindrucken. Das ist das perfekte Kleid dafür«, erinnerte Dora sie.

»Probieren Sie es an. Wenn er Sie darin sieht, ist der Oberscharführer Wachs in Ihren Händen.«

»Dein Wort in Gottes Ohr.« Margarete begutachtete sich im Spiegel. Sie musste Dora recht geben, es war das perfekte Kleid, um Thomas zu verführen. Gerade wollte sie ins Badezimmer gehen, um Lippenstift aufzutragen, als sie es sich anders überlegte. Hitler hasste Lippenstift, hielt ihn einer deutschen Frau für unwürdig. Thomas, mit seiner absurden Begeisterung für den Führer, dachte sicherlich ebenso.

Sie nahm Dora den Mantel aus den Händen und ging die

Treppe hinunter, um Nils zu suchen, damit er sie nach Parchim fuhr. Sich selbst Mut zusprechend murmelte sie: »Geh und überzeuge Thomas, dass er unsterblich in dich verliebt ist, und dir jeden Wunsch von den Augen abliest.«

In Parchim angekommen, hieß sie Nils an, auf sie zu warten, holte tief Luft und betrat das SS-Hauptquartier, wo sie direkt zu Thomas' Büro im ersten Stock hinaufstieg. Bevor sie an seine Tür klopfte, öffnete sie ihren Mantel und zwang sich ein Lächeln ins Gesicht.

»Annegret, was für eine angenehme Überraschung.« Seine Augen verdunkelten sich vor Verlangen, als er ihr Kleid unter dem Mantel bemerkte. »Du siehst fantastisch aus.«

»Danke, mein Lieber. Ich war zufällig in der Stadt und wollte fragen, ob du Zeit hast, mit mir zu Mittag zu essen.«

Sein ganzes Gesicht strahlte. »Ich ertrinke fast in Arbeit, aber für dich habe ich immer Zeit.«

»Ich werde dich nicht allzu lange von deiner Arbeit abhalten«, sagte sie und klimperte kokett mit den Wimpern, die sie mit Mascara schwarz gefärbt hatte, wobei sie peinlichst darauf geachtet hatte, dass es natürlich aussah.

»Wohin sollen wir gehen?«, fragte er.

»Da vertraue ich auf deine Ortskenntnis.« Sie gab ein perlendes Lachen von sich und erstickte dabei fast an ihrer Verachtung für ihn.

»Perfekt. Gleich um die Ecke gibt es ein wunderbares Restaurant.«

Sie hielt ganz still, als er seine Hand auf ihren Rücken legte. Innerlich kämpfte sie gegen den Drang, ihm die Augen auszukratzen und ihn mit tausend Schimpfwörtern für seine abscheuliche Aktion in der Fabrik zu bewerfen.

Während des Essens schwadronierte er über seine großartigen Erfolge und darüber, dass er für eine weitere Beförderung in Betracht gezogen wurde. Eine, die ihn vielleicht von Parchim wegführte, möglicherweise sogar nach Berlin, wo alle wichtigen Dinge passierten.

»Das sind wunderbare Neuigkeiten«, flötete sie. Es war in der Tat eine großartige Nachricht, wenn es bedeutete, dass sie ihn nie wiedersehen musste. Zudem hatte Horst Richter angedeutet, dass selbst die SS den Mangel an tauglichen Männern zu spüren bekam und eine frei werdende Stelle oft nicht neu besetzen konnte.

So sehr sie Lothar Katze auch verabscheute, war sie zum Schluss gekommen, dass sie ihn Thomas vorzog, denn er wurde von seiner Gier beherrscht, statt einer stupiden Ideologie.

»Wirst du mich denn nicht vermissen?«

Thomas' Frage traf sie vollkommen unvorbereitet und sie brauchte ein paar Sekunden, um eine Antwort zu formulieren. »Natürlich werde ich dich vermissen, Thomas. Aber sagt nicht unser Führer, dass die Pflicht immer an erster Stelle steht? Es käme mir niemals in den Sinn, mein persönliches Glück über das Wohlergehen unseres Land zu stellen.«

Sein Gesichtsausdruck wurde weicher. »Das ist einer der Gründe, warum ich dich so sehr liebe. Wir denken ähnlich. Wir haben die gleichen Ziele, die gleiche Hingabe, unserem Führer zu dienen. Du in deiner kleinen Frauenwelt und ich in der großen Welt der Männer.« Pures Grauen bemächtigte sich jeder Zelle ihres Körpers. Er hatte zum ersten Mal das Wort »Liebe« benutzt.

»Das hast du sehr schön gesagt.« Sie musste ihm unbedingt ihr Anliegen vortragen, denn sie konnte seine Absurditäten nicht länger ertragen.

Im nächsten Moment nahm er ihre Hand, beugte sich vor und drückte ihr, bevor sie überhaupt merkte, was geschah, einen Kuss auf die Lippen. Er war stürmisch und fordernd. Sie wollte ihn intuitiv wegzustoßen, zwang sich in letzter Sekunde dazu, ihre Lippen zu öffnen. Seine Zunge glitt hinein und erforschte ihren

Mund bis in den letzten Winkel. Ein Würgen unterdrückend, zählte sie bis zehn, bevor sie sich aus seiner Umarmung löste und Scham heuchelte. »Thomas, wir sind an einem öffentlichen Ort.«

»Es tut mir leid, liebste Annegret. Ich war überwältigt von meinen Gefühlen für dich und der Angst, dich nie wiederzusehen.« Er räusperte sich, nahm ihre beiden Hände in die seinen und sagte: »Ich hatte nicht geplant, dass es so schnell geht. Doch manchmal verlangen die Umstände nach Tatkraft und Entschlossenheit. Meine bevorstehende Beförderung hat mich gelehrt, wie sehr unsere Leben schon miteinander verwoben sind und dass ich keinen Tag mehr ohne dich verbringen will.«

»Aber ...«, versuchte sie ihn zu unterbrechen.

»Nein.« Er legte ihr einen Finger auf die Lippen. »Lass mich erst ausreden. Ich weiß, dass es dir genauso geht, und ich bin überglücklich darüber.«

Sie konnte kaum den Drang unterdrücken, aufzustehen und wegzulaufen.

»Du und ich, wir haben eine wunderbare Zukunft vor uns. Jeder von uns ist zu Großem berufen. Gemeinsam können wir noch so viel mehr erreichen. Eine strategische Verbindung wäre die Krönung unserer Liebe und würde bedeuten, dass du mir folgen kannst, wohin auch immer ich gehe.«

Sie hatte nicht die Absicht, Gut Plaun zu verlassen, schließlich musste sie sich um ihre Zwangsarbeiter und all die anderen Menschen kümmern, die auf sie angewiesen waren ... und um Stefan. Ihn wollte sie auf gar keinen Fall verlassen.

»Meine geliebte Annegret, willst du meine Frau werden?«

Bevor sie es verhindern konnte, formte ihr Mund ein stilles O. »Dich heiraten?«

»Ja. Du hast so viel um die Ohren. Als dein Ehemann werde ich dir all diese Lasten abnehmen. Du musst dich nicht mehr um die geschäftliche Seite von Gut Plaun kümmern. Ich werde alles beaufsichtigen, während du dich ganz auf die Bewirtung unserer Gäste und die Erziehung unserer Kinder konzentrieren kannst. Mit meinem Rang und deiner gesell-schaftlichen Stellung werden wir ganz nach oben kommen. Schon bald wird man uns in einem Atemzug mit den Goebbels, Himmlers und van Ribbentrops nennen.«

Inzwischen war sie einer Ohnmacht nahe. Er meinte es tatsächlich ernst mit dem Heiratsantrag, auch wenn er es eher nach einer geschäftlichen Transaktion klingen ließ. *Gott steh mir bei!* »Thomas, ich muss gestehen, dass dein Antrag mich überrascht hat. Wir kennen uns doch erst seit so kurzer Zeit.«

Er schien enttäuscht über ihren mangelnden Enthusiasmus zu sein. »Ich weiß, es ist ein wenig rasch, aber das bedeutet nicht, dass meine Gefühle für dich nicht echt sind. Der Krieg verleiht dem Leben eine besondere Dringlichkeit. Viele Liebes-paare verzichten auf eine lange Verlobungszeit ob der Gefahr, für immer voneinander getrennt zu werden.«

Nur, dass ich dich nicht liebe. »Ich ... das ist alles neu für mich«, antwortete sie schließlich schüchtern. »Ich brauche Zeit, um deine Worte und deinen Kuss zu verarbeiten.« Um ihre Worte zu unterstreichen, berührte sie ihre Lippen mit dem Finger. »Ich bin noch immer überwältigt.«

Er lächelte. »Es war wundervoll, nicht wahr?«

Sie nickte.

»Als dein Ehemann werde ich dir alle deine Wünsche von den Lippen ablesen und alles tun, um dich glücklich zu machen. Für den Rest deines Lebens.«

Dies war ihre einzige Chance, Onkel Ernst zu befreien. Wenn sie dafür Thomas heiraten musste, dann war es eben so. »Ich weiß deine Großzügigkeit zu schätzen.«

»Ich würde alles für dich tun, meine Liebste.«

»Es gibt tatsächlich eine Kleinigkeit, bei der du mir helfen könntest.«

»Dein Wunsch ist mir Befehl.«

Sie holte tief Luft. »Ich weiß, das ist eher ungewöhnlich, aber eine liebe deutsche Freundin meiner Mutter hat einen

Juden geheiratet. Bevor meine Mutter starb, hörte ich zufällig, wie sie ihrer Freundin versprach, zu helfen, falls dem Mann etwas zustoßen sollte.« Sie machte ein angewidertes Gesicht. »Ich habe zufällig herausgefunden, dass er zu denen gehört, die gestern aus der Fabrik abgeholt wurden und habe mich gefragt, ob er vielleicht freigelassen werden kann? Ich tue das nur, um das Versprechen meiner Mutter einzulösen, die ich so sehr respektiert habe.«

Thomas presste seine Lippen zusammen. »Wie ist sein Name?«

»Ernst Rosenbaum.«

»Ich werde sehen, was ich tun kann.«

»Das ist so unglaublich gutherzig von dir.« Sie zwang sich, ihm einen keuschen Kuss auf die Lippen zu drücken. »Tausend Dank.«

Eine Kirchenglocke läutete und Thomas schaute auf seine Armbanduhr. »Es tut mir so leid, meine Liebste, die Pflicht ruft. Gleich heute Nachmittag fahre ich zum Sammellager und erkundige mich nach dem Bekannten deiner Mutter.« Dann legte er den Kopf schief und starrte sie an. »Ich habe dich noch nie ohne Ohrringe gesehen. Was ist mit deinen Perlensteckern passiert?«

Entsetzt legte sie eine Hand an ihr Ohr und log. »Ich muss sie verloren haben.«

»Sehen wir uns morgen Abend? Wir haben viel zu planen für unsere Hochzeit.«

Sie erinnerte sich nicht daran, ja gesagt zu haben. Allerdings schien dieses kleine Detail für Thomas keine Bedeutung zu haben. »Ich freue mich schon.«

Er begleitete sie zur Kutsche, wo Nils wartete, und gab ihr zum Abschied noch einen Kuss. Kaum saß sie auf dem Kutschbock, wurde ihr gesamter Körper von heftigen Schauern geschüttelt.

36

Thomas machte ein paar dringende Anrufe, dann verließ er sein Büro und teilte seiner Sekretärin mit, dass er erst am nächsten Tag zurückkäme.

Er setzte sich hinter das Steuer des schwarzen Dienstmercedes und fuhr die vierzig Minuten zum Sammellager. Es war ihm ein Rätsel, warum einige deutsche Frauen, wie die Freundin von Annegrets Mutter, bei ihren jüdischen Ehemännern blieben, wenn eine Scheidung für alle Beteiligten so viel besser wäre.

Was er im Begriff war zu tun, lief seiner innersten Überzeugung zuwider. Er verachtete sich selbst dafür, dass er seiner zukünftigen Frau in einem schwachen Moment versprochen hatte, diesen Mann freizulassen. Nun sah er sich mit einem beunruhigenden Dilemma konfrontiert: Als ehrbarer Mann hielt er immer seine Versprechen. Gleichzeitig bedeutete die Freilassung eines Juden, dass er seine Überzeugungen verraten und seinem geliebten Vaterland Schaden zufügen musste.

Ein gequälter Seufzer entrang sich seiner Kehle. Was sollte er nur tun? Annegret wäre so enttäuscht von ihm, wenn er sein

Versprechen brach und ihr erklärte, dass ein Jude nun mal ein Jude ist und ausgemerzt werden muss.

Gepeinigt drückte er das Gaspedal bis zum Anschlag durch. Die Geschwindigkeit stieg ihm in den Kopf und beschleunigte sein Denken. Eine vage Erinnerung erschien. Eine Aktion in Berlin vor ungefähr einem Jahr. Der anschließende Protest in der Rosenstraße. Deutsche Ehefrauen hatten gegen die Verhaftung ihrer jüdischen Ehemänner protestiert.

Das Ergebnis war nie öffentlich diskutiert worden. Nach einer Woche hatte man die jüdischen Volksfeinde in einer Nacht-und-Nebel-Aktion freigelassen und zu ihren Familien zurückgeschickt, mit der Auflage, niemals mit irgendwem über das Geschehene zu sprechen.

Wenn es nach ihm gegangen wäre, hätte er nicht nur die verfluchten Juden, sondern auch ihre staatsfeindlich gesinnten deutschen Ehepartner deportiert. Doch der Führer hatte wieder einmal seine unermessliche Güte bewiesen und denjenigen, die sich ihm widersetzt hatten, Gnade gewährt. Ein wahrhaft großer Staatsmann.

Thomas nahm den Fuß vom Gaspedal und seufzte zufrieden. Er würde dem Beispiel des Führers folgen und einen wertlosen Untermenschen freilassen, um diejenigen zu beschämen, die das Regime so gern der Grausamkeit bezichtigten.

Bei seiner Ankunft im Sammellager ging er zum Tor und zeigte seinen Ausweis vor.

»Herr Oberscharführer«, begrüßte ihn der Ordnungspolizist nach einer gründlichen Kontrolle seiner Papiere. »Gibt es einen besonderen Grund für Ihren Besuch?«

»Es gibt einen Gefangenen, den ich verhören muss. Sein Name ist Ernst Rosenbaum. Wo kann ich ihn finden?«

Der Orpo zuckte mit den Schultern. »Wann wurde er eingeliefert?«

»Gestern.«

»Dann ist er wahrscheinlich im ersten Stock, unten sind die

Neuankömmlinge. Sie werden kaum glauben welches Chaos da drinnen herrscht. Ich kann ihn leider nicht für Sie suchen, ich bin allein und muss den Eingang bewachen.«

»Ich werde selbst gehen.« Thomas seufzte. Wenn der Führer wüsste, wie schlecht das Sammellager besetzt war, würde er die Verantwortlichen über heiße Kohlen ziehen.

Drinnen fiel ihm als Erstes der bestialische Gestank auf. Er zuckte mit den Schultern. Hatte es noch eines weiteren Beweises bedurft, dass Juden unappetitliche Schweine waren?

Der Polizist hatte nicht zu viel versprochen. Das Chaos war entsetzlich: Überall hockten, saßen, standen Menschen in völliger Verwahrlosung. Einige in Häftlingskleidung, andere in Zivil, ihre gelben Sterne verschmutzt, ihre Mäntel zerrissen. Mehrere dieser verdreckten Gestalten trugen kurze Hosen oder Hemden. Diese Untermenschen wussten nicht einmal, wie man sich der Jahreszeit entsprechend kleidete.

Ein kleiner Junge weinte nach seiner Mutter, während ein alter Mann versuchte, ihn zu beruhigen. Jüdische Mütter kümmerten sich offenbar nicht um ihre Kinder, sondern ließen sie in diesem Tohuwabohu allein zurück. Es war schlichtweg ekelhaft! Annegret würde ihre Kinder niemals allein zurücklassen.

Wenigstens hatte das Ungeziefer den Anstand, ihm Platz zu machen, so dass er den Raum bis zur Treppe durchqueren konnte, ohne auf jemanden zu treten und seine Stiefel zu beschmutzen. Der entsetzliche Gestank von menschlichen Exkrementen wurde immer intensiver, je weiter er sich vom Eingang entfernte. Er hielt den Atem an, bis er den ersten Stock erreichte.

Dort oben war es etwas besser, aber nicht viel. Er stellte sich auf den Treppenabsatz und brüllte: »Ist Ernst Rosenbaum hier?«

Nichts geschah. Er brüllte noch einmal und fügte, einen

Apfel hochhaltend, hinzu: »Wer ihn herbringt, bekommt diesen Apfel.«

Es dauerte nicht lange, bis eine alte Frau auf ihn zu schlurfte, den Blick auf den Boden geheftet, während sie murmelte: »Herr Oberscharführer. Der Mann, den Sie suchen, ist im letzten Zimmer rechts. Seine Nichte war gestern hier und hat ihm ihre Perlenohrringe gegeben.«

Was um Himmels willen ging hier vor sich? Ein weiterer Beweis für die Verderbtheit und die ekelhaften Methoden der Juden. Er machte sich auf den Weg zu Rosenbaum, doch diese dreckige Schlampe zerrte an seinem Ärmel und wimmerte: »Mein Apfel, bitte?«

Was für ein unverschämtes Weib! »Du hast ihn nicht hergebracht, also gibt es keine Belohnung für dich, du hässliche Schabracke.« Er sah ihr direkt in die angsterfüllten Augen, und ein Hochgefühl von absoluter Macht übermannte seine Sinne. »Du hast versucht, diesen Mann eines Verbrechens zu beschuldigen und hast meinen Ärmel beschmutzt. Für Abschaum wie dich ist in diesem Land kein Platz.« Mit diesen Worten zog er seine Pistole und zielte auf ihre Stirn.

Es war ein sauberer Schuss. Perfekt sogar. Ein einziger Blutstropfen erschien zwischen ihren Augenbrauen. Dann fiel sie um wie ein gefällter Baum. Der Schuss echote von Wand zu Wand, hallte durch die Stockwerke des Gebäudes. Es dauerte nicht länger als dreißig Sekunden, bis es im ersten Stock von SS, Gestapo und Orpo wimmelte, die großzügig Stockschläge für jeden verteilten, der sich bewegte, und auch für diejenigen, die sich nicht bewegten.

Thomas ließ sich von der Gaudi nicht aufhalten; er hatte eine Aufgabe zu erledigen. Er schritt zu dem Raum, in dem sich Ernst Rosenbaum angeblich versteckte. An der Schwelle brüllte er erneut: »Ernst Rosenbaum. Herkommen!«

Ein älterer Mann stand mühsam auf und schlurfte mit hängenden Schultern vorwärts, den Kopf gesenkt.

»Geben Sie mir die Ohrringe!«, forderte Thomas ihn auf.

»Ich habe keine Ohrringe.«

»Ich weiß, dass du sie hast, Judenschwein!« Die Wut hatte Thomas gepackt. Ein weiterer Beweis dafür, dass sämtliche Juden Lügner und Halsabschneider waren. »Man hat dich beobachtet.«

»Eine Freundin hat sie mir gegeben, damit ich sie für sie aufbewahre.« Rosenbaum holte ein Paar kostbarer Perlenohrringe aus seiner Tasche.

Thomas erkannte sie sofort. Es war Annegrets Lieblingsschmuck. Die Ohrstecker, die sie heute Morgen nicht getragen hatte. Irgendetwas Schlimmes ging hier vor sich. Er musste der Sache auf den Grund gehen. Der leidenschaftliche Kuss, den sie ihm zum Dank für die Wiederbeschaffung ihrer geliebten Ohrringe geben würde, kribbelte bereits auf seinen Lippen.

»Wie heißt deine Freundin?«

»Ich ... das kann ich nicht sagen«, stammelte Rosenbaum.

»Sie ist eine Diebin. Diese Ohrringe gehören Annegret Huber.« Thomas beobachtete den anderen Mann genau und bemerkte ein entsetztes Aufblitzen in seinen Augen bei der Erwähnung von Annegrets Namen. Er schwor sich, dass er die Wahrheit aus dem Judenschwein herausbekommen würde, egal wie viel Mühe es kostete. »Du kommst mit mir.« Er packte Rosenbaum am Arm und zerrte ihn unsanft hinter sich her.

»Ich nehme diesen Gefangenen zum Verhör mit«, sagte er zu dem Orpo, der ihn zuvor hereingelassen hatte. Als sie beim Auto ankamen, schob er den alten Mann auf den Rücksitz. Seine Sekretärin würde das Auto später gründlich reinigen müssen, damit ein Arier es wieder benutzen konnte.

Am nächsten Morgen gestand Ernst Rosenbaum ein Verbrechen, das so schrecklich war, dass Thomas vor Entsetzen schwankte. Und es war nicht der Diebstahl von wertvollen Ohrringen.

37

Margarete ging ungeduldig in ihrem Zimmer auf und ab. In Erwartung von Thomas' Ankunft schaute sie ungefähr einmal pro Minute aus dem Fenster. Als sie endlich Motorengeräusche hörte, stürzte sie zum Fenster, wobei ihr Herz hart gegen die Rippen schlug. Es war sein schwarzer Dienstwagen. Sie hielt den Atem an und beobachtete, was geschah.

Ein Mann stieg aus dem Wagen. Thomas. Er hatte keinen Beifahrer dabei. Als sie hörbar den Atem ausblies, schalt sie sich selbst. Er würde keinen freigelassenen Juden in das Herrenhaus mitbringen. Für solche Dinge gab es ein Protokoll. Ganz bestimmt.

Es gab für alles Protokolle. Besonders für die Entlassung von Gefangenen. Onkel Ernst musste zu einem Büro gehen und unzählige Dokumente unterschreiben, bevor er freigelassen wurde. Keinesfalls in das Herrenhaus.

Sie entfernte sich vom Fenster, ging in den Salon und lauschte nervös auf die Schritte, die Thomas ankündigten.

Sie kamen viel schneller und heftiger als sie erwartet hatte. Thomas musste wütend sein, oder vielleicht hatte er es eilig. Ja, er musste in Eile sein. Sie mahnte sich zur Ruhe, setzte ein charmantes Lächeln auf und ging zur Tür, um ihn zu begrüßen.

Doch bevor sie die Mitte des Raumes erreichte, wurde die Tür aufgerissen und gegen die Wand geschmettert. Ein wutschnaubender Wahnsinniger stand vor ihr, seine blauen Augen zu zornigen Schlitzen verengt, der Speichel tropfte ihm buchstäblich aus dem Mund. »Du ... du ... du verräterisches Miststück! Das wirst du mir büßen!«

Etwas war furchtbar schiefgelaufen. Margarete zitterte vor Angst, schaffte es aber irgendwie, ruhig zu bleiben. »Bitte, Thomas, beruhige dich doch. Was ist denn passiert?«

»Du ... du ... du weißt genau, was los ist! Du dreckige Jüdin!«

Sie taumelte unter dem Aufprall seiner Worte, als hätte er sie mit seiner Faust geschlagen. Irgendwie brachte sie die Kraft auf zu fragen: »Was redest du denn da? Das ist doch Blödsinn. Du bist durcheinander, ich lasse dir einen Kaffee bringen.« Sie griff nach dem Telefon, aber er schnappte ihren Arm, bevor sie es in der Hand hatte. »Aua. Du tust mir weh.«

Seine Augen loderten mit unvermindertem Hass und er schleuderte ihr seine nächsten Worte entgegen: »Ernst Rosenbaum ist dein Onkel, du ... du ... Judenschlampe.«

Von einem Augenblick auf den nächsten wich das Blut aus ihrem Kopf und ließ sie taumeln. Das war der Moment, den sie all die Monate gefürchtet hatte, und doch traf er sie nun, als er schließlich gekommen war, völlig unvorbereitet. »Wer hat dir diese Lüge erzählt?«, fragte sie im Flüsterton.

»Dein Onkel höchstpersönlich.«

Sie wischte sich die feuchten Handflächen an ihrem Wollrock ab und machte einen letzten Versuch, ihn von ihrer Unschuld zu überzeugen. »Wer immer dir das erzählt hat, ist ganz sicher nicht mein Onkel.«

»Du gerissenes Miststück. Dein eigenes Fleisch und Blut zu verleugnen.«

»Wenn ich einen Onkel hätte, warum sollte er mich einer solch absurden Sache beschuldigen? Es gibt dafür keinerlei Beweise.«

»Doch, die gibt es.« Mit einer triumphierenden Miene hielt er die Perlenohrringe hoch, die sie Onkel Ernst gegeben hatte. Das war schlecht, wenn auch nicht hoffnungslos. Sie streckte eine Hand danach aus, aber er schloss schnell seine Handfläche und steckte die Ohrringe zurück in seine Tasche.

Sie versuchte es anders. »Ich bin so froh, dass du sie gefunden hast. Erinnerst du dich an gestern, als ich dir sagte, ich hätte sie verloren. Diese Person, die behauptet, mein Onkel zu sein, muss die Ohrringe gestohlen haben. Wenn ich mit ihm reden kann, können wir dieser ungeheuerlichen Anschuldigung auf den Grund gehen.«

Er schmunzelte süffisant. »Der kann nicht mehr viel sagen. Wir mussten ihn die ganze Nacht lang bearbeiten, bis er endlich gestanden hat.«

Wieder schwankte sie, als ihr das Blut in die Füße sackte. Armer Onkel Ernst! Sie weigerte sich, sich vorzustellen, was sie ihm alles angetan hatten, bis er ihnen die Wahrheit gesagt hatte.

Am Ende redet jeder, hatte Armand, der Anführer einer französischen Résistance-Gruppe, betont. Laut Armand war es nur eine Frage der Zeit. Das Ziel war lediglich, so lange durchzuhalten, dass die Kameraden verschwinden konnten, bevor die Gestapo auch sie abholte.

»Er ist ein Jude. Er würde alles sagen, um sein Leben zu retten. Aber wer wird seinem Wort mehr glauben als meinem?« Langsam gewann sie wieder etwas Zuversicht. Was würde Annegret an ihrer Stelle tun?

Margarete spielte dieses Spiel schon so lange, dass es ihr nicht schwer fiel, sich in das verwöhnte Nazigör hineinzuversetzen. Sie stampfte mit dem Fuß auf und schrie: »Wie kannst du es wagen, in mein Haus zu kommen und mir diese unver-

schämte Anschuldigung an den Kopf zu werfen! Ich werde die
Gestapo rufen und dich dafür verhaften lassen!«

Er brach in Gelächter aus. »Tu das, meine liebe Annegret,
oder soll ich dich lieber Margarete nennen?«

Sie schüttelte den Kopf und biss sich auf die Lippe, um ihn
nicht mit Flüchen zu überschütten.

»Schau mal, was ich gefunden habe.« Er hielt eine Kennkarte hoch, auf der ihr Foto, der Name Margarete Rosenbaum
und ein fettes gelbes J auf der linken Seite aufgedruckt waren.
Ihre Kennkarte, die sie der toten Annegret in die Tasche
gesteckt hatte. Wie um alles in der Welt war er daran gekommen? Im Prinzip war es egal. Auch wenn das Foto mehrere
Jahre alt war, konnte man sie eindeutig darauf erkennen. Wenn
sie weiterhin leugnete, konnte er ihre zahnärztlichen Unterlagen besorgen und beweisen, dass sie nicht Annegret Huber
war. Das allein war Verbrechen genug, um für alle Ewigkeit in
einem Konzentrationslager zu verrotten.

»Hat es dir etwa die Sprache verschlagen?«, höhnte
Thomas.

»Wie bist du an die Kennkarte gekommen?«, flüsterte sie.

»Sobald ich deinen richtigen Namen wusste, war der Rest
ein Kinderspiel. Als Jüdin wirst du das nicht verstehen, aber wir
Deutschen führen akribisch Buch. Ich brauchte nur das Standesamt in dem Berliner Bezirk anzurufen, wo du früher
gewohnt hast. Angesichts der Schwere deines Verbrechens
haben sie mir die Kennkarte sofort per Kurier geschickt.«

In die Enge getrieben, spielte sie ihren letzten Trumpf aus.
»Thomas, bitte. Lass uns darüber reden.«

»Da gibt es nichts zu besprechen.«

»Niemand muss je davon erfahren. Wir können immer
noch heiraten. Das gesamte Anwesen wird dir gehören. Mein
Geld und mein gesellschaftlicher Status sind deine Eintritts-
karte in die oberen Zehntausend. Was ist mit deinen Träumen?
Willst du das alles aufgeben?«, flehte sie ihn an. Sie konnte

sehen, wie er einen Moment lang zögerte, bevor sich sein Gesicht erneut zu einer hässlichen Fratze verzog.

»Was glaubst du, wer ich bin? Ich bin ein ehrbarer Mann, der seinem Vaterland dient, kein gieriger Emporkömmling, der bereit ist, seine Prinzipien für Ruhm und Ehre zu verkaufen«, rief er ehrlich entrüstet. »Eine Ehe mit einer Jüdin ist übrigens nicht nur illegal, sondern auch eine Gefahr für die Volksgesundheit. Der Geschlechtsverkehr mit jemandem wie dir verunreinigt das pure deutsche Blut und besudelt die Rassenreinheit.«

Sie schenkte ihm ein trauriges Lächeln. Thomas war furchtbar verblendet. Leider blieb er in seiner verdrehten Logik seinen Ideologien treu und ließ sich nicht bestechen. In ihrer Situation wäre es besser gewesen, mit einem korrupten Mann wie Lothar Katze zu verhandeln. Dennoch musste sie Thomas zugutehalten, dass er für das eintrat, woran er glaubte.

»Was wirst du jetzt tun?«, fragte sie, immer noch hoffend, dass er sie verschonte.

»Ich werde dich ins Sammellager bringen, damit sie dich bei der ersten Gelegenheit nach Auschwitz schaffen. In Anbetracht deines guten Allgemeinzustands bin ich mir sicher, dass man dich für Fronarbeit statt für die sofortige Vernichtung auswählen wird, falls dir das ein Trost ist.«

»Ich dachte, du liebst mich.«

Er spuckte sie an. »Und ich dachte, du bist deutsch.«

38

Thomas starrte die Frau an, die vor ihm stand. Selbst nachdem er sie als Betrügerin entlarvt hatte, behielt sie immer noch die Fassung, was ihn zur Weißglut brachte. Es wäre so viel befriedigender gewesen, wenn sie sich vor seine Füße geworfen und um ihr Leben gebettelt hätte.

Nicht dass es etwas geändert hätte, denn er hatte wahrlich nicht die Absicht, bei jemandem Gnade walten zu lassen, der die ganze Welt zwei Jahre lang so niederträchtig getäuscht hatte. Sie hatte sich auf dem Anwesen der Hubers eingenistet, so wie ein Kuckuck seine Eier in die Nester anderer Vögel legt, und von deren Gutmütigkeit profitiert.

Rasender Zorn tobte durch seine Adern. Diese Spinat-wachtel war so viel ruchloser als der Durchschnittsjude. Für ihre Verbrechen gab es weder einen Präzedenzfall noch einen Vergleich. Was Margarete getan hatte, war der Inbegriff der Verderbtheit.

Es klopfte an der Tür. »Herein!«, bellte er.

Das Dienstmädchen Dora stand in der Tür und warf ihm einen erschrockenen Blick zu, als sie die angespannte Atmo-sphäre wahrnahm. »Fräulein A—«

»Was willst du?«, unterbrach er sie.

»Herr Oberscharführer, die Störung tut mir schrecklich leid. Der Reichskriminaldirektor Richter ist eingetroffen.« Sie knickste nicht nur einmal, sondern zweimal und warf ihrer Herrin, die wenigstens den Anstand hatte, den Mund zu halten, nervöse Blicke zu.

»Was will er denn?« Wie unpassend, dass Richter ausgerechnet jetzt auftauchen musste.

Das heißt ... möglicherweise war es sogar von Vorteil, einen Zeugen, noch dazu von der Gestapo, für Margaretes frevelhafte Täuschung und Thomas' gloriose Rolle bei deren Aufdeckung zu haben. Richter, der selbst an der Nase herumgeführt worden war, würde Thomas für seinen brillanten Verstand applaudieren.

Aus ehrlicher Bewunderung und Dankbarkeit heraus würde der ältere Mann zum Steigbügelhalter für Thomas' zukünftige Karriere werden. Einen besseren Mentor als den Gestapochef konnte er sich nicht wünschen. »Geleite ihn bitte hoch. Er kann uns helfen, einen kleinen Disput zu schlichten.«

Die Magd wirkte unsicher und blickte Margarete an. »Ist alles in Ordnung, Fräulein Annegret?«

»Ja, natürlich. Bitte sage dem Reichskriminaldirektor, dass er uns Gesellschaft leisten soll.«

Thomas mochte sich täuschen, doch er spürte ein stilles Einverständnis zwischen den beiden Frauen. Er nahm sich vor, das Dienstmädchen später darüber zu befragen. Sobald Dora weg war, machte er einen Schritt auf Margarete zu und zischte: »Er wird dich nicht retten, das weißt du.«

Sie legte den Kopf schief und sah ihn geradezu aufreizend mitleidig an. »Ich muss nicht gerettet werden, denn mein Gewissen ist rein. Du bist hier der Verbrecher. Du bist derjenige, der unschuldige Menschen umbringt, nur weil sie jüdischer Abstammung sind. Der sie foltert und verstümmelt. Du findest Freude daran, Häftlinge wie Kaninchen zu jagen und zu erschießen. Du beraubst sie ihrer elementarsten Bedürfnisse, lässt sie verhungern, erfrieren oder sich zu Tode schuften. Du bist der Abschaum der Menschheit. Nicht ich!«

Er war so schockiert, dass ihm die Worte fehlten. Die Rage über ihre Unverschämtheit kochte in seinem Inneren; er holte aus und verpasste ihr eine saftige Ohrfeige.

Ihr verblüffter Gesichtsausdruck war eine Million Reichsmark wert. Mit Genugtuung beobachtete er, wie der Abdruck seiner Hand leuchtend rot auf ihrer porzellanfarbenen Haut brannte.

Die Tür öffnete sich und Richter trat ein. Als geschulter Polizist spürte er sofort die gespannte Stimmung. »Verzeihen Sie, störe ich bei einem Streit unter Verliebten?«

»Ganz und gar nicht, Herr Reichskriminaldirektor. Im Gegenteil, es ist gut, dass Sie hier sind.« Thomas richtete sich zu seiner vollen Größe auf und überragte den Gestapoagenten um einen halben Kopf. »Diese Frau ist eine Jüdin.«

Richter zuckte nicht einmal mit der Wimper. »Sie müssen sich darüber im Klaren sein, dass dies eine sehr ernsthafte Anschuldigung ist. Ich nehme an, Sie haben Beweise?«

Margarete versuchte nicht einmal, sich zu verteidigen, sie starrte einfach nur vor sich hin, die Arme vor der Brust verschränkt.

Thomas reichte Richter ihre Kennkarte und erklärte: »Sie hat uns alle getäuscht, indem sie vorgab, Annegret Huber zu sein, während sie in Wirklichkeit das jüdische Dienstmädchen war.«

Richter schürzte die Lippen, musterte das Dokument eingehend und nickte dann langsam mit dem Kopf. Thomas wähnte sich schon in Hitlers Hauptquartier, wo er das Kriegsverdienstkreuz für außergewöhnliche Verdienste, die nicht in direktem Zusammenhang mit Kampfhandlungen standen, verliehen bekäme. Es wäre eine prächtige Zeremonie mit angesehenen Gästen und köstlichem Essen, und – was das Wichtigste war – er dürfte die Hand des Führers schütteln.

Ein warmes Gefühl machte sich in seinem Magen breit. Er brauchte den Reichtum einer verwöhnten Erbin nicht. Nach dieser herausragenden Leistung würde er in Windeseile befördert werden. Hochrangige Regierungsmitglieder würden sich in heiklen Fragen mit ihm beraten, ihn um Rat fragen und ihn in geheime Regierungsentscheidungen einweihen. Er würde zu einem Vertrauten Hitlers werden, der persönlichen Zugang zum Führer hätte und ihm hülfe, die Zukunft eines großartigen Deutschen Reiches zu gestalten.

»Das scheint mir ein wenig dürftig, um eine so schwerwiegende Anschuldigung darauf zu stützen«, durchbrach Richters Stimme seinen Tagtraum. »Haben Sie sonst noch etwas?«

Thomas schaute Richter ungläubig an. Wovon sprach der Mann? Eine originale Kennkarte, die eindeutig bewies, dass die Frau vor ihnen nicht die war, die sie vorgab zu sein. Was brauchte er noch für Beweise? »In der Tat, den habe ich. Ich habe die Aussage ihres Onkels, Ernst Rosenbaum, den sie im Sammellager aufgesucht hat, weil sie ihn vor der Deportation retten wollte.« Gott sei Dank hatte er den Mann am Leben gelassen, wenn auch nur knapp.

»Ein Jude? Sie wissen so gut wie ich, dass seine Aussage weniger wert ist als der Dreck unter seinen Fingernägeln.«

Thomas konnte nicht begreifen, worauf Richter hinauswollte. Sollte er nicht ein Interesse daran haben, eine solch heimtückische Straftat aufzudecken? Stattdessen spielte er ... des Teufels Advokat. Natürlich, das war der Grund. Der erfahrene Vernehmer wollte, dass der Fall hundertprozentig wasserdicht war, schließlich ging es um das gesamte Huber-Anwesen.

Er entspannte seine Kiefermuskeln und sagte: »Herr Reichskriminaldirektor, ich bewundere Ihre Gründlichkeit. Sie werden sehen, dass dieser Fall absolut wasserdicht ist. Außer der originalen Kennkarte, die Sie in Händen halten, habe ich die Aussage ihres Onkels, eines Juden, und das hier.« Er fischte die Ohrringe aus seiner Tasche und zeigte sie Richter, wobei er Margarete aus dem Augenwinkel beobachtete, um sich zu vergewissern, dass sie nicht versuchte zu fliehen.

Richter nickte mit ernster Miene. »Tut mir leid, die erkenne ich nicht wieder. Es sind nur ein paar Perlenstecker, die jedem gehören könnten.«

Irgendetwas passte nicht zusammen, doch bevor Thomas den Grund des mulmigen Gefühls in seinem Magen entschlüsseln konnte, holte Richter ein silbernes Feuerzeug aus seiner Brusttasche, zündete die Kennkarte an und sah zufrieden zu, wie sie verbrannte.

Unfähig, sich zu bewegen oder auch nur zu protestieren, stand Thomas wie zur Salzsäule erstarrt da, die Augen auf die flackernde, gelbe Flamme gerichtet, die sich unersättlich in das Papier fraß, bis schwarze Asche auf den dicken Perserteppich rieselte.

»Oberscharführer Thomas Kallfass, Sie sind verhaftet, weil Sie der rechtmäßigen Besitzerin Annegret Huber wertvolle Perlenohrringe gestohlen und sie eines infamen Verbrechens beschuldigt haben, das sie nie begangen hat. Dies fällt unter die Straftatbestände der Verleumdung, der üblen Nachrede, des Diebstahls und der Wehrkraftzersetzung.«

»Was? Das können Sie nicht tun!«, stammelte Thomas. Als ihm endlich die Idee kam, sich mit seiner Waffe zu verteidigen, hatte Richter ihm bereits die Hände auf den Rücken gefesselt und ihn in den Ohrensessel geschoben.

Richter trat ans Telefon und richtete dabei seinen Revolver auf Thomas. Augenblicke später sprach er in die Muschel: »Hier spricht Reichskriminaldirektor Richter vom Gestapohauptquartier in Leipzig. Ich habe einen Landesverräter verhaftet. Schicken Sie bitte Verstärkung nach Gut Plaun.«

Thomas fiel das Kinn auf die Brust. Es war vorbei. Seine

Karriere war vorbei. Sein Leben war so gut wie vorbei, und er verstand noch immer nicht, wie und warum.

Er hatte doch nur seine Pflicht getan und das Reich vor dem Bösen beschützt.

39

Oliver sichtete in seinem Büro Bestellungen für Lebensmittel, Rohstoffe, Saatgut, Stoffe und alles, was das Gut sonst noch brauchte, als Dora durch die Tür stürmte.

»Oliver ...«, keuchte sie, ihr Gesicht heiß und gerötet.

»Was ist denn los?« Er vermutete sofort das Schlimmste für das ungeborene Kind und sprang auf, wobei er sein Knie schmerzhaft gegen das Schreibtischbein stieß.

»Fräu...lein Anne...gret«, presste Dora zwischen stoßweisem Atmen hervor.

»Was ist mit ihr?« Trotz des offensichtlichen Ernstes der Lage überkam ihn Erleichterung. Wenigstens ging es Dora und dem Baby gut. Später würde er ihr noch einmal einbläuen, dass sie es ruhig angehen lassen musste, aber für den Moment ließ er es gut sein.

»Sie ist oben mit Oberscharführer Kallfass und ... es war so seltsam. Sie schien so verängstigt. Aber sagte, dass alles gut ist. Ich mache mir Sorgen um sie.«

Er warf einen Blick auf seine Frau, die er von ganzem Herzen liebte. Sie neigte dazu, sich zu viele Sorgen um ihre Herrin zu machen. »Ich bin sicher, dass alles in Ordnung ist.«

»Nein. Ich weiß, dass es das nicht ist. Sie konnte es mir nicht sagen, aber du hättest ihr Gesicht sehen sollen. Sie hatte schreckliche Angst. Bitte, kannst du nach oben gehen und dafür sorgen, dass dieser Mann ihr nichts Schlimmes antut?«

Oliver seufzte. »Gut, ich werde nach ihr sehen. Aber nur, wenn du dich einige Minuten hinsetzt und zu Atem kommst. Es ist nicht gut für das Baby, wenn du dich so aufregst.« Er ging zur Tür und küsste Dora.

»Reichskriminaldirektor Richter ist auch da oben«, sagte sie.

Als er sicher war, dass sie es nicht sehen konnte, rollte er mit den Augen. Wenn Richter bei Annegret war, konnte es nicht so schlimm sein. Weil Dora ihm nie verzeihen würde, wenn er nicht nach Annegret sah, stieg er trotzdem in den ersten Stock und klopfte an ihre Tür.

»Herein«, rief Richters sonore Stimme.

Oliver öffnete die Tür und erstarrte.

»Oh. Sie sind es, Herr Gundelmann. Ich habe meine Kollegen erwartet.«

Sprachlos nahm Oliver die merkwürdige Situation auf: Annegret stand bleich wie ein Bettlaken am Fenster, während Thomas in einer sichtlich unbequemen Haltung mit den Händen hinter dem Rücken in einem Sessel lümmelte. In der Luft hing beißender Rauch, der einen anderen Geruch überdeckte: Todesangst.

Schließlich fand Oliver seine Fassung wieder und fragte: »Bitte entschuldigt, dass ich störe. Ist alles in Ordnung?«

»Ja, das ist es.« Wieder war es Richter, der antwortete, während Annegret weiterhin stocksteif dastand. »Dieser Mann«, sagte er und zeigte auf Thomas, »hat wertvolle Perlenohrringe gestohlen und versucht, Fräulein Annegret zu erpressen, indem er ihr drohte, sie als Jüdin zu beschuldigen, falls sie ihn anzeigt.«

Oliver zuckte zusammen und fragte sich, wie Thomas die

Wahrheit herausgefunden hatte. »Was für ein schändliches Tun!«

»Es war reines Glück, dass ich hier war, um diesem Schurken Einhalt zu gebieten.«

»In der Tat. Als Gutsverwalter muss ich Ihnen für Ihr entschlossenes Eingreifen danken.« Er überlegte kurz. »Ich habe diesen Mann schon länger im Verdacht, es auf Fräulein Annegrets Reichtum abgesehen zu haben. Allerdings wäre ich nie auf die Idee gekommen, dass er zu Diebstahl und Erpressung fähig ist.«

»Ahh … wir kennen die Menschen, die uns nahestehen, nie wirklich, nicht wahr?« Richter sah Annegret pointiert an.

»Vermutlich nicht.« Ihre Stimme war dünner als sonst.

»Brauchen Sie mich für irgendetwas?«, fragte Oliver.

»Vielleicht … könnten Sie hierbleiben und diesen Verbrecher in Schach halten, bis meine Kollegen eintreffen?«, sagte Richter.

»Natürlich.«

»Er lügt! Sie ist eine Jüdin. Ich kann es beweisen!«, schrie Thomas aus dem Sessel und erhob sich halb in einer unbeholfenen Bewegung. Erst jetzt bemerkte Oliver, dass seine Hände hinter dem Rücken gefesselt waren. Bevor Thomas sich ganz aufrichten konnte, war Richter mit einem großen Schritt bei ihm und schlug ihm mit dem Revolverkolben auf den Kopf.

Thomas fiel zurück in den Sessel.

»Ich sollte ihn für die Verbreitung dieser hässlichen Lügen hinrichten lassen. Mein verstorbener Freund, der SS-Standartenführer und seine reizende Frau würden sich im Grab umdrehen, wenn sie wüssten, wie dieser Abschaum ihr Andenken beschmutzt.« Richter sah Oliver eindringlich an. »Ich bin sicher, Sie stimmen mir zu.«

»Das tue ich allerdings.« Oliver war sich nicht sicher, ob die Frage ein Test war. Kannte Richter die Wahrheit und wollte wissen, auf welcher Seite Oliver stand? Oder war es eine Falle?

Er entschied sich dafür, Unwissenheit vorzutäuschen. »Ich würde nie im Leben für einen Juden arbeiten. Kein anständiger Deutscher würde das tun. Ich kann Ihnen versichern, Herr Reichskriminaldirektor, auf Gut Plaun bemühen wir uns jeden Tag, dem Reich besser zu dienen als am Tag zuvor. Lügen und Täuschungen haben hier keinen Platz. Deshalb möchte ich Ihnen noch einmal für Ihr entschlossenes Handeln danken.«

Es dauerte nicht lange, bis die Gestapo eintraf und Thomas hinter sich her die Treppe hinunterschleifte, nachdem sie ihm großzügig Schläge gegen die Rippen und auf den Kopf verpasst hatten, weil er etwas Ungehöriges gesagt hatte.

»Er wird für seine Verbrechen ins Lager Mauthausen geschickt«, kommentierte Richter, bevor er sich an Oliver wandte. »Könnten Sie das Dienstmädchen bitten, hier aufzuräumen? Annegret und ich werden derweil einen Spaziergang machen. Das arme Ding ist völlig erschüttert von den Geschehnissen. Etwas frische Luft wird ihr helfen, den Schock zu verarbeiten.«

»Ich schicke Dora sofort hoch. Danke, dass Sie sich um Fräulein Annegret kümmern.«

»Das ist das Mindeste, was ich tun kann«, sagte Richter mit einer zufriedenen Miene.

40

Immer noch zitternd folgte Margarete Horst Richter die Treppe hinunter und schenkte Dora ein aufmunterndes Lächeln, als sie an ihr vorbeiging.

Sie verstand nicht ganz, was geschehen war. Sie hätte Stein und Bein geschworen, dass Horst sie fallen lassen würde wie eine heiße Kartoffel, wenn er die Wahrheit herausfände. Hatte sie ihn falsch eingeschätzt und der Gestapochef besaß doch ein Herz, sogar für Juden?

Es war brillant gewesen, wie er Thomas reingelegt hatte. Sie musste ihm zugutehalten, dass er sich in Windeseile eine so ausgeklügelte List ausgedacht hatte. Seine Kollegen hatten nur wenige Fragen gestellt, und sie selbst hatte nicht einmal lügen müssen, weil das Thema ihrer Abstammung nie zur Sprache gekommen war.

Stattdessen hatte sie wahrheitsgemäß geantwortet, dass die Ohrringe ihr gehörten, und dass Thomas ihr unablässig nachgestellt hatte, obwohl sie ihn – sehr subtil – hatte wissen lassen, dass sie kein romantisches Interesse an ihm hatte.

Horst führte sie zu seinem Auto und forderte sie auf, einzusteigen.

»Ich dachte, wir wollen einen Spaziergang machen?«

»Machen wir auch. Aber nicht hier. Ich möchte vermeiden, dass einer deiner Angestellten uns belauscht.«

Er ließ den Motor an und fuhr in Richtung See.

»Warum hast du das getan?«, fragte sie ihn schließlich.

Seine Finger trommelten auf das Lenkrad. »Es war notwendig.«

»Danke.« Was hätte sie sonst zu dem Mann sagen sollen, der ihr unerwartet das Leben gerettet hatte?

»Danke mir nicht. Ich habe es nicht für dich getan. Im Gegenteil, ich verachte dich! Du solltest in einem Zug nach Auschwitz sitzen, zusammen mit dem Rest deiner Art!«

Sie hatte ihn also doch nicht falsch eingeschätzt. Die Bestätigung ihres Urteilsvermögens kam zu einem äußerst ungünstigen Zeitpunkt. »Wenn du die Juden so sehr hasst, warum hast du mich dann verteidigt und Kallfass verhaften lassen?«

»Lass uns spazieren gehen, dann erkläre ich es dir.«

Sie hatte nicht bemerkt, dass er den Wagen in der Nähe eines beliebten Badeplatzes angehalten hatte. Im Sommer kam die Dorfjugend hierher, um zu schwimmen, sich zu sonnen oder von einem Felsen ins Wasser zu springen. Um diese Jahreszeit jedoch war der Ort völlig verlassen.

Sie gingen die kurze Strecke durch den dunklen, friedlichen Wald. Das einzige Geräusch in der Stille war das sanfte Plätschern der Wellen am Kiesstrand.

»Was Oberscharführer Kallfass herausgefunden hat, muss der dreisteste, liederlichste und staatsfeindlichste Betrug sein, der mir in meiner gesamten Laufbahn bei der Gestapo begegnet ist. Und glaube mir, ich habe schon alles gesehen. Aber das? Wie konntest du nur? Das Andenken von Annegrets Eltern derart zu beschmutzen, indem du dich als ihre Tochter ausgibst. Du erniedrigst die deutsche Herrenrasse, indem du vorgibst, eine von uns zu sein. Du bist eine Schande für unser Land!«

»Warum hast du dann nicht ...«

»Ich werde dir sagen, warum: Hätte ich die Geschichte von Kallfass bestätigt, hätte bald irgendein Emporkömmling unliebsame Fragen gestellt. Ich bin ein mächtiger Mann mit ebenso mächtigen Feinden, die sich diebisch über jeden meiner Fehler freuen. Kannst du dir den bösartigen Klatsch darüber vorstellen, wie ich von einer Judensau an der Nase herumgeführt wurde?« Er schüttelte den Kopf. »Nein, das kannst du nicht. Es hätte nicht lange gedauert, bis sie mich auf ein Abstellgleis geschoben hätten und ich den Rest meines Lebens mit einer belanglosen Schreibtischtätigkeit hätte fristen müssen. Oder noch schlimmer, man hätte mich degradiert. Ein übereifriger Karrierist, der eine Untersuchung gegen mich eingeleitet und behauptet hätte, ich hätte persönlich davon profitiert, dich als Erbin des Huber-Anwesens einzusetzen.«

Sie hatten den Strand erreicht. Er schlug den Weg nach rechts ein, der die Bucht umrundete. Die Brise brachte ein leises Surren vom See her, das sie nicht zuordnen konnte.

»Verdammt noch mal! Ich? Ich bin ehrlich bis auf die Knochen. Würde dem Reich nie einen einzigen Pfennig stehlen. Nein, ich musste verhindern, dass so etwas passiert. Mit deinem und meinem Wort gegen seins, konnte ihm niemand Glauben schenken. Der Diebstahl der Ohrringe war nur das Sahnehäubchen. Ein schönes Detail, um den Fall zu besiegeln.«

Der Mond schien stark genug, damit sie seinen zufriedenen Gesichtsausdruck erkennen konnte. »Du hast das alles also nur getan, um deine Karriere nicht zu gefährden?«

»Ja.«

Das Surren wurde lauter. Margarete wusste immer noch nicht, was es wohl sein konnte. »Und was jetzt? Tun wir einfach so, als wäre nichts passiert?«

»Ganz und gar nicht.« Sie hatten die Spitze des Felsens erreicht. Sie war noch nie nachts am See gewesen und betrachtete ehrfürchtig die Reflexion des silbernen Mondlichts auf der schwarzen Wasseroberfläche. Es war eine so friedliche Atmosphäre; der stille Wald hinter ihnen, der Strand mit den plätschernden Wellen vor ihnen und sie beide oben auf dem Felsen mit Blick auf den majestätischen See.

Unter anderen Umständen hätte sie die Aussicht genossen. In diesem Moment fragte sie sich, warum Horst sie ausgerechnet hierhergebracht hatte.

Er packte sie am Arm. »Ich werde dich umbringen.«

»Nein, bitte!«, schrie sie aus vollem Halse und wehrte sich gegen seinen Griff.

»Du musst verstehen, dass das die beste Lösung ist.« Obwohl sie sich mit aller Kraft wehrte, zerrte er sie in Richtung Abgrund.

»Hilfe, bitte helfen Sie mir!« Ihre panischen Schreie hallten über das stille Wasser.

»Niemand wird dich hören. Wir sind ganz allein.«

»Bitte. Töte mich nicht! Hilfe! Jemand muss mir helfen!« Ihr Kreischen wurde mit jedem Zentimeter, den er sie in Richtung Felsvorsprung zog, lauter. Sie war dabei den Kampf zu verlieren, konnte schon die Felskante sehen.

Sie verstärkte ihre Bemühungen, mobilisierte alle ihre Kräfte und kämpfte sich Zentimeter für Zentimeter zurück. Ermutigt durch ihren Erfolg, stieß, schlug, kratzte und trat sie den großen, stämmigen Mann, der so viel stärker war als sie. Bis er sie losließ.

Überrascht von dem plötzlichen Fehlen des Widerstands, stolperte sie und fiel der Länge nach auf die gefrorene Erde. Es dauerte ein paar Sekunden, bis die Betäubung nach dem Aufprall abgeklungen war. Sie schnappte nach Luft und kroch weg vom Wasser.

»Nicht so schnell«, sagte Horst. Seine glänzend polierten schwarzen Stiefel tauchten direkt neben ihrem Gesicht auf. »Steh auf. Langsam.«

Das verräterische Klicken eines Revolvers machte ihr die Ausweglosigkeit ihrer Lage bewusst. Zu verängstigt, um etwas zu versuchen oder gar zu schreien, tat sie, was er von ihr verlangte. Erst ging sie auf die Knie, dann rappelte sie sich auf, die Hände in die Luft gestreckt.

»Das muss nicht so schwierig sein, meine Liebe. Du wirst dich jetzt benehmen, zur Kante gehen und hinunterspringen. Es wird ein schneller und schmerzloser Tod sein, das verspreche ich. Sobald du im Wasser bist, erfrierst du innerhalb von Minuten. Es ist ganz einfach. Du wirst bewusstlos sein, lange bevor du ertrinkst.« Er gab ihr ein Zeichen, auf die Felskante zuzugehen. »Du solltest mir dankbar sein, Jüdin. Deinesgleichen kommt selten so leicht davon.«

»Dir dafür danken, dass du mich umbringen willst? Du musst verrückt sein!«, brüllte sie, während sie seinen Anweisungen folgte und dabei fieberhaft nach einem Ausweg suchte. Doch es gab keinen. Horst war viel stärker als sie. Außerdem hatte er eine Waffe.

»Ganz und gar nicht, meine Liebe. Denk nur, wie viel schlimmer es gewesen wäre, wenn ich dich nicht gerettet hätte. Wolltest du unbedingt auf Transport nach Auschwitz gehen und dich dort zu Tode schuften? Tag für Tag unter den schrecklichsten Bedingungen dahinvegetieren. Ohne Essen, ohne warme Kleidung. Bevorzugst du das?«

»Nein! Lass mich los! Hilfe! Helft mir! Er will mich umbringen!« Sie änderte ihre Strategie und flehte ihn an: »Bitte, Horst. Ich werde für immer verschwinden. Niemand wird je davon erfahren. Bitte ... lass mich einfach am Leben.«

»Du weißt, dass ich das nicht tun kann.« Er schüttelte den Kopf, fast so, als sei er traurig. »Ich habe dich sehr lieb gewonnen. Du warst mir die Tochter, die ich nie hatte. Aber du hast mich getäuscht. Eine Jüdin! Schlimmer geht es nicht. Abschaum, der es nicht wert ist, den Dreck von meinen Stiefeln zu lecken. Wenn ich dich am Leben lasse, wirst du dich fortpflanzen und jüdische Bälger gebären, die unsere großartige Nation zerstören werden. Nein, ich muss das Übel an der

Wurzel packen, es ein für alle Mal ausrotten. Auch der letzte Jude auf dieser Erde muss ausgemerzt werden.«

»Wie kannst du nur so etwas glauben?« Ihr wurde klar, dass er niemals nachgeben würde. Ihre Zeit auf Erden ging zu Ende.

»Also, bringen wir es hinter uns, meine Füße werden allmählich kalt.« Er gab ihr ein Zeichen, sich umzudrehen. »Geh. Je weniger du dich wehrst, desto schneller ist es vorbei.«

Die Angst betäubte ihre Glieder, und sie hatte Mühe, seinem Befehl zu folgen. Schließlich gelang es ihr, einen Schritt nach vorn zu machen. Und noch einen. Und noch einen ... Sie blieb an der Kante stehen, unfähig zu tun, was er verlangte.

Das musste sie auch nicht, denn nur Sekunden später katapultierte ein Stoß gegen ihre Schulter sie vorwärts, vorwärts ... und sie fiel ... fiel ... fiel ... ins Leere. »Aaaahhhhh!«

In einem verzweifelten Versuch, um ihr Leben zu kämpfen, füllte sie ihre Lungen mit Luft, bevor sie auf dem Wasser aufschlug. Doch die beißende Kälte presste den Sauerstoff aus ihren Lungen und betäubte ihre Nerven.

Sie wehrte sich, kämpfte gegen den schweren Wollmantel, der sie nach unten zog. Irgendwie schaffte sie es wieder an die Oberfläche, atmete verzweifelt die dringend benötigte Luft ein. Wenn sie doch nur schwimmen gelernt hätte! Ihre Verzweiflung wuchs, als die Kälte ihre Glieder lähmte, sie immer schwerer werden ließ, bis sie sich nicht mehr bewegen konnte und in die Dunkelheit sank.

41

Stefan war auf dem Weg zu den geheimen Aal-Fanggründen seines Großvaters. Der fetthaltige Fisch war ein Grundnahrungsmittel auf dem Speiseplan der Dorfbewohner, und er konnte sicher sein, einen guten Preis für seinen Fang zu erzielen. Normalerweise wurde in der Wintersaison kein Aal gefangen, aber die Nahrungsmittelknappheit aufgrund des Kriegs hatte die traditionellen Regeln außer Kraft gesetzt.

Um Aal zu fangen, brauchte man Geduld und Geschick. Er war stolz darauf, beides zu besitzen – sowie das Wissen um ihre bevorzugten Jagdgründe. Als er ankam, vertäute er sein Boot an einem Baum und legte frische Köder in den Aalkorb, bevor er ihn unter Wasser setzte.

Er arbeitete in absoluter Stille und war gerade fertig, als er einen markerschütternden Schrei hörte. Zunächst dachte er, es handele sich um ein verwundetes Tier, aber Sekunden später folgte ein weiterer Schrei, der eindeutig menschlich war.

Worte konnte er nicht verstehen, doch vermutete er, dass jemand um Hilfe schrie. Was oder wer auch immer es war, er musste es herausfinden. Zu dieser Jahreszeit und vor allem nach Einbruch der Dunkelheit war normalerweise niemand mehr am

See unterwegs. Womöglich handelte es sich um ein Kind, das im Wald gespielt hatte, gestolpert war und aus eigener Kraft nicht mehr aufstehen konnte.

Er machte sein Boot los, startete den Motor und fuhr in die Richtung, aus der der Schrei gekommen war. Er drehte den Kopf und lauschte mit seinem guten Ohr. Es dauerte nicht lange, bis er weitere Schreie hörte, und dann sah er sie: zwei dunkle Silhouetten oben auf dem Felsen, den die Dorfjugend im Sommer als Sprungturm benutzte.

Die kleinere Person war ihrem hohen Kreischen nach zu urteilen eine Frau. Sie machte zaghafte Schritte auf den Felsvorsprung zu, während die größere Person reglos hinter ihr stand. »Worauf wartet der Idiot?«, murmelte Stefan leise vor sich hin.

Der Mann bewegte sich und Stefans Blut gefror in seinen Adern, als das Mondlicht auf etwas Metallischem reflektierte und er die Form eines Revolvers erkannte.

Verflucht nochmal! Er will sie umbringen. Stefan schaltete den Motor auf volle Kraft voraus. Er hatte den Felsen fast erreicht, als die Frau mit einem gewaltigen Platschen ins Wasser fiel. Die Wellen des Aufpralls brachten sein Boot zum Rollen. Im Mondlicht war es schwer etwas zu erkennen, also steuerte er vorsichtig auf die Mitte des Wellenkreises zu und wartete darauf, dass ihr Kopf wieder auftauchte.

»Hierher!«, schrie er. Sie zappelte wild herum und machte keine Anstalten, die gut zwanzig Meter zu ihm zu schwimmen. In Anbetracht des Aufpralls, des kalten Wassers, der schweren Kleidung ... musste sie schon eine ausgezeichnete Schwimmerin sein, um überhaupt eine Chance zu haben. Aber warum versuchte sie es nicht wenigstens?

Weil sie nicht schwimmen kann, schoss ihm die Erkenntnis durch den Kopf. Er drosselte den Motor, um sich ihr vorsichtig zu nähern. Ihre Bewegungen wurden immer langsamer, bis sie sich plötzlich auf den Rücken drehte.

Im Mondlicht schimmerte ihr Gesicht weiß. Sein Herz hörte auf zu schlagen. Die Frau war Annegret. Ihr Körper lag einen Augenblick lang völlig ruhig da, bevor er langsam tiefer in das eisige Wasser sank. Innerhalb von zwei Sekunden war er neben ihr, beugte sich über die Reling und griff erst unter die eine, dann die andere Schulter, um sie ins Boot zu hieven.

»Gretchen!« Er schlug ihr mehrmals auf die Wangen, in der Hoffnung, sie würde die Augen öffnen. Doch nichts geschah.

Außer dem Regenschutz hatte er nichts Wärmendes in seinem Boot, also zog er seine Jacke aus und breitete sie über ihren Körper. Er musste sie dringend an Land und ins Warme bringen. Der Mann, der sie offensichtlich hatte umbringen wollen, stand immer noch auf dem Felsen, so dass Stefan sich zwischen Teufel und Beelzebub entscheiden musste.

»Dann eben der Teufel«, grummelte er vor sich hin, während er sich vergewisserte, dass sein Fischmesser griffbereit in der Scheide steckte.

Der Fremde auf dem Felsen hatte beobachtet, wie Stefan Annegret aus dem Wasser zog und lief nun zum Strand hinunter. Zu Stefans großer Erleichterung hatte er seine Waffe weggesteckt. Trotzdem blieb er wachsam und traute dem Frieden nicht. Es schien ihm ratsam, Unwissenheit vorzutäuschen.

»He, können Sie mir helfen? Die Frau ist ins Wasser gefallen, sie muss sofort ins Warme«, rief er, während er das Boot ins seichte Wasser steuerte, den Motor abstellte und wartete, bis es auf die Kieselsteine trieb. Das knirschende Geräusch drang an sein gutes Ohr und tief in sein Herz. Unter anderen Umständen wäre er nie so unachtsam mit seinem Boot umgegangen.

»Sie ist nicht gefallen. Sie ist gesprungen.«

Stefan hatte nicht mit so einer gefühllosen Antwort gerechnet. Von Nahem bemerkte er den feinen schwarzen Anzug des Fremden, fast wie eine Uniform jedoch ohne Abzeichen. In der

Absicht, seine Bekanntschaft mit dem Opfer nicht zu verraten, fragte er: »Kennen Sie die Frau? Hat sie versucht Selbstmord zu begehen?«

»Das will ich hoffen. Sie ist Jüdin.«

»Was?« Stefans Kinnlade fiel zu Boden. »Aber ...«

»Hören Sie mal her. Sie sind doch ein Fischer, nicht wahr?«

»Ja.« Verblüfft von der plötzlichen Wendung brachte er kein weiteres Wort heraus.

»Ich bin Reichskriminaldirektor Richter von der Gestapo. Diese Frau ist aus der nahe gelegenen Rüstungsfabrik geflohen. Sie hat es vorgezogen, sich umzubringen, anstatt ihre gerechte Strafe zu erhalten. Ich denke, wir sollten ihre Entscheidung respektieren.«

»Sie ist noch am Leben«, erwiderte Stefan verwirrt.

»Das ist sehr bedauerlich, nicht wahr? Sie wäre bereits tot, wenn Sie sich nicht in Polizeiarbeit eingemischt hätten«, hatte der Gestapomann die Dreistigkeit zu sagen.

Die Gedanken wirbelten in Stefans Kopf herum. Er verstand nicht, was hier vor sich ging. Wie konnte dieser Mann Annegret Huber mit einer jüdischen Zwangsarbeiterin verwechseln? Sie trug nicht einmal den gelben Stern. Irgendetwas stimmte hier nicht. »Herr Reichskriminaldirektor, es tut mir sehr leid. Es war nie meine Absicht, Ihre Arbeit zu behindern. Was soll ich jetzt tun?«

»Fahren Sie mit Ihrem Boot in die Mitte des Sees und werfen Sie die Frau über Bord. Das wird unser kleines Problem mit der nötigen Eleganz lösen.«

Dieser Mann sprach von Eleganz, wenn er plante, eine Frau umzubringen? »Sie wollen, dass ich sie umbringe?«

»Da Sie derjenige waren, der sie aus dem Wasser gezogen hat, ist es nur angemessen, oder?«

»Nein. Das kann ich nicht tun.« Stefan schüttelte den Kopf. »Sie ist keine Jüdin. Das ist Annegret Huber von Gut Plaun. Ich habe sie ein paar Mal in der Stadt getroffen.«

Innerhalb eines Wimpernschlags tauchte der Revolver wieder in Richters Hand auf. »Es tut mir wirklich leid, dass es so weit kommen musste. Wir brauchen fähige Fischer, um unser Volk zu ernähren. Leider scheinen Sie nicht zu wissen, was gut für Sie ist. Es spielt keine Rolle, ob diese Frau die ist, für die Sie sie halten, oder nicht. Sie muss sterben. Und Sie jetzt leider auch. Steigen Sie in Ihr Boot!«

Richter deutete mit seiner Waffe in Richtung Boot. Stefan nutzte diesen Augenblick der Ablenkung, um sich auf ihn zu stürzen und ihm gleichzeitig den Arm nach oben zu schlagen. Ein Schuss knallte in die Luft, woraufhin eine Reihe aufgeschreckter Tiere panische Geräusche von sich gaben.

Richter war unter Stefans Gewicht nach hinten gefallen. Stefan schmiss sich auf ihn, riss ihm den Revolver aus der Hand und warf ihn ins Wasser.

»Warum wollen Sie sie umbringen? Das ist Fräulein Annegret, die Besitzerin von Gut Plaun. Sie ist keine entflohene Gefangene. Sie irren sich!«

Trotz seiner prekären Lage schnaubte Richter hochmütig. »Ich irre mich nie. Lassen Sie mich sofort los, dann werde ich Sie nicht foltern, bevor Sie sterben.«

Glühender Zorn setzte Stefans rationales Denken kurzzeitig außer Kraft. Er hämmerte seine Faust gegen Richters Kiefer. »Ich werde sie nicht sterben lassen.«

»Sie sind ein Narr. Haben Sie sich das gut überlegt? Sie widersetzen sich gerade dem Befehl der Gestapo. Wenn Sie diese Frau retten wollen, müssen Sie mich töten. Glauben Sie, Sie sind dazu fähig?«

Richters Spott erreichte das genaue Gegenteil seiner Absicht, denn Stefan erkannte mit erstaunlicher Klarheit, dass er alles tun würde, um die Frau, die er liebte, zu retten −sogar den Gestapomann töten, der sie ermorden wollte. Seine Hand tastete nach einem Stein.

»Ich schätze ja«, sagte er, hob den Stein und beobachtete

mit Genugtuung, wie sich Richters Gesicht verzerrte, als er erkannte, dass seine Zeit auf Erden ablief. Dann hämmerte er den Stein seitlich auf Richters Kopf, der kurz darauf bewusstlos wurde.

Stefan stand auf, nahm den schlaffen Mann huckepack und ließ ihn mit dem Gesicht nach unten ins Wasser fallen. Dann schubste er den schwimmenden Körper ins Tiefe und beobachtete, wie er vom Ufer wegtrieb und langsam im Wasser versank.

Zurück in seinem Boot hob er Annegret in seine Arme und trug sie den Trampelpfad entlang zur Straße, wo er hoffte, jemanden zu finden, der sie nach Gut Plaun brachte.

42

Dora kam mit einem Frühstückstablett ins Schlafzimmer. »Haben Sie gut geschlafen, Fräulein Annegret? Sie haben uns einen ziemlichen Schrecken eingejagt.«

»Mir geht es gut, dank Stefan, der mir das Leben gerettet hat.« Margarete war nur sporadisch bei Bewusstsein gewesen, als er sie aus dem Wasser gefischt und zum Auto getragen hatte. Richter hatte den Schlüssel stecken lassen und so hatte es nicht lange gedauert, bis sie auf dem Gutshof angekommen waren.

Frau Mertens und Dora waren ganz aus dem Häuschen gewesen und hatten sich um sie gekümmert. Irgendwie hatten sie ihr die nassen Klamotten ausgezogen, sie ins Bett gebracht, ihr Wärmflaschen gemacht und sie dann in eine Daunendecke eingewickelt.

Einige Zeit später kam die Gestapo, zum zweiten Mal an diesem Tag, um Fragen zu stellen. Sie hatte so getan, als ob sie vor Kummer außer sich wäre.

»Es ist so furchtbar. Nach dem Vorfall mit Oberscharführer Kallfass war ich hysterisch. Horst, Gott hab ihn selig, schlug vor, dass wir einen Spaziergang machen, damit ich mich beruhigen kann.« Sie schniefte zur Betonung ihrer Worte. »Ich weiß nicht, was ich ohne ihn tun soll. Er war mein Mentor, mein Vaterersatz.«

»Können Sie uns schildern, was passiert ist?«, fragte der junge Polizist.

»Wir gingen am See entlang, stiegen auf den Felsen, den die Jugendlichen als Sprungturm benutzen ... ich wollte unbedingt die Spiegelung des Mondlichts auf dem Wasser bewundern.« Sie tupfte sich die Augen ab. »Es war so traumhaft schön. Ich wurde von dem Felsvorsprung magisch angezogen. Ohne es zu bemerken, ging ich immer näher an den Abgrund. Horst kam hinter mir her und warnte mich vor der Gefahr, aber ich wollte nicht hören. Dann rutschte ich aus und fiel ins Wasser. Er zögerte keinen Moment, bevor er mir hinterher sprang. Das Nächste, woran ich mich erinnere, ist, dass ich im Boot des Fischers aufgewacht bin.« Sie versuchte ein kleines Lächeln, bevor sie wieder in Tränen ausbrach. »Horst war so ein guter Mann. Das werde ich mir nie verzeihen!«

»Fräulein Annegret, es war nicht Ihre Schuld«, sagte der junge Mann einfühlsam.

»Doch das war es! Wäre ich nicht auf den Felsen gestiegen oder zu nahe an den Abgrund gegangen, wäre nichts passiert. Warum musste er mir hinterher springen? Hätte er mich doch nur ertrinken lassen, dann wäre er noch am Leben!« Wieder quetschte sie ein paar Tränen hervor.

»So dürfen Sie nicht denken, Fräulein Annegret.«

Sie drückte eine Hand an ihre Stirn und tat so, als ob sie von Schuldgefühlen und Trauer überwältigt wurde.

Die Gestapo ging und befragte Stefan, der ihre Geschichte bestätigte. Er hatte das Platschen gehört und war so schnell wie möglich dorthin gefahren. Als er ankam, sah er eine Person, die gegen das Ertrinken kämpfte, und zog die schlaffe Annegret Huber aus dem Wasser.

Einige Minuten später, nachdem sie wieder bei Bewusstsein war, erzählte sie ihm von ihrem Freund. Doch selbst mit seinen Suchscheinwerfern konnte er keine Spur einer zweiten Person im Wasser finden.

Die Gestapo schloss den Fall ab, betrachtete ihn als tragischen Unfall und dankte Stefan für sein mutiges Handeln. Das war vor fünf Tagen gewesen. Gestern hatte man Horst Richters Leiche gefunden. An der Seite seines Kopfes waren Spuren eines Schlags, den er wohl durch den Aufprall am Felsen bei seinem Sprung von der Klippe erlitten hatte. Offenbar war er dadurch bewusstlos geworden, noch bevor er ins Wasser fiel, so dass er ertrank.

Als Margarete mit dem Frühstück fertig war, stellte sie das Tablett beiseite, stieg aus dem Bett und zog sich ihren Morgenmantel an. Ein Klopfen an der Tür zeigte an, dass Dora zurück war, um das Tablett zu holen. »Herein.«

»Fräulein Annegret, Herr Stober hat nach Ihnen gefragt. Möchten Sie ihn sehen?«

»Ja, bitte. Ich werde ihn im Salon empfangen.« Selbst wenn Stefan ihr nicht das Leben gerettet hätte, würde sie ihn unbedingt sehen wollen.

Keine Minute später trat er durch die Tür, und ihr stockte der Atem. Auf unerklärliche Weise sah er noch viel besser aus, als sie ihn in Erinnerung hatte.

»Gretchen. Ich bin froh, dass du auf bist.«

»Danke noch mal, für das, was du getan hast.« Sie legte ihre Hand auf seinen Arm und spürte, wie es zwischen ihnen knisterte. »Ich schätze, ich schulde dir eine Erklärung.«

»Ich schätze, das tust du.« Seine Miene war unlesbar.

»Bitte setz dich doch.« Sie wies auf einen der bequemen Sessel und ließ sich auf dem anderen nieder. »Es ist eine lange und komplizierte Geschichte. Ich hätte sie dir wahrscheinlich schon längst erzählen sollen, aber ...« Sie seufzte. »Eine Lüge zu leben ist mir zur zweiten Natur geworden.«

»Dieser Mann wollte dich unbedingt tot sehen. Er bestand darauf, dass du eine Jüdin bist.«

Sie legte den Kopf schief, schaute in seine wunderschönen blauen Augen und beobachtete seine Reaktion genau, als sie sagte: »Das bin ich.«

Er zuckte mit keiner Wimper. »Das habe ich mir schon gedacht.« Dann verschränkte er seine Finger mit ihren. »Du musst es mir nicht erzählen, wenn du nicht willst. Es macht keinen Unterschied darin, was ich für dich empfinde.«

Seine Antwort machte ihr klar, dass er der Mann war, mit dem sie den Rest ihres Lebens verbringen wollte. Sie freute sich sogar darauf, ihm endlich die Wahrheit über sich zu erzählen. »Ich möchte, dass du es weißt.«

»Dann bin ich ganz Ohr.« Er lehnte sich in seinem Sessel zurück und unterbrach sie kein einziges Mal, während sie ihm ihre Geschichte erzählte, beginnend mit dem folgenschweren Bombenabwurf, der ihr ganzes Leben verändert hatte, und endend mit: »Es tut mir so leid, dass ich dich die ganze Zeit belogen habe.«

»Das war verständlich, wenn man die Umstände bedenkt«, sagte er, nahm ihre Hand und strich mit dem Daumen über den Handrücken.

»Kannst du mir verzeihen?« Sie wagte es kaum zu hoffen.

»Da gibt es nichts zu verzeihen. Ich liebe dich so oder so.«

Ein lang vermisstes Gefühl der Zugehörigkeit breitete sich in ihr aus. »Es ist so schön, wieder ich selbst zu sein, zumindest bei einem Menschen auf dieser Welt.«

Er schmunzelte, ergriff ihren Arm und zog sie auf seinen Schoß. »Wir werden das gemeinsam durchstehen.«

Sie lehnte sich an ihn und seufzte wohlig. In seinen Armen wurden sämtliche Sorgen belanglos. »Ja, das werden wir.«

Nach einer Weile sagte sie: »Wir haben etwa ein Dutzend Frauen im Wald versteckt, neue Stallknechte mit gefälschten Arbeitserlaubnissen eingestellt, die schwedischen Schutzpässe benutzt und trotzdem gibt es noch so viel zu tun. Den etwa vierhundert verbliebenen jüdischen Häftlingen läuft die Zeit davon, auch wenn Thomas nicht mehr da ist.«

»Vorausgesetzt, Lothar Katze wird sein Nachfolger, bin ich sicher, dass du ihn bestechen kannst, dir neue Ausnahmegenehmigungen auszustellen.«

»Ja, aber für wie lange? Bis der nächste übereifrige Oberscharführer auftaucht, der sich profilieren will?«

Stefan drückte sie fester an sich. »Wir werden schon einen Weg finden. Zunächst sabotieren wir die Produktion in deiner Fabrik, um das Ende des Krieges schneller herbeizuführen. Alles andere ergibt sich, wenn die Zeit reif ist.«

»Ich wünschte, ich hätte dein Selbstvertrauen.«

»Es kann nicht mehr lange dauern. Es gibt Gerüchte, dass die Alliierten bald in Frankreich einmarschieren werden.«

»Woher weißt du das?«, fragte sie ihn mit weit aufgerissenen Augen, ahnend, dass sie nicht die Einzige war, die ein Geheimnis wahrte.

»Das würdest du wohl gerne wissen?«, sagte er mit einem breiten Grinsen und verschloss dann ihren Mund mit einem Kuss. Die süßen Empfindungen vertrieben Zweifel, Neugier und Angst. Was auch immer als Nächstes passierte, zusammen mit Stefan würde sie die Herausforderung annehmen.

MEHR VON BOOKOUTURE DEUTSCHLAND

Für mehr Infos rund um Bookouture Deutschland und unsere Bücher melde dich für unseren Newsletter an:

www.bookouture.com/bookouture-deutschland-sign-up

Oder folge uns auf Social Media:

 facebook.com/bookouturedeutschland

 twitter.com/bookouturede

 instagram.com/bookouturedeutschland

EIN BRIEF VON MARION

Liebe Leserin, lieber Leser,

ich möchte mich ganz herzlich dafür bedanken, dass ihr euch entschieden habt, *Die Frau im Schatten* zu lesen. Wenn euch das Buch gefallen hat und ihr über alle meine Neuerscheinungen auf dem Laufenden bleiben wollt, meldet euch einfach unter folgendem Link an. Eure E-Mail-Adresse wird niemals weitergegeben und ihr könnt euch jederzeit wieder abmelden.

www.bookouture.com/bookouture-deutschland-sign-up

Am Ende des vorherigen Bands *Am Ende dunkler Tage* ist Margarete mir so ans Herz gewachsen, dass ich sie noch nicht gehen lassen wollte. Ich spürte, dass es mehr zu ihrer Geschichte zu sagen gab, und ich wollte ihr eine wahre Liebe schenken, keine komplizierte, unmögliche Beziehung wie die, die sie mit Wilhelm in *Ein Licht der Hoffnung* hatte.

Auf meiner Rechercherreise nach Plau am See und Malchow hat der Plauer See mich fasziniert. Es ist eine so malerische und friedliche Gegend. Deshalb wollte ich den See im nächsten Buch stärker in den Vordergrund rücken, damit er der sonst so düsteren Umgebung die dringend benötigte Gelassenheit verleihen kann. Und so entstand Stefan, der Fischer.

Wenn Sie mit dem Ende dieses Buchs nicht ganz zufrieden sind, habe ich eine gute Nachricht: Meine Lektorin Isobel Akenhead von Bookouture hat einem vierten Band in der Reihe zugestimmt. Dann erfahren Sie wie es weitergeht mit Margarete und Stefan.

Ich habe große Pläne für die Beiden. Sie erinnern sich vielleicht, dass Margarete ihm in Kapitel 27 das Versprechen abnimmt, die Produktion in der Fabrik zu sabotieren. Diese Versprechen hat Stefan (noch) nicht eingelöst.

Also wird dies ein zentrales Thema für Band 4 sein. Wenn Sie meine Trilogie *Liebe und Widerstand im Zweiten Weltkrieg* gelesen haben, wissen Sie, dass mein Großvater Hansheinrich Kummerow Chemieingenieur und Erfinder war. Außerdem hasste er die Nazis von ganzem Herzen. Er sabotierte unter anderem die Produktion von Rundfunksendern für die Wehrmacht. Aus Briefen von damals habe ich viele Anekdoten über die ich schreiben kann.

Sie erfahren natürlich auch, ob Onkel Ernst die Behandlung überleben wird, die er durch Thomas erfahren hat.

Aber genug von dem, was als Nächstes kommt, und zurück zu den historischen Fakten, die ich in diesem Buch verwendet habe.

In Wirklichkeit zogen die letzten Juden des Kreises Parchim bereits Ende der 1930er Jahre in größere Städte, in der Hoffnung, in der anonymen Masse bessere Überlebenschancen zu haben als in ihren Heimatorten, wo jeder jeden kennt.

Die einzigen Juden, die zurückblieben, waren bereits inhaftiert und wurden zur Zwangsarbeit in Rüstungsfabriken wie Annegrets fiktiver Nitropentafabrik eingesetzt. Sie wurden in Ermangelung anderer »geeigneter« Häftlinge verwendet, obwohl Heinrich Himmler am 2. Oktober 1942 befohlen hatte, alle in deutschen Konzentrationslagern inhaftierten Juden entweder nach Auschwitz oder Lublin zu überführen.

Der fiktive Herr Naumann steht stellvertretend für die Mehrheit der deutschen Industriellen, die nicht wirklich antisemitisch waren, sondern die herrschende Ideologie für ihren eigenen Profit nutzten. Die Rasse ihrer Arbeiter war ihnen völlig egal, solange sie für wenig Geld hart arbeiteten.

Lothar Katze, ebenfalls eine fiktive Person, steht für die vielen korrupten Bürokraten der Nazis, die unter dem Deckmantel der Rassenideologie ihre Autorität dazu nutzten, die Juden und diejenigen, die ihnen helfen wollten, zu ihrem eigenen Vorteil zu erpressen. Ich fand es eine interessante Frage, ob ein schäbiger Gauner wie er besser oder schlechter ist als ein Mann wie Thomas, der tatsächlich an das glaubt, was er tut, und der sich selbst für einen ehrenwerten Mann hält, weil er für seine Überzeugungen einsteht.

Schweden war einer der größten Stahllieferanten weltweit. Das Land bewegte sich auf einem schmalen Grat, indem es sämtliche Kriegsparteien mit dem knappen Rohstoff versorgte und gleichzeitig seine Neutralität wahrte.

Die Wahrung der Neutralität im Interesse des eigenen Überlebens war vermutlich der Grund dafür, dass Schweden jüdische Flüchtlinge nicht ohne weiteres aufnahm. Nach einer Statistik der Bundeszentrale für politische Bildung nahmen sie zwischen 1933 und 1945 weniger als 4000 jüdische Flüchtlinge auf, die meisten von ihnen dänische Juden aus einer konzertierten Aktion im Oktober 1943, als Dänemark sämtliche einheimischen Juden nach Schweden evakuierte.

Vielleicht haben Sie schon einmal von Fluchtlinien gehört. Die bekanntesten führten durch Belgien und Frankreich oder über die Pyrenäen ins neutrale Spanien. Weit weniger bekannt ist, dass es auch Fluchtlinien in Norddeutschland gab. Eine Person mit Verbindungen zur Escape Lines Memorial Society in North Yorkshire, UK, hat mich darauf hingewiesen, dass es eine erfolgreiche Route von den deutschen Ostseehäfen nach Dänemark und Schweden gab.

Die Häfen Wismar und Rostock liegen beide etwa 150 km von Plau am See entfernt. Es ist also sehr wahrscheinlich, dass einige Flüchtlinge die Gegend, in der Margarete lebt, durchquert haben.

Die Lufthansa unterhielt bis in die letzten Kriegstage einen regelmäßigen Flugverkehr zwischen mehreren deutschen und schwedischen Städten. Auf ihrer Website habe ich das Bild einer JU 52 gefunden, das ich für die Beschreibung von Margaretes Flug nach Stockholm verwendet habe. Allerdings bin ich mir nicht sicher, ob genau dieser Flugzeugtyp auf der Strecke nach Stockholm eingesetzt wurde.

Die Schutzpässe, die Lars verteilt, gab es wirklich, obwohl sie meines Wissens nie in Deutschland verwendet wurden. Sie sind eine Erfindung von Raoul Gustaf Wallenberg, ein schwedischer Diplomat in Ungarn, der damit mehr als tausend ungarische Juden vor der Deportation bewahrte.

Das Foto eines solchen Schutz-Passes können Sie auf meinem Pinterest-Board sehen: https://www.pinterest.de/m_kummerow/a-light-in-the-window

Dort finden Sie auch das burgunderrote Taftkleid, das Margarete trägt, als sie Thomas um Onkel Ernsts Leben anfleht.

Marion Kummerow

www.marionkummerow.de

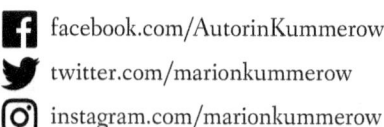

facebook.com/AutorinKummerow

twitter.com/marionkummerow

instagram.com/marionkummerow

www.ingramcontent.com/pod-product-compliance
Lightning Source LLC
Chambersburg PA
CBHW051122190726
48290CB00006B/1652